山河 枕

墨书白 著

中卷

天地出版社 | TIANDI PRESS

十二　守住凤陵，朕就还人

楚瑜行往宫中，开始思索这次皇帝让自己进宫的用意。

皇帝的最终目标当然是卫韫，他是想逼着卫韫出战。如今他的直系燕州一直按兵不动，为的就是出了事能及时保皇。而前线就只剩宋世澜、姚勇、楚临阳三家，但三家都不出力，都在战场上和稀泥，所有人都在互相博弈，这完全就是在将江山拱手相让。所以如今他自然要想个法子逼所有人出手。他挟持了柳雪阳，就能逼卫韫，而若楚瑜再一进宫，他甚至可以连着楚临阳一起威胁。

楚瑜大概明白了皇帝的心思，心里有了盘算。她随着太监走进御书房，刚进去，就看见柳雪阳忐忑地坐在皇帝对面，正在与他下棋。她坐立不安，明显已经察觉到情况不对，但又不敢表现出什么，棋下得一塌糊涂。皇帝却十分有耐心，同柳雪阳道："老夫人不必担心，朕不会对您如何，就是想请老夫人在宫中陪陪皇后。您以往也与皇后情同姐妹，不是没留宿过宫中，今日怎就如此拘谨了？"

柳雪阳面露尴尬之色，这时楚瑜刚好随着太监进来，恭敬地将双手放在额间，叩首道："民女卫楚氏叩见陛下，陛下万岁万岁万万岁。"她的声音铿锵有力，然而皇帝却仍在同柳雪阳下棋。等了一会儿，见柳雪阳一直不落子，只是看着楚瑜，他便抬头问道："卫老夫人为何不落子？"

"陛下……"柳雪阳强撑着道，"您看我这儿媳……"

"民女卫楚氏，叩见陛下！"楚瑜再一次提声。

皇帝指间夹着棋子，冷声道："朕许你说话了吗？！"

楚瑜跪伏在地上，平静地道："民女知陛下如此急忙召见，必有要事，故而心急了些许，望陛下见谅。"

"心急？"皇帝将棋子往棋盒里一砸，怒道，"朕怕你是心里根本就没朕这个皇帝，刻意羞辱于朕！"

"陛下说笑了。"楚瑜依旧平静地道,"陛下为君,民女为民,怎敢谈羞辱之言?"

"行了,你也别同朕打官腔。"皇帝挥了挥手,太监便走上前来,对柳雪阳做了个"请"的姿势。柳雪阳有些为难,皇帝抬头看了过来,她只能抿了抿唇,没胆子违背皇帝的意思,转身离开了。

柳雪阳走后,太监给皇帝递上了一杯茶。他吹着茶叶,不紧不慢地道:"朕让你来是什么意思,你大概想明白了?"

"民女明白,"楚瑜回道,"但也不明白。"

"你有什么不明白?"皇帝皱了皱眉。楚瑜跪着没有抬头,声音却十分清晰:"陛下让民女入宫,不过是想借此机会彻底控制楚家与卫家。可这战场上明明有姚勇和宋家在前,陛下为何不逼他们,反而来逼我等?卫家如今只剩下小侯爷,陛下一定要赶尽杀绝才成?"

"荒唐!"皇帝怒吼出声,"让将士上场杀敌,怎就变成了赶尽杀绝?!倒是你们卫家,口口声声说着忠君报国,朕念卫家忠义,放了卫韫小儿一命,如今他却是如何回报朕的?!战场上逃兵如此之多,"皇帝明显是憋到了极限,"你以为朕不知道是怎么回事?你们把朕当傻子吗?!早知你卫家有如此谋逆之心,朕哪里容得下你们?!"他站起身来,怒吼道,"还质问朕为何不逼姚将军?!你们巴不得让姚将军在前线拼杀得你死我活,到时候无人护卫皇室,你们便可取而代之了是吧?!"

"陛下,"楚瑜抬起头来,认真地看着他,"卫家这么多年,在陛下心中就落了这样一个印象吗?"

听到这话,皇帝骤然平静了些许,他看着楚瑜,慢慢地道:"卫忠自然是不一样的。你们卫家的忠心,朕从不疑。可卫韫小儿!"他咬牙切齿地道,"他呢?别以为朕不知道他要的是什么把戏!"

楚瑜没说话,只是轻笑。皇帝皱了皱眉:"你笑什么?"

"民女在笑陛下糊涂!您既然信卫家,为何不信我家小侯爷?您恨小侯爷不上战场,可您是否还记得,卫家是如何死在战场上的?!如今姚勇为主帅,您再让我家小侯爷上去,您这是逼着他去送死啊!"

"胡说八道!"皇帝怒喝,"姚将军忠心为国,哪怕你们与他有所嫌隙,一国将领,何至于如此徇私?"

"徇私?"楚瑜嘲讽出声,"陛下扪心自问,白帝谷之事,是谁徇私?"

"你们知道什么?!"皇帝有些不耐烦,"朕有自己的考量,为何你们就不能明白朕的思虑?朕知道你们是为白帝谷一战而怨恨,可是人已经死了,太子的贪功冒进,朕自会

十二　守住凤陵，朕就还人

寻了其他由头找他的麻烦，你们就一定要逼着皇家承认，是太子失误害死的这七万将士吗？！"

"所以这个罪就要由卫家来担吗？！"楚瑜提高了声音道，"担了还得心无怨恨、大公无私，再去送死吗？！"

"朕让他上战场自有朕的安排！他乃故人之子，在你们心中，朕就龌龊至此吗？！"皇帝怒得急促地喘了起来，片刻后便开始咳嗽，太监赶紧召唤太医进来。这一番折腾下来，皇帝也没了力气，虚弱地道，"罢了，你先去休息，你母亲也在宫里，你就去陪着她吧。"

听到这话，楚瑜的眼中闪过一丝冷光："陛下，民女今日进宫，并非来当陛下的人质的。"皇帝慢慢转头，看见楚瑜跪在地上，平静地道，"民女来此，是想同陛下做笔生意。民女自幼习武，也曾随父亲征战沙场。您留民女在宫中，无非是想逼迫我父兄、小叔为您巩固疆土。可我父兄如今已然尽力，小叔抱恙，那不如由民女率军前去，陛下看如何？"皇帝静静地看着楚瑜，只见她已抬起了头来，"陛下要我父兄做什么，大可说来，臣女也做得到。"

这话楚瑜说得明白了，要逼楚家和卫韫不是不可以，但事情得由她楚瑜来做。皇帝不说话，楚瑜继续道："陛下，如今用人之际，只要能达到目的，用谁不是用？我父兄、小叔乃做大事之人，您以为，一个女子的性命，能比得上他们的宏图大业？"

皇帝有些动摇，楚瑜打量着他的神色，刚要再说些什么，却听见他道："朕要做的事，也不难。"他看着楚瑜的目光里带了些犹疑，"朕派你去，守住凤陵至少一个月。一个月后，若天守关破，朕欲迁都凤陵。"

听到这话，楚瑜皱起了眉头。只听皇帝慢慢地道："朕可拨两万兵马给你守城，守住了凤陵，"他的眼神意味深长，"朕就还人。"

又是凤陵城。楚瑜听到这个地名，心里不由得有些诧异。随后迷雾便萦绕在她心头，她皱起眉头，忍不住问道："若民女不去呢？"

"那朕就扣你在这里，看你哥哥去不去！"皇帝冷笑一声，"若你哥哥不去，你就给凤陵陪葬吧！"

楚瑜听了这话，不由得更是觉得奇怪。凤陵一个小城，为什么皇帝这么笃定地认为它一定会被攻打？最重要的是，为什么他会考虑迁都凤陵？而皇帝这个态度，明显是无论如何都要保住凤陵的，若保不住，也势必要毁掉它。所以上一辈子，楚临阳去守凤陵，真的只是为了楚锦吗？况且，她本以为此次请命必然困难重重，却不想皇帝只是犹疑片刻就应下了，这到底是为了什么？

楚瑜脑海里一时思绪万千，面上却是沉默不显。她低头应了声"是"，皇帝便立马调了人马，道："你收拾一下，今夜出城，事不宜迟。"

楚瑜没有多问。皇帝这么急切，自然有他的原因，而凤陵她也的确想守。一方面，她要断绝楚临阳去凤陵的一切可能；另一方面，凤陵三番五次发来求援信，皇帝又如此执着于此城，必然有他的道理。

她怀着心事往卫府赶去，方才入了卫府大门，便见卫韫疾步走过来，焦急地问道："你可有事？那老匹夫召你去做什么？"

楚瑜没说话，只是往府里走。她还在思索皇帝的意图，而且出征一事，她要如何对卫韫开口，也是一个问题。而卫韫见她不语，面色不由得越发难看。他跟着楚瑜进了房间，看见她吩咐晚月和长月收拾行李，忍不住捏起拳头艰难地道："就算你觉得我是个孩童，可也应当同我说明白，到底是发生了什么。我毕竟是这卫府的小侯爷，你……"

"我还在想要如何同你说。"楚瑜听到卫韫这样说，扭头看向他，叹了口气道，"老夫人和我母亲，如今都在宫里。"

卫韫眼中带了冷光："我知道。"

"陛下邀我进宫，本是为了让我也做人质……"

"所以你为何不同我说一声就擅自进宫？！"卫韫提高了声音，神色激动，"母亲已经在那里了，你若也被他带走，我当如何？！"

"母亲性情刚毅，却向来做事不得法。"上辈子卫家落难，柳雪阳便是直接提剑和人硬拼而被误杀的，她说不上软弱，可却是个冒失的性子。楚瑜叹了口气，"她单独在宫中怕是会出事，我陪着也好。如今我没陪着她，倒是有几分不放心。"

"你对自己倒很是自信。"卫韫冷笑出声来，"母亲会有事，你就不会有事？"

楚瑜察觉卫韫的不悦，有些尴尬地道："我……这不是好好地出来了吗？"

"答应了什么出来的？"卫韫冷着声音问。楚瑜摸了摸鼻子："我……今夜带兵出城，去守凤陵。"

听到这话，卫韫脸色剧变。只听他立刻吩咐人道："把大夫人关起来！"说罢，他转身便走。楚瑜回来时就知道卫韫绝对不会给她个容易，忙道："唉唉，你等一下啊，我真的没事。"她本来就在边境长大，上辈子大楚风雨飘摇的那六年里，她和顾楚生在战场奔波，顾楚生在后方，她一直在前线，本就可为将。

她追着上去，心中一急，拉扯住卫韫的袖子道："你别生气，且听我说。凤陵那地方易守难攻，陛下执着于那里，一定有他的原因。加上凤陵再三求援，我们派出去的人都没有音讯回来，我本也该去看看……"

最重要的是，如果她不去，皇帝一定会下令让楚临阳去。上辈子楚临阳去了凤陵，她以为是为了楚锦，然而，有没有一种可能，楚临阳本就是皇帝派出去的？又或者，是楚临阳自己要去的？因此，这一仗，她不打，她怕楚临阳要去打，而如果楚临阳去了凤陵，结局怕就会如卫家一般……她已经这么努力地改变了，若还是变不了，她又当如何？

楚瑜抿紧唇，抓着卫韫的袖子恳求道："小七，你让我过去看看。"

"为什么？"卫韫回过头来审视她，"为什么一定要过去？"

楚瑜没说话。卫韫皱起眉头，过了许久，楚瑜才终于道："我……自有我要去的理由。"她虽然没有明说，可神色却十分坚定。卫韫的目光往下，落在她抓着他袖子的手上，那些责骂就全部止在了唇齿之间。

她的手很漂亮，不同于其他华京女子的纤纤玉手，她的手指很长，骨节分明，颇有英气。然而那手又白皙通透，色泽如玉。卫韫看着那手，突然意识到这是她第一次露出这般类似于恳求的神情，他说不出任何拒绝的话语。许久后，他终于慢慢地道："你若一定要去，我陪你。"

"不可。"楚瑜皱起眉头，"你如今对外称病，若同我去了，陛下便可寻了由头找你的麻烦。最重要的是，若此刻北狄发兵天守关，你当如何？"

大楚的底线是天守关。他们可以假作退兵，却不是无底线。天守关不能破，因为天守关若破，那大楚最大的天险就没了，反而变成了大楚想要击退北狄，必得逆着天守关打回去。卫韫一时说不出话来，只见楚瑜笑了笑道："你真的不用太担心，我看见不对劲儿就会回来的。而且我这个人命特别大，我……"

楚瑜只顾着说话，卫韫的目光落在她身上，内心似乎很平静，又似乎很害怕。两种情绪交织在一起，让他不知所措。作为镇国侯，他知道如今正面战场不在凤陵，楚瑜带两万兵马去守，应该无妨。而且在天守关破前，他得安抚住皇帝的情绪，保住母亲的安全，加之实际上他家人如今在华京中多留一日就多一分危险，楚瑜此时带兵出去，最合适不过。

可是在内心深处，抛开所有理智来看，他又总觉得让楚瑜一个人去任何凶险的地方，他都忐忑难安。哪一位将士出征前不是以为自己必当凯旋？他与父兄出征前，谁又知道会一战埋忠骨？他静静地看着楚瑜，什么话都没说。

这时，长月、晚月已经把东西收拾好，外面的随行人员也都清点好了。一个男人走进院子来，恭敬地道："末将张云，南城军统帅，奉旨点兵两万，前来助大夫人共守凤陵。"楚瑜点了点头，抬手道："张将军请堂外等候，待我梳洗片刻就来。"

张云应声而出，楚瑜转头看向卫韫，无奈地道："我实话说吧，你允也好，不允也

271

罢，我既然已经应了陛下，就必须要走。"卫韫没说话，只垂头不语。楚瑜叹了口气，转身往外走去。卫韫的目光跟着她的步子慢慢移了过去，只见那背影坚定刚毅，哪怕是女子之身，却似乎也是顶天立地。卫韫心中酸楚干涩，看着那背影越走越远，他终于明白，这女子，他拦不住。

他终于出声："你站住。"楚瑜顿住脚步，卫韫看着她，沙哑着声音道："你到凤陵后，我会再调两万兵马过去。你只守不攻，等我拿到帅印，攻下天守关，我来接你。"

听到这话，楚瑜心里舒了口气。她的嘴角扬起笑意，却没回头，只是道："好。"

等了一会儿，卫韫没有出声，楚瑜正提步要走，却听他又突然叫出了她的名字："楚瑜。"

这是他头一次叫她的名字，楚瑜不由得有些诧异。她回过头去，看见少年站在门前，长身而立，夜风吹过，长廊上灯火轻轻摇晃，灯光打在他的白衣之上，映出了几分暖意。他的目光平静，眼如深潭，见她看过来，终于才说道："你得活着回来。"

楚瑜愣了愣，不由得笑了，正要开口说什么，却听见卫韫又道："你若不活着回来，我就把北狄一路屠过去。"

听到这话，楚瑜心中一惊。上辈子卫韫之所以会被称为"活阎王"，就是因为他曾经连屠北狄十一城。他打仗善用骑兵，且攻城极快，攻城前他都会问对方降是不降，若是不降，攻下之后，全城尽屠。如此连屠十一城，北狄再无城敢反抗，不过两年，他就彻底攻下了北狄。大楚建国百年，从未有过如此铁血手段的人物，众人对他又怕又敬，因此对于这个稳固了大楚江山的将军，文臣向来褒贬不一。

楚瑜回忆着上辈子的卫韫，看着面前满目怒色的少年，突然唇间发苦。卫韫抬眼看她，声音平静中带着凉意："如果你不想看我变成那样的人，就好好护着自己，好好回来。"

楚瑜没有多言，转身走了出去。片刻后，听得楚瑜的脚步声消失，卫韫终是控制不住自己，广袖一扫，便将旁边的花瓶狠狠砸了下去。一直缩在旁边的卫夏猛地抖了一下，苦着脸道："如今大夫人也走了，侯爷开始砸东西，谁来拦他哟？"

"那就砸呗。"卫秋突然淡淡地开了口。卫夏立刻变了脸："你知道什么？！你知道家里东西有多贵吗？！现在家里的钱都拿去买地了，小侯爷出的是气，花的是白花花的银子！大夫人省钱省得那么不容易，小侯爷噼里啪啦就砸了，这银子你挣啊？！"

二人还在说着，卫韫冷着脸，举在手里的花瓶却被慢慢放了下来，接着就听见他大吼了一声："滚！"

十二 守住凤陵，朕就还人

楚瑜走出庭院时，已经收拾好了心情。当务之急，便是去凤陵搞明白那地方到底藏着什么秘密。如今想来，当年楚临阳被围困在凤陵三个月，凤陵战至全城近空，那一战惨烈如斯，到底真正的原因是什么？当年的凤陵，到底经历了什么？

楚瑜带着长月、晚月来到府前同张云会和，一起赶到城郊点了两万兵马，然后由楚瑜领队出发。因怕有人不服，张云一路都紧跟着她。这两万兵马都是从皇帝的直系部队中挑出来的，且都是轻骑。骑兵向来精贵，重在行军速度，可见如今皇帝对凤陵十分在意且焦急。他愿意将两万骑兵交给楚瑜，算是下足了血本，楚瑜不由得对凤陵的分量进行了重估。

轻骑急行，不过两日便抵达凤陵。楚瑜吩咐部队临水边安营扎寨，派人先到城中打探消息，休整之后再靠近。

军营安顿好之后，楚瑜站在营前眺望凤陵城。大楚大多数城池都建在山谷里，群山环绕，在山上建立第一道防线。而凤陵城却是少有的直接建在山上的城池，因而易守难攻。听闻凤陵当年本是一个山寨，后来逐渐修建成城，大楚建国之后方才单独规划为县。此刻城外山下，零零散散正有人往山上走。楚瑜不由得有些奇怪："这些人为何此刻还在进出城门？"

"都是难民。"这两日张云与楚瑜已经熟悉起来，他是个直爽人，看了一眼那些人的衣着，便道，"华京边上也有很多，打仗打得厉害，这些百姓只能四处逃散。"楚瑜一听便明白了，上辈子流民没有这样多，而如今顾楚生不在昆阳，卫韫不上前线，宋楚两家又消极应战，于是流民四处逃亡。

见楚瑜皱起了眉头，张云安慰她道："流民多是好事，证明百姓没有被大规模屠城。要是都被屠了，你还能见到几个人啊？"听到这话，楚瑜无奈地笑了笑。如此多的流民，大多是因卫家和宋家撤退时都优先护住了百姓撤退，虽然弃城，但并没有造成大面积伤亡。如此一想，她倒也没有那么伤感了，叹了口气道："只愿赶紧结束这场战争吧。"

张云闻言，愣了愣，随后有些犹豫地道："大夫人，其实有些话，我也不知道该不该讲，可不讲我憋在心里难受。"

"你说吧。"楚瑜笑了笑。张云叹了口气，终于道："我知道卫小侯爷在和陛下斗气，可是白帝谷这事，毕竟是北狄人干的，小侯爷再怎么斗气，如今国难当头，将士如此做，实在是让人有些寒心。"

楚瑜喝了口酒，面色平静："是你如此想的，还是很多人都如此想？"

"大家都这么想。"张云打量着楚瑜的神色，"您回去了，能劝就劝吧。"

"张将军，"楚瑜回头，"你和姚将军认识吗？"张云愣了愣，楚瑜平静地继续道，

273

"你以为是卫家不想上前线？是宋家想退？是我楚家不敢迎敌？……护着百姓离开的是我们，弃城的是姚勇；死在战场上的是我卫家人，拿到帅印的是姚勇。如今姚勇手握帅印，乃兵马大元帅，这时候你让小侯爷上前线去，你觉得小侯爷该如何自处？"

张云直爽，但也不是傻的，他慢慢回过味来，忙抬手道："您别说了，剩下的我也不想知道。咱们便好好守住凤陵，华京的事与咱们无关。方才的话我收回去，大夫人别见怪。"说着，他忙摆手退了下去。

楚瑜没说话。她坐在石头上，手里提着酒囊，又抬头看了一眼，只见那些流民步履蹒跚。过了一会儿，有人来通报道："大夫人，有流民前来乞讨，我等是否将其赶离？"

楚瑜抬头看了一眼远处正在和将士说话的人。那是个年轻女子，她脸上抹了黑炭，披着斗篷，身边带着三四个孩子，最大的一个看上去也不过十岁，最小的一个还不到那女子大腿高。那女子似乎在苦苦哀求着将士，楚瑜皱了皱眉，觉得她的眉眼有些熟悉。想了想，她同人道："将人带过来我看看。"

士兵有些诧异，却还是听了吩咐，过去同那边说了几句话，那女子便拉着孩子往这边走来，还一同士兵弯腰道谢。片刻后，那女子怯怯地来到楚瑜身前，她没敢抬头，带着几个孩子恭敬地跪了下去。

她跪下去的姿态很优雅，抬手放在额间，屈膝俯身，却是规整的华京贵族礼仪。楚瑜皱了皱眉，旋即听见女子熟悉又温柔的声音响了起来："民女见过将军。"

听到这声音，楚瑜猛地睁大了眼睛，不可思议地看着面前的女子，惊诧地出声："阿锦？！"

那女子身子猛地一颤，她低着头，微微颤抖，没敢动弹。楚瑜站起身疾步朝她走去，楚锦听见那渐近的脚步声，心跳得飞快，在楚瑜即将触及她的一瞬间，她猛地站起来，想要朝外面跑出去。

楚瑜眼疾手快，一把抓住楚锦的手腕，另一只手捏着她的下巴就扳了过来！女子的脸被迫面向楚瑜，那涂满了黑炭的脸上还依稀能看到正在结痂的伤口，伤口纵横地划在女子的面庞之上，让她原本美丽得震撼华京的面容变得狰狞可怖。

楚瑜呆呆地看着面前的女子，楚锦却从最初的惶恐惊诧里恢复过来，慢慢冷静了下来。她眼里还含着眼泪，紧紧捏着拳头，一言不发。她身旁的几个孩子冲过来捶打楚瑜，大吼道："你放开我姐姐！你放开！"

楚瑜诧异地回头，见其中一个孩子举着石头就砸了过来。士兵猛地按住那孩子，楚锦惊怒出声："你们住手！"

"都停下来！"楚瑜大吼道。所有人终于安静下来，几个孩子被押着跪在地上，恶狠狠地看着楚瑜。楚瑜慢慢放开楚锦，一时竟有些不知所措。楚锦没说话，她眼里的雾气散去，慢慢转过了头来。"这几个孩子已经两天没吃东西了。"她艰难地出声，"有什么事我们里面谈，先给他们吃点东西吧。"

楚瑜让人将孩子带下去，楚锦却叫住他们嘱咐道："等一下！先给他们吃流食，别一下子让他们吃太多！"说完，她才回过头来。她抬手整理了衣衫，双手笼在袖中，仿佛一只立起身上所有刺的刺猬，做好了战斗准备。她身上的斗篷早已破损，然而哪怕衣衫褴褛，她也仿佛是华京里穿着华袍、戴着金簪的贵女，优雅平静地开口道："走吧。"

楚瑜没说话，她点点头，领着楚锦进了帐篷。

楚瑜打量着楚锦。她记得这个妹妹一贯喜欢哭啼，热衷于华服美食，如今却似被打磨过的石头，带了那么几分令人意外的光彩。她领着楚锦坐了下来。楚锦似乎一直在等她审问，然而楚瑜沉默片刻后，却是道："他们没吃东西，你吃过了吗？"楚锦没说话，楚瑜却是明白了，依着楚锦方才对那几个孩子照看的样子，孩子没吃，她也不可能吃过。

她叹了口气，吩咐人去准备些吃的，又同楚锦道："你先喝杯热茶暖暖肠胃。"

楚锦抬眼看她："你没有什么要问我的？"

楚瑜摇了摇头："终究是你的事，你要同我说便说，不同我说，也无妨。"

楚锦沉默了，好久后，她才道："我知道你派人跟着我。"楚瑜没说话，她喝了口茶，听楚锦平静地继续说道，"我以为你是不愿救文昌，所以阻拦我去找大哥。于是出城之后，我遇到流匪，故意冲进流民中，甩开了他们。"

"你也挺厉害的。"楚瑜不由得笑了。楚锦捏着拳头，没有说话。帐篷里安静下来，楚瑜看着烛火"啪"一下爆开，喝了口热茶，又听见楚锦的声音响起："是我错了。"楚瑜慢慢回头，不明白为何楚锦会突然有了这样的念头。只见楚锦捏着拳头，咬着牙关，"是我把这世间想得太简单，是我错了。"说着，她的眼泪慢慢落了下来。

楚瑜叹了口气："阿锦，不要多想，回来就好。"然而楚锦摇头，抬手抹去自己的眼泪，黑炭被抹开，露出了她脸上狰狞的伤疤。楚瑜转过视线，楚锦却是停不下来，一直落泪。

楚瑜静静等着，好一会儿楚锦才终于冷静下来，慢慢地道："我要送这几个孩子入凤陵城，除此之外，我还有一事要说。"

楚瑜点了点头，漫不经心地道："你说吧。"

"凤陵城里，怕有古怪。"

楚瑜微微一愣，随后冷下了声音："你从头说来。"

卫韫坐在府中，正在给楚临阳写信。卫夏进来恭敬地道："小侯爷，有客人拜见。"

卫韫抬头，却见卫夏身后露出个人来。来人披着黑色斗篷，见到卫韫便抬起了头来。他面上全是冷色，压着声音道："我听说，卫大夫人去了凤陵？"

卫韫看见来人，不由得愣住了："顾楚生？你不在长公主府……"

"是不是？！"顾楚生似乎已经完全控制不住情绪，猛地提高声音，"她是不是去凤陵了？！"

卫韫皱起了眉头。顾楚生这样的询问让他内心生出几许不适，但也察觉此事或许与楚瑜必须去凤陵的那个理由有关。于是他点头，如实道："是，她领兵两万，去驻守凤陵。"

顾楚生闻言，身形晃了晃，卫夏吓得赶紧扶住他："顾大人，您怎么了？"

"去追……"顾楚生颤抖着声音，随后转过身急促地道，"给我五万人马，立刻给我！"

卫韫的眉头皱得更深了："你向我要人，得说明白是怎么回事。凤陵不过一个小城……"

"可北狄主力在那里！"顾楚生几乎是在嘶吼，"至少有十万兵马在那里，你们给她两万人，是让她去送死吗？！"

卫韫猛地睁大了眼，墨落在纸上，晕出一片惶恐焦急。

另一边，楚瑜和楚锦同坐在帐中。"我混入流民中以后，本来打算跟着流民往洛州去找大哥的。"楚锦稳定住情绪，慢慢地开口，"但路途中我太过大意，不小心外露了手中银钱，于是被流民洗劫。而后侍女与我走投无路，她意图将我转卖给别人，被我发现之后，我与她争执，失手将她错杀。……逃亡的路上，我被买家追上，对方意图强迫我，我划破脸才吓退了他们。当时我独自流落在荒郊野外，有一位夫人正带着人前往凤陵，听得我呼救，便让人停下，然后救下了我。"

楚锦在整个述说过程中都很冷静，楚瑜静静听着，心中五味杂陈。她不敢惊扰楚锦，只能耐心等着楚锦继续道来："这位夫人姓李。李夫人是凤陵城中一位官员的妻子，如今战乱，她与几位小公子便前往凤陵城去找那位官员。她听闻我乃华京贵女，也没有生疑，反而承诺到达凤陵后让她夫君给我人马,送我去洛州。我本生疑,但走投无路,还是跟着夫人走了。……夫人心地善良,待我极好,我却不信。世道太乱,我们遇上了流寇,夫人为了救我和几位小公子而死于乱贼刀下,之后我便按照夫人嘱咐,带着几位小公子沿路乞讨来到凤陵。我按照夫人的描述想去寻找那位大人,却突然想到,那位大人似乎有些奇怪。"

楚锦皱起眉头,回忆道:"夫人曾说过,她夫君官阶极高,乃正三品。可正三品官员,为何会在小小一个凤陵城中?凤陵城的县令也不过下六品而已。……这位官员姓韩,在夫人的描述里,他并不管理凤陵,只是在凤陵借了一处地方来用。夫人说她夫君自幼喜欢做东西,年轻时沉迷于炼丹,后来又爱上了制剑,总之没做过正经事。而且,他当上官并不是通过科举,而是云游时去了一趟华京,然后就拿了官印回来,家乡官员亦对他礼遇有加。尔后他便离开家乡,来了凤陵。如今战起,他给妻儿书信说凤陵固若金汤,绝不会有失,让夫人带着孩子们赶来凤陵避难。"

"姐姐不觉得奇怪吗?"楚锦分析道,"朝中三品以上的官员算不上多,我大多知道,却从未听闻一位出身乡野、姓韩的官员。可这位韩大人得到了家乡各级官员的礼遇,还有官印、封地以及俸禄,若非他说谎,那就是朝廷有一位三品官员被安排在凤陵,做着不可告人之事。如今你也来了,我便猜测,这凤陵城之中,怕是藏着什么陛下的秘密。"

楚瑜点了点头。如果放在以前,这位韩大人可能会被她当成一个江湖骗子,然而如今皇帝钦点两万兵马来凤陵,再说起这位韩大人,她却是信了。于是她又问道:"除此之外,可还有其他异常?"

"我曾在附近见过三次疑似北狄的人。"楚锦道,"他们都是来一下就撤走了,我不知道他们想要做什么。除此之外,凤陵城不收流民。"

"不收流民?"这一次楚瑜有些诧异了。楚锦点头道:"我就是从凤陵城下来的,他们不收流民,我没有文牒,进不去。"

楚瑜皱起了眉头,心里有些不安。此时饭食送了上来,放在楚锦身前,楚锦尽力保持着优雅和镇定,却仍克制不住动作,吃饭的模样比之以前明显狼狈了很多。

楚瑜静静看着她,一时竟是连自己都不知道自己到底是怎样的情绪。她曾经恨过楚锦,甚至有些时候恨不得食其骨、啖其肉。她对楚锦的感情早在上辈子就磨光了,当年的姐妹情谊,早就在时光里湮灭了。重生回来,也不过是偶尔有那么片刻的触动,哪怕是抱着楚锦告诉自己她爱这个妹妹,也不过是宽慰。她对楚锦,早就是无爱无恨。她不打听楚锦的事,也不关心她的事。

可是,看见楚锦满脸伤痕,低着头急促地吃着东西,楚瑜又觉得有那么几分不忍。她

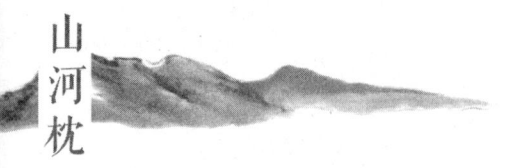

知道楚锦素来高傲，于是本想对她说一句"慢着些"，又生生忍住，只是暗暗吩咐人慢些上菜，给楚锦缓一缓的时间。

楚锦好不容易吃完了，几个孩子也被人带了进来。一进来他们就朝着楚锦拥过来，焦急地道："姐姐你还好吧？她有没有欺负你？！"他们一面说着，一面看向楚瑜。楚瑜有些好笑，抱着手瞧着这些孩子，逗弄他们道："哎呀呀，你们姐姐都被我欺负哭了，你们要怎么样啊？"

"你！"最年长的那个孩子看见楚锦果真红着眼，怒气冲冲地道，"你等着！我一定让我父亲来收拾你……"

"哦？你父亲要怎么收拾我啊？"楚瑜挑了挑眉。那孩子涨红了脸，憋了半天才道："你……你别嚣张，你要再欺负姐姐，我就拿……拿火药来炸死你！"

"火药？"楚瑜愣了愣，"那是什么东西？"

那孩子冷哼一声，扭过头去。楚锦笑了笑："他说是他父亲做的玩意儿，约莫和鞭炮差不多。"

楚瑜听到这话，笑出声来："行吧，我等你父亲拿鞭炮来炸我。行了，"楚瑜挥了挥手，让人来带几个人下去，"你们先去梳洗休息。明日我们进城。"楚锦应了一声，便带着孩子们随着人下去了。

等他们都走了之后，楚瑜想了想，抬头同晚月道："我是不是该劝劝阿锦？"

"这要看您的心意。"晚月也看明白了这对姐妹之间的纠葛，垂眸道，"二小姐过去有诸多不是，您不喜也正常。但如今二小姐已经不一样了，您想要劝，也正常。"

楚瑜没说话。楚锦虽然只将自己的遭遇只字片语地带过，楚瑜却能听明白，这一路走来，她有多不容易。她从小锦衣玉食，手无缚鸡之力，又生得貌美，虽然工于心计，却从未识得人间疾苦。她与谢韵囿于后宅，以为名声就大过天，以为在背后多说人几句就是恶毒，以为毁坏一门亲事就能害一个女子一生。她们却不知道，在这乱世之中，人命如草芥，她们后宅之中的恶毒与这世间比起来，太微不足道。

楚瑜叹了口气，站起来，往楚锦帐中走去。谁知刚走到帐外，楚瑜正要出声，就听见里面隐约传来了啜泣之声。楚瑜微微一僵，站在门口听了一会儿，终究还是转过了身去。卫韫同她说过，有些路，得自己走。站在楚锦的帐外，楚瑜突然特别清晰地明白了，的确如此。

回到自己的帐里，楚瑜也不再多想楚锦的事，闭上眼睛打算休息。然而方才合眼不久，就听见了兵马之声！地面微微颤动，她猛地清醒，从旁边提起长剑，长月已冲了进来，扬声道："夫人，敌袭！"

十二 守住凤陵，朕就还人

楚瑜一手捞起兵甲，一面穿一面往外冲。只见铁骑从周边如潮水涌来，夜色中呼声震天！楚瑜翻身上马，目光往凤陵城上看去，却见城外并无士兵。

"入城！"她高喝出声。

战鼓声大响，这时，楚锦拉着几个孩子匆忙跑来。她头发还是湿的，身上只披了件薄衫。若是在华京，她绝不可能就这样出来。她匆忙来到楚瑜面前，将孩子往楚瑜面前一推，焦急地出声道："带他们走！"楚瑜二话不说，和长月、晚月各自捞了一个孩子上马，楚锦跟着也翻身上马，拉了一个孩子护在怀里。楚瑜扛起一面军旗，在夜色中一马当先，大喊道："入城！入城！入城！"

她的声音在夜色中传开，本来被敌袭惊乱的队伍开始迅速整队，楚瑜将军旗扔给长月，冷静地道："护着二小姐，领人上山。"说完，她便提剑回去找张云。

张云正在组织人断后，楚瑜在中间迅速引导着人往山上去。敌方来得突然，但好在发现得早，大部队还没赶到，楚瑜等人疏散得快，倒也没有十分吃力。没过多久，见大多数人已经到达凤陵城门口，城门大开，楚瑜大喊了一声："撤！"张云便领着人同楚瑜一起打马狂奔。

追兵在后面引箭齐发，楚瑜和张云一同冲入林中。叫喊声从身后传来，二人加快了速度，第二波箭雨瞬间落下，张云的马绊在草藤上，只听一声嘶鸣，张云猛地摔落下去，一只羽箭瞬间扎在了他身上，疼得他哀号出声。

楚瑜勒马停住，大喊了一声："张将军！"

"走！"张云嘶吼出声。旁边的士兵疯了一样往凤陵山冲去，月色中，张云的脸上带着血，还在嘶吼着，"快走！"

楚瑜抿了抿唇，却是驾马俯冲了回来！第三波羽箭再次落下，追兵也追了过来，楚瑜在马上弯腰，用剑鞘挑起张云的腰带将他往马上一带，同时将外套往头顶一旋，拦住了落下的羽箭，翻身夹马便往前冲去。

追兵追上来，将二人团团围住，楚瑜长剑横扫而过，单手提着张云扛在肩上，足尖一点便朝着前方直刺而去，破开人群，直接落到树上，踩着树枝便一路朝着山脚狂奔而去。北狄军中瞬间冲出十几道黑影，追着楚瑜一路往前。张云捂着伤口，沙哑地道："大夫人，您放下我……"

"闭嘴。"楚瑜刚说完，就将张云往前方猛地一扔！张云睁大眼，楚瑜却是单臂挂在树枝上猛地一甩，接着先一步来到张云面前，一把抓住他的裤腰带，再次将他扛在了肩上。

张云脸色煞白，哆嗦着道："大夫人，您还是放下我吧……"楚瑜在月色中笑开，朗朗道:"张将军要受些委屈了。"说话间,她再次将张云猛地一扔,手中数十只飞镖往旁边扫射而去,而后抓住张云,弯腰提剑一个横扫,躲过了北狄杀手的第一次偷袭。

楚瑜身形灵巧,剑如白蛇吐信,又似游龙入海,动作看上去又轻又慢,却每一次都恰到好处地躲过对方的袭击。十几个人拿楚瑜无可奈何,张云被楚瑜扔得腹内翻江倒海,又一次被扔出去时,正逢一个杀手俯冲过来,他实在没忍住,"哇"地一下吐了出来!

对方吓得疾退而去,也就是这一刻,楚瑜紧随而上,一剑狠狠刺入对方身体之中,提着张云便往前推进了数十丈。

"干得好啊。"楚瑜笑眯眯地看着张云。张云闭上了眼睛,他这辈子都没觉得自己不行过,但这一刻他觉得,自己恐怕真的要交待在这里了。

一路且战且行,越来越多的人朝着楚瑜二人拥过去,北狄的注意力被楚瑜所引,其他大楚将士则迅速往城里撤去,最后只剩下楚瑜还在与追兵纠缠。

楚锦等人站在城头,远远看着山下那场激战。再没有人从密林里出来了,楚锦捏紧了拳头。楚瑜呢?姐姐呢?她浑身颤抖,咬着牙关不敢说话。然而,县令正要说什么,却看见一袭白衣提着人从密林里闪了出来!凤陵山脚下是专门清出来的一片空地,以保证视野清楚,如今大家便清晰地看见一个女子正提着一个男人,身形如鹤,身后紧随着十几个身影。

那十几个身影在空地上将她团团围住,她却不见分毫惧色,甚至还带了几分洒洒青锋的豪气。

"快快快!救人!"县令立刻出声。战鼓声起,凤陵山密林之中猛地跳出了十几个青年来。那些人身着统一的青衫,脸戴白玉面具,甚至起剑姿势都一模一样。他们上前一阻,楚瑜便迅速退进了山中。而他们也毫不恋战,立刻跟着退了回去。

楚瑜不敢松懈,将张云往其中一个青衣男子手中一扔,便道:"我同将士守山。"

"不必。"那青衣男子摇摇头,话音刚落,北狄军队已往山上冲了过来,而这一刻,整座山仿佛立起了一张大网,数万小箭朝着敌方同时射出!

那些小箭间隔的距离似乎是经过精密计算的,两箭必中一人!一波射击之后,北狄军队便倒了一大片下去。这时楚瑜才看清,这密林中树立了一张张弓弦结成的网,每一张网旁边都站了一个人,网上每个纵横交错点上都有一个置箭的机关,网的顶端有一盒箭匣,第一波发射完成后,箭匣会自动落下羽箭在网格的各个发箭机关上,然后由旁边那个人操控整张网统一发射。

万箭齐发!楚瑜从来没见过这样诡异又震撼的防守工具,而她身边那个青衣白玉面具的青年却是一脸平常,平静地道:"凤陵山有自己的守山之法,大夫人还请先上山吧。"

十二　守住凤陵，朕就还人

楚瑜并不迟疑，她点了点头，又看了一眼那张网，便提着张云往山上走去。青衣男子却是举剑拦住她，同她道："请随我来。"说着，青衣男子便带着楚瑜来到一旁，只见那里有一条木质轨道，轨道上有一个巨大的木箱，对方抬手指着木箱道："请将这位将军放入此木箱中。"

楚瑜面对这诡异的一切，虽然心中不安，却还是听话地将张云放了进去。对方点点头，从木箱一侧拉出一根绳子将张云固定住，随后他便站进木箱右侧，扶住木箱上的横杆，同楚瑜道："请您站到我左侧来。"

楚瑜沉默着站到木箱左侧，学着那人的模样，握住了木箱上的横杆。那人赞许地点了点头，弯下腰，握住木箱旁边的把手一用力，突然之间，楚瑜就发现自己脚下那条木质轨道动了起来！木箱就在这条木质轨道上像被人推动一样直直往山上冲去！楚瑜被这诡异的场景惊住了，一动不动，而张云则吓得两眼一翻，昏死了过去。

不过片刻之间，三人就到达了山顶，青衣男子停住木箱，同楚瑜道："此物名为木梯，日后大夫人为节省体力，可使用此物上山。"

楚瑜僵着脸点头，城内已冲出人来将张云抬了进去。这时候，一个身着知府官服的老者走出来，朝着楚瑜鞠了一躬道："微臣刘荣，见过卫大夫人！"

"刘大人快快请起。"楚瑜忙道，"在下奉命而来镇守凤陵，这一月还望大人多多指点。"

"指点谈不上，"刘荣叹了口气，看了她后面一眼道，"罢了，还请卫大夫人进来详谈。"

楚瑜点点头，同刘荣一起入城。刘荣迎她进了县令府衙，让人给她上了茶，随后屏退下人，认真地道："卫大夫人，此番前来守城，陛下可交代了城中东西打算带往何处？"

楚瑜微微一愣，有些诧异地道："您说的东西是指？"

刘荣见楚瑜反问，面上闪过一丝忧虑，随后立刻道："罢了，那不知卫大夫人来时，陛下是如何说的？"

"陛下让我守城一月。"楚瑜认真地道，"刘大人放心，这一月内，楚某必与凤陵生死与共。"

刘荣皱了皱眉，继续道："那您可带粮草来了？"

"此番……"听到这话，楚瑜有些不好意思，"怕是要凤陵开仓救济了。"

听到这话，刘荣面色一白，急促地出声："凤陵城并无粮仓，卫大夫人来时不知吗？"楚瑜猛地抬头，却听刘荣焦急地又道，"老臣三番两次写信入京，便是求粮草一时，您竟不是带粮草过来的吗？！"

281

楚瑜瞬间明白，一座没有粮草的城里驻扎这样多的兵马和人意味着什么。她立刻起身，焦急地道："我带人走，我们不能留在这里守城！"然而话没说完，就见方才带楚瑜上山的青衣男子拐了进来，冷静地道："大人，大夫人，北狄将凤陵包围了。"

"外面有多少人？"楚瑜焦急地出声，不等青衣男子开口，她立刻又道，"我带人出去。"

"十万有余。"青衣男子开口，楚瑜僵在了原地。若来人只是几万，两倍之差，楚瑜或许还有那么五五的把握带着人冲出去。然而对方来了十万人，足足十万人！

"他们正在休整，暂时攻不上来。"青衣男子的声音里不带半分生气，仿佛对面前的事毫不在意一般，平静地道，"看人数还在增加，应是正在调兵，打算一举拿下凤陵。"

楚瑜没说话，刘荣急得走来走去："陛下这是在想什么？！陛下到底想要干什么？！"然而，刘荣还在问，楚瑜却抬起头来，目光落到华京的方向。这位陛下在想什么，她大概已经明白了。

八百里外的华京宫廷中，此刻歌舞升平。皇帝站在水榭之中，背对着太监总管黄全友道："楚瑜应当已经到凤陵城了。你说北狄什么时候会动手？"

"陛下，您这番心思，都让老奴糊涂了。"黄全友上前来，给皇帝披上披风，"您在凤陵城设的兵械部建了这么多年，韩大人好不容易把火药研制出来了，您又将这个消息告诉北狄，这是图的什么啊？"

"图什么？"皇帝冷哼出声，"不给北狄找个目标，他们马上就要打到华京了！朕如今给苏查找了个绝好的目标，苏查知道凤陵城的价值，一定会不惜一切代价攻下它。你以为朕送楚瑜过去做什么？真当我大楚要让一个女娃娃去领军了？楚瑜过去，楚家能睡得安稳吗？卫家能睡得安稳吗？瞧着吧，楚临阳和卫韫，一定会出兵去帮楚瑜。他们出兵帮朕牵制住苏查的主力军，朕就让姚勇腾出手来打北狄剩下的残兵。姚勇只要打出几场胜仗，朕就寻个理由把卫家和宋家的军权剥给他。"

"陛下，"黄全友叹了口气，"其实吧，镇国侯如今不就是和您赌气姚将军的事吗？姚将军一直不打，您逼着镇国侯上前线，镇国侯心中自然不乐意。您若也逼一把姚将军，我想镇国侯也不至于如此吧？"

"糊涂！"淳德帝骂出了声来，"你以为卫韫逼着朕罚姚勇是为什么？姚勇是朕的亲军，是对抗他世家的一把刀。他现在保留着卫家的实力，逼着朕让姚勇的军队正面迎敌，为的就是损耗姚勇的军力。姚勇的军力损耗了，他若谋逆，谁还拦得住他？！……你以为战场上几万几万的逃兵去了哪里？不是他卫韫指使，逃兵能有这样多？你以为卫韫在洛州大量购地种粮是做什么？没有军队要养，他何必如此！他这黄口小儿盘算着谋逆，以为朕不知道吗？！"

"是老奴愚钝，陛下圣明！"黄全友赶忙抬手扇自己耳光子，皇帝冷哼了一声："他想用北狄威胁朕，当朕是个傻的吗？待客之前先得将家里打扫干净，这些小兔崽子就给朕等着吧。等姚勇扫平了北狄正面军队，卫楚两家和苏查主力斗得你死我活，朕立刻带人踏平他卫家。朕待他的恩情，他如此回报，论罪当诛！"

"是是是，"黄全友跪下来，"陛下与姚大人联手，姚大人忠心耿耿，必护陛下万古千秋！"

听到这话，皇帝剩下的话突然就说不出来了。黄全友其实没说什么，可他不知道怎么的，骤然就想起了顾楚生。顾楚生所告之事，到底是姚勇真的瞒着他，还是顾楚生由人指使，设计陷害？皇帝没说话。有些种子一旦播下了，总是藏在心里的。他将目光移向卫府的方向，不禁开始思索，此时此刻，卫韫在家中，正在做些什么打算？

此刻的卫韫正静静听着顾楚生分析凤陵的形势。上一辈子顾楚生对凤陵之事大致有几分了解。凤陵一事藏得极为机密，一般百姓根本不明白当年那里经历了什么，顾楚生却是大致知道的。

当年在凤陵城，楚临阳遭遇了北狄主力围困。然而凤陵城与一般城池不同，一般城池中都有粮仓，凤陵却从不存粮。与其说这个地方是个城池，倒不如说它像一个巨大的府衙。因为没有粮食，士兵和百姓都困在里面，当时战场上四处胶着，宋家、楚家也没像如今一样敛其锋芒，在战场上多有折损，而姚勇保命惜兵，从不正面交锋，因此楚临阳守城三月，都没有人前去救济。没有粮草的三个月，可想城中成了怎样的人间炼狱。然而城中一直没有发生暴乱，可见楚临阳必然是做了什么。

三个月后，卫韫终于前去救援，城中再没有一个活人。有人死于战场，有人葬身于他人腹中。这样的人间地狱，当顾楚生听见楚瑜过去守城的一瞬间，他就疯了。他本知道凤陵会出事，打算寻个由头来找卫韫商议的，却不想来之前就听到了楚瑜被派往凤陵的消息。

顾楚生失了分寸，声音都是抖的。他没办法跟卫韫解释上辈子楚临阳守城后发生了什么，只能说当下北狄军力和粮草一事。但卫韫已经明白楚瑜要面对的是什么，他强装平静地道："北狄为什么要把主力放在凤陵？"

顾楚生微微一愣。这个问题，他前世就想过，却一直没想明白。当年楚临阳是皇帝派过去的，他战死之后，皇帝也是让亲信去处理的这件事，所以当年凤陵城到底为什么被攻

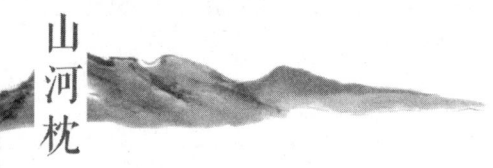

打,或许只有皇帝和楚临阳知道了。

卫韫看出顾楚生回答不上来,却也没问消息的真假,只是看着这个脸色惨白的青年,慢慢地道:"你同我借五万人马,是想去救我嫂嫂?"顾楚生这会儿已冷静了许多,点头应声。卫韫捧着茶,平静地道:"你以为陛下为什么要让我嫂嫂一个女子领兵守城?"

顾楚生微微一愣,随后便睁大眼睛,明白了过来。这是皇帝下的引子。皇帝送楚瑜过去,本就是打算用她的生死来牵制卫楚两家!可是,一个女子,对卫韫而言真的这么重要吗?顾楚生看着卫韫,心跳得飞快,他问得急促:"所以,你不打算管她了?!"

卫韫抬眼看向顾楚生,坚定地吐出一个字:"管。"然而,顾楚生还没来得及舒出一口气,他接着又道,"可是,你不用去凤陵。我会过去。你另外去办一件事。"

顾楚生皱着眉头等待着。卫韫面上镇定,心却是跳得飞快,手心全是汗,整个人都是木的。他机械地开口道:"我要你去当说客,找到北皇苏灿,劝他来打天守关。"

顾楚生微微一愣,随后迅速反应了过来。苏查足智多谋,苏灿却是个好大喜功的。天守关才是大楚的关键,苏灿若是要打,那必然要从凤陵调兵,楚瑜的压力就会大大减小。

"在此之前,我会带轻骑在凤陵打骚扰战。他围困凤陵,我就劫他粮草。"

顾楚生没说话,许久后,他咬牙道:"好。"说完他便站起身来,往外走了两步,却又停在门口,转过头去看着卫韫,"卫韫我告诉你,这次我听你的,可是若楚瑜因此有个三长两短,我拼了命也要踏平你卫家!"

听到这话,卫韫抬眼看他。"若她死了,"他的声音如死,"你以为,我卫家还有什么能给你踏平?"

顾楚生一愣,却见卫韫撑着自己,慢慢站起了身来。他的动作很重,很缓,似乎承载着千钧之力。顾楚生骤然意识到,对于这一辈子的卫韫而言,是楚瑜撑起了卫家的门楣,撑起了卫家的天。如果说这里有谁最不想楚瑜死,他是一个,剩下的,必然是卫韫。

卫韫站起身,咬紧牙关,撑着自己回到内堂。他转身走到长廊中,周边再没有了外人,他彻底放开,靠在墙上急促地喘息起来。

"小侯爷!"卫夏惊呼。卫韫闭上眼睛,咬牙出声:"点人备马,即刻起程!"

十三　踏平北狄，接她回家

凤陵城里没有粮食，皇帝却还是将她派了过来。

楚瑜本来还在疑惑皇帝为什么这么轻易就让她一个女子为将，如今想来，他哪里是要她为将？真正的主帅是张云，她不过是一面旗子，立在凤陵，吸引卫楚两家来救。就算卫楚两家不来，这两万人也能以命拖住凤陵。至于凤陵城中那些费尽心机造出来的东西，本来北狄也没打算让大楚拿到。就在凤陵努力求援的同时，北狄虽然没有进攻，却一直在往凤陵调兵。所以凤陵连着几次消息都传不出去，北狄根本就是在拖时间！

楚瑜深吸了一口气，转头看向刘荣："陛下给你们下了死令，对吧？"刘荣微微一愣，楚瑜却是了然，"若是城破，你们都活不下来，对吗？"

刘荣沉默不言，青衣男子却是开口道："若刀不为我大楚所用，便宁愿毁了，也不能留给他人。"

所以上一辈子，凤陵城中没有一个活人。

所以上一辈子，凤陵城被付之一炬。

楚瑜看着他们，平静地道："没想过投降吗？北狄是冲着你们手里的东西来的，若是降了，以你们的能力，在北狄也会受到礼遇。"

"你要投降？！"刘荣骤然激动地出声，"万万不可，万万不可！你可知我建凤陵城费了多少心思？你这女人……"

"我等若是降了，大楚将如何？"那青衣男子却是十分镇定，"如今陛下昏庸，多谋算，将士被逼着以政治手腕四处抗衡，君不君，臣不臣。北狄区区二十万铁骑，不足半年便拿下了我大楚半壁江山。凤陵若再有失，大楚当真是要亡国了吗？"他抬眼，目光里带着隐隐激动，"我等在此隐姓埋名十几年，难道就是为了看着这家国亡于我等手中？"

"我明白了。"楚瑜点了点头，后退一步，展袖躬身，"方才楚某多有冒犯，望大人海涵。两位大人放心，楚瑜必以身护此城，城在人在——"楚瑜抬起头来，只听她一字一

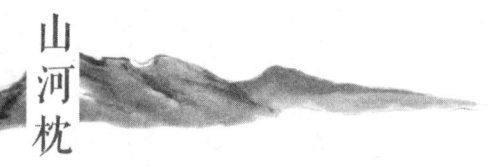

句，格外坚定，"城亡人亡。"

"夫人放心，我等也会拼尽全力帮助夫人。"刘荣连忙出声，扶着楚瑜直起身来。楚瑜转头看向旁边的青衣男子："敢问大人贵姓？"

"韩。"对方淡然出声，"韩秀。"楚瑜愣了愣，旋即问道："贵夫人是否姓李？"对方目光微微闪动，点了点头。

"贵夫人……"

"方才我看见了。"韩秀平静地开口，声音中带了些沙哑，"我四个孩子都进城了，她没来，必然是不在了。"楚瑜一时不知如何言语，却见韩秀转身道，"北狄休整过后应该很快会发起第二波攻势，张将军说您是此战主帅，就请您准备吧。"说完，他便提步往外走去。

刘荣见状，赶紧上前打圆场："他平日就是这脾气，您不要介意。"楚瑜摇头道："无妨。劳烦大人将城中人口和余粮清点给我，我派人去清点马匹。如今我等可能要苦守一阵子，关键时刻只能以战马为食了。"——或许不是一阵子，而是很长时间。这话楚瑜没有说出来。上辈子楚临阳守了三个月，如今局势虽然不一样，但对于楚家和卫家来说，现在来救凤陵也明显不是明智之举。

"还有，城中水源是从哪里来？"

"这个您放心，"刘荣点头道，"凤陵城用的都是天水和地下水。"

楚瑜应声，同刘荣将城中所有地方都熟悉了一遍，韩秀又来给她说明凤陵山上的几道防线。作为军事重地，凤陵山的防守做得极好，楚瑜带着兵马连夜熟悉了各种防卫器具，不由得惊叹道："这样多的好东西，韩大人为何不让军部知晓？"

"造价成本太高，知道也没用。"韩秀平淡地出声，"而且相较于北狄，大楚本就擅长守城，这么多年来，北狄也就是打秋风而已。"

楚瑜皱了皱眉，不免觉得有些奇怪。如果说这么久以来凤陵城造出的都是这些华而不实、无法普及的东西，皇帝还会如此看重凤陵吗？北狄到底是冲着什么来的？北狄一定知道凤陵城里有什么！

楚瑜知道韩秀不会回答她。归根结底，虽然目前他们在一条战线上，但韩秀始终是淳德帝的人。于是两人各怀心思，韩秀又带着楚瑜熟悉了凤陵山周边后，她才终于歇下。

然而，才睡下不过一个时辰，凤陵山便响起了号角之声。是北狄的第二次攻城！

这次双方都已休整好，楚瑜翻身提剑，便领着晚月、长月一路冲下了山去。刘荣站在城楼上纵观整个局势，韩秀在后排指挥城里的士兵操纵机关，楚瑜则带着人守在第一线。

十三 踏平北狄，接她回家

韩秀先射出第一波箭雨，北狄来人太多，第二拨人迅速冲了上来，面对的却是铺好了钉子和荆棘的第二层机关。再往前，就来到凤陵山前，对上了楚瑜等人。

楚瑜命人用沙袋堆了堡垒，做出一道简易城墙，以保护后排的射手，而后就带人冲上去与对方近身搏杀。敌军一拨一拨拥上来，楚瑜自己也不知道厮杀了多久，从清晨第一缕阳光落下，一直到夜色降临，她冲在前线，战鼓声一直未停。

战场之上，闻金声不往前，闻鼓声则战。不能退，不能退！楚瑜杀得神志麻木，身边的人一拨一拨下去，又一拨一拨冲上来。一个士兵倒在她脚下，她一剑逼退冲上来的敌军，提着人就往后疾退，将之扔到沙垒之后。

一双素手接住人，楚瑜抬头一看，却见是楚锦。她穿着士兵的衣服，面上带着血，神色坚毅地朝楚瑜点了点头，接着快速抽出布条绑住了士兵的伤口。而楚瑜只是这么一愣神，便迅速回到了前线。

——生死之前，不问前尘。疆场之上，不计得失。

北狄明显是想以强攻打完这一仗，他们人多兵强，而楚瑜等人则据天险而立，一时之间双方打得难舍难分，强攻两天两夜，北狄竟未能推进寸土。如此一来，北狄士气大减，第三日前半夜，北狄终于停下，暂做休整。而楚瑜已杀得眼前一片血红，提着刀坐在距敌营不远处，盯着对方虎视眈眈的士兵。

她的剑早砍断了，在战场上捡到什么就用什么，头发用发带高束，银白色的轻甲在夜色里泛着凉意。她说话的时候目光一直盯着北狄，仿若一头野兽正和猎物对峙。北狄人不敢对上她的目光，她杀得太过凶狠，如今北狄人看见她就觉得胆寒。

刘荣提了壶酒上去给楚瑜醒神，他蹲在她身边，苦着脸小声道："再这么打下去，撑不住了，士兵都累了。"

"我知道。"楚瑜舔了舔干裂的唇，喝了一口酒，"你别担心，至多后日，他们就会退兵。"

"你如何知道？"刘荣有些诧异地问道，楚瑜却是沉默了，只是又喝了一口酒。她如何不知道？皇帝如今就等着楚家或者卫家来救她，卫韫只要知道凤陵的情况，无论如何都会想办法过来。凤陵城距离华京不过两天的路程，如果卫韫知道消息，算一算，也该到了。

楚瑜闭上了眼睛，那酒有点苦。也就是这时候，北狄的军号声突然再次响了起来！楚瑜猛地睁开眼睛，却看见北狄兵马正如潮水一般退去。

"退兵了……"刘荣的声音有些颤抖。楚瑜站起身来，毫不犹豫地足尖一点，便迅速跳到了树冠之上，看向远处。只见远处有一队人马，白衣银甲，高举军旗，旗上大大地写着一个"卫"字。他们朝着凤陵城冲过来，北狄军马则是朝着他们拥去。

卫家军排成一个尖头阵，阵前一少年，手握长枪，气势如虹，一路破开人潮，带着身后轻骑朝着凤陵城狂奔而来。他们身后还跟着追兵，身前全是敌军，仿佛被海水包围的小船，在浪中疾驰。

楚瑜远远看着，身子微微颤抖。北狄那不是退兵，分明是去拦截援军的！而援军人不多，见此阵势，他们本可以转身离开，却还是朝着楚瑜来了。楚瑜的目光落在为首之人身上，他越来越近，隔着千万人马，她甚至可以看到那少年抬起头来，目光落到她身上，然后扬眉笑开。

"整军……"楚瑜提声，"整军接应！"

"夫人！"刘荣惊诧出声，"人太多了，我们救不了！"

"还能站起来的儿郎且起身来！"楚瑜扬声，"如今援军已到，且随我杀去！"喊罢，她一马当先冲了出去。长月、晚月完全没有犹豫，也跟着冲了出去。而后，陆陆续续有人站起来，打了这么两天，许多人早已习惯跟在楚瑜身后。

此时楚锦正在城墙背后，刚包扎好一个士兵的伤口。她站起身来，看向那带人往外冲去的身影，而韩秀站在城楼之上，白色面具下看不出喜怒。楚锦咬了咬牙，突然冲向了战鼓。她握住鼓槌，猛地往鼓面上敲出声来。

"你做什么？！"站在旁边的将士惊诧地喊道，想去拉楚锦。韩秀却突然抬手，平静地道："由她去。"

战鼓的鼓槌很重，同楚锦过往弹过的琴截然不同。她扬槌击打在鼓面之上，还在前线的将士伴着鼓声站起来，追随楚瑜冲了出去。鼓声激昂高亢，震得人心头热血翻滚。北狄军队战了两天，面对凤陵城种种诡异的武器和不要命的打法，早就被磨掉了士气，此刻骤然听得身后战鼓声响，杀声震天，一时不由得乱了阵脚。而前方卫韫带的军队皆乃精锐之师，于是楚瑜和卫韫中间的北狄兵顿时乱起来，开始四处逃散。

一旦兵马开始溃逃，便不成气候，卫韫瞬间失了阻力，他抬头看去，便见那女子朝他驾马而来。哪怕她面上染血，发髻凌乱，神色却仍旧明亮璀璨，如月色于夜，如雨后天光。她破千军万马朝他奔来，那一刻卫韫骤然觉得，天地似乎都失去了颜色，一切都变得安静起来，她成为世上最亮的色彩，马蹄仿佛是踏在他的心上，震出惊天巨响。他向来知道她美丽，却是在这战场之上，他才第一次认识到这个女子真正是动人无双！

她的马与他擦身而过，留下一句："我断后！"之后，她便冲向了前方。卫韫抿了抿唇，压住笑意，给自己的队伍开路，一路冲向凤陵山。他带来的人不算多，动作极快，没有多久就安稳地进入山中，而这时楚瑜也带着人打了个转折回来。北狄人太多，逃跑的和追击的混在一起,早就乱了,如果不是凤陵山内如今已没剩多少还能用的兵力,此刻就是最佳的反击时机。

楚瑜颇有些遗憾地看了战场一眼,便听旁边有人笑道:"别看了,你若再追,便是肉包子打狗,有去无回了。"

楚瑜转过头去,看见卫韫含笑立在她边上。他似乎从见到她的那一刻开始笑意就没停过。楚瑜突然意识到自己已经两天没洗澡,身上全是血和汗混在一起的臭味。而卫韫则好上很多,他刚刚进入主战场,身上虽然沾染了血迹,但是发冠未乱,面上也已经被擦干净,看上去还是那个翩翩儿郎。

第一次这样狼狈地和卫韫见面,楚瑜莫名其妙就生出了几分不好意思。她轻咳了一声道:"先上山去,我有话同你说。"

"嗯。"卫韫点了点头,转身同楚瑜一起往山上走去。这时候楚瑜才注意到,有大袋大袋的粮食放在木梯旁边,刘荣正神色激动地指挥着人往木梯上堆。楚瑜睁大了眼,回头看向卫韫:"这粮食哪里来的?!"

"我劫了苏查的粮草。"卫韫说得轻描淡写,楚瑜却知其中艰险,她惊诧地看着卫韫,听他平静地道,"所以苏查就让人一路追着我来了。我见无处可躲,干脆躲进凤陵来。"听见这话,楚瑜一时都不知道当骂不当骂,她看着少年满脸无所谓的样子,憋了半天才道:"你劫他粮草做什么?你烧了不就好了吗?!"

卫韫没说话,只低下了头去。楚瑜心里咯噔一下,心说卫韫不至于连这都没想到吧?但卫韫却是无法将心里的话说出来。他早到了一天,按计划,他的人不多,的确是烧了粮草会更好。然而他远远看着楚瑜被困,远远看着他们和北狄这样血拼,他终于还是没能忍住。他想陪在楚瑜身边,想同她一起守城。

卫韫知道皇帝的意思,皇帝无非就是想让卫家牵制北狄主力,让姚勇攻打北狄后方,最后姚勇再上前来打北狄,彻底赢了这一场。如此一来,既守住了江山,又保证了皇权不倒。只是所有亏都是卫家吃,功劳都是姚勇占,如今皇帝绑了柳雪阳,又逼楚瑜来送死,可见在皇帝心里,他已与乱臣贼子无异。若让姚勇拿了首功击退北狄,战后清算,他怕是被凌迟都不够泄皇帝心中之愤。

然而他还是太年少。他做不到作壁上观,做不到眼睁睁看着楚瑜一人厮杀于疆场。他太想与她并肩而战,甚至想挡在她前方,为她顶天立地,为她开疆拓土。于是他干脆劫了苏查的粮草来到凤陵城。守城就守城吧。有时想想,若能死在楚瑜身边,其实也是无妨。然而这些话他不敢说,连日征战让他的脑子一片麻木,他甚至无法去思量,所谓的

"死在她身边也无妨"到底是怎样的情绪。他只是跟在楚瑜身边，感觉内心一片安定。

楚瑜见他不语，思索他毕竟年少，有失误也是正常，于是笑了笑道："无妨，你带了粮草过来，更是很好。先上去，我们再定下一步。"

两人刚一入城，便看见楚锦站在城门边上。她眼里带了担心，话却又止在了唇齿间。楚瑜骤然想起之前这个姑娘接过伤兵时那坚毅的眼神，不禁笑了笑："阿锦。"

"姐姐……"楚锦打量着她，却是什么话都说不出来。楚瑜明白她的意思，点了点头道："我挺好的，你别担心。"

"那就好。"楚锦舒了口气。楚瑜看着她的神色，温和地笑开："阿锦长大了。"

她自己也长大了。当她发现自己此刻看着楚锦能够平和温柔，甚至还带着那么几分欣赏，她便意识到，成长来得悄无声息。

而卫韫一直静静地看着楚瑜，目光没有挪开过片刻。他走在楚瑜身旁，看着她一路和城里的人打着招呼，然后带他来到她的住所。长月、晚月已经提前过来给她准备好了洗澡用的水，因为要节省物资，楚瑜用的是冷水，她随意冲刷了一下，洗得很快。卫韫就等在外面，没多久，楚瑜裹了袍子出来，坐在他身边。

战时吃东西时间都很紧，此刻终于停下来，两人慢慢吃着东西，一边说着话。楚瑜将自己得到的消息同卫韫说了，卫韫也将京中发生的事说了一遍。听完，楚瑜皱起眉头："你说是顾楚生告诉你的？你都不知道的消息，他怎么知道的？"她的心中划过一丝寒意，然而太久没有休息，她的脑子有些迟钝，还没来得及多想什么，就听卫韫道："他说是长公主告诉他的。"

如果是长公主的消息，那也就不奇怪了。楚瑜点点头，没有多问，边吃着东西边道："那你现在困在凤陵，你打算做什么？"

卫韫想了想，慢慢地道："到时候你大哥应该会随机应变……"听到这样没章法的话，楚瑜叹了口气，放下碗道："别说孩子话了，寻个机会，你带着人马，我送你出城去。"卫韫抿紧了唇："你既能送我出城，何不同我一起？"

"这便是我要同你说的了。"楚瑜放下碗，看着卫韫，"我……"

"你先别说这些。"卫韫却打断了她，"你先睡一觉，睡好了，想好了，再同我说。"听到这话，看着少年紧抿的唇，楚瑜一时有些无奈。两人僵持了一会儿，卫韫终于道，"先让我再陪你一天。"从见到她的那一刻直到现在，是这些日子里他觉得最安心的时候。他贪慕这份温柔，想让此刻再多停留一会儿。

楚瑜听着，觉得这话虽然真是孩子气极了，心里却涌出一股暖意来。楚临阳和楚建昌不擅长表达感情，两辈子加起来都没有这样直白地对她表达过关心。她知道卫韫对她的依赖，而这样的依赖和关爱她放在心里，便想进一步去回报他。她无法拒绝这样的请求，于是只能叹了口气道："那吃了饭，先睡吧。"

说着，楚瑜吃了最后一口饭，放下碗，打了个哈欠，站起身来同卫韫道："你吃完自己找地方休息，我先睡了。"说着她便拐进房间里，直接倒了下去。

卫韫坐在外间，继续慢慢吃着。他也不知道怎么了，吃饭的动作格外缓慢。吃了好久，听见里间的呼吸平缓下来，他才放下碗筷，竟觉得这里就是最好的歇息之处。

于是，卫韫在外间一直坐到半夜，竟就这么倒在地上就着蒲团睡了过去。长月、晚月都睡了，其他人也不敢打扰，只是拿了毯子过来，收了餐桌。楚瑜一觉睡到接近天明，迷糊着走出来，就看见了睡在地上的卫韫。她微微一愣，忙上前来，却入眼就是卫韫的睡颜。

那正是介于成年与少年之间的容颜，俊朗中带着些稚气。他的睫毛极长，这让平日里他的眼睛色彩对比极为鲜明，哪怕眼里没有任何情绪，都让人觉得有那么几分艳丽风流。成年后的卫韫曾被评为当世第一美貌，楚瑜也一贯知道他生得好，却是在这一刻才被这样的美貌惊住。她呆愣了片刻，心跳竟是不自觉快了几分。

她被惊得慌忙退了一步，随后又觉得好笑，自己居然被一个十五岁少年的容貌给镇住了？她蹲下身去，推了推卫韫，小声地道："小七？"

卫韫闻得她的声音，迷迷糊糊睁开眼来。他应该也是累得太过了。想也是，华京到凤陵的路程轻骑也本该走两日，他竟是昨天就到了，定是不眠不休赶过来的，且来了就劫粮草，睡得怕是比她还少。想到这里，楚瑜有几分心疼，卫韫却已经摇着头撑着自己清醒过来，慢慢地道："嫂嫂对不住，我昨日太困了些……"

"赶紧去睡吧。"楚瑜挥了挥手，催促他去休息。卫韫点点头，走到门前，却是道："嫂嫂可知我住哪儿？"楚瑜愣了愣，看向旁边伺候的人："刘大人未曾安排吗？"侍女露出尴尬的神色来，她顿时明白，一场大战下来，刘荣怕是忙疯了，安排客房这种小事，估计以为她会做的，此刻怕是客房都没收拾好。

楚瑜有些无奈，看着卫韫眼下发青，她挥了挥手道："你先去我屋里睡吧。"卫韫脑子有些蒙，却见楚瑜起身道，"别嫌弃，将就着睡一下，我让人去收拾一间房给你。"卫韫木木的，站在原地，也不知道该不该去。但他终究还是躺到了那张床上，床上带着楚瑜的味道，是他记忆里的兰花香。然而闻着这香味，他顿时清醒过来，他猛地起身掀开被子，急促地跑出房去问到了卫秋的住处，赶紧挤上了卫秋的那张硬榻。

天彻底亮起来时，卫韫醒了。楚瑜正在听刘荣汇报伤亡人数和城中剩余物资，没一会儿，卫韫便走了进来。楚瑜邀请他坐下，听刘荣将城里情况一一介绍清楚，而后笑眯眯地看着卫韫道："昨天不能说，今天该可以和你商议后面的事了吧？"

睡了一夜，人也冷静了很多，卫韫点了点头："嗯。"

侍女端着粥进来，放在桌上，如今城中严格控粮，浓粥已算奢侈。楚瑜喝着粥道："我是这样想的。凤陵城中必然有什么东西是苏查一定要拿到的，他下一次再攻城，一定会铆足了劲儿。我们便让他几步，他看我们退后，一定会拼命往我这边进攻，你就趁机带兵马出城离开，回华京去。你不要出兵帮我，我死守这里牵制苏查。以顾楚生的能耐，一定能说服北皇攻打天守关，到时候我这边压力会小很多。而你就按照原本的计划进行，守住天守关，逼着陛下斩了姚勇，再来救我。"

卫韫没说话，只垂眸看着桌上，而楚瑜休息了一晚，兴致很高："凤陵城最严重的问题就是粮草不足，现在你已带了粮食进来，我们还有战马，守一个月绰绰有余，你就放心吧。"然而卫韫还是不语。楚瑜犹豫地问道，"你还有什么好担心的？凤陵城的防守兵具你也看到了……"

"我还有什么好担心的？"卫韫突然抬起头来看向楚瑜，"你问我还有什么好担心的？"楚瑜微微一愣。卫韫这话说得太直白，便是迟钝如楚瑜，也体会出那么几分不对来。而卫韫却只盯着她道，"你要守凤陵，你能守几日？你守太狠，苏查会退兵，所以你得适当地让。但你让多了，他攻下城，又要如何？而且你拖着他，等日后苏查将愤怒放在你的身上而倾尽全力攻城，你又该怎么办？你要以两万人马拖住北狄主力，你当苏查是吃素的吗？！"

楚瑜听着卫韫的分析，然而这一切她又何尝不知道？"可是你又能怎么办？"楚瑜看着他，"小七，你要是陪我守在这里，陛下的目的就达到了。你做的一切，都是在为姚勇作嫁衣。你让宋世澜和我大哥不迎敌，不就是为了天守关破以后，逼着皇帝处置姚勇，给你帅印吗？可你现在在这里，卫家军在这里，姚勇就可以在后面大大方方扫了北狄残兵。战事一旦结束，就是你的死期，也是我的死期。……你来这里，已是不该。如今你还要留在这里，难道不是意气用事？这天下，你还要不要？！"

"那你要我怎么办？！"卫韫猛地提高声音，抬头看她。他像一只被激怒的小兽，红着眼，又凶又狠，"要我看着你被围在这里，死在这里吗？我不来救你，还有谁来？……天下重要，你便不重要？！"

这话出来，楚瑜便呆住了。一丝微妙浮现出来，卫韫扭过头去，沙哑着声音道："我陪你守住凤陵，等姚勇打过来，我们就跑。"

"胡闹！"楚瑜忍不住笑了，但知道卫韫说的是气话，她叹了口气，又道，"先将韩秀请来，我得先搞明白这凤陵城到底值不值得苏查如此攻打。"

韩秀进来时，手里牵着一个十岁模样的少年。此刻他换了衣服，楚瑜却仍旧认出来，这是为了护着楚锦而同她争执的其中一个孩子。少年恭恭敬敬拜见了楚瑜，随后便坐到一边。韩秀向卫韫行了个礼，又和楚瑜互相行礼，才道："卫大夫人让我过来，不知道所为何事？"

"我想要城里所有武器的名册。"楚瑜也不绕弯子，"城里你们研制的所有东西，我想都了解清楚。我想知道苏查对此城势在必得到什么程度。"

听到这话，韩秀喝了一口茶，点头道："夫人稍等，我下午就送过来。"楚瑜应声，又转头看向韩秀身边的少年，问道："你叫什么名字来着？"少年转过身来，正对楚瑜，恭恭敬敬地回答道："韩闵。"

楚瑜的眼中浮现出一丝笑意，而卫韫转头看了她一眼，目光又落到韩闵身上，带了几分不解。直到韩秀和韩闵出去后，卫韫才慢慢道："我发现，嫂嫂似乎对于少年人，格外有耐心。"

"嗯，"楚瑜笑着道，"我喜欢少年人，觉得他们有朝气。"然而说完这话，楚瑜便察觉自己失言，在卫韫眼里，她也不过十六岁，哪里又能说什么朝气不朝气？她轻咳了一声，赶忙岔开话题，同卫韫一起清点兵马去了。

卫韫的人马没有与北狄正面交战，只是往战场上过了一道，折损得不算严重。但因为卫韫点得仔细，做完时也是到夜里了。他回到府衙就往楚瑜房间奔过去，刚进门，便看见楚瑜正在翻看下午韩秀给她送过来的兵器册。见她皱着眉头，卫韫走过去问道："嫂嫂可是有何疑虑？"

"嗯。"楚瑜点了点头，扔了一本给卫韫，皱着眉道，"韩秀给我的这些册子里，要么是一些小玩意儿的改进版，要么就是造价成本太高，根本不适合普及。你说就这些东西，值得苏查这么打吗？"

"他不可能让你知道关键所在。"卫韫看都不看，直接道，"苏查肯定是皇帝引来的。皇帝花了大价钱建凤陵山，不会将凤陵山拱手让给北狄。他必然是给韩秀下了死令，一旦城破，韩秀不会活得下来。"说着，卫韫嘲讽道，"一个能接陛下死令的人，怎么可能把关键东西给你看？虽然此刻你护着他，可你毕竟是卫家大夫人，东西到了你手里，也就是到了我手里。"

楚瑜的眉头皱得更深了。韩秀不肯配合，她就不可能知道自己牵制苏查的计划能不能实施，又能实施到什么程度。然而两人正商量着，就听外面突然传来一个少年的声音："卫大夫人可在？"

听到这个声音，楚瑜和卫韫对视了一眼。卫韫站起身来躲到屏风后面，楚瑜抬手道："请。"

话音落，却是韩闵走了进来。他恭敬地向楚瑜行了个礼，随后道："小民偷跑前来，不能耽搁太久，若有失礼，还望大夫人见谅。今夜来寻大夫人，便是想问，大夫人可是想知道，北狄此般苦苦围攻凤陵城，为的是什么？"

"你知道？"楚瑜不敢小觑面前的这个少年。他虽然只有十岁，但言语间没有半点忐忑惶恐，反而全是从容。只见他点头道："知道。我父亲这辈子最大的骄傲，就是研制了一种叫火药的东西。"

韩闵说着，从怀里拿出一个筒状的东西。楚瑜有些好奇，又听他道："这是威力最小的一种，夫人且看。"说着，他站起身来，拿起一根燃着的蜡烛走到庭院中，遣退众人，随后举起烛火点在了那东西的引线上，往庭院里一扔。只不过片刻，庭院里轰然作响，火光大作，顷刻之间，几乎整个院落都被夷为了平地。

楚瑜呆呆看着这一切，韩闵转过身来："这是平日他们用来调试配方的分量，实际用在战场上的，威力大概是这个的数倍乃至数十倍不止。我想，北狄如今前来，为的大概就是这个东西。"

"这个东西，"楚瑜终于明白了"这个东西"的可怕之处，也明白了它在战场上的价值，"若是批量生产，可昂贵？"

"如今我父亲已将成本控制得极低，完全可批量生产。"韩闵说得平静，楚瑜眼中则生起了冷意："那凤陵城中，此刻有多少？"

"您是打算用凤陵做引子，牵制整个战场，是吗？"韩闵的神色在火光下显得十分冷静，完全不像一个十岁的孩子。楚瑜没说话，韩闵慢慢地笑开，"很多很多，我想，足够您达到目的的了。"

韩闵说完，楚瑜终于知道当年的凤陵城里发生了什么。凤陵城破后，卫韫前去接应，城楼上只站了一个死去多时的楚临阳，他却就这样守住了城。城外面还有火烧灼的痕迹，可见当年凤陵城中五千人，正是靠火药一直支撑到了最后。而城中浮尸遍野，完全是饥荒所致。

当年苏查之所以会围困凤陵三个月，必然也有楚临阳故意激他的作用在。楚临阳不是跑不出来，他能出来，却甘愿为了牵制北狄主力而留在了凤陵城中。苏查派主力攻打一个只有五千人的凤陵，却久攻不下，心中必然激愤，就像一场赌博，输了的人总想赢回来，尤其是明明看着下一局就要赢。而楚临阳定是同她如今一样，想方设法引诱着苏查留在凤陵，苏查要退，楚临阳就让他产生一种马上要赢的错觉。

如果说苏查一开始打凤陵是为了火药，那么后来打凤陵则完全是失了理智。北狄的主力在这里，也正是因此，卫韫当年从天牢里出来，毫无准备之下仍能横扫疆场，最后保住大楚。当年的楚临阳一人守城，他不是为了楚锦，也不是为了楚瑜。他明知前路是修罗地狱，却仍持刀而立，用一城五千人，换来了大楚正面疆场最低损失的胜利！

——他最后撑在那里，至死守在城墙之上。楚瑜想起上辈子楚临阳死讯传来之时她心中的痛楚，忍不住捏紧了拳头。热血翻腾于胸中，那是她的兄长，她楚家的儿郎！而如今是她楚瑜在这里，让她选择，她却也觉得，自己和楚临阳的选择并无不同。不同的是，此次她有了粮食和两万战马，不会再现当年弹尽粮绝之苦。

她抬头看向韩闵，认真地道："多谢韩公子。只是你父亲乃陛下的人，你来告诉我这些，回去不怕被父亲责罚吗？"没承想，韩闵却平静地道："我不回去了。我想留在锦姐姐身边。"楚瑜惊讶地睁大了眼："你要留在阿锦身边？"韩闵抿了抿唇，有些别扭："要不是为了保护锦姐姐的安全，我还在这里做什么？"楚瑜听罢，轻轻笑了，叹了口气："行吧，你去找阿锦。她若愿意收留你，那便收留你吧。"

听到这话，韩闵又恭恭敬敬地行了个礼，便起身去了。楚瑜看着他离开的背影，转头同屏风后头的卫韫道："你也听见了吧？现在放心了？"卫韫没说话，转出来坐在一边。楚瑜叹了口气："小七，你看，现在城中有水有粮，还有这些东西，再加上凤陵山天险……我没问题的。"

"一个月没问题，两个月、三个月呢？"卫韫抬眼看她，"如果苏查只守不攻，如果我被北皇的嫡系缠住无法来救你，那你就会被困在这里，你要怎么办？"这回轮到楚瑜沉默了，卫韫冷着声音继续道，"你这里有两万人，加上城里的百姓和官员，那些粮食和战马能撑多久？我若是一个月回不来，你们吃什么？吃人吗？！"

上辈子楚临阳被围困了三个月，卫韫被纠缠在正面战场上，三个月后的凤陵是什么样，楚瑜已经知道。"那你……"她抬起头来，认真地看着他，"一个月后，回来接我。"卫韫微微一愣，楚瑜却目光坚定，"你多久来，我便等多久，等到我不能再等。可是若我真的等到了不能再等之时，就证明在有我拖着苏查的情况下，你依旧打得如此艰辛，那没有我拖着苏查，大楚必败。……如果能用我换大楚正面战场的最小损失，换我卫楚两家好好的，我不觉得吃亏。"

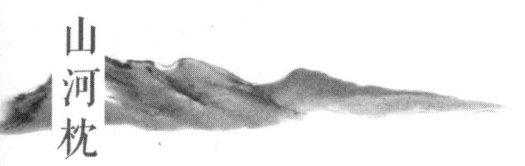

就像上辈子的楚临阳,君臣斗争、内忧外患,各大世家都在为自己着想之时,是他用命换来了大楚最后的胜利。

"一个国家总有蝇营狗苟之辈,有争权夺利之人,然而也要有人愿意牺牲,才能维持一国盛世。若这人一定要在我等之中选择,"楚瑜平静地开口,抬眼看着卫韫,"愿始于楚瑜。"

她说得太平静,仿佛生死早已置之度外。然而卫韫整个人都在颤抖,他艰难地站起来,一手指着她,沙哑着声音道:"你要去牺牲……那你想过我吗?"楚瑜微微一愣,卫韫已提高了声音,"你走了,我怎么办?卫家怎么办?!"

——她怎么能死呢?这一辈子,他都想要她在身边,她怎么能死呢?!

两人正僵持间,卫秋匆匆进来,焦急地道:"侯爷,泉州方向点了烽火台!"楚瑜和卫韫猛地回头,泉州之后就是天守关,泉州点了烽火台,说明北狄军队离天守关已经不远了。

楚瑜站起身来,急道:"即刻准备,黎明时我送你出城。"天亮之前北狄军中大多数人必然还在睡觉,此时突袭最为安全。然而就在楚瑜往前的一瞬间,卫韫一把抓住了她的手腕,恶狠狠地道:"你同我一起出去。"

"说了那么多,你还不明白吗?!"楚瑜带了怒意,盯着他道,"放开!"

"我不放!"卫韫高吼,"这天下谁都能死,你不能!"

"为什么?"楚瑜依然盯着他,"为什么我不能?我由父亲养大,我父亲吃朝廷俸禄,朝廷俸禄由百姓税收供给,我就是由百姓供养长大,那我为什么不能为了百姓而死?卫韫你睁眼看看,"楚瑜抬手指向外面,"战乱之间,饿死者有之,战死者有之,人命本如草芥,只因做出的选择不同,方才有重于泰山和轻于鸿毛之别。我若能死得有价值,怎么就不能死?!"

"那你想过我吗?"卫韫红着眼,"你死了,你想过我吗?"

楚瑜皱起眉头:"小七,天下无不散之筵席。"

卫韫微微一愣,楚瑜却已经平静下来:"没有人会伴你一生,你父母不能,你哥哥不能,你孩子不能,我更不能。若你要许谁生死同衾,除了你妻子,谁都没有资格。然而哪怕是你妻子,也未必做得到。"卫韫呆呆看着她,楚瑜叹了口气,"我知道你依赖我,可小七,我终究只是你的嫂嫂。我的生死,并不对你负责。"

我的生死,并不对你负责。没有人会伴你一生——除了你的妻子,谁都没有资格。楚瑜的话如同平地惊雷,炸响在卫韫的脑海之中。

十三　踏平北狄，接她回家

　　楚瑜看见卫韫呆愣在那里，叹了口气，挣脱卫韫拉着她的手，吩咐旁边站着没敢过来的卫夏道："去给小侯爷收拾行李，黎明前我们出发。"

　　楚瑜转身离开了，卫韫仍站在原地，看着她渐行渐远的背影。就这么几天，她瘦了许多，面色苍白，然而那坚毅清明之色，让她宛如一把出鞘利剑，带着淡淡华光，美得炫目。凤陵春花已蓄势待发，探出枝头，春风带了些许暖意，吹得花枝轻轻颤动。她从来如此，从容而来，从容而去。卫韫骤然发现，认识她以来，他看得最多的，就是她的背影，然而哪怕是她的背影，他依然能迷恋如斯。

　　卫韫脑中是乱的，被卫夏拖回到自己的房里。卫夏收拾着行李，他则跪坐在蒲团前，看着跳动的烛火。他要的是什么？他到底要做什么？这么久以来，他一直以孩子气做遮羞布，去遮掩自己的心思，他不敢揭开。这是他第一次深究自己的内心。过往他从来不敢，然而今日他却明白，他不能不敢，他必须清楚，必须明白。

　　卫夏收拾好了东西，卫韫却仍散着头发跪坐在蒲团之上，面对着墙壁，一声不吭。卫夏想要说什么，终究还是什么都没说，叹了口气，退了下去。

　　——唯有妻子有此资格。可他却想她陪伴一生。

　　房里只剩下卫韫，他的目光凝在烛火上，思绪清晰了许多。他想起第一次见到楚瑜，少女身着嫁衣靠在长廊边上，含着笑仰头瞧他。又想起女子一袭嫁衣站在辽阔的平原之上，说要等候他和父兄归来。而后，他带着父兄棺木归来的那天，周边哭声震天，她却含笑而立，为他破开云雾，抬手覆在他的额顶，说了那么一声——回来就好。从此，她立在他的世界里，再没离开。

　　当年看她不过是惊艳，然而如今回想起这一刻，却有些许痛楚萦绕上来。愿她等的人是自己，盼她等的人是自己。从前他以为这是依赖，以为这与他对母亲、姐姐的感情并无不同。直到她质问出声——她的生死，凭什么要对他负责？

　　他目光平静，伸手抽出剑来。这把剑是年幼时卫珺送给他的。小时候剑太长，他拿不了，长大后，这把剑就再没离过身。剑锋在夜色中露出寒光，映照出他的面容。一瞬之间，他觉得那里面并不是他。

　　是卫珺。是卫珺在那长剑之中，静静审视着他。兄弟俩隔着阴阳对视，卫珺神色平静，似乎在质问他——

　　想要她吗？你的嫂嫂，我的妻子。卫韫，你想要她吗？要她成为你的妻子，从此之后，陪你一辈子，成为那个生死为你负责，与你相关之人？从此她留给你的不再是背影，她去何处都要惦念着你，哪怕去死，也该同你说一句，对不起。而不是这样轻飘飘地告诉你——我的生死，与你无关。

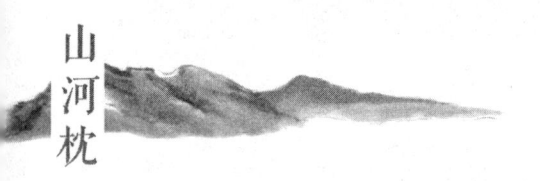

卫韫的手微微颤抖。脑海中卫珺和楚瑜的身影疯狂交替。

"小七，她好看吗？"

"我夫君卫珺何在？！"

"我想为你娶一位嫂嫂，性子最好活泼一些，像我这样，未免太闷了。"

"我做了一个噩梦……卫家满门男儿，只有你回来。"

"她楚府护得住她，我卫府护不住吗？骄纵一些，又有何妨？"

"从未有人对我这样好过，你大哥是个很好的人。"

"小七，今日随我，去接你嫂嫂。"

"小七，你大哥去了，还有我陪着你。"

…………

卫韫痛苦地闭上眼睛，猛地将剑收入剑鞘之中。

她留下是为了卫珺，她陪伴是为了卫珺。他识得她是因为卫珺，她照顾他也该是为了卫珺。可是为什么在意识到这些事情的一瞬间，他才终于察觉内心那份压抑、隐藏着的痛苦。是什么时候变了质？是什么时候动了心？是她将手放在他额顶的那一刻？是醉酒后她在他面前舞动长枪的那一刻？还是某个午后，长廊之上，她仰头朝他一笑的那一刻？

她用兰花香，他就让身边人都换成了兰花香的香膏。她夸赞顾楚生姿态风流，他也慢慢学着顾楚生的模样，穿上华服，戴上玉冠。改变来得悄无声息，甚至他自己都不曾察觉。是在什么时候，那份本该单纯的依赖和敬重，统统化作了这一份——

"我喜欢你……"卫韫喃喃出声。于此夜色之中，他慢慢睁开眼睛，颤抖着唤出她的名字："楚瑜……"

他喜欢她。他从未有过一刻，如此清晰地意识到，这份感情，竟是这般的模样。然而，意识到这一点的片刻，他却忍不住将剑抱在胸口，慢慢躬下了身。

"对不起……"

对不起，大哥。

怎么能有这么龌龊的感情？怎么能去觊觎楚瑜这样的无瑕之人？

他紧咬住下唇，微微颤抖，眼泪在眼眶中打着转。随后他面对墙壁，抱剑跪俯而下，仿佛卫珺正站立在他前方。他如此郑重而虔诚地说了一句："我错了。"

——错了就得迷途知返，错了就得悬崖勒马，错了就要将这份感情藏在心里，埋在暗处，哪怕是死了，都不该让任何人察觉。

外面传来士兵往来的脚步声，随后有人敲门。

"小七，"楚瑜的声音从外面传来，她似乎是有些无奈，叹了口气，慢慢地道，"出来吧，准备走了。"此刻，卫韫正跪在地上，一点一点平静了自己颤抖的身子。楚瑜站在门外，低着头道，"我先前的话虽然说得重了些，但的确也是实话。你不用太过担心，我心里有数。苏查是个聪明的人，说不定不围困我，便去找你了……"

屋里的卫韫慢慢睁开眼睛，随着楚瑜的声音，他缓慢又坚定地直起了身子。而后他站起来，将剑放到一边，同楚瑜道："你且进来。"

楚瑜听见卫韫沙哑的声音，愣了愣，垂头应声，然后推门走了进去。

刚一进门，卫韫便道："关门。"

"啊？"楚瑜犹豫了片刻，然而卫夏却是十分听话，立刻将门关上了。

屋里比外面暖和许多，就卫韫一个人。他背对着她，白色广袖华衣，墨发散披于地，背影清瘦孤高，从背影来看，已是一个青年男子的模样。楚瑜觉得气氛有些压抑，她没敢动，站在门边不远处，低着声认错："你先别和我置气，我给你道歉，等回了华京，所有事……"

说话间，却见卫韫慢慢站了起来，衣袖随着他的动作垂落而下。他在烛火的光亮中转过身来，眉目昳丽风流，然而那神色却刚毅如刀。他静静地看着她，神色之间是楚瑜从未见过的清明冷淡。而后他朝着她走来，每一步都走得极其缓慢，仿佛是踏在刀尖上，却稳定又简单。最终他定在她身前，低头看她。

他近来个子蹿得快，如今已经比楚瑜高出大半个头来。少年气息猛地涌入鼻尖，让楚瑜惊得下意识就想往后退去。然而在迈出步子之前，理智让她生生止住了自己，她知若是她真退了，气氛难免更加尴尬。于是她只能扭头看向旁边，摸了摸鼻尖道："你长高了不少啊……"

话没说完，卫韫猛地伸手，将楚瑜一把拉进怀里，死死地抱住了她。这是他第一次拥抱她，少年的胸膛炙热温暖，广袖将她整个人拢在怀里。她可以清晰地感知他绷紧的肌肉，以及跳得飞快的心脏。

楚瑜整个人愣在原地，鼻尖萦绕着一股兰花香气。她这才察觉，卫韫用的香囊一直是与她一样的一款。只是他的分量用得极少，如今靠近了才能闻出来。或许正如这人的感情，只有你走进他心底去，才能窥见那么一两分痕迹。

楚瑜呆呆地被他拥在怀里，整个人都是傻的。也不知怎么了，她的心又缓又沉地跳动了起来。

"你好好守城，一个月内，我一定平了这场战乱，前来接你。"卫韫沙哑地道，那声音已经带了青年的清朗，听得人心怦然。他的气息划过耳边，她像一只被人抓住要害的猫，睁着眼睛，根本不敢动弹。而卫韫紧紧抱着她，死死拥着她，仿佛这一辈子，也就能这样拥抱这个女子一次。有许多话没说出口，也不必说出口。例如此番前去，或许就是阴阳相隔。例如哪怕活着回来，亦是人不如初。

卫韫紧咬着唇，眼泪滚落下来。"你放心，"他坚定地出声，"你不会死。"

——就算他死了，也不会让她死。

听到这里，楚瑜慢慢缓过来。卫韫的身子微微颤抖，楚瑜内心软成一片。她依稀明白，此时此刻，卫韫不过是觉得，或许这一次分离，便是诀别。于是她放开男女之防，顺着内心，抬手拥抱住他，顺抚着他的背，温柔地道："你别怕，小七。生死无畏，哪怕我真的遭遇不测，未来还会有人陪你走下去。"

卫韫没说话，他闭着眼睛，感受着这个女子拥抱他的感觉。或许这辈子，他将只得她这般拥抱他一次。

许久之后，外面传来刘荣的声音："大夫人，都准备好了。"

楚瑜和卫韫同时睁眼，眼中俱带了冷色。卫韫放开楚瑜，迅速转身走到屏风后，一边同楚瑜道："这一个月里我会想办法平了前方，逼着苏查回头。你只要做一件事——"只片刻，卫韫从屏风后转出来，他已身着银甲，腰上佩剑，头顶银冠，手握红缨长枪，冷静地看向她，"等我。"

"若我等不了了呢？"楚瑜忍不住笑了。卫韫垂下眼眸："那便不等了吧。"

她若等不了，他便追着去就好。若是黄泉路，便无所谓了。追上她，到卫珺面前去，看他们在地府团聚，也是圆满。然而这话他没有说出来，只在楚瑜惊诧的目光中往门边走去，迅速开始点兵。

楚瑜赶紧追上去，将一个匣子交到了卫韫手里，同他道："这册子里记录得有凤陵城这些年来造出来的所有东西，你带在身上。火药的方子也在里面，是韩闵偷来的，你到了华京，赶紧让人量产。"

卫韫应声，一行人走到门口，楚锦正带人给将士们分发火药，同时让韩闵反复给他们讲解和示范使用方法。不多久，所有人便都准备好了。

就在这时，却见韩秀匆匆忙忙跑过来，怒吼出声："韩闵，你给我滚出来！"

韩闵迅速往卫韫背后躲过去，卫韫转头迎上韩秀愤怒的眼神，平静地道："大人并非对百姓不闻不问之人，为何要为陛下鞠躬尽瘁至此？"

"陛下对我有知遇之恩。"韩秀冷静地道，"天下谁当皇帝不是当？如今陛下乃皇室正统，我不为陛下做事，难道还要为你这乱臣贼子做事不成？！"

卫韫闻言，冷笑道："若非陛下，大楚江山何以至此？"

"如今追究得失有什么意义？"韩秀抬手指向韩闵，"韩闵，你出来。"

十三 踏平北狄，接她回家

"父亲，"韩闵站在卫韫身后，探出半个身子来，"您自己都说了，如今追究得失没有意义。火药我已经送了他们，方子我也偷了，您再守着也没有意义。您何不与小侯爷、卫大夫人结盟，早日了了这乱世？"见韩秀抿唇不语，韩闵提了声音又道，"父亲，您忘了母亲是怎么死的了吗？锦姐姐已经同我说清楚了，若不是那狗皇帝纵容姚勇，让卫家死在白帝谷，我大楚又怎会沦落至此？！若不是我大楚如今国破，母亲又怎么会在路上被流民所杀？！"

"够了！"韩秀提了声音，"你给我滚出来！"说着，他冲过去就要抓韩闵。只见卫韫一把抓住他的手，平静地道："韩大人，本侯要出城了，请您别耽搁。"

韩秀冷冷地看着卫韫，卫韫亦迎着他的目光。许久后，韩秀冷笑出声："你与陛下，又有什么不同？他玩弄权术，你就不是？"

"我此刻站在这里，而他弃了凤陵，这就是不同。"

"可你还不是弃了凤陵？！"韩秀怒吼出声，"你若不是弃了凤陵，此刻怎么要走？"

"我没有弃了凤陵，"卫韫道，"我还有很重要的东西放在凤陵，怎么可能弃？"

韩秀微微一愣，楚瑜也回过头去，不明白卫韫在说什么。韩闵见韩秀已经动摇，冲出去跪在他面前，抱住他的大腿道："父亲，您别闹了，让他们走吧。"

韩秀没说话，卫韫抬了抬手，所有人马便往城门集结而去。韩秀的目光随着那些人看向远方，许久后，他闭上眼睛，转过头，沉声道："我给你们开路。"

队伍准备出城，然而很快楚瑜便发现，有许多着青衣、戴白面具的人从城池后方拥了出来。她之前根本没见到过这么多青衣人，不由得诧异道："这么多人是从哪里来的？"

"韩秀专门研究这些东西的地方建在地下，我也没去过。"刘荣的声音从后面传来，"如今他大概是将人都带了出来。"

楚瑜看着这些人，他们中有许多明显不是将士，脚步虚浮，却见他们匆匆忙忙上了城墙，按照韩秀的指示正在捣鼓些什么。刘荣同旁边的卫韫鞠了个躬道："还请小侯爷听韩大人指示，等韩大人击鼓之后再行。"卫韫点点头，便由刘荣带领着下了山，却是藏在林子里，根本没往前。

楚瑜爬上城楼，看见韩秀正指挥人将一个个小型圆筒装在一架两尺宽的弓弩之上。片刻后，韩秀道："开弓。"随后所有人集体拉弓，韩秀手中的小旗再挥，"点火。"箭矢前端都点上了火。最后韩秀提声："射！"

一瞬之间，羽箭如雨而出，带着火光在天空中划出一道道弧线，一路朝着远方疾驰而

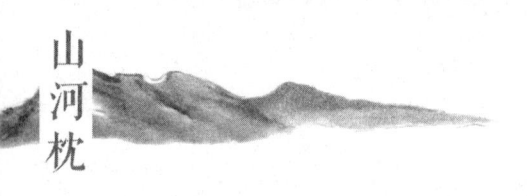

去。这弓弩射出的箭去得极远，一时之间漫天火光而落，发出"轰轰"巨响。

北狄军队瞬间乱了起来。"天罚！"有士兵用北狄语大吼出来，"这是天罚啊！"

这一番变故自然惊动了帐篷里的苏查，他匆忙出来，却见漫天带着火的羽箭落在地上，随后发出轰然巨响，炸出一个个大概三尺见方的大坑。

士兵疯狂逃窜，苏查却是十分冷静，立刻道："后退十里！"然而也就是在此刻，一路人马从凤陵城中冲了出来。苏查立刻反应了过来，怒吼出声："守住他们！守住！"

话没说完，第二波箭雨已经落在地面，炸得地动山摇。北狄军已经彻底乱了，苏查亲自在阵前指挥，怒道："都停下来！怕什么！"说完，他领着自己的亲兵逆着人流朝卫韫奔过去，一边大喝出声，"北狄儿郎，随我来战！"

北狄的战鼓声响了起来，第三波箭雨落下，苏查却是已经摸清了这箭雨的距离和炸开的程度。这些箭雨虽然看上去声势浩大，但是间隔太大，实际上命中率很低，不过是吓人罢了。北狄将士看见苏查灵巧地穿梭在那一阵阵爆炸中，士气慢慢凝聚起来，终于再一次扛起军旗，嘶吼着也朝卫韫冲了过去。

楚瑜站在城楼上，看见卫韫的银甲卫队如龙入潮水，陷入北狄军阵之中。她捏着拳头，没有言语，旁边的韩闵焦急出声："父亲，再打啊！再用箭啊！"韩秀却是冷冷地道："不行，双方人马距离太近，不能再用了。"

双方正在胶着间，战场却是再一次轰隆隆响了起来，是卫韫等人开始用火药开路！他们身上带的火药比箭矢射出来的火药威力大得多，在密密麻麻的人群中，一发一个准。楚瑜只看见火光在战场上不断燃起，那支银甲军队艰难地前移着。她来到战鼓前，举起鼓槌狠狠锤响！那鼓声带着杀伐之意，声声锤得人热血沸腾。卫韫用长枪挑开拦路之人，在夜色中回头，便见那女子素衣散发，立于城楼之上，震天火光之中，女子的白衫猎猎作响，合着血色残光，美不胜收。

他只看了一眼，便回过头来。无限勇气涌上来，他看着前方被炸出来的尸山血海，大喝一声："冲！"

他要活下去。他必须活下去。他不但要活下去，他还要踏平北狄，接她回家！

那一声嘶吼和着鼓声，激得卫韫身后的人士气大振。朝阳升起来时，这条白色巨龙终于来到了包围口，他们一直保持着阵形没有乱，于是当卫韫一破开北狄的围阻，后面的人立刻紧随而上，跟着他顺利冲了出去。

此时泉州烽火台已狼烟滚滚，卫韫带着人狂奔而去，苏查驾马欲追，却被一个男人拉住，冷静地道："不用追了。"那男人亦戴着一个银色面具，穿着水蓝色长衫，全然是大楚人的打扮。

十三　踏平北狄，接她回家

苏查被他拦出几分怒气，怒喝道："他肯定带着火药的方子，不追他，他就拿到华京去了！华京若是量产了这东西，我们还打什么？"

"你追不上。"水蓝衣男子直接地道，"若再追下去，凤陵城里的人就跑了。"苏查愣了愣，水蓝衣男子抬眼看向凤陵城，见到城楼上白衣猎猎的女子，他细长薄凉的唇微微勾起，"韩秀还在凤陵城里，你若得了韩秀，也能拿到火药方子，还怕大楚不成？"

听到这话，苏查冷静了下来。片刻后，他又道："你同我说凤陵城里的人贪生怕死，如今他们这副样子，我若强攻，他们把东西都毁了怎么办？"

"无妨，"水蓝衣男子依旧平静，"你先假装攻城，困住他们，等他们感觉已到生死关头，那时候我们再暗中派人去找韩秀，只要韩秀还想活，他就会自己出来。……打一棒子给颗红枣，"水蓝衣男子眯起眼睛，"强攻是无法取胜，但你焉知，强攻不是助胜的手段？"

苏查沉吟片刻，思索着如今兵马已经调来凤陵，凤陵不过区区两万人，就算有火药支撑，被围困久了，粮草方面也必然出事。想了许久，他终于定下心来，依了这男子所言，下令放弃追击，继续围困凤陵。只是他还是有些感慨："若陛下肯听我的，不突然下令调集主力去打什么天守关，只攻凤陵，今日必就已经拿下了。天守关易打，可若大楚拿到了火药而我们却没拿到，日后再打就难了，你说陛下怎的就如此糊涂？！"

"陛下有陛下的思量。"水蓝衣男子只淡淡说了这么一句。见城楼上的女子已转身离开，他觉得无趣，同苏查打了声招呼，便也转身离开了。

卫韫冲出重围之后不敢停歇，带着楚瑜给他的匣子一路狂奔回京。他已提前让人送信回卫府，通知府中上下做好准备，于是他到家时，所有人已经候在正堂。顾楚生已连夜赶回华京，此刻也站在前列。他消瘦了许多，一见卫韫进来，他迎上来张口就问道："楚瑜呢？！"

卫韫深深看了他一眼。过往他不知自己在想什么，不过是觉得这个人讨厌。如今他知道了自己真正的心意，便是对顾楚生又厌恶又钦佩。然而如此情形之下，他还是得将自己的所有情绪压下，尽量去正视这个人："先坐下，我将事情同你们说清楚。"

卫韫迅速将凤陵城发生的所有事情完整地说了一遍："现在情况就是这样，嫂嫂如今最多能守凤陵一个月，所以我们要在一个月之内扫平北狄正面战场。"

"这不可能。"沈佑果断地开口，"如今虽然北狄的主力都跟着苏查在凤陵，可苏灿手中人马也不少。眼下苏灿正在全力攻打泉州，一路朝天守关过来，我们要在一个月内扫平苏灿的人，怕是不容易。"

303

"若我将火药带来了呢？"卫韫盯着沈佑问道。沈佑却是也盯着他："你能在短时间里产出多少火药？"沈佑的考虑有道理。哪怕有方子，然而如今大楚全线狼烟，几乎没有安全之地，很难马上就建起一个像凤陵城这样能够秘密量产火药的军事基地。一个月的时间，对于一场举国之战来说，的确太难了。

就在这时，一旁一直听着他们说话的顾楚生竟慢慢笑了起来。卫韫看向他，却见他亦死死盯着自己，眼里仿佛是要滴出血来："没事啊，凤陵城还能再守两个月。"当年楚临阳就守了三个月，楚瑜如今有兵有粮，不可能比当年楚临阳守得还短。顾楚生摇摇晃晃地站起来，大笑出声，"拿你嫂嫂的命，去换这三个月啊！你不是早就料好的吗？……一个月平了北狄？"他"呸"了一声，冷声道，"痴人说梦！"

卫韫没说话，只是静静地看着地面。顾楚生见他不语，无数愤怒和无力感涌了上来。"卫韫，"他沙哑出声，"她待你不薄啊。"

"沈佑，"卫韫没回答顾楚生，抬眼看向沈佑，平静地道，"你回北狄去，我想办法给你一个假身份，你伪造一件苏查的信物带在身上，到北狄皇城等我的消息。"

沈佑皱起眉头："你想让我过去做什么？"

"到时候我会告诉你。"卫韫抬了抬手，"你先去，今日就起程。"

"卫韫！"顾楚生提高声音，"你当真就这么放她在战场上了吗？！"

"卫秋，你去找楚临阳。"卫韫仍没理他，迅速写了封信，同卫秋道，"让他想办法邀姚勇来共守天守关，打起来之后他立刻弃城离开，留姚勇一个人在那里。卫夏，你去前线找宋世澜，让他弃了泉州直接走，顺便找人把二夫人送回来。然后让他候在一丈峡，等姚勇带兵从天守关逃脱往青州去，他就在那里守着姚勇，格杀勿论。"

"是。"卫秋、卫夏应声，退了下去。

"卫韫！"

"顾楚生，"卫韫抬头，冷冷地看着他，语调里没有一点波澜，"楚临阳弃城后，你去劝说姚勇也弃了天守关。而后你同秦时月一起守住那里，等我过去。"

"卫韫，"顾楚生亦是冷着声音，"你听明白我的话了吗？你还记不记得我同你过说什么？我给你卖命，是因为我要娶楚瑜。如今你如此对她，你凭什么以为我还要帮你？"

卫韫垂眸看着白纸，死死握着手中的玉制毛笔，克制着自己的情绪。不能说，不能嫉妒，不能言语。他与顾楚生不同，顾楚生喜欢那个女子，可以坦坦荡荡，可他的这份喜欢，注定应该烂在黑暗里。

"天守关一旦被弃，华京便岌岌可危，那时我去同陛下要来帅印，回去拿下天守关。之后我会让楚临阳和宋世澜一路回头夺城，赶往凤陵。而你回到华京来，华京卫家的军力由你全权掌握，你周旋于世家之间，将淳德帝困在宫里，拔了他的爪牙。"

听到此刻，顾楚生终于意识到有那么几分不对。只听卫韫平静地继续道："夺下天守关后，我会带五千轻骑，攀过雪山，从雪山入北狄，直入都城，劫持北皇，逼他下令全线退兵。"

顾楚生睁大了眼睛，用一副看疯子般的眼神看着卫韫，听卫韫道："这时苏查的人必然已经有所损耗，他从凤陵撤军时，楚临阳和宋世澜再行追击，他顾及都城，必不恋战。此战我们尽量多杀苏查的兵将，一路追到北狄，往北都打过去，我会在皇城带沈佑接应。而嫂嫂出凤陵之后，如果姚勇还活着，让她封住姚勇的军队，逼着姚勇不出青州。陈国若有异动，你就往前，许以重金稳住他们。"

卫韫神色淡然地安排着应对所有可能的对策。顾楚生听着，慢慢沉默了下来。"卫韫，"他终于开口，"且不说你们如何过得了那雪山，如何以五千人马攻下北都。就算你攻下了北都，你五千人马在北狄腹心等楚临阳和宋世澜，一旦大楚兵至，苏灿第一个就要杀你陪葬。你此一去，活下来的机会小之又小，你可明白？"

听到这话，卫韫慢慢笑了："我知道。"

"那你……"

"可是，我不能不管她。"说着，卫韫抬起头来，目光穿过春日澄澈如洗的天空，越过那层层云海，仿佛是看到了远方城楼上的一袭猎猎白衣。而后他将目光落到了庭院里。那一夜月华如水，那女子曾在这个庭院里舞动长枪如龙，给了他一场旖旎又华美的梦。那时候他坐在长廊上，听着室内女眷们和乐而唱，看着眼前女子姿态风流。

那时候他在想着什么？

他想——

能得此一舞，愿死效卿前。

十四　但求同生，亦能共死

顾楚生沉默了下去。其实从上辈子起他就知道，论起"担当"二字，他从来比不过卫韫。他和卫韫都是亡命徒，区别却在于，他从来都是用命赌自己的前程，而卫韫从来是用命换他人的前程。有那么一瞬间，他想去问一声为什么。为什么为楚瑜做到这样的程度？不过是嫂嫂而已，这战场上生生死死，要他卫韫用自己的命换楚瑜的命，值得吗？

可是他却不敢问。想来少年人的那份执着和不顾一切，内心已被世俗侵染的他早已无法拥有。他深吸一口气，退了一步，躬身道："谨遵侯爷吩咐。"

所有人各自领了任务下去，奔赴疆场。卫韫沉默片刻，将管家叫了过来。管家上前来，卫韫提笔开始写信，一边慢慢地道："此战我若是战败，将我这封信交给母亲。从此以后，卫家全权由大夫人掌管。若他日大夫人出嫁，卫家一半财产全部作为她的嫁妆。"

"侯爷？！"管家抬头，颇有些诧异。卫韫继续写着信，又道："除此之外，到时候你让大夫人去我母亲那里领这把钥匙，她拿到钥匙会知道该做什么。从此卫家暗部全部交给大夫人，卫家家主令也交给她。"说着，他提起纸吹干，连着钥匙一起交到管家手里，垂下眼眸，慢慢出声，"……若是我活着回来，就将这信烧了，谁也不必见着。"

管家没说话，他红着眼上前，接过已上好火漆的信件，沙哑着出声道："小侯爷，您的心意，我等都明白。"听到这话，卫韫不免笑了："你明白什么？"管家低下头："小侯爷，人这辈子在世上，遇到一个喜欢的人不容易。大公子与大夫人就见过一面，您算不上……"

"退下吧。"卫韫骤然打断管家，平稳地出声，"把这事烂在肚子里，别太聪明。"他已说到这样的程度，管家也不能再说什么，只能跪下磕了头，而后起身，仿佛是再克制不住情绪一般，匆匆离开了。

屋里空荡荡的，就剩下卫韫一个人。他就这么跪坐着，好久后，却是轻笑出声来。——原来所有人都知道他喜欢她，原来只是他自己不知道。

当真还是年少。

……还好,还是年少。

卫韫撑着自己跟跄地起身。所有人都离开之后,他终于可以放纵着自己的情绪,去享受这一刻的狼狈了。

当天夜里,从卫府发出的两道消息飞一般奔往前线,书信几乎是一前一后到达了宋世澜和楚临阳手里。

宋世澜正看信的时候,蒋纯匆匆从外面赶进来,焦急地问道:"将军,我听说卫府来信了,可是?"宋世澜含笑抬头,迎上蒋纯担忧的目光:"二夫人勿忧,这是小侯爷与我讨论行军之事的信件,并无噩耗。"听到这话,蒋纯舒了口气,随后又想起楚瑜来,赶紧问道:"那大夫人呢?大夫人可救出来了?"

"这……"宋世澜迟疑了片刻,蒋纯的心瞬间提了起来,用满是期盼的眼神看向宋世澜。宋世澜迎着那澄澈又担忧的目光,也不知道怎么的,便连语气都变得轻柔起来,就像怕惊扰了面前这女子一般,温和地道,"大夫人留在凤陵,替我们牵制主力……"

话没说完,蒋纯身形猛地一晃,宋世澜忙抬手扶住她,惊道:"二夫人!"蒋纯倚着宋世澜的手站稳身子,她红着眼,颤着唇,许久后,却是道:"你们……怎可以这样做?"

"二夫人……"宋世澜叹了口气,"这是小侯爷的意思。"

"他怎可以这样做?!"蒋纯猛地甩开宋世澜,退了一步,大吼出声,"凤陵城十万人马在那里,他将他嫂嫂留在那儿,不是让她送死是什么?!我要回去!"说着她便转身要走,"我要去找卫韫,我要去问问他,他的良心安在?!"

"二夫人,"宋世澜平稳却带着不容拒绝的声音从背后传来,"如今战时,您若要回去,还是同我一道吧。若您出了岔子,我不好向小侯爷交代。"蒋纯顿住脚步,背对着宋世澜:"有什么不好交代?我们这些嫂嫂在他心里,和棋子有什么区别?"

"二夫人,"宋世澜轻叹出声,"何必寻着理由发脾气呢?这到底是小侯爷的选择还是大夫人的选择,您不明白吗?大夫人向来风光霁月,小侯爷从来……也只是纵容着大夫人罢了。"蒋纯没说话,她慢慢捏起了拳头。宋世澜瞧着那女子微微颤抖的背影,心里骤然涌出几分疼惜来。他走上前站在蒋纯身边,温和地道:"二夫人,拳头别捏得太紧,小心伤了手。"

蒋纯依旧不语,此时外面却再一次响起了攻城之声。宋世澜走出去,扬声道:"疏散百姓,往浚县先撤,黎明前弃城!"说完,他转过头来,看着仍然紧抿着唇的蒋纯,好久

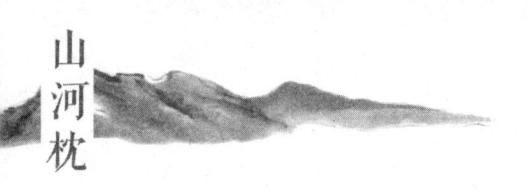

后才叹息出声,"二夫人,您别担心,我们很快就回家了。"

与此同时,卫韫的书信也到了楚临阳手中。楚建昌看见信,暴怒出声来:"卫韫这小子不是去救阿瑜了吗?!阿瑜没救回来,他还有脸给你来信?!"

楚临阳却看着信,好久后才慢慢合上。他的面上镇定,手却在微微颤抖。楚建昌在屋里走来走去地拼命骂着卫韫、骂着姚勇、骂着北狄。楚临阳听着,吩咐军师研墨取笔,平静地道:"给姚勇去信,告诉他,天守关乃我大楚最后一道防线,我愿与他冰释前嫌,一起对敌。"

军师愣了愣,有些犹豫:"您说这些,姚元帅会信吗?"

"军师以为,在姚勇心中,我与父亲是什么人?"

军师认真地想了想:"世子乃为国为民之忠臣。"

"那军师以为,我真的会放弃天守关?"

"自是不会!"军师神色严肃地开口,"世子,天守关决不可丢,若是丢了,要再夺回来就难了!"

"军师觉得我不会放弃天守关,"楚临阳平静地出声,"姚勇自然也是如此想的。"军师微微一愣,楚建昌却是很快反应了过来:"临阳,天守关你真的不要了?"

楚临阳露出嘲讽的笑容来:"若真是如此昏君,我就算守住了又怎么样?我守住天守关,就能守住大楚了吗?"他闭上眼睛,"坏在根子里的东西,不拔干净,终究是坏的。"

"可是你们也不能拿天守关当儿戏啊!"

"我信卫韫。"楚临阳慢慢睁开眼睛,神色坚毅,"或者说,我信阿瑜。"

听到楚瑜的名字,楚建昌终于彻底明白过来。他不可置信地看着楚临阳道:"你和卫韫是一伙儿的?!你同意他把阿瑜放在那里?!"

楚临阳没说话。这件事轮不上他说同意不同意,但只要有人来问他,他必然也是同意的。楚建昌猛地跳起来,怒吼出声:"那是你的妹妹!"楚临阳沉默着开始整理来信,平静地道:"父亲若是无事,便请回吧。"

"楚临阳!"楚建昌大吼出声,"你给我去救阿瑜!"

"父亲,"楚临阳抬起头,平静地看着楚建昌,"今日若是我在凤陵城,也会做同样的选择。我相信若是您在那里,也是如此。阿瑜不过是做了一个楚家人都会做的选择。"

楚建昌沉默了。好久后,这个已经生了白发的老人落下泪来,他狠狠地抹了一把脸,转身走了出去。楚临阳同旁人平静地道:"都下去吧。"军师看了一眼旁边守着的侍卫,终于还是点头,也退了下去。

楚临阳一个人坐在屋里看着烛火,好久后,他才闭上眼睛:"阿瑜……"

十四 但求同生，亦能共死

而此刻，千里之外的楚瑜却是坐在城楼上望着月亮喝酒。北狄军队就在不远处，楚锦站到她身后，好奇地问道："姐姐，你在看什么？"楚瑜转头看向楚锦："你怎么来了？"

楚锦笑了笑。如今她的脸上横亘着一大道伤疤，像蜈蚣一样攀附在面容上，她一笑那伤疤就会随之动起来，看上去分外可怕。然而她的笑容清澈，神色清明，看在楚瑜眼里，却是比在华京时好上了太多。

"我听人说你在城楼上，你向来贪杯，我怕你醉了睡在城楼上着凉。"楚瑜语调温和，好像年少时一样嘱咐着她。她向来比楚瑜温和，那些年无论是虚情还是假意，她对楚瑜总还是照顾着的。楚瑜听着这话，往旁边挪了挪，拍了拍身边："敢不敢坐？"楚锦抿了抿唇，却是有些不服气，扶着石头，小心翼翼地坐了上来。

风轻轻吹拂在脸上，举目望向远方，是平原千里、明月当空，是帐篷千万，带着些许火光。萤火虫在月色下飞舞旋转，让这死寂的夜带了几许鲜活。

"你同我说句实话，"楚瑜笑着道，"以前对我嘘寒问暖的时候，你是真心实意，还是恶心透了？"

楚锦认真地想了想，随后道："看心情吧。"

"哈，"楚瑜毫不诧异这个答案，抿了口酒，将酒壶递给对方，"会喝酒吗？"

"不会。"楚锦摇了摇头。

楚瑜靠近她："不会就好了，来，自罚三口，当给我赔罪。"

楚锦没说话。楚瑜心想她大约也是不会喝的。她骨子里的脾气向来骄纵，只是被藏在了那份温和之下，才鲜少被人察觉。如今回想起来，楚锦不愿意做的事情，哪一件她又是真的做了呢？然而楚瑜刚准备收回手，却被楚锦拦了下来。她接过酒壶，看向楚瑜："给你赔什么罪我不多说了，你明白就好。这句'对不起'我放在这里，以后咱们姐妹，就当重新开始吧。"说着，她仰头就喝了一口。酒的辣味猛地冲入口中，楚瑜笑着看她急促地咳嗽起来，抬手去给她拍背。

楚锦的脸涨得通红，楚瑜则静静地看着她。这是和她前世记忆里完全不一样的楚锦。或许这个女子，才是她一直期待的，想要拥有的妹妹。"行了，"她拍着楚锦的背，笑着道，"要是咱们能活下来，就重新当姐妹。要是活不下来……"

"那就下辈子。下辈子，我当你姐。"楚锦抬起头来认真地看着楚瑜。楚瑜挑眉："你想干吗？造反？"楚锦笑了起来："没。我当姐姐，我来照顾你。"楚瑜心中微微一动，楚锦却已经转过头去看向远方，"这辈子你照顾了我很多，我很感激。"

楚瑜没说话，好久后，她抬起手搭在楚锦的肩膀上："行吧，就冲你这口酒，我也给你说句实话吧。"楚锦转头看她，有些好奇。楚瑜凑近她，小声地道，"我以前每次瞧见

309

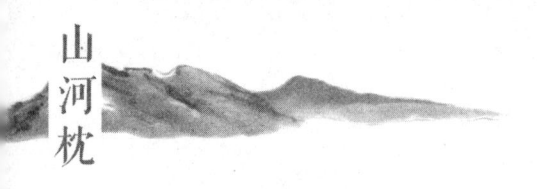

你，就想，这可真是头小王八羔子啊……"

楚瑜的话还没说完，楚锦就愤怒地甩手抽了过来。楚瑜足尖一点便跳下城楼，笑着落到了远处。楚锦在夜色中看见楚瑜面上笑意盈盈，微微愣住，好久后，她亦是慢慢笑了起来。"行吧，"她有些无奈地朝那边喊道，"我是小王八羔子，你也好不到哪里去——"

楚瑜想了想，觉得楚锦说得有理，正要回答什么，却听韩闵的声音从楼梯上一路传来："大夫人！你快随我来，我父亲要见你！"

楚瑜一听，顾不得其他，连忙跟着韩闵下楼。

刚到韩秀府邸门前，楚瑜就看见刘荣也来了，身后还跟着兵马。她不由得微微一愣，诧异地道："刘大人这是做什么？"刘荣没说话，气势汹汹地上前一脚踹开府门，随后就指挥着人往里冲，大喝道："将这通敌卖国的贼子韩秀抓起来！"

楚瑜面色变了变，将手背在身后，不动声色地看着事态发展。随后屋里便传来争执打斗之声，没多久，韩秀就颇有些狼狈地被抓了出来。他的面具还在脸上，但头发已散乱下来，被人按着跪在地上。见他还在挣扎，刘荣冲上前去，抬手就往他头上打了一巴掌，怒道："你还学会当内奸了？你小子行啊！老子平时也待你不薄，你就这么回报我？！"

刘荣一面说一面打。韩秀有些忍不住，怒道："行了！"刘荣被他吓得往后退了一步，韩秀抬眼看他，神色里全是压抑着的愤怒："士可杀不可辱，要杀要剐悉听尊便。"

"我就不杀你，"刘荣立刻道，"我就辱你！"

"你！"韩秀往前猛地一挣，似乎是想要去打刘荣。刘荣赶紧又跳回楚瑜身后，只探出个头来叱喝道："什么你你我我？我给你三分颜色你就开染坊了？你且等着，来人！"刘荣将韩秀一指，怒道："将他给我带到地牢去！本官要亲自用刑！"

听到这话，韩秀嘲讽地嗤笑出声，刘荣顿时就有些心虚。然而士兵还是一丝不苟地执行了刘荣的命令，拖着韩秀就往牢房走去。楚瑜静静地看着他，擦肩而过的瞬间，楚瑜骤然读明白了他的神色。

她放下心来，也不再多说，只候着人离开。随后，刘荣以谈论公事为名将楚瑜留了下来，和楚瑜一起去了大厅。刚一迈进大厅，刘荣便匆匆关上门，正要开口，楚瑜已笑着抬手道："刘大人不必解释，我都明白。"

"大夫人都明白？"

"如今城中，怕是混入细作来找韩大人了吧？"楚瑜坐下给自己倒了杯茶，"韩大人将计就计，假装答应了细作的条件，同他一起出逃，然后你再做戏将韩大人抓了起来。这样一来苏查便有了盼头，以为只要能强攻下城池，韩秀便会答应他的条件将火药

310

方子给他。"

"大夫人果然什么都明白。"刘荣舒了口气,"我与韩大人的确是如此打算的。既然打算用凤陵城当诱饵,就要做得到位些。不然苏查觉得强攻下来也是个玉石俱焚的结果,怕是会掉头去打天守关。"

楚瑜点了点头,夸赞道:"二位大人考虑得极是。咱们便先给苏查一个盼头。"

没过三日,天守关的烽火台便燃起了狼烟。

宋世澜弃了泉州之后,北狄军队直接往天守关赶了过去。这时楚临阳已在天守关与姚勇集结完毕,他朝着姚勇躬身,认真地道:"临阳见过元帅。"

姚勇赶忙扶起楚临阳,欢喜地道:"楚将军多礼了。楚将军少年英才,老朽能与楚将军并肩而战,便再没什么忧虑的了。"而楚临阳却是不动声色,平静地打着官腔:"姚元帅乃前辈,临阳不敢托大,这一战,怕还要姚元帅多加照顾。"

姚勇还要推脱,便就是这时,外面传来急报:"报!!!北狄军队打过来了!"姚勇猛地回头,楚临阳已提剑转身,冷静地道:"传令下去,备战迎敌!姚将军,"他顿住脚步,转过头来,"请吧?"

姚勇愣了愣,随后迅速反应了过来。楚临阳向来是个打仗拼命的,他只要跟在楚临阳身后就好。楚临阳只是一个二十多岁的毛孩子,他却是这场仗的主帅,到时候就算打赢了,功劳是谁的,也就是他一封信的事;若是输了,再推楚临阳出来挡刀也不迟。可是——姚勇皱起眉头——若天守关都没了,华京怕就再也守不住了。那时淳德帝的忍耐怕也就到了极限,再讨论功过,或许就晚了!

姚勇拼命地思索着,同楚临阳一起来到天守关前。此刻天守关前已杀声震天,楚临阳看着城楼下忙忙碌碌的兵将,大喝出声:"点燃烽火台,迎敌!"

而天守关烽火台燃起的那一刻,卫韫正坐在自家庭院里静静地喝着茶。管家焦急地赶入庭院,大呼小叫道:"小侯爷,天守关的烽火台燃起来了!"

"哦?"卫韫抬眼,神色平静。只见管家匆匆踏着台阶走上来,焦急地出声道:"小侯爷,天守关不能丢,您看……"

"我前些时日让你将留在洛州的兵马调过来,人都来齐了?"卫韫抿了口茶,那从容不迫的模样与管家的焦急形成了鲜明的对比。管家愣了愣,随后点头道:"准备好了。"

"那让卫秋带人过去,"卫韫淡道,"点了兵,候命吧。"

"是。"管家得了吩咐,立刻退了下去。

卫韫站起身来走进屋里,换上卷云纹素白色华衫,头顶戴上玉冠,腰上配了玉佩,又将佩剑悬在腰前。刚做完这一切，外面就再次传来了焦急之声："卫韫！卫韫何在？卫韫接旨！"

卫韫转过身来。大门缓缓打开，素白色华衣玉冠的少年站在屋里，阳光落在他前方。持着圣旨的太监愣了愣，卫韫平静地看着那人，开口道："卫韫在此，已准备好入宫，烦请公公引路。"听到这话，来人明显舒了口气，动作镇定了许多，退了一步才抬手道："小侯爷请。"卫韫点点头，同那人一起走了出去。

那人引着卫韫来到宫里，直接走到大殿前。侍卫上来收了卫韫的剑，又检查过他周身，才放了他进去。进入大殿之中，只见皇帝坐在金座上，头顶十二琉冕冠，身着黑色五爪龙纹帝王服，正冷冷地看着卫韫。平日大殿只在早朝时开启，那时文武百官齐聚，倒也不觉得空旷。而此时大殿中只有卫韫和皇帝，他便才发现，原来这大殿这般空旷冷清。皇帝坐在高位上，犹如一条盘成一团的孤龙，正审视着他。

卫韫恭恭敬敬地行了礼，随后便跪坐在地上，抬头看向座上的帝王。两人的目光碰撞在一起，没有人退让分毫。皇帝冷笑出声来："如今北狄已经打到天守关，可如你所愿了？"

"这话该我问陛下。"卫韫平静地出声，"宠幸奸佞，让国家动荡至此，可如陛下所愿了？"

"荒唐！"皇帝怒吼出声，"这动荡是朕造成的吗？你不迎敌，反倒怪起朕来，是什么道理？"

"送死的时候想到我卫家，平日太平盛世就想着制衡。"卫韫嘲讽出声，"我卫家若有半分不满，就是欺君罔上，就是罪过。您这算盘，打得可真够精明的。"

"朕对卫家不公，是朕的错。"淳德帝咬牙开口，"可是你就可以因为所欲为吗？你身为将士却不上疆场，还在背后经营谋反之事，你还有理了？！"

"谋反之事……"卫韫听着这话，咀嚼着这四个字，慢慢地笑了起来，"陛下可真是开玩笑了，我卫家怎么会谋反呢？"他看着皇帝，目光里带着冷意，"卫家若要谋反，还轮得到你当皇帝？"

"大胆！"

"你这皇帝是怎么当上的，你自己心里不清楚吗？"卫韫大笑出声，"若非你父亲谋逆，害死先皇，你以为你还能当上皇帝？！"

"卫韫！"淳德帝站起来，指着卫韫的鼻尖怒喝出声，"你太放肆！"

卫韫笑了笑，盯着他道："怎么，说到痛处了，这样激动？"

"来人！"皇帝提高声音，"将他给我押下去，割了人头来见！"

听到这话,所有人都迟疑了,不敢上前。卫韫却是喝了口茶,慢悠悠地道:"从天守关至华京行军大概需要一天时间。可您知道若是快马加鞭,需要多久吗?"皇帝皱了皱眉头,卫韫却是笑了,"——两个时辰。"

"你卖的什么关子?"

卫韫没答他,骤然换了个话题:"陛下不是问我,那些战场上的逃兵去哪里了吗?"皇帝的眉头越皱越深,卫韫却是不急不慢地给自己添了茶,"今天我就告诉你,他们就在皇城外。"他吹了一下茶叶,面上淡淡的,"陛下不是要取我的人头吗?"他抬起头来,笑眯眯地道,"卫韫在此,陛下且来。"

听到这话,皇帝的脸色猛地变得煞白。取下了卫韫的人头之后要面对的是什么,不用卫韫说,皇帝已经明白。一旦卫韫死了,不用北狄打到皇城,卫韫的人马便会先攻城。那时,他这个皇帝也就算是做到头了。

淳德帝的面色极为难看,卫韫含着笑道:"陛下不杀微臣了?"

"卫韫,"皇帝软了口吻,"朕有什么不对,你同朕说,何必拿这天下开玩笑?"

"陛下保太子的时候,又怎的不说自己在拿这天下开玩笑?"卫韫依旧笑眯眯的,"陛下用姚勇时,怎么不说,自己拿这天下开玩笑?"

淳德帝想要反驳,然而想到如今的局势,他只能硬忍下来,憋了一口气在胸口:"那些,都算是朕的不对。如今大敌当前,镇国侯既然手中有兵,还望镇国侯对得起自己的名号——镇国安民。"

他将"镇国安民"四个字咬得极重,卫韫听着,轻笑出声来:"陛下说得好笑了,您说自己做错了,那就只是一句轻飘飘的'错了'?"

"那你要怎样?"皇帝咬牙出声,已经是濒临极限的忍耐了。卫韫抬头,平静地道:"当初白帝谷之事,是太子做的指挥吧?"皇帝不说话,卫韫眼中却全是了然,"以我父兄的性格,绝不会行如此险计。知道对方有埋伏,不去就是。若不是太子强逼,我父兄又怎会去白帝谷冒这样的险?"

"就算是,朕又不是不办太子,只是要另寻一个理由。"

"为何要寻其他理由?"卫韫抬眼看向他,眼中带着嘲讽,"是为了维护住你皇家的名誉?还是因为七万人的罪名太子承担不起,你终究想给自己的儿子一条活路?"

"那你还想怎样?!"皇帝终于怒吼,"朕可以废了太子,但你莫非还要杀他不成?!"

"有何不可?!"卫韫亦提高了声音,"他做错了事便要承担,哪怕以命相抵,又有何不可?!"

"卫韫你莫要太过分，"皇帝咬牙切齿，"得饶人处且饶人，太子的确决策失误，但若决策失误便要以命相抵，今后谁还敢做那个决策之人？白帝谷一事，绝不是任何人想要看到的，你也别纠缠于此了。"

"那你叫他过来，我有话问他。"卫韫冷着声道。皇帝压着火气，还想同卫韫说什么，最后却是一句话都不敢再说。他招了招手，吩咐人去召太子。

不一会儿，太子便赶了进来。匆匆行礼之后，他抬头看向淳德帝，焦急地道："父皇，如今他们已经打到天守关了，我们怎么办？"

"你过来，先同卫大人道个歉。"皇帝没有看他，颇有些疲惫地开口。太子一脸茫然，诧异地道："道歉？"

"你不该道歉吗？"卫韫开口出声，太子赫然回头，这才发现跪坐在暗处的少年。他的面色瞬间僵了一下，却还是硬撑着道："孤不明白镇国侯在说什么。"

"不明白？要我提醒你？"卫韫轻笑着将手中的茶杯猛地摔碎，瓷裂之声响彻大殿，卫韫捡起一块碎片，含笑看着太子道，"太子需要提醒吗？"

太子没说话，他的目光凝在卫韫的手上，明白卫韫这次是来兴师问罪了。他脑海中迅速闪过所有应对的方案，正在犹豫之时，皇帝抬起头来看向他，皱起了眉头。只见卫韫含笑瞧着他："其实卫某邀请太子过来，并不是为了他事，就是想问几个问题。"

太子看了一眼父亲，皇帝疲惫地朝他点了点头，他这才稳定下心神来，听卫韫问道："当初我父兄前后出城，按照他们的习惯，绝不可能举家追进白帝谷，可他们却都死在了白帝谷中。太子觉得，这是为什么？"

"这个孤如何知道？"太子僵着声音。卫韫抿了口茶，淡道："您不知道没关系。"他抬头看向皇帝，"那陛下，所有罪我就算在太子身上，还请陛下允卫韫取太子一物。"

"你要什么？"淳德帝皱起眉头。

卫韫微微一笑："项上人头。"

说话的瞬间，卫韫已经扑了出去。太子被卫韫猛地按住脸扑倒在地，头脸狠狠地撞在地面之上，瞬间就流出了血来。太子拼命挣扎，旁边的侍卫已冲将出来，将皇帝死死地护在中间。卫韫的突然动手让皇帝惊恐万分，他躲在侍卫身后惊诧地出声："卫韫，你当真要谋反不成？！"

"陛下，"卫韫抬起头，"臣就是想知道，当年到底发生了什么！这也是错吗？"

"那是太子！"淳德帝怒吼起来。太子还在拼命挣扎，卫韫却是按住他的头，半蹲在他身前，神色平静地道："陛下废了，他不就不是太子了吗？"淳德帝被这话激得双眼血红，卫韫却转过头去，声音柔和，"殿下，您说清楚，我父兄到底为什么会死在那里？为什么会一起进白帝谷?若您不说清楚,我就当人是您杀的。您数数看,这是几条命?一、二、三……"

"不是我……"太子挣扎着,含糊地反复说道,"不是我……"

"五、六……"

"是姚勇!"终于,太子吼出了声来,含着哭腔道,"真的不是我!"

卫韫的眸色沉了沉,面上却仍旧含笑:"姚勇是如何让我父兄一起进白帝谷的?殿下若说不清楚,我便当殿下说的是假话……"

"是他骗进去的!"太子慢慢没了力气,感觉血正从自己身体里一点点流干。他微微颤抖,艰难地出声:"卫将军兵分两路,自己先带了两个儿子进去,留另一支人马在不远处断后。但姚勇见敌军多了,不敢上前,而若是退兵,卫珺知道了定不会饶他……"

"所以呢?"卫韫的手微微颤抖。太子含糊地道:"……所以,姚勇让人去给卫珺传信,说是卫忠让他前去支援。卫珺一面往前赶,一面派了卫荣回去求援。但姚勇派人拦截,杀了卫荣……"

"然后我卫家一家,都葬送在了里面。"卫韫平静地出声。其实并不意外——这样的真相,对于卫韫来说本也在意料之中,没有半点奇怪。然而他却仍觉得心上翻涌着什么,咆哮着让他想将手下的人当场捏死。

"那你呢?"卫韫的声音越发冷漠。皇帝坐在金座上,看着自己的儿子,满脸震惊。他本以为那一战只是太子决策不力,却不承想,竟是姚勇在关键时刻当了逃兵!若他只是当了逃兵也就罢了,然而他竟还怕被人知晓自己的所作所为,将卫家军剩下的人骗进了白帝谷,甚至亲自动手,杀了前去求援的卫荣!

为了一己之私,姚勇竟做到了这样的程度!皇帝好半天才反应过来,随后怒火攻心,竟是一口血喷了出来,大喝出声:"逆子!"

"……那时你在哪里?"卫韫手上用力,太子瞬间号叫起来:"我在山上看着!看着!"说着,太子哭出声来,"我真的什么都没做……"

听到这话,卫韫不免笑了。他看着太子,平静地道:"殿下,此刻我便让人捅你一刀,然后看着你流血死去,你说我做了什么没有?"说着,他学着太子的语气,嘲讽地开口,"——我什么都没做。"

太子没有说话,皇帝却是从金座上走下来,对着太子拳打脚踢:"混账!王八蛋!如此废物,怎堪为太子?!你毁了朕的江山,你毁了卫家!卫忠的命啊……"他蹲下身子,一把拽起太子的衣领,怒吼出声,"你还有半分良心吗?!"

太子被皇帝拽起来,脸上全是血,神色有些茫然。然而片刻后,他慢慢找回焦距,他

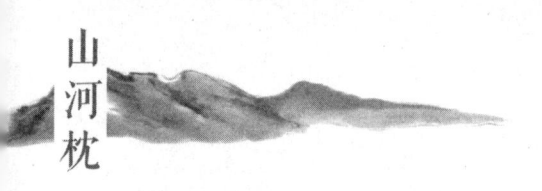

看着皇帝，大笑出声来。"我有良心？父皇，我没良心！"说着，他盯着皇帝，泄愤一般地道，"我是您的儿子，您没有的东西，我怎么会有？"

"混账！"皇帝气极，一脚踹在太子身上。太子被他踹得在地上滚了一转，狠狠地撞在柱子上，随后因疼痛而拱起身子，低低喘息。见太子不再说话，皇帝踉跄着转过身来，看向还跪在地上的卫韫。

卫韫低着头没说话，皇帝犹豫了片刻，慢慢道："此事……是朕亏欠了你卫家。朕以为他们只是做错了决定，却不想……"却不想这一战之所以走到这一步，全然也是因为这些人！他支支吾吾地道："这件事……朕会补偿……"

"杀了他。"卫韫抬起头来，神色冷静。皇帝的脸色剧变，卫韫继续说道，"废皇后，杀太子和姚勇，夺姚氏一族封地，贬为庶民。将帅印给我，大楚将士，皆听我令。"

听到这话，太子动了一下，他似乎想说什么，却是没了力气。皇帝则是捏起拳头，没有言语。看着二人的模样，卫韫笑着开口道："怎么，是您的儿子，所以心疼了？……那我呢？！"他怒喝出声，"那是我的父亲，我的兄长，我卫府满门！你们天家尊贵无比，我等就命如草芥吗？！"

"卫韫，以命换不来命……"

"那我换一个公道！"卫韫提高了声音，"七万人的命，还换不了太子和姚勇两个人的命吗？！"皇帝再次沉默，卫韫面露嘲讽，"陛下可以继续保他们。可是我却不知，姚元帅对不对得起陛下的这份信任。"

"你什么意思？"淳德帝皱起眉头。卫韫慢慢坐回自己的位子上，平静地道："方才我说的话，在姚勇弃天守关之前，陛下还有时间慢慢想。"

"不可能！"皇帝震惊出声，"姚勇不可能弃！"天守关是皇帝的底线，天守关之后就是华京。姚勇若是弃了天守关，那他弃的就不是一个关卡，而是华京，是他淳德帝！

看着皇帝的神色，卫韫端起茶轻抿了一口："陛下若不信，那就等着吧——看那天守关，他姚勇弃是不弃。"

天守关上，号角声后，第一声战鼓擂响，北狄开始攻城！

这一次姚勇不敢托大。大楚哪里都可以丢，天守关却绝对丢不得。若是天守关丢了，对于他来说，就等于彻底失去了皇帝的信任。姚家本就不是那些根基深厚的百年世家，若是失去了皇帝的信任，太子一旦被废，姚家就完了。

然而哪怕是这时候，姚勇还是将希望寄托在楚临阳身上，暗自吩咐了副官道："你带人去边上的位置守着，关键位置让给楚临阳，不到万不得已，别拼命。"副官心里明白，姚勇手下的军队从来都是这样打仗的，于是所有人便都守在了不会被强攻的位置，诸如城门一类的关键据点却都给楚临阳让了出来。

楚临阳看了一眼姚勇的布置，平静地道："我带人马出去近战，烦请姚将军一定要守住城楼。"攻城战的关键，第一就是不让敌方靠近城墙。若是敌方靠近城墙，一方面得护住城门，另一方面就是要防止对方用云梯攀墙。而在城门前派兵近战是守住城门的一个策略，伤亡却太大。姚勇就等着楚临阳的这一句话，忙道："将军大义，您放心，姚某必在城墙上让弓箭手协助，护将军周全！"楚临阳嘲讽地勾了勾嘴角，没有多说，转身下楼领了兵马，便整军出了城门而去。

姚勇得意满满地让所有弓箭手准备，旁边的副官见了，不由得问道："元帅何以如此欣喜？"

"楚将军大义啊！"姚勇笑道，"此战有楚将军为助……"

"元帅！"副官猛地出声，不可思议地道，"楚临阳跑了！"

"你别胡说……"姚勇的话没说完，只见楚临阳带着兵马朝着城外奔去，却是直接竖起了白旗，完全不和北狄交战。他们绕开北狄军队，从旁边又急又快地打马而过，仿佛逃命一般绝尘而去！

姚勇瞪大了眼睛，然而此时北狄的喊杀声传来，却已经是攻到城下了！士兵们愣愣地看着姚勇，他气极地喊道："看个屁的看，打啊！"说话间，他又朝着远处怒喝出声，"楚临阳！你他娘的给老子滚回来！"他的声音用上了十分的内力，吼得整个战场都听到了，然而楚临阳却是头都没回，只是扬起手朝他摆了摆，算是作别。

姚勇一口血闷在胸口，这才明白，他算是着了楚临阳的道了。他从来没想过，楚临阳这样看上去忠军爱民的人，居然有一天也能做出这种事。天守关他不要了……大楚的最后一道天险，距华京仅两个时辰路程的天守关，他居然不要了！他姚勇都不敢跑，楚临阳居然毫不犹豫地点兵跑光了！

姚勇咬着牙，副官小心翼翼地问道："元帅，如今怎么办？"

"能怎么办？！"姚勇怒道，"去调周边的所有兵力！宋世澜呢？他不是才从泉州退回来吗？去给我找他！告诉所有人，全部给我死守！死守！谁都不能逃！"然而就在这时，一个士兵跑上来焦急地道："元帅，顾楚生顾大人求见，他自称是宋将军的信使。"

"顾楚生？！"姚勇愣了愣，随后便想起来这个名字的主人。他旋即明白了，此人是个能人，曾与他有过节，前不久从他的人手中逃脱不说，还竟然在长公主的力荐下当上了金部主事，此刻这个人代表宋世澜前来，怕不是什么好事。他立刻道："将人给我抓起来，等打完这仗我再去找他！"

士兵立刻退下，可没多久又回来了。姚勇已濒临崩溃，怒吼出声："又怎么了？！"只听见那士兵小声地道："顾大人说……您是不是不想要宋将军过来帮忙了……"

这话一出来，所有人都沉默了。片刻后，副官诺诺地道："元帅要不还是考虑见一见这个顾楚生吧？"姚勇气得整个人都在颤抖，却只能咬着牙道："让他上城楼来见我！"说着，他便走进了城楼中间的布防室。

顾楚生很快就上来了。他穿了一身绯红色官袍，面上带着喜色，一进来就朝姚勇拱手道："恭喜将军、贺喜将军啊！"

"有话就说！"顾楚生这喜气洋洋的样子看得姚勇心里发慌，他冷着声道，"别给我绕这些弯子。"顾楚生拿出宋家的信物，笑了笑："下官听闻将军在天守关守城，特意赶过来给您贺喜啊。"姚勇本不想听顾楚生多说，但是顾楚生这样卖关子，他实在有些忍不住，便追问了一句："喜从何来？"顾楚生上前一步，感慨道："如今大楚上下所有将士逃的逃、散的散，只留姚元帅在这里守关，等到北狄退兵之后，姚元帅就乃我大楚第一功臣，满朝文武，谁不得听姚元帅号令？这乃第一喜。"

一听这话，姚勇心里咯噔一下，瞬间明白了顾楚生的意思。如今所有将士都跑了，他守天守关必然困难重重，一旦守住，他便是大楚的功臣。可他当初为什么被淳德帝看上？是因为他在朝中没有根基。一旦他有了这样的赫赫战功作为根基，再加上以前淳德帝给他的种种便利，那他就是功高盖主。他对淳德帝太了解，如此大功，淳德帝还容得下他？！

顾楚生就这么一句话，便敲打了他两件事——他要用命来守天守关，却还落不到一个好。可顾楚生面上的神色太真诚，连他姚勇一时都无法确定顾楚生到底是在敲打他还是真的在恭喜他。于是他只能沉着声音道："第二喜又是什么？"

"这第二喜便是，如今镇国侯在皇城之外集结了四万人马，将华京团团围住，以防华京失守。等姚元帅守住天守关后，便可回到宫中勤王救驾，这不又是大功一件吗？"

"顾楚生！"听到这话，姚勇已是彻底明白过来，他猛地站起身来，"你们这是反了吗？！"

"姚元帅此话从何说起啊？"顾楚生一脸疑惑，"如今天守关正在被攻打，一旦天守关破，不过两个时辰北狄便可轻骑直下华京，镇国侯提前派兵保护，这可是对天家的一片忠心，怎的就变成反了呢？"说着，顾楚生叹了口气，露出无奈的神色来，"果然是眼脏的人，看什么都脏啊。"

十四　但求同生，亦能共死

"顾楚生你不要太嚣张！"姚勇猛地拔剑指着顾楚生，"否则休怪姚某不客气了！"

顾楚生迎着剑尖，面色不动，仍旧笑意盈盈。他上辈子十四岁入仕，五十二岁终老，为官三十八年，什么大风大浪没见过？他同卫韫一样，从来都是赌命之人，姚勇的剑尖，他瞧着，便如稚儿一般。他抬起手，双指夹着剑尖，摇了摇头道："姚大人不要急躁，顾某还有第三喜要报呢。"

这第三喜已经没人期待，顾楚生仍将姚勇的剑尖推到一边，笑着道："第三喜，想必姚大人会喜欢。如今宋将军正在赶来的路上，姚大人再撑一天，宋将军就赶到了。"

姚勇没答话。放在楚临阳叛逃之前，听见宋世澜要来，他必然很是欣喜；然而如今听见这消息，他却总觉得有什么阴谋在等着他。宋世澜为什么不立刻过来？他才不信宋世澜真的是还要赶一天的路，他们一定有阴谋……对了！说到时间，姚勇立刻意识到，宋世澜是个比楚临阳老奸巨猾得多的小滑头，如今怕就是在等着他和北狄交战，后面再来捡漏子。他们全都笃定地认为他不敢弃天守关！可是……姚勇捏紧了拳头，他的确不能弃！他死死盯着顾楚生，听他笑着道："所以您放心，只要坚守一夜，宋将军就赶到了，您不必太过忧虑。"

狗屁的一夜！一夜之后，他已经和北狄交过手，宋世澜可不就是来捡漏子的吗？姚勇气急败坏，一句话都说不出来。然而顾楚生却是怡然自得地坐在一边，平静地道："姚元帅，顾某就不打扰你们了。你们忙，顾某在这儿喝杯茶吧？"

"你……"姚勇还想说什么，副官却是拉住了他。如今顾楚生代表的是宋世澜，而在场所有人都害怕宋世澜不来，于是副官赶忙道："元帅，您消消气，我们先出去，不和他一般见识。"顾楚生瞧着，嗤笑了一声，端起茶杯来轻抿了一口，满脸自得。姚勇也心知此时不宜与顾楚生冲突，转身出了门去观察战局。

北狄攻打得猛烈，如今重点进攻的就是天守关和凤陵城。姚勇看着自己一手培养起来的亲兵一个一个倒下去，心疼得不行。而且……一想到窥探在暗处，随时准备对他取而代之的宋世澜，他就觉得头疼。当年他就是这样窃取别人的军功的，如今宋世澜想做什么，他再清楚不过。可是无论如何，有总比没有好。如今楚临阳跑了，卫韫围在皇城外面，若是宋世澜也不来，天守关……就真的守不住了。

姚勇咬着牙，一直守到半夜时分，看见城楼上的尸体一具一具被抬下去，他心里几乎是在滴血。便就是在这时，副官急急忙忙来报："姚大人，华京的圣旨到了！"

"华京的圣旨？"姚勇一脸疑惑，华京此时来旨是怎么回事？他迎上去，看见一个白面无须的太监正拿着圣旨走过来。那太监看见姚勇，似乎有些意外："姚元帅如今还在这里？"姚勇有些迷惑："公公这话什么意思？下官一直镇守在天守关，并没有外逃，反而

319

是楚临阳那厮，如今已经跑了！还望公公回去禀报圣上，给楚临阳治罪才是！"

那人皱了皱眉头，但他本也只是一个传旨太监，便只是道："那元帅请接旨吧。"说着，他展开圣旨，"奉天承运，皇帝诏曰，姚勇身为战场主帅，于大楚天险之前，却消极应战，有临阵脱逃之意，罪不可恕。如今特命押姚勇回京，将帅印转交于镇国侯卫韫……"

"你说什么？！"姚勇听到这里，猛地抬头，冷冷看着那太监道，"你什么意思？！"太监被吓得往后缩了缩，咽了下口水道："咱家正在宣旨，你站起来做什么？"

"你把圣旨给我！"姚勇朝太监伸出手去，旁边的人瞬间已拔出了剑。此时一个北狄人拼命攀着云梯攻上城来，立刻被士兵捅了个对穿，落到太监脚下。太监惊得往后一退，正要将圣旨交给姚勇，就听一声大喝道："谁在那里假传圣旨？！"话没说完，姚勇便看见一袭红衣扑了过来，抬手就提起那太监，所有人都还没反应过来，那人就直直将太监朝着城楼下扔了下去！

这一番变故惊得众人一句话也说不出来，顾楚生转过头来，拍了拍手，含笑道："姚大人，这都是些想骗您的小人，您不必理会，好好守城就好。"姚勇没说话了。旁边是喊杀声，如今开战不到半夜，他的人马已经锐减了一万左右。他看着笑眯眯的顾楚生，开始冷静地分析此时的情况——

淳德帝向来多疑胆小，如今被卫韫困住，而卫韫到底对白帝谷之事了解多少？或许他已经让皇帝相信了自己有弃城之意，所以这封圣旨未必是假的。若皇帝相信他要弃城，如今他弃与不弃，又有什么意义？但是，顾楚生为什么要扔了那圣旨？顾楚生是宋世澜的人，而宋世澜还在等着当黄雀，是不会希望他弃城的。那必然是他们断定自己一旦接到这封圣旨，便不会再守城，宋世澜就无功劳可抢了……

姚勇弯弯绕绕地思虑许久，顾楚生的脸色却是有些难看了，他强撑着道："怎么，姚元帅莫不是以为这封圣旨是真的吧？姚将军何不想想，陛下对您是何等信任？他怎会不信您，而去信卫韫？！"听到这话，姚勇的脸色剧变。他心里明白，皇帝对他的信任，或许才是最不牢靠的。他背着皇帝做了这样多的事情，他们之间哪里来的信任可言？皇帝唯一全心全意相信的人，或许就只有那个忠心耿耿的卫忠而已吧。

想到这里，姚勇抬眼看着顾楚生，咬了咬牙，终于道："把他给我抓起来！"

顾楚生面色剧变："姚元帅，您是不想等宋将军的援兵了吗？"

"援兵？"姚勇冷笑出声来，"老子不要这天守关了，还要什么援兵？！"

"姚勇！"顾楚生急促地叫骂出声，"天守关乃大楚最后一道防线，你如此做，就不怕陛下责怪吗？！"

"哈，他如今本就当我要弃城了，我弃与不弃还有什么区别？难道还真要我傻傻地在这里给宋世澜作嫁衣？"姚勇走到顾楚生面前，拍了拍他的脸道，"小白脸，战场不是这么好玩的，下辈子投胎，离战场远点。"

顾楚生听到这话，轻笑出声，随后压低了声音道："姚将军，您想杀我，不是不可以，可是杀了我，您还想跑出去吗？"姚勇抬眼看向他，只见他笑了笑，"我来之前同宋将军说过，天明之前，我会一直站在城楼上，若我不在，就代表姚将军打算谋逆，宋将军大可直接带兵在城外剿灭叛军。剿灭叛军比守住天守关要容易得多，但也是个大功啊。"

姚勇没说话，顾楚生的威胁他听得明白。他盯着顾楚生，许久后，他咬着牙连道三声："好，好，好——你们这些小儿，倒是我小瞧了你们！"说着，他将顾楚生往旁边一推，"将他给我押在城楼上，不许他动。其他人跟我来，准备撤离！"说话间，一把尖刀已抵在了顾楚生身上。他没有动，姚勇却是立刻下楼集合了兵马开始撤退。

顾楚生站在城楼上，红衣猎猎，目光看向另一个山头，抬了抬手。楚临阳在山头上看见顾楚生的手势，便明白姚勇是真的弃城了。他们盯着姚勇的动作，他出城后，城楼上就只剩下了秦时月带着卫家军不肯撤退，拼死抵抗。姚勇回头看了天守关一眼，咬了咬牙，终于还是驾马狂奔而去。

至此，顾楚生终于舒了口气，转头同秦时月道："秦将军，半个时辰能坚持住吗？"秦时月看了顾楚生一眼，点了点头。

然而还没有等到半个时辰，皇帝安插在姚勇军中的人就急忙发了线报回宫廷，两个时辰后，皇帝便收到了。"陛下——"那信使连滚带爬地冲进大殿来，"姚元帅弃城！他弃城了！"听到这话，皇帝和太子猛地抬头。太子经过刚才那番与卫韫的对峙，才缓过来一些，骤然听得此消息，霍然起身指着那信使，目眦欲裂："你胡说！"

"真的，"那信使哭着道，"陛下，您快走吧，此时天守关上就剩秦时月将军还在坚守了，天守关一破，华京就危险了！"

秦时月是卫家家奴出身，这一点皇帝知道得清楚。最后弃城没跑，还在护着大楚江山的，居然还是卫家人。皇帝听着这线报，内心一片复杂。他不肯承认自己的错，可是又不得不去面对自己的错。他猜忌的卫韫，哪怕做到这个程度也没真的舍弃天守关。反而是他最倚重的姚勇，弃城而逃。

"怎么办……"太子知道来人是皇帝的心腹，所以线报一定是真的，他神色迷茫，转头看向皇帝，"父皇，我们怎么办？我们逃吧？！"淳德帝没说话，只死死地盯着太子。太子被皇帝盯得有些腿软，颤抖着声音又道："父皇？"

"卫韫，"皇帝沙哑地出声，"我不能让大楚断送在我手里。我可以跑，但这会是太大的耻辱。"他没有用"朕",而是用了"我",这样一个称呼,足以证明此刻他对卫韫的态度。然而卫韫却只平静地吹了口茶,淡然道:"哦?这与我,又有何干?"

听这口气,皇帝就知道,卫韫不会善罢甘休。他从旁边抽出剑来,咬牙道:"我答应你。"卫韫抬眼看向皇帝。皇帝提着剑,眼中盈满了眼泪,咬着牙,颤抖着声音道:"废皇后,杀姚勇,将姚氏贬为庶民,拜你为天下兵马大元帅,为卫家平反。……如此一来,你可能出战夺回天守关?!"

卫韫没说话,他将目光落到了太子身上。皇帝明白了他的意思,太子也明白了。太子转身就跑,皇帝扬声开口:"来人,押住他!"士兵冲进来将太子按在地上,皇帝提剑走了过去。太子脸上的伤才包扎好,哭着道:"父皇……父皇……求您了,父皇……人是姚勇杀的,事是姚勇做的,和我没有关系,没有关系的啊!"他拼命挣扎着想要后退,皇帝颤抖着将剑尖指向他,声音沙哑:"这和对错没关系……"太子死命地摇头:"父皇,我是您的亲儿子,是您将我一手养大的啊!您真的就要这样对我吗?"

皇帝没说话,眼泪簌簌而落。太子是他最疼爱的孩子,从小抱在膝头,如今眼看着他终于长大成人,哪怕他犯了天大的错,他都愿意忍着让着。"孩子,这世上哪里有对错,"皇帝闭上了眼睛,"有的从来只是,成王败寇,弱肉强食。"说话间,他的剑又往前探了一寸。太子愣在原地,连剑锋入肉的痛苦都不曾察觉了。然而就是在探了这一寸后,皇帝再下不去手。卫韫走上前来,从皇帝手中接过了剑。

"父慈子爱,乃人伦之常,"卫韫平静地道,"这一剑,卫韫代陛下行。"说话间,他猛地往前,剑尖没入太子胸腔,直直刺向心脏,鲜血从太子口中涌出。皇帝惊得退了一步,太子的双眼死死盯着他,慢慢倒了下去。卫韫转过身来,提剑退了一步,单膝跪下:"臣卫韫,请战!"

淳德帝呆呆地回头,他似乎已经不知道卫韫在说什么,只静静地看着他,好久后才木然地点了点头。卫韫抬起头来:"如今陛下身边的侍卫不大可靠,臣为您换一拨人,您看如何?"皇帝还在呆呆看着地上抽搐着的太子,卫韫站起身走出大殿,扬声道:"来人,传令下去,让御林军左使陈领带人马来大殿护驾!"

陈领早已候在门口,得了令便立刻带人拥了进来。卫韫站在大殿门前,回过头去,看见皇帝走到太子面前。他慢慢蹲下身,动作很缓很慢,仿佛一瞬间老了几十岁,那个意气风发的帝王,终于变成了一个垂垂老人。他将手放在太子头顶,仿佛太子还是个孩子一般。然而此时太子已经彻底没了气息,躺在地上再没动弹。皇帝慢慢笑了起来,笑着笑着,却终是痛哭出声。

卫韫一直静静地看着,这一刻终于转过了身去。皇帝的哭声和半年前他在白帝谷看见卫珺尸首时的号啕之声交织在一起,他走在宫廷的长廊之上,仿佛是走在两段时光里。然而他脚步不停,面带杀伐之气,一路走了出去。

走出宫城,他吩咐只留五千兵马在华京,立刻翻身上马,带着人直奔天守关。连夜奔袭,天明之前,他终于赶到。此刻楚临阳正守在城楼上与秦时月联手对敌,卫韫到达之后,天守关的人马迅速增至十万。

压了这么久,终于有了可以放手对敌的时刻,楚临阳手下的将士都像疯了一般反扑。卫韫正观察着战局,顾楚生走过来,冷静地道:"元帅,如今赶制的火药已经准备好,可需使用?"卫韫摇了摇头,同顾楚生道:"我点了五千轻骑,把火药交给他们。"

顾楚生应声,转头就要走,卫韫却叫住了他:"顾大人。"顾楚生顿住步子,卫韫平静地转头看向他,神色间似压抑着什么,"等天守关稳下来,最迟不过今夜,我就会出发去北狄。我离开之后,你打算怎么做?"

"如今皇城可还好?"

"我留了五千轻骑在那里。"卫韫皱眉,"太子被我杀了,淳德帝身边的人也都被我换了。"

顾楚生平静地道:"那我即刻出发去凤陵。"

"你去凤陵做什么?"

"我是来救人的,不是来陪你们打江山的。"顾楚生抬眼看向卫韫,"如今姚勇已经废了,太子也已经没了,皇帝已是傀儡。往后你要做什么,便按着你的计划去做。至于华京最后是谁的,就不关我的事了。"

成王败寇,华京是卫韫的还是淳德帝的,抑或还是那一位的,对于顾楚生而言,并不重要。他只知道,用天守关分散楚瑜的压力一事已经完成。上辈子他把自己的所有都给了这世道,没给楚瑜任何一点,这辈子,这世道又与他有什么关系?

卫韫没说话,他静静地看着顾楚生,许久后,慢慢笑了:"也好。"顾楚生皱了皱眉,有些不明白卫韫是什么意思。只听卫韫沙哑着声音说:"你有这样的心思,把她交给你,我也放心。"顾楚生体会出几分不对来,然而卫韫却已经将目光移了开去。顾楚生想了想,不由得有些好笑。一个堪堪十五岁的孩子……对楚瑜,又能想什么呢?

他转身匆匆下楼,卫韫则捏着拳头,眺望远方。站在一旁的楚临阳看了他一眼,皱了皱眉,却是什么都没说。

此时此刻,姚勇正往青州疯狂奔逃。青州是他的老巢,如今他既然已经失了皇帝的信任,唯一的退路就是回青州起兵造反。

他正狂奔在大道上,却远远看见一个着水蓝色长衫的男子站在道路中间。他皱起了眉头,觉得那个人影依稀有几分熟悉,等靠近了,他猛地睁大眼睛,勒马停下。对方正含笑看着他。只见那人身上穿的虽然是长公主府为面首特制的长衫,然而周身却萦绕着一股一般面首难有的清贵之气。

姚勇停在他身前,对方笑了笑道:"姚将军,别来无恙啊。"

姚勇不敢说话。面前这男子的模样他认识,可是他却不敢相认,因为那个人,明明……明明该死去了才是!

——是去年谋逆的秦王殿下!

可是姚勇仔细看,却又看出几分不一样来。这个人明显要年轻许多,眼角带着一颗泪痣更是与秦王完全不一样。他皱起眉头:"你是何人?"

"在下秦王府世子——"对方双手笼在袖中,含笑说出了那个让姚勇震惊的名字,"赵玥。"

姚勇睁大了眼,不敢相信面前的人竟然还活着!当初顾家就是因为私藏这个秦王之子而罹难,是顾楚生当机立断将他送入宫中,同时也交出了顾家的一切,才保住了顾家。他明明该死了……

"姚大人想说,我明明该死了的,是吗?"赵玥笑着问道,"可我不但没死,还活得好好的,姚大人不该庆幸吗?"

"我庆幸什么?"姚勇的心跳得飞快,却是明白了赵玥的意思。

"大楚开国之君乃我赵氏,当年李氏不过高祖养子,却拥兵自重、谋权篡位。我父亲的封地在琼州,未曾长留华京,又肯对李氏俯首称臣,这才保住一条性命。可他李氏凭什么坐在这个位子上?!"赵玥的神色中带了冷意,"如今姚将军当分清大是大非,谁乃正统嫡系,您可明白?"

赵玥问得意味深长,姚勇却是迅速反应了过来。他回青州,无论如何都将坐实谋反,民心所逆,哪怕自立为王,怕也不得善终。如今若赵玥愿意与他合作,他辅佐赵玥为帝,打了"匡扶赵氏天下,诛李氏谋逆之臣"的旗号,那也就师出有名,不至于孤立无援了。

赵玥见姚勇犹豫,继续道:"姚大人何须犹豫呢?如今谢家、王家、长公主,皆已支持我称帝,姚将军还有什么好怕的?"王、谢两家代表着朝中文臣世家,长公主也是朝中不可小觑之人,这些人手中兵马虽然算不上多,却是富可敌国。如今他姚勇手中有兵,王、谢、长公主手中有钱,辅佐赵玥这赵氏遗孤称帝,可谓万事俱备。

姚勇咬了咬牙,终于道:"我若与你合作,你许我什么?"听到这话,赵玥大笑起来:"姚将军如今还同我谈条件吗?将军放心,您还会是姚将军,我却不会是下一个淳德帝。"姚勇想了想，赵玥继续道，"姚将军若是不愿意，在下这就让道，不过前方宋世澜还在等着您呢。"

姚勇的面色剧变，赵玥站在一旁平静地道："如今姚将军有两个选择。其一，同我一起回华京，借王、谢两家之力攻下华京。其二，您回您的青州，和早就埋伏好的宋世澜打个你死我活。"

听到宋世澜埋伏在前面，姚勇便知道自己是着了顾楚生的道。顾楚生哪里是怕他弃城？完全是巴不得他弃城呢！他的面色变了又变，最后终于咬牙道："行。"他艰难地道，"我这就陪您回去，攻下华京，拥您登基！"

赵玥大笑开来，转过身去，看向华京的方向。他蛰伏这样久，终于等来春日化雪了。

楚瑜在凤陵城和苏查僵持着。苏查休整了一天后，再次开始强攻。韩秀曾答应会将火药给他，他便相信只要攻下凤陵城，得到韩秀，一切问题就可迎刃而解。如今卫韫已经将火药带了出去，北狄更是无论如何都要拿到配方，否则日后就十分被动了。大楚皇帝不明白这个东西的价值，苏查却是清楚得很。

苏查强行攻打了两天都没能攻下凤陵，副官终于忍不住道："殿下，要不我们退兵吧？"苏查没说话，只朝那副官看了一眼。副官鼓起勇气又道："殿下，如今陛下已经下令攻打天守关，天守关还在硬抗，您在这里和凤陵耗着没意义。"

"没意义？"苏查冷笑出声，"区区一个小城，我已经调了这么多人过来，你还和我说打不下来？！"那副官焦急地道，"凤陵不一样。凤陵本来就易守难攻，又有火药……"苏查盯着那副官："你觉得凤陵城很难打是吗？"副官硬着头皮答道："是……"苏查冷静地开口："那我告诉你，如果这一次打不下凤陵，以后大楚到处都会是这样的城池。你想想，我北狄要怎么办？"

北狄鲜少耕种，每年食物不够了就到大楚边境来骚扰。他们一般抢了东西就跑，卫家和他们小打小闹，也是打了很多年。但如果以后凤陵城这样的城池遍地都是，他们还怎么抢食物？副官脸色不太好看，苏查见他明白了，淡道："这次我们一定要带韩秀走。这样的人才，要么死了，要么就得带回北狄去。"

副官见苏查主意已定，叹了口气，没有多说。便就是这时，外面传来一阵骚动，一个士兵走进来道："殿下，有个大楚人要进凤陵城。"

"杀了。"苏查果断地道，"大楚人还敢来找我说话？"

"殿下，那人说，他有一个消息，是关于您母亲的，他愿意用这个消息换让他进去的机会。"

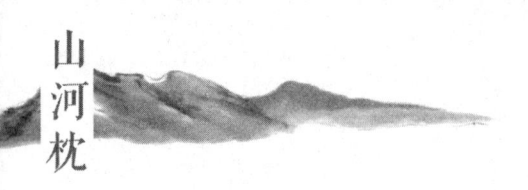

听到这话，苏查皱起了眉头。苏查的母亲是他一辈子的心结，而上辈子顾楚生与他周旋了六年，对他知根知底。

片刻后，苏查开口道："把人带进来。"一个绯红色衣衫的男子从帐篷外走了进来，苏查冷冷地看着他："说吧，你知道有关我母亲的什么事情？"

"我说了，您放我进凤陵城吗？"

"就你一个人？"苏查怀疑地问道，顾楚生却神色平淡："就我一个人。"

"好。"苏查果断开口，"我让你过去。"

"您的母亲，葬在索楼山。"顾楚生干脆地说出了上辈子他们查了许久才得到的消息。苏查的面色变了变，冷声道："若你说错了，我一定会来杀了你。"然而，他虽然这么说，却明白顾楚生的消息恐怕没有错，他派出去的人找到的痕迹的确已经接近这座山峰了。他摆了摆手，同其他人道："带他出去。"

顾楚生舒了口气，被一个北狄士兵领着一路穿过军营来到前方，然后踏上了凤陵城外和北狄军阵之间的空地。他一走过去，凤陵城内便炸开了锅，韩闵跑进布防室，兴奋地喊着："夫人，有一个大楚人往凤陵城过来了！您快去看看！"楚瑜闻言皱了皱眉头，疑惑地道："大楚人？一个？"韩闵却顾不上回答，拖上楚锦就往外跑。

楚锦有些无奈，回头看了楚瑜一眼，楚瑜点点头，姐妹俩并肩走出布防室，来到城楼上。果然，她们看见一袭猎猎红衣，正穿过林间空地朝凤陵山走过来。那人似乎是察觉到楚瑜的目光，抬起了头。楚瑜呆呆地看着来人，楚锦却是迅速回头看向楚瑜："他怎么来了？！"

楚瑜没说话，只看着顾楚生走向凤陵山脚，而后不久便出现在了凤陵城下。他站在城楼下方，仰头看着楼上的楚瑜，神色里满是欣喜。

刘荣上前道："来者何人？！"

"金部主事，顾楚生。"

"所为何事？"

"寻人。"

"所寻何人？"

"卫家大夫人，楚瑜。"

"寻人做什么？！"

顾楚生沉默了。他抿了抿唇，所有人都兴奋地瞧着他。许久后，他坦然一笑："我怕她在这里出事，就想着若真出了事，能求得共死，也是好的。"

十五　上辈子文顾武卫，这辈子也当如此

　　顾楚生的话顿时让周围嘘声一片。连日征战，遇到这般风月之事，大家的心情都好了许多，便连楚锦都朝着楚瑜看过来，脸上似笑非笑。然而楚瑜看着城楼下的人，却是忍不住捏起了拳头。她看着顾楚生的目光，看着他如此情真意切的表白，止不住想起了上辈子。哪怕那些过去似乎早已慢慢远去，可十二年的痛并非那么容易一笔勾销。她可以原谅所有人，除了顾楚生。

　　好在楚瑜如今面对的是什么辜负之事都还没做过的顾楚生，尚能控制住情绪。于是她垂下眼眸，平稳地道："我乃卫家大夫人，与顾大人非亲非故，还望顾大人慎言。"这话出来，还在调笑的人们都噤了声，场面顿时有那么几分尴尬。楚瑜抬了抬手："开城门。"接着她便转身离开了。

　　顾楚生早料到会是这样的结果，倒也不恼怒，叹了口气便进了凤陵城。有人上来安排他梳洗，然后他就来到府衙大厅，等着楚瑜召见。

　　楚瑜整理好情绪，便让人将顾楚生请了过来。此时顾楚生已换了一身月华色长衫，恭敬地朝楚瑜行礼。如今按着身份，他是该向身为卫家大夫人的楚瑜行礼的。他的动作很规整，却还是忍不住在拱手时悄悄抬眼，像一个少年人一样透过指缝看向首座上跪得笔直端正的女子。

　　女子身着劲装，袖口用绳子绑住，头发用发带高束，似乎随时准备好穿上铠甲上战场。她的这身装扮让顾楚生喉间发苦。上辈子楚瑜嫁给他之后，大楚遍地烽火狼烟，她以他的名义在军中一直当着前锋。那时候她就是这样的穿着，再来一辈子，她始终还是她。

　　顾楚生的内心种种，楚瑜并没察觉。她抬手让顾楚生起身坐下，直接地道："你如何来了？你来了，后方谁管？"顾楚生明白楚瑜如今是担心前线，他也没有隐瞒，一五一十将天守关和华京的情势都说了。楚瑜一开始有些愕然，听着听着，她的眼里慢慢带了冷色，握着茶杯的手有些颤抖，"你说……小七带着五千人就要去打北狄王都？"

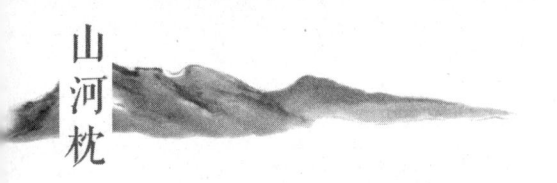

顾楚生点了点头，眼中也忍不住有了钦佩。无论是这辈子还是上辈子，卫韫从来都是他生平仅见的豪杰。而楚瑜没说话，只是眼帘不停颤动。顾楚生明白，楚瑜向来是个重情义的，她如今与卫家相处的时间已不短，而且看卫韫对她的维护，怕是感情也不浅。他叹了口气："你别担心，小侯爷既然有这个胆量，自然也有他的依仗。"

楚瑜听着顾楚生的话，勉强压住自己心里那些翻滚的情绪。卫韫的意思，她又怎么不明白？卫韫本来可以不管她、慢慢打的，以他之前的布置和凤陵城内带出去的东西，打赢北狄不过是迟早的事。然而他如今兵行险着，不过是想救她而已。他和顾楚生最大的不一样，在于他从来不逼她。她想做什么，他就让她去做，他只会跟在后面，弯下腰去，温柔地掬起她的衣裙，在她诧然回头时，笑着说一句："嫂嫂，我怕你脏了裙角。"而如果当初来凤陵城救她的是顾楚生，或许顾楚生就会想尽办法带她走。

卫韫的这份温柔楚瑜明白，她说不清内心是什么情绪，只能将所有情绪压下去，麻木地询问道："那你来这里做什么？"顾楚生愣了愣，楚瑜抬眼看他，"侯爷吩咐你守皇城，你却寻了借口过来。你可以糊弄他，但别糊弄我。"顾楚生苦笑起来："我如何糊弄你？"楚瑜定定地看着他："你的性子向来再稳妥不过，如今华京是什么局势你不明白？按照你的性子，你若真的为他上心，必然会守在华京，怎的还会来这里？"

顾楚生不语，楚瑜皱起了眉头："顾楚生，你在谋划什么？"上辈子的这个时候，顾楚生的主子就是卫韫，楚瑜实在想不出他还有第二个选择。如果没有第二个选择，那如今他的所作所为，又是为的什么？

顾楚生抬眼看她，目光晦涩："赵玥。"

突然听得这个名字，楚瑜愣了愣，抬起头来。

大楚的开国帝君本为赵氏子明，淳德帝的父亲明成帝与高祖赵子明乃结拜兄弟。然而当年太子谋逆，杀光华京中自己的所有兄弟，只有一个秦王因早早去了琼州驻守边关而幸免于难。后来是当年任兵马大元帅的明成帝入宫勤王，救出了赵子明。赵子明临终之前说自己的子孙无德，将帝位禅让给了明成帝。

明眼人都能看出来，这其实是太子谋逆案之后明成帝借勤王救驾之名谋反，只是秦王离得太远，又拥兵自重，明成帝拿他没办法，因此形成了对峙割据之势。多年来秦王明面上向明成帝及之后即位的淳德帝称臣，暗地里却一直在发展自己，最后终于举兵谋反。而赵玥，便是当年的秦王世子，也是秦王谋反失败后顾家力保之人。秦王曾于顾家有恩，顾楚生的父亲是个读书把脑子读傻了的，拼了一条命也要保赵玥，顾家和朝廷僵持了许久，之后顾楚生终于将赵玥交出来，才以远贬昆阳为交换保住了顾家。

正是因为这一切，此刻顾楚生骤然说出赵玥的名字，让楚瑜不由得有些诧异。顾楚生也知道楚瑜不明白,平静地开口:"他没死。"楚瑜睁大了眼,随后迅速反应过来。赵玥若未死,那顾楚生怎么可能拜卫韫为主?!顾家一家都为保赵玥而折了进去,如今赵玥还活着,显然就是顾楚生运作的结果。可是,上辈子为什么这个人没有出现?!

楚瑜的震惊落在顾楚生眼里,他平静地道:"当初我和长公主联手,送了一个假的世子进去,然后让真正的赵玥以长公主面首的身份一直待在公主府里。他从来都是与世无争的性子,我以为他会一辈子待在那里,却不承想,他竟也有夺位之意。……我发现了他的意图,帮他在长公主面前遮掩了过去。"顾楚生说得轻描淡写,"如今他欲取华京,我不想同他对上,所以我来了凤陵。我猜想,卫韫一旦离开天守关,他就会攻打华京,如今华京应该已经被他拿下了吧。"

这话分量不轻。顾楚生既然做了这些事,按理本不该告诉她,因此楚瑜愣了许久,还是问道:"你告诉我这些做什么?"顾楚生抿了抿唇,认真地看着她:"你想知道什么,我都可以告诉你。"楚瑜迎着对方认真的眼神,慢慢明白过来他的意思。如果这些事是发生在上辈子,她大概会欣喜若狂。然而这辈子再听见这话……她垂下眼眸,抚摸着茶杯边缘:"你不必如此。"

看着楚瑜低头不语,顾楚生明白这是她无声的拒绝。他心中有酸涩蔓延开来,低着头道:"这是我的事。"楚瑜却是定了心神,坚定地开口:"我不会接受你。顾楚生,你做的所有,都是徒然。"

"为什么?"顾楚生盯着她,慢慢捏起了拳头,"我过往,或许有许多做得不好。可是没做好的,我可以改;做错了的,我可以弥补。罪早晚有赎完的一天,为什么你要说得这样肯定?……我没强求你现在就接受我。"他的声音带着些沙哑,"我这辈子,不会骗你,不会害你,不会欺负你。我可以一直守着你,守到你回头的时候。"

楚瑜没有说话,她不知道要如何对这个少年解释原因。前世做下的错事,她又怎么提及?她看着他,为难了片刻,叹了口气道:"顾楚生,如果以前你对我这么好,我会很高兴。可是,你要知道所有的事都是要讲对的时间的。……错过了就是错过了,不会有谁一辈子站在原地等你。"

顾楚生听着这话,愣了一会儿神,随后低下头,苦涩地道:"你说话还是这样扎人心。"

回到屋里,楚瑜躺在床上,竟是完全睡不着。她忍不住想,包裹北狄的那座雪山到底有多高、有多冷、有多难爬。想着想着,她就想起了卫韫离开前的那个拥抱。那是第一次有一个人,那么用力地拥抱她。上辈子,哪怕是顾楚生,都不曾给过她这样的炙热与温暖。当内心那个匣子打开，就会有无数情绪流出来。她将手放在胸腔上，感觉心脏正一下一下，缓慢而沉稳地跳动着，夹杂着说不清道不明的担忧与痛楚。

这一刻，她终于知道，那个拥抱意味着什么。卫韫或许在那一刻就做了这个决定，却什么都没告诉她。她以为自己是拿自己的命去换大楚，却不想那个人悄无声息地就将她揽在了身后。他什么都没说，什么都不阻止。明明他才是个少年，明明他才是该被保护的那个人，然而在他与楚瑜之间，却是他在无条件地纵容和支持。

可是为什么呢？就因为她是他嫂嫂？就因为她在他父兄罹难时，替他撑住了卫家？哪里值得？不值得。"卫韫啊……"楚瑜闭上眼，轻叹出声，哪怕只是叫出这个名字，都似乎带着无尽酸楚。

此刻的卫韫已经奔赴在去北狄的道路上，而后又从北狄边境直接攀上了雪山。这座雪山从北狄边境一路绵延往前，环绕在北狄王都身后，成了王都的一道天然屏障。很少有人攀爬过去，从这里行军，的确是太过艰难。

卫韫带着五千人日夜兼程，终于来到北狄王都后面时，五千人马已经没了将近一半。他们人数稀少，卫韫让他们分成小队下山，然后藏在山下的密林之中休整一日，并派卫秋去和沈佑接头。

沈佑早就来了王都，拿着卫韫安排给他的身份进了都城，按照计划成功当上城门守兵，并且分批少量地购买了马匹藏在城郊。沈佑领着卫韫先来到城郊的别院，而后士兵们也分批到达，做好攻城的准备。

等到夜里，卫韫让所有人都换上了仿制的苏查军队的衣服，黎明时分，卫韫便带着人大吼着攻向城池！因为主要战线都在大楚境内，王都也没有接到任何警报，黎明时的北狄王都几乎没有什么战力。卫韫带着几千人大喊着往王都冲去，沈佑在城楼前眼见着卫韫过来，直接就开了门放行。于是，从战鼓声响、喊杀声起直到攻破外城墙，前后竟不过一刻钟！等卫韫带着人直接朝皇庭奔去时，大家才反应过来。

"那是谁……"城楼上的守官带着人将沈佑团团围住，焦急地出声，"扎巴尔，你放谁进来了？！"扎巴尔是沈佑的化名，只见他笑眯眯地瞧着那守官道："那自然是我们的二殿下。"听到这话，才有人似乎体会出几分不对味来。这是哪里的军队，谁的军队？大楚人还在自己的战场上胶着，就算要打也该是从边境打过来，能这样悄无声息靠近王都的军队，除了苏查，还能有谁？而且，夜色里飞扬着的旗子，高喊着的北狄语……

守官只是愣了愣，立刻反应过来，转头就往城楼下跑。剩下的人围着沈佑面面相觑，沈佑笑了笑："大人都跑了，你们还不跑啊？"那些侍卫你看看我，我看看你，片刻后却是都明白了过来，苏查攻城了！

想明白这一点，众人正要动作，沈佑却猛地一脚踹过去，扒着城墙便直直跳了下去。大家还没反应过来，就看见沈佑踹开一个士兵，抢了对方的马，追着卫韫的军队就去了。城楼上的守卫咬咬牙，也跟着朝城楼下冲，一边大喊道："苏查攻城了！快走啊！"

这样一喊，所有人陆续起来，却很快便被兵马声惊住。大家虽然不明白怎么回事，却知道一点——打仗了。打完了，那就是要烧杀抢掠甚至屠城的！——按照北狄人的性子，一旦攻下城池，烧杀抢掠是少不了的！于是大家开始收拾东西，迅速往外奔去，王都里瞬间乱成一片。而这时候，卫韫等人已经攻到了内城门前。他冲在前方，抬手将火药往城墙上一扔，便听见"轰"的一声巨响！随后他从腰上甩出一只钩子挂在城墙之上，足尖一点便往城楼上冲，沈佑跟在他身后也冲了上去。

卫韫带来的五千人马都是精锐，虽然翻雪山时已折损了一半，剩余的人依旧士气不减。他们分成两批人，一批往城墙上甩火药，打乱城楼上弓箭手的布阵，另一批则直奔城门，将火药直接朝着城门砸去。只听轰隆隆一阵阵响，整个城楼都为之颤动！北狄王都安逸已久，哪里见过这个阵仗？城门刚被炸开，内城之中的所有人便开始逃窜。苏查在北狄民望颇高，况且本就是苏家人自己的事，又有几个人真的要为着这种事情拼命？而且那火药的确惊到了众人，于是还不到一个时辰，卫韫便攻到了皇庭门前。

苏灿从听闻攻城起就被人叫了起来，后来又听闻来人是苏查，又气又急，还带了几分不甘之心，怒道："他不是在前线吗，怎么回来的？！回来了，怎么不同朕说一声？！这沿途官员都是死了吗？！二殿下回来这么重要的事，竟是没有一个同朕说的？！"这话说出来，苏灿自己的心里却有些发毛了。这么多官员，竟然都是向着苏查的？！然而他来不及多想，便听见军队已经进得皇庭来了。

卫韫包围了皇庭，将北狄皇族集中在一处，然后朝苏灿所在的大殿走了过来。苏灿站在大殿里，正迅速分析着眼前的形势。苏查向来对他忠心耿耿，如今会谋反，必然是因为那条攻打天守关的军令激怒了他。这也不是什么大事，自己认个错就好。而且苏查无论如何都是不会杀自己的，别说他们之间有从小一起长大的情谊，就算没有，苏查想要名正言顺，也必须拿到他的圣旨。苏查想要的不过就是皇位，那他可以封苏查一个皇太弟安抚。加之他觉得苏查一贯是个好糊弄的，有勇无谋，最重要的是，他还十分孝顺，如今太后还在宫里，想来他也不会做什么。想到这里，苏灿的心放下来几分，听闻叛军首领进来了，他甚至还抬手扶了扶自己的发冠，转过头来，正准备去迎。然而刚转过身，他就看见一个少年披着斗篷、身着银甲，走了进来。

苏灿皱了皱眉头，察觉出几分不对来。却见那少年将斗篷掀开，抬眼看向苏灿，笑意

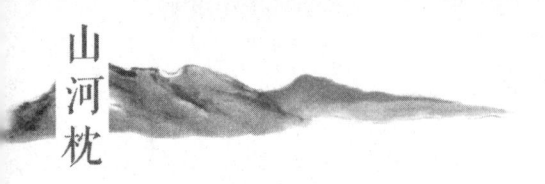

盈盈地道："陛下，别来无恙啊？"苏灿看见少年，猛地睁大了眼睛："你不是苏查！"听到这话，卫韫笑出声来："陛下说笑了，我当然不是二殿下。"苏灿瞬间意识到了情势的不利，他看着卫韫和他身后的人，震惊地道："你是怎么进来这里的？"

卫韫掸了掸衣袖，往前慢慢走去。在苏灿震惊的眼神里，他坐到了北狄皇帝才能坐的金座上，这才抬眼看向苏灿："我怎么来的不重要，重要的是，我来这里，是想请陛下帮个忙。……很快就是清明节了，"卫韫笑了笑，"陛下何不把二殿下召回来，一起去看望祖先呢？"

"你放肆！"反应过来之后，苏灿暴怒出声。他正要往前冲去，谁知卫夏抬脚就踹在了他的双腿上。卫韫坐在金座上，静静地看着他："陛下，您最好不要妄动，北狄与我的家仇，您明白。"

北狄几乎所有皇族都上过战场，苏灿在还没登基的时候便与卫韫见过。只是那时候卫韫还是个跟在父兄身后摇旗呐喊的少年，如今却已经能坐在金座之上，与他冷眼对视了。苏灿瞬间反应过来卫韫是个什么人物，他冷静了一下，才慢慢地道："你们大楚的皇帝是个什么样的人，你自己不清楚吗？如今你来了这里，哪怕我把苏查召回来，你也决计活不了。为了这么一个昏君卖命，不觉得可惜吗？"

卫韫勾起嘴角："陛下真是巧言令色，哪怕走到此刻也不忘挑拨离间。可惜了，卫某护的不是那狗皇帝。"苏灿脸色难看了几分，这时卫秋走了进来，冷声道："侯爷，外面都扫干净了，后宫有宦官护着几个宫妃不肯到大殿来。"

"哦，"卫韫点了点头，"刚好，我也缺几个人动手。"说着，他站起身来往外走去，"让所有人到广场去，是哪些人在反抗的，全都点了灯吧。"听到这话，苏灿猛地抬起头。卫韫扭头看向苏灿，笑了开来："忘了跟陛下说，卫家人的光明磊落我卫七没学会，倒是北狄的手段，我却很有兴趣。如今陛下在宫中一共有十二位子嗣、三十一位宫妃，卫某半个时辰点一个人，陛下觉得如何？"苏灿颤抖着身子，眼中全是愤怒。卫韫却突然又道："贵国太后如今已年近七十了吧？"

"卫韫！"苏灿再也无法忍住，猛地起身，被卫夏按住肩直接扣倒。苏灿好战，北狄便是在他登基之后才全面对大楚开战的。卫韫盯着他身下的血，慢慢地道："苏灿，你开战的时候就该明白，所有的战争都是由尸山血海堆积而成的，哪怕你是帝王，也未必能够幸免。"说着，卫韫抬手，"架出去，让他看着点天灯。一个时辰一个人，什么时候他写信召苏查回来，什么时候停手。"

卫夏、卫秋应声，拖着苏灿走了。不一会儿，大殿外面就传来了女人的哭声、男人的叫骂声、士兵的叱喝声、尖叫声。各种声音交织着传入大殿，卫韫坐在金座之上，神色如死。北狄皇庭的大殿很冷、很暗,他觉得自己仿佛身处地狱之中,外面全是恶鬼的欢笑,而他则是最大的恶鬼。他满手鲜血淋漓,内心龌龊肮脏,若真有阴阳,他怕是要永堕十八层地狱,不得超生。

可他没有办法。他只有两千多人,想要镇住整个北狄皇庭,不血洗一遍,不一次性让他们彻底崩溃胆寒,他很快就会被反噬。这皇庭早就变成了一个巨大的蛊,人在里面,不是你死,就是我活。可是这里真的太冷太暗,他听着外面女子的惨叫声,忍不住闭上了眼睛。他浑身颤抖,唯有一个人在支撑着他。楚瑜白衣猎猎站在城头目送他的模样印刻在他的脑海里。她在等他……他一定要救她!

不知是过了多久,卫秋从外面走进来,捧着玉玺和圣旨道:"侯爷,苏灿写了。"

卫韫抬起眼来,点了点头,麻木地道:"送出去。"

苏灿的圣旨朝着前线奔去的同时,苏查也终于发起了最后一次进攻。凤陵山早就被攻下大半,只剩一座城池守在山上。苏查的人密密麻麻地驻扎在凤陵山各处,虎视眈眈地看着凤陵城。

楚瑜看着他们往山上搬运攻城的武器,顾楚生站在她身边,皱眉道:"他们大概是要做最后一击了。"

楚瑜平静地回道:"他急了。"看着城下的敌军,她冥冥中生出一种预感,"顾楚生,你是不是真的喜欢我?"

顾楚生微微一愣,随后毫不犹豫地道:"是。"

"你知道吗,"楚瑜轻笑出声来,"我总觉得,你上辈子欠了我。"

顾楚生没说话,只垂着眼眸。片刻后,他艰涩地出声:"或许吧。"

"你答应我一件事,我就不和你计较了。"

顾楚生抬头看向楚瑜。只见她依然平静地看着山下:"你答应我,如果我死了,你把小七救回来,和他好好合作,护住大楚。"

——上辈子文顾武卫,这辈子也当如此。

然而听到这话,顾楚生眼里却是带了火气。他认真地看着她,唇角轻扬,笑出声来:"你要是死了……我这辈子都不会放过他。"楚瑜抬眼,看见顾楚生捏着拳头,眼里全是愤怒和惶恐。上辈子楚瑜死在他面前,他痛苦了二十年。如今他来这里,便是再不想过那样的日子。如果她死了,他还活着做什么?

此刻任凭是谁都能听出顾楚生声音里的害怕:"我告诉你,你要是死了,我不会放过卫家,不会放过楚家,你爱的人,我一个都不会放过!"

山河枕

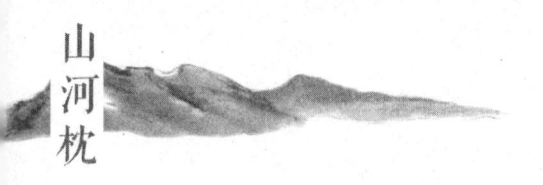

楚瑜静静地看着他，片刻后亦是轻笑出声来："你真是一贯自满。"年少时顾楚生便觉得自己能踏平山河，如今他大概也如此觉得。但楚瑜毫不奇怪他能有这样的信心，她扭过头去看向远方，淡道，"何必呢？不想我死就好好说话。"

顾楚生微微一愣，片刻后，他慢慢沉下肩来，放开了拳头。楚瑜喝了口酒，转身正打算离开，顾楚生却骤然开口："我不想你死。"楚瑜提着酒囊，有些诧异地回头，只见顾楚生抬起头来认真地看着她，再次说道，"……我不想你死。"

许久后，楚瑜轻轻一笑，举了举酒囊，转身离开了。

半夜里，传来攻城的声音。楚瑜早做好准备，她冲上城楼，在战鼓声中拔出剑来。战鼓声、爆炸声、嘶喊声交织成了一片。几番交战，北狄已经摸出对付火药的经验，他们布阵排列极远，火药本就不高的命中率变得更低。

杀到第二天天明，北狄的人已经来到城楼下，开始试图攀城。而城楼正门早被楚瑜派人用巨石堵死，谁也进不去，谁也出不来。人密密麻麻地往上爬，谁都不畏死，谁都不能退。不知道是过了多久，楚瑜只记得自己不断抬手挥动武器，在交接时匆匆吃了东西，抱着剑小眯一会儿，又重新站上城楼。不问昼夜，不分辰时。

城楼下堆满了尸体，后面的人踏着尸山往上面爬。城楼上送下来的伤员也越来越多，城里的药物早已紧缺，几乎已没有可以用的药，只能用最基础的针灸手法救人。楚锦忙碌在城楼上下，和韩闵一起扛着人跑个不停。顾楚生就一直待在楚瑜身后，时不时替她拦下背后过来的暗杀。

也不知道是过了多久，楚瑜整个人几乎都染在了血里，北狄终于收兵，似乎是在休整。楚瑜判断他们很快就会发起第二波进攻，便坐在城楼上，盯着远处。顾楚生带了吃的东西过来。如今城里的粮食早已经吃光了，开始杀战马。楚瑜吃着马肉，喝了口酒，听顾楚生淡道："如今城里士兵重伤者多到无法计数，还能杀敌的仅有五百，药物不济，再熬一熬估计要死更多人。"楚瑜喝酒的动作顿了顿，顾楚生继续道，"但你不用太过担心。算算时间，如果卫韫成功了，苏查很快就该退兵了。你只要撑到那时候……我们就赢了。"

这话顾楚生说得平淡，楚瑜却明白其中有多少分量。那时候是哪时候？城中只剩下五百人马，北狄却还有好几万，怎么打？楚瑜抿了抿唇，没有多说。她死死地捏着酒囊，好久后才仰头喝了一大口，那酒火辣辣地直冲胃底，她才觉得心里好过了些许。

没有片刻，号角再一次吹响。北狄士兵集结而来，而凤陵城里所有还能站起来的士兵都在催促声中往城楼上奔去，站在了各自该站的位置上。皓月当空，楚瑜屈膝坐在城墙上，一袭素衣染血变成了暗红色，整个人仿佛是从血里捞出来的一样。她喝了一口酒，转

334

手将酒洒在剑上。酒顺着剑身流下,将凝结在上面的血迹润软,轻轻一擦,便看见了清光冷冷的剑身。

楚瑜看着剑身上映照出的自己,弯眉一笑。她撑着自己站起来,剑指北狄冲上来的士兵,朗笑出声:

"纵我此身如玉碎,也守太平满河山。来年若得归家去……"

也不知怎么的,楚瑜眼里就浮现出了长廊外那个少年素衣玉冠的背影。去时绿叶探出枝丫,花骨藏在叶间,风吹来时,花枝微微颤动。然而,只一瞬间,楚瑜便转回了神来,听着周围的厮杀之声,沙哑开口:

"——敢问华京,几度春?!"

这第二波攻城,北狄经过了休整,来得更猛更烈,似乎打定主意要一举拿下凤陵。越来越多的人倒了下去,连顾楚生、刘荣等人都开始补缺。最后再没有可以将尸体抬下城楼去的人,所有人就守在自己的位置上。擂鼓的士兵已经被箭射死,就倒在鼓边上。楚锦颤抖着身子来到鼓边,握住鼓槌,咬牙敲响!

鼓声彻响城楼,天一点一点亮了起来。楚瑜一剑挑开一个刚爬上城楼的北狄士兵,远远见到北狄皇庭打扮的人骑着马奔向苏查的帐篷。

"他们要退兵了。"顾楚生喘息着开口。楚瑜应了一声,却没多说。半个时辰后,苏查终于从帐篷里走了出来,北狄鸣金之声响起。士兵们都愣住了,随后就听有人用北狄语大吼了一句:"王都被攻下了,回家去!"接着,不到半个时辰,北狄便整兵往后撤了下去。刘荣猛地坐在地上,将近五十岁的人,竟扯着一旁韩秀的袖子哇哇大哭起来。

谁知,楚瑜却收了剑往城楼下冲,顾楚生转身追上去,问道:"你去做什么?!"

"我去支援天守关!"说着,楚瑜已翻身上马。顾楚生着急得不行,但也没有办法,只能跟着她也冲了出去。

两人几乎是不眠不休地赶到了天守关。如今天守关早就平定下来,楚临阳和宋世澜联手往前连夺下十几座城池,天守关已是战线后方,十分安定。楚瑜下马亮出了自己的身份,便去找楚临阳。顾楚生却身体文弱,不比楚瑜,下马之后就吐了个昏天暗地,直接被人抬走了。

楚瑜来到楚临阳面前,开口第一句便是:"卫韫呢?!"楚临阳早就知道楚瑜会来,

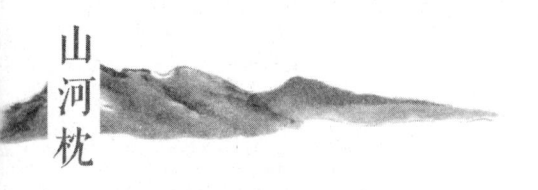

他看着楚瑜满身的血,皱了皱眉道:"去洗个澡,换身衣服,好好睡一觉。"

"卫韫呢?"楚瑜咬牙再问,楚临阳抿了抿唇:"在北狄都城。"

"我去找他。"楚瑜转身就要走,楚临阳赶紧叫住她:"站住!"楚瑜闭上了眼睛,她知道楚临阳要说什么,捏着拳头沙哑地道:"大哥,他是为我去的。我不能不管他,你不用劝……"

"换身衣服,洗个澡,好好睡一觉……"楚临阳重复道,"我给你点了人,你再去。"楚瑜愣住了。她回过头来看着楚临阳,眼里全是不可思议。楚临阳瞧着她的目光,抿了抿唇,似乎有什么想说的,却只是叹了口气道:"卫韫很好。"楚瑜终于松了口气,笑着点头:"是啊,我们小七一直都最好。"楚临阳还想说什么,然而在楚瑜那自豪的眼神里,他终于还是点了点头,什么都没说。

楚瑜回去洗了澡,让大夫来上药,换了一身衣服,随后便倒在被子里沉沉睡去。等第二天醒来,她才想起来向楚临阳询问一下如今各地的形势。

赵玥已占了华京,杀了淳德帝,然后立刻送了信给楚临阳和宋世澜,说自己会约束好姚勇,让众人统一战线,一致对敌。赵玥很有诚意,送钱送人送粮食,还把姚勇软禁了起来。虽然众人都明白他是做样子,可如今也的确没有办法。总不能掉过头来,大楚人自己先打一仗。楚瑜听完,终于道:"那长公主呢?"楚临阳微微一愣,楚瑜抬眼看向他,"淳德帝是长公主的哥哥,长公主不是会帮着赵玥杀自己亲哥哥的人,她如今可还好?"

楚临阳想了想,摇着头道:"没有听闻长公主的音讯。"没有音讯,也就代表着,长公主这一派的势力在这段时间里,毫无作为。楚瑜点头表示明白,同楚临阳定下出发的时间,便站起身来往外走去。庭院里,顾楚生正站在门口等她。他已经收拾好了行李,楚瑜见状皱起了眉:"你这是做什么?"

"我同你去。"顾楚生果断地开口,还列出了许多理由,"你们过去需要一个合理的身份,我可以和你伪装成行商的夫妻。你没有当商人的经验,我则……"

"顾楚生,"楚瑜平淡地开口道,"你留在这儿吧,我知道该怎么做。"顾楚生闻言微微一愣,这才恍惚想起来,上辈子,在北狄与大楚交战的六年里,他和楚瑜也是伪装成了商人夫妻,多次外出打探过消息。

——她并不需要他。

意识到这一点,顾楚生心里有些尖锐地疼了起来,然而他仓皇无措,只能低着头道:"嗯……那我陪你去……"

"我不需要你陪。"楚瑜冷淡地打断了他。看着面前人垂着头的模样,她的脑中闪过许多。片刻后她终于开口,却是询问:"你可知长公主如今如何?"

十五　上辈子文顾武卫，这辈子也当如此

听到这话，顾楚生愣了愣，随后便明白了楚瑜的意思，忙道："你放心，赵玥动谁都不会动她。"上辈子赵玥就是死在长公主手里的，这辈子赵玥如果要死，大概也会如此。楚瑜点了点头，顾楚生仍提着包袱等她发话，她沉默了许久，终于是道："你留下来，帮着秦时月整理卫家的兵马。"

"我……"

"我和卫韫不在的时候，照看好卫家。做完这件事，"楚瑜抬眼看他，神色复杂，"你欠我的，我们一笔勾销。"他上辈子欠她的，她不想再想，不想再追究。这个顾楚生已不是上辈子的他，她本也不该迁怒。顾楚生微微愣住，他心里明白那句"你欠我的"是什么，却只能装作不知道，沙哑着声音："那么，有一天，我能不能娶你为妻？"

楚瑜没说话，许久后，她终于道："再说吧。"未来是什么，她并不清楚。她只知道，此时此刻，千山万水，她要去救卫韫。

她没有磨蹭，与顾楚生告别之后便带着人直袭北狄。

此时，卫韫身处北狄皇庭大殿，收到了苏查送回来的消息。他暗中点了人，同沈佑道："你带着他们，小批量送出去，不要让人察觉。算着苏查快到了，我们就走。"

"我们去哪儿？"沈佑有些奇怪。卫韫平静地开口："附近有一个村子，抢了就走。"听到卫韫的话，沈佑完全是呆的。好半天他才反应过来："侯爷，你现在只有不到两千人马，还身在北狄境内，你不跑就算了，还要攻打下一个地方，你脑子没病吧？！"

"北狄地广人稀，村落与村落距离极远，我们攻打了那个村子，传回苏查耳里，他再来追我们的时候，我们已经开始攻打下一个地方了。打一仗就走，绝对不要恋战。在这样的骚扰之下，民众自然会慌。"

沈佑用看疯子的眼神看着卫韫冷静地分析，好久后才慢慢回过神来："我算是明白了，你不打算回去了，是吗？"

"我还回得去吗？"卫韫抬眼，神色依旧平静，"北狄人和大楚人长相相差如此之大，我们很难伪装。我从这里逃出去，横跨北狄国境回到大楚，那不是走回去，那得是打回去。……我打得赢吗？"沈佑被他问愣了，他却是轻轻一笑，"所以，我还是在这里苟延残喘，挣扎一下吧。我在这里捣乱，苏查就无心打大楚，楚临阳和宋世澜就可以按照计划一路攻打过来，我们与他们里应外合吧。……说不定，"不知不觉，他的神色里带了些温暖，"我还能等到嫂嫂带人来救我呢？"

卫韫计划得好。在苏查赶往北都的同时，沈佑却是面上不动声色，暗中一批一批将军队送出了城。他们不能一次性撤走，否则王都的人会立刻消除对他们的恐惧。如今王都这

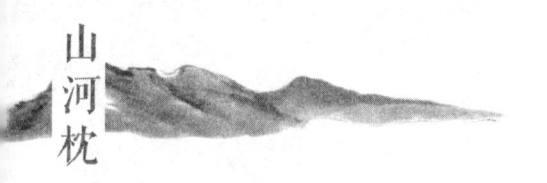

样平静，完全是因为卫韫第一日的屠杀震住了所有人，一旦他们反应过来，苏灿便会组织反扑。他们身在北狄腹地，哪怕是北狄百姓集结起来，他们怕是也抵挡不住。加之大楚和北狄人长相差别太大，他们只能在晚上靠着夜色带着粮食和水悄悄伪装后出城，再躲进人迹罕至的山里，等待卫韫的下一步指令。

每日跑出去一小拨，很快皇庭里就只剩下三百人了。卫韫打算这天夜里跑出去，白天扣了苏灿同他下棋。苏灿一贯唯唯诺诺，然而这一日坐在卫韫对面，他却十分淡定，卫韫不由得多看了他一眼，淡道："陛下似乎有喜事？"

"嗯。"苏灿微微一笑，"朕突然想起了一件事。"卫韫抬眼看他，握着棋子，神色冷漠："哦？"苏灿亦抬眼看他，目光里含了打量："卫将军，其实朕一直很奇怪，大楚建国这么多年，你是第一个翻过雪山直袭我皇庭的人，你就不害怕吗？"

"怕什么？"卫韫将棋子扣在棋盘上，神色冷漠平静。苏灿垂下眼盯着棋局，声音中带了几分慵懒："卫将军就不怕死吗？你如今身在我北狄皇庭里，就算我北狄前线再失利，你们大楚想打过来，最快也要好几个月，慢一点，好几年也说不定。"说着，苏灿嘴角含笑，"待到朕二弟回来的时候，卫将军打算怎么办？"

卫韫没说话，他抬头看着苏灿，却是直接道："他回来了？"苏灿含笑不语，卫韫轻嗤出声："他不回来，你还这么嚣张？"苏灿的脸僵了僵，卫韫却已经开始收拾棋子，一边淡道："陛下与其担心我，不如担心一下自己。你二弟回来了，你焉有命在？"

苏灿没说话，他握着手里的棋子，许久后才慢慢地道："朕用一个消息，和你换朕的这条命。"

"不换。"卫韫果断地开口。苏灿也不恼，平静地道："朕告诉你卫家覆灭的真正原因，如何？"卫韫正收拾着棋子的手微微一顿，他抬头看着苏灿，苏灿大笑起来，"你莫不会真的以为，你卫家就是死于北狄人太聪明，姚勇和太子太蠢吧？"话刚说完，卫韫一把抓住苏灿就将他的脸按在了棋盘上。剑从鞘中滑出一半，剑锋抵在苏灿的脖颈上，卫韫冷着声道："说。"苏灿不动弹："朕可以告诉你，不过，你不能杀朕。"剑锋微斜，苏灿的脖子流出血来。

然而，就在这时，卫秋匆匆跑进来着急地道："侯爷，苏查的人提前赶回来了，就在城外不足五里！"卫韫神色一凛。苏查的人不可能来得这么悄无声息，他们一定是走了自己不知道的近道提前到了，却埋伏在周边，悄悄靠近后才整军突袭。卫韫抿了抿唇，果断地道："不要抵抗。"卫秋看了被按在棋盘上的苏查一眼，点了点头。然而他刚转过身还没走几步，就听卫韫又道，"你和卫夏，都走。"

关于如何逃走，他们早就商讨过，一旦苏查提前回来了，所有人直接散开，躲进山林和城郊，不和苏查正面冲突。只是卫秋一直以为自己和卫夏是要守在卫韫身边的，却不想，这个"逃走"的人里面，竟是连他们都包括了。那卫韫呢？卫韫一个人留在皇庭里？卫秋有无数问题想问，可他生来学的就是服从，无论卫韫下达什么指令，他只能无条件服从。他往殿外走去，脚步有些踉跄。

　　大殿里再没了其他人，卫韫回头看向苏灿："你方才什么意思，说清楚。"苏灿平静地道："卫家一事背后有人操纵。朕知道你要拿朕当挡箭牌，你留朕一命，朕告诉你那个人是谁。"然而卫韫似乎不为所动："那真对不起了。留了你的命，就留不住我的了。"苏灿气得怒喝起来："难道你杀了朕，就能活了？！你还不如留下朕，朕保你不死。"见卫韫没有接话，他立刻继续道，"朕不是在骗你，朕要你回去，就有让你回去的理由。"

　　"苏查不会让我回去，也不会让你活着。"卫韫淡道，苏灿愣了愣，"我攻城时伪装成苏查的队伍，你却毫不诧异，甚至没有组织过有效抵抗，真的就相信了来人是苏查。而且，那时你的第一个反应，是将太后请了过来。你觉得，苏查知道这件事后，会怎么想？"苏灿脸色剧变，卫韫继续道，"他本来就有称帝之能，却为你鞍前马后，你以为你们之间的信任有多少？你不信他，还以为他会信你吗？所以，不是我不放你，"卫韫冷笑起来，"是苏查不放你。"

　　话说到这里，苏灿的脸色已经不能用"难看"来形容了。这时外面传来了攻城的声音，卫韫放开苏灿，退到一边："不过有一个法子，却可以帮你。"苏灿没说话。他了解苏查的性子，如卫韫所说，一旦苏查意识到他心底里并不是完全相信他，或许这一次救驾，就会变成弑君。苏查这么多年来一直不动他，一方面是看在了太后的面子上，不愿意太后伤心，另一方面则是因为他的信任。

　　想明白了这一点，苏灿咬紧了牙关。卫韫平静地道："你的人帮着我，我带你出皇庭，你找你的嫡系去。"苏灿仍不甘心："你倒是想得好。若二皇弟没有如此作想……"卫韫笑了笑，眼中带了冷意："那你就别说话，且等着看吧。"苏灿僵了僵，没接话，卫韫却已坐回自己的位子上，含着笑道："陛下，继续下棋吧？"

　　苏灿僵硬地坐了下来。卫韫的话已经将他的心彻底搅乱了，他却只能强装镇定，举棋同卫韫对弈。然而开局不到一刻，两人便听到一阵急促的脚步声传来，随后便看见身着铠甲的苏查带着人冲了进来。

　　见到苏查的一瞬间，苏灿便想站起来，卫韫却淡淡开口："坐着。"苏灿僵了僵，卫韫拿起茶杯抿了一口，这才慢慢抬起头来，朝苏查挑了挑眉："哟，这么多人？"苏查二话不说，挥了挥手，北狄士兵便朝卫韫冲去。然而卫韫却是动作更快，猛地将苏灿拖过来，"哐"一下让他跪在地上，剑已抵在了他的脖子上。

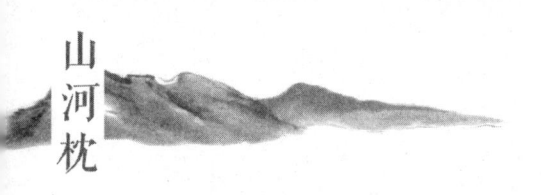

"慢着。"卫韫提高声音，苏灿倍感屈辱地闭上眼睛，所有北狄士兵顿住动作，扭头看向苏查。苏查冷冷地看着卫韫，卫韫笑了起来："我知道你想杀他。"

　　"别胡说！"苏查怒吼。卫韫摇了摇头："怕什么？不就是弑兄称帝吗？这事我们大楚多得很。人都一样，大楚人互相猜忌，你们兄弟就情比金坚？要真情比金坚，我攻城那日伪装成你的军队，他能连怀疑都不怀疑一下？"

　　"二弟你听我说……"

　　"有什么好说的呢？"卫韫笑出声来，"你日日做着应对苏查谋逆的准备，苏查难道不也日日做着谋逆的打算吗？！苏查你扪心自问，"卫韫死死地盯着苏查，"这个位子，你想要不想要？"苏查抿紧了唇，卫韫继续道，"若你坐在这个位子上，这一仗就不会打。哪怕打了，也会按照你的想法打。当时若没有分散兵力去打天守关，凤陵城你早就拿下来了，对不对？"

　　"闭嘴……"苏查开口，这次声音却是小了很多。苏灿的心一点一点凉了下去，卫韫打量着二人的神色，声音里带了笑意："你不杀他，不就是顾忌太后吗？不如我帮帮你。"说着，卫韫的声音低了下去，神色认真，"你放我出去，众目睽睽之下，我替你杀了他。这样太后绝不会将事情怪罪于你。如今他要是死在这宫殿里，不明不白，我怕你坐不稳这个位子。"

　　"二弟你别听他胡说！"苏灿慌忙道，"我从来没有疑你，那天我不过是吓傻了，我……"

　　"我用他的命，换我出王都的距离。而且，若我没猜错，放我回去，对你们好处更大吧？"卫韫冷着神色，低头看向苏灿，"害我卫家的人，大概如今已位高权重。你们还指望着我回去，将大楚搅得天翻地覆，对不对？"

　　苏灿面上满是震惊，苏查却是抿了抿唇，终于让了步。这个举动已经说明了苏查的意思，卫韫道了一声："多谢。"随后便胁迫着苏灿，奔出了大殿。

　　他们刚迈出皇庭大门，苏查就摆了摆手，冷着脸道："他们一出城就追！生死勿论！"

　　而此刻卫韫正边跑边低头看着苏灿，含笑道："陛下，我说得如何？"苏灿还未从震惊中缓过来，卫韫已抬剑削身后的冷箭，足尖一点，带着他冲出了王都。这时，一个杀手从暗处俯冲而来，卫韫拖着苏灿就地一滚，苏灿猛地反应过来，大声喊道："护住朕！去查图的部落！"那杀手微微一愣，旋即转身，挥剑就和卫韫站成了一条阵线。

　　苏查追着冲出来，看见卫韫不但没有杀苏灿，反而还护着他出去，立刻明白过来卫韫做的是怎样一个打算。他以杀苏灿为条件让自己放他出王都，又以保护苏灿为条件让苏灿的暗线护着他逃离。苏查站在城楼上，嘶吼出声："抓住他！一定要抓住他！"

此时苏灿的人已经迅速找到了可用的马匹，卫韫骑在马上回头，朝着苏查冷冷一笑，随后便拖着苏灿朝山林中冲去。

他们身后是数不清的追兵和冷箭，卫韫护着苏灿四处躲闪，终于躲进了山林之中。他将剑尖指向苏灿："是谁？"

"赵玥。"

苏灿知道卫韫在问什么，他语速极快，迅速地道："当初是赵玥来找我，献上了这个计策。你以为苏查和我能把你们大楚摸得这么清，算准了姚勇不会救人？"

卫韫捏紧了缰绳。他已经得到了自己想要的，便将苏灿一甩，冷声道："你我各自保重。"说完他就驾马冲进了山林深处。苏灿还想骂什么，却也来不及，只能被暗卫护送着往另一个方向逃窜而去。

卫韫驾马一路狂奔，身后逐渐有人追上来，他一面杀一面往前，却是有越来越多的人围了上来。苏查知道他进了山林，特意让杀手尾随，在追踪这件事上，杀手比士兵专业太多。卫韫身上逐渐带了伤，咬牙往前推进。马早就被抢了，他捂着伤口逃窜，杀手紧追不舍，他也不知道自己到底跑了多久，只觉得嘴巴里全是血腥之气。因为失血太多，他眼前一片模糊，连提剑都变得格外艰难。

他知道自己撑不住了，可是他必须撑住。又一拨杀手追上来，他听见身后有羽箭夹风之声，但他已经没有力气躲闪，一支箭猛地扎入了他的身体。他趴在地上，听见远处有轰隆的水声，艰难地往前爬行。他得活下去。他必须活下去！他一点一点地往前挪移，有人已经追上了他，提剑就朝他刺下来。他使出自己最后的力气猛地一滚，却听到了一声尖锐的呼喊："小七！！"

他艰难地睁开眼睛，只看见天空碧蓝如洗。是谁在叫他……他有些恍惚，这个声音好熟悉。似乎是……楚瑜？！

想到这个名字，卫韫忍不住笑了，然而也就是这一瞬间，他看见一个熟悉的人影从高空跃了下来，卫韫猛地睁大眼，看见对方将鞭子一甩，揽到他的腰上，接着将他往上一提，同他拥在了一起。他们下坠的速度极快，一瞬间他们已经接近地面，他什么都没来得及想，死死地抱住她一个翻身，两人猛地砸进了水里。

水波拍打而来，挤得他觉得自己的骨头仿佛一寸一寸碎了一般。他拼命护住怀里的人，血腥气回荡在他的唇齿间，温暖从他怀里散开。他的脑海中闪过无数念头——她怎么在这里？她怎么能在这里？！然而这些念头只是一闪而过，他便被水浪猛地拍了一下，晕死过去。

楚瑜从卫韫怀里挣开,拖着他往水面浮去。瀑布迎头砸来,让人几乎无法呼吸。水浪极大,她一手死死抓着他,在水中翻滚着。她拖着他顺着水流的方向往下游去,用尽力气才游到岸边。卫韫吃了水,面色极为难看,楚瑜让他平躺下来,挤压他的胸部,又低头捏住他的鼻子,抬起他的下颚,毫不犹豫地对了上去,往他的口中吹气。如此反复几次后,卫韫终于急促地呛出水来,慢慢睁开了眼睛。楚瑜不等他缓过来,单手将他扛在肩上,抵住他腹部便跑,一面跑一面道:"你觉得肚子里没水了叫我,我给你换个姿势。"

卫韫咳出一口水,终于缓过气来。"嫂嫂……"他艰难地喘息着,"放我下来吧。"楚瑜闻言,赶忙将卫韫放了下来。他此刻身上全是伤,肩上还带着一支箭。楚瑜不敢贸然拔箭,只能让卫韫搭在自己身上,借着自己的力一路往前跑。

楚瑜一面跑一面制造假象,防止追踪,到了夜里才终于找到一个隐蔽的山洞停下来歇息。她拿出已经泡湿的干粮和水递给卫韫,又在身旁放了一把匕首,同时将手放在了卫韫的衣服上。卫韫瞳孔急缩,握住楚瑜的手:"你要干什么!"

楚瑜将他的手打开,只听"哗啦"一声响,卫韫的衣服便被撕开了大半,露出他伤痕累累的身子。他肤色白皙,如今伤痕斑驳交错在上面,显得越发狰狞。楚瑜看见那伤口,动作微微一顿,忍不住抬起手,颤抖着落在他身上。温热之间,卫韫整个人忍不住打了个激灵,他扭过头去,痛苦地闭上眼睛。

楚瑜静静看着他,接着垂下了眼眸。许久后,她深吸一口气,拿起旁边的酒瓶,将酒倒在纱布上开始给卫韫擦拭伤口。她的动作很轻,可卫韫还是疼得皱眉。然而这种疼痛之间,随着那女子的指尖不经意的触碰,又滋生出另一种隐藏在心底的、难以言喻的愉悦。这种可耻的情绪让卫韫捏紧了拳头,闭着眼睛,不敢出声。

许久后,楚瑜终于处理完他身上的伤口,抬手覆在了他的肩头。他身上的温度已经开始高起来,感到她的手格外冰冷。他迷茫地抬头看她,眼神已经有些恍惚了。然而面前的女子神色冷静,按着他的手不带一丝颤抖:"我帮你把箭拔了。"

"嗯……"卫韫已经没有任何反抗的意识,他甚至不能明白面前的人在说什么,只恍惚听见她的声音似乎是在询问自己,然而说话的人是谁,说了什么,他都无力在意了。楚瑜见他快没了意识,眼疾手快地拔了箭,又迅速上了止血的药,随后用绷带勒住伤口,防止进一步出血。

刚做完这一切,她正想说什么,卫韫就再也支撑不住,一头扎进了她怀里。楚瑜吓了一跳,正想将他扶起来,却听见他像孩子一般撒娇又带了些沙哑的声音。他或许自己都不知道自己在说什么,只是凭着本能,将头抵在她肩膀上,说出了那么一句——

"嫂嫂……我疼……"

楚瑜微微一愣。这么轻轻一句话，她居然就觉得，自己整个人都钻心一般疼了起来。卫韫这样的人，无论上辈子还是这辈子，都是铮铮铁汉，何曾言及过"疼"字？从来不说疼的人，一旦开口说出来，便会让人感到难以忍受的揪心。

楚瑜吸了吸鼻子，抱着已经没什么意识了的卫韫，抬手将他的头按在自己肩上，又将自己的脸贴在他的头上，沙哑着声音道："小七，没事，我带你回家了啊，"卫韫只隐约听见"回家"两个字，便低声应下："嗯……"他整个人都靠在楚瑜身上，仿佛她就是他最大的依靠。

"嫂嫂……"他沙哑着又开了口，"我好困……"

"困了就睡吧。"楚瑜抱着他，轻拍着他的背，"我在呢。"

卫韫没再说话，没一会儿，楚瑜就听见了他沉稳的呼吸声。楚瑜叹了口气，轻轻将他放下，出去找水。她将破烂的衣衫撕成条，吸饱了水，又将水囊装满，然后回到山洞里。卫韫发着高烧，她就一直用湿帕子给他降温。等到半夜里，他又觉得冷，楚瑜便将他扶到火边，用自己的整个身体将他拥住。

卫韫在楚瑜怀里瑟瑟发抖，迷蒙间睁眼看她。他的意识仍是模糊的，却能清晰地看见女子在火光中的面容。那面容沉稳又冷静，任凭海浪滔天，她却巍然自立，不动声色。他看见她的目光，就觉得什么都不怕了。于是他像一个孩子一样将头靠在楚瑜的肩膀上，就这么轻轻的一个动作，却已经代表了无数言语。楚瑜知道他如今所做的一切都是出于本能，她也帮不了他更多，喉间干涩得发疼，只能抬起手拥住他。

折腾了一夜，接近天明时分，卫韫的体温才恢复正常。他慢慢醒过来，楚瑜给他灌了几口水，让他干裂的唇润出正常的颜色，同他商量道："我们得出发了，我必须帮你找个大夫，我现在背着你走，可以吗？"卫韫犹豫了片刻，楚瑜知道他在顾及什么，马上又道，"你腿上有伤，我给你固定好了，但我不确定有没有伤到骨头和筋脉，若是强行下地，怕会落了病根。"

"可是……"

"小七，"楚瑜低头检查了一下他身上包扎好的伤口，平静地道，"卫府以后还要靠你，我多背一个人没什么。"卫韫没说话，只垂着眼眸，一言不发。楚瑜也不啰唆，转过身半蹲下来，让他将手搭在自己身上。随后，她背着他起身，用布条固定住了他的身子，便往山洞外走去。

"嫂嫂，"卫韫的声音还有些沙哑，"我们去哪儿？"楚瑜想了想："我们先到城里，我去给你买药，再找一个居住在偏僻之地的大夫给你治病。"

"我是大楚人，没人肯给我治疗怎么办？"

"你别担心，"楚瑜平静地道，"只要见着人，就一定有办法。"

卫韫没有再多说什么，如今他的个子已经比楚瑜大上很多，可是楚瑜背着他却一点都不显得吃力，脚步沉稳，心跳平和。他靠在她背上，听着她的心跳声。如今已经开春，衣衫算不上厚实，他甚至能感觉到她的体温透过来，又暖又祥和。他也不知道自己是怎么了，明明还在逃难的路上，却就忍不住弯起了嘴角。他压不住自己的笑意，然而想起楚瑜是为了自己才落入这样的险地，立刻又皱起了眉头。

楚瑜看不到他的这些神情变换，只背着他一路清除当道的树枝，跋涉过小溪，又攀爬过山峰。卫韫一直静静地看着她，直到终于翻过山来到一条小路上，楚瑜才注意到他的神情，奇怪地问道："你在看什么？"卫韫慌张地收回眼神，垂头不语。楚瑜笑了笑，不知已是第几次觉得，这样的卫韫，真是孩子气极了。

两人找到一片土丘背后的平地，楚瑜去拾了干柴回来，生起火堆，然后将在路上抓到的兔子拎过来放在火上烤着。卫韫靠在土丘上，一言不发地看着她忙前忙后。楚瑜一边烤着兔子，一边抬眼看他，不由得笑了："怎么，去了一次北狄皇庭，傻了？"

卫韫僵了僵，还是没有说话。篝火烧得噼里啪啦，楚瑜估摸着追兵一时半会儿还追不上来，便同卫韫闲聊起来："你胆子很大啊，我不是同你说，我守着凤陵城，你慢慢打的吗？你带着五千兵马就来北狄王都，你以为你是谁？白起转世？霍去病投胎？"楚瑜的语气虽然平静，卫韫却是听出了当中的责备来。他的睫毛颤了颤，低声道："嫂嫂，我错了，你别生气。"楚瑜轻嗤："你以为我不知道你？现在说自己错了，回头再遇到这事，肯定还是二话不说要去。……你怎么就不信我呢？"楚瑜轻叹出声来。

卫韫抿了抿唇，终于道："那你守住了吗？"楚瑜没说话，卫韫抬头看她，神色安稳，"按照苏查的攻势，你还能守多久呢？"楚瑜不敢言语。最后那一刻，对方两万兵马，自己可用的人只剩下五百。当时如果再打下去，那城中的老弱妇孺，怕都要拿起武器爬上城楼。打到最后，大概也和当年的楚临阳差不多。

卫韫从她的神色里看到了自己预想中的答案，轻轻笑开："所以你说，我又怎么能看着你去送死？既然横竖要死一个，不如是我。"

"小七……"楚瑜皱起眉头，"如果是为了你哥哥，你不必……"

"我不是为了我哥哥！"卫韫骤然打断了她，话出口的一瞬间，两个人都愣了。卫韫从未这样厉声同她说过话，如果不是楚瑜清晰地记得自己前一刻说了什么，她甚至会以为是自己说了多么冒犯的话。

可她说了什么呢？她觉得，自己只是说了句实话而已，毕竟她与卫韫之间最大的联系，就是她卫大夫人的身份。卫韫是个责任感极强的人，如果没有这层身份，卫韫与她，不过是两个相识才八个多月的路人。但是，她救他，有关爱，有仰慕，有责任，有重生后对生死的看破。而他救她，除了责任，还能有什么呢？他怎么就能为她做到这种地步？

楚瑜的目光清澈，却满是不解。卫韫看着她，忍不住急促地喘息起来。他捏着拳头，勉强压下内心的那份愤怒和不甘。他逼着自己不去看她，垂下眼帘，一字一句咬牙出声："我愿意用命救你，不是为了我大哥。只是卫韫想救楚瑜，从来不是为了其他人。"

楚瑜呆呆地看着他，眼里写满了不明白。许久后，她看着面前像小兽一般扭过头去的少年，不由得笑了。毕竟还是少年人。她能冷静理智地看待人与人之间的相处，但卫韫不过十五岁，面对一个陪伴他走过人生最艰难时刻的人，投入更多的感情，也在所难免。

楚瑜给自己找到了理由，抬起手，揉了一把卫韫的脑袋。卫韫愣了愣，转过头来，呆呆地看着楚瑜，只见楚瑜笑了笑："行，我知道了。你救我，是你心里有我，和你大哥无关。"

你心里有我。这话她说得无足轻重，他听着却惊若雷霆。有一瞬间，他甚至以为面前的这个女子是明白了他的那份心思。然而迎着对方的目光，他却清晰地知道，她并不明白。他心里有她，和她以为的那个意思，截然不同。可他不能说出来，甚至连他拥有这份心思都格外可耻。

卫韫垂下了眼眸，不再说话。楚瑜觉得他仿佛是一只刚探出爪子的小狗，又小心翼翼、不甘心地，将那爪子收了回去。她终于察觉到卫韫有些奇怪，可她也想不明白为什么，只觉得气氛莫名变得有些尴尬，面前这少年仿佛是关上了一扇门，再不愿向她敞开了一般。

终于，她轻咳一声，转了话题道："我同你说说华京里的事吧。"说着，楚瑜就将赵玥保下姚勇、占了华京，而后与楚临阳、宋世澜结盟等事全都说了一遍。说完之后，她问道："如今卫家那边我交给顾楚生和秦时月打理，让我大哥盯着。等我们回去后，顾楚生应该已将府中上下都打理好，到时候我们再同赵玥谈，你看如何？"

卫韫没说话，楚瑜看着他的神色，有些迟疑："你有什么想法？"卫韫抬头，眼里全是审视。楚瑜被他的眼神看得发毛，疑惑地道："小七？"

"你给顾楚生许诺了什么？"卫韫冷着声开口。楚瑜愣了愣："你为何这样问？"

"顾楚生什么官职，什么能力，过往有什么功绩，与你之间有多少信任，让你能把卫家交给他？"卫韫一针见血，捏紧拳头盯着楚瑜，"你凭什么觉得，他能管好这么大一个卫家，会老老实实不动手脚？"

楚瑜被问得愣住，一时竟不知该怎么回答。卫韫问得对，如今的顾楚生算什么？他与她是什么关系？她对他的了解又能有多深？她该怎么跟卫韫说？难道要告诉他，她陪过顾楚生十二年,她知道这个人有多大的能力,知道这个人的品性,知道作为盟友来说,他再可靠不过?……她不能说。她只能垂下头,小声地道:"我让大哥和秦时月盯着他,应该不会出事。不过此事,的确是我莽撞。"

卫韫没说话,觉得心里有什么东西在翻滚。他知道这种情绪不该存在,不能说出口。顾楚生是个真有才华的人,从他第一次见到顾楚生,这个人不卑不亢同他求娶她时,他就知道这个人并非池中物。他信顾楚生的才能,也信他对楚瑜的情意,那样执着的眼神,做不出背叛楚瑜的事。可正是因此,他才觉得有什么东西压在胸口,让他难以呼吸。

"嫂嫂,你到底为什么,这么信他?"最终,卫韫还是忍不住问出了口。他捏着拳头,指甲几乎在手心掐出血来。

楚瑜沉默着翻烤火上的兔子。许久后,她终于道:"他一个人来凤陵城,愿随我赴死。"她垂下眼眸,"我想,这样一个人,大概是值得信任的。"

卫韫听着楚瑜的话,整颗心仿佛被什么拉扯着坠下,落入无尽深渊。是了,他又问这些做什么呢?顾楚生对她的情意不是假的,其实他们本就相爱,不过是阴差阳错。他能去凤陵城,甘愿同她一起赴死,比起他千里奔袭北狄王都的情意,又少了几分呢?……只是,没能陪伴在她身边,他终究落了下风。卫韫慢慢闭上了眼睛。他喉头动了动,好久后,终于沙哑出声——

"知道了。"

知道了,他愿陪你赴死。

知道了,你愿再信任他。

十六　让他逾越，仅此一次

这一声"知道了"之后，两人久久无言。楚瑜再迟钝，也感觉到似乎有什么不对，但她没有说话，只是将烤熟的兔子从火上取下来，递给卫韫道："吃吧。"卫韫低低说了声谢谢，便将兔子拿过来，举在手里等它冷下来。楚瑜见他举着兔子的模样，实在没忍住，"扑哧"一声笑了出来。

卫韫抬眼看她，微微皱眉，颇有些疑惑。楚瑜朝他靠过去，撕了条兔腿，好奇地道："小七，你同我说说，你到底是怎么攻陷北狄皇庭的？我真想不出来。"听到这话，卫韫也不知道怎么了，心里就来了几分气性。他面上淡淡地将整个过程说了一遍，一边，楚瑜一边浮夸地喊道：

"厉害！"

"你聪明啊！"

"你真是太机智了！"

卫韫知道楚瑜是在哄他高兴，但听她这么说着，心里的那份酸涩难过竟就不自觉地消散了开去。他心平气和地咬了一口兔子肉，楚瑜撞了撞他的胳膊，笑着道："你方才生什么气，同我说说呗？"

卫韫的动作僵了僵，抬眼看向楚瑜，猫一样的眼静静地凝着她的脸，许久后，他转过头看向跳动的火焰："我没生气。"

"我又不傻。"楚瑜果断地揭穿他的伪装，"你刚才肯定生气了。你是觉得我莽撞，不该把卫家交给顾楚生。"

"我……"

"你要骗我，就别说话了。"楚瑜在卫韫开口撒谎的前一瞬截住了他的话头。卫韫抿了抿唇，看着面前女子笑意盈盈的眼，骤然就泄了气。他低头看着地面，有些自暴自弃地道："我重要还是顾楚生重要？"

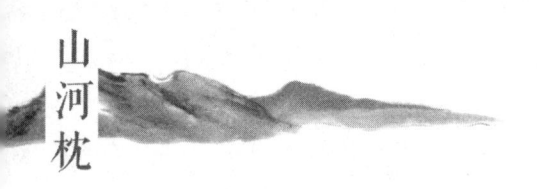

"唉？"楚瑜愣了愣。她猜想了许多理由，却没想到卫韫居然问出来的是这句话。这句话像极了小时候楚瑜和闺中密友吵架，拉扯着她问"我重要还是她重要"。她呆呆地看着卫韫，见他低着头，紧抿着唇，抓着烤兔子的树枝死死不放，几乎可以看到他手上泛白的骨节。楚瑜本来打算打趣他的话顿时止在了口中，她突然意识到，她觉得是孩子气、玩笑话的话语，在十五岁的卫韫心里，或许真的很重要。

一瞬间，楚瑜有些慌张。她开始思索，卫韫为什么问这个问题？她说话都有些结巴："你……为什么这么问啊？"卫韫没有回答，只是低下头闷闷地咬了一口兔子肉，含糊道："算了，你别说了。"

"小七，"楚瑜也不知道怎么了，心跳有些快，她瞧着他，有些期待地道，"你是不是觉得我很重要啊？"

卫韫顿了顿动作。他不想直面楚瑜的问题，但是迎着对方期待的眼神，看着面前的火光、天上的皓月，看着与大楚截然不同的道路和山丘，在这个彻底陌生的地方，他居然就有那么一丝松懈。仿佛没有人能看到他们，仿佛这天地间只剩下他和楚瑜。在这里，他们没有过去，也不问未来。就这么一次……他思索着，就这么一次，他想好好地、单独地和楚瑜交谈。哪怕他知晓自己那些心思的不堪，可是，能不能给他这么一段时光，哪怕日后回忆起来，也能有个念想？

于是卫韫没有开口否认，也没有承认，反而在对方期待的目光里，低低应了声："嗯。……我愿意为你豁出命去，不是为了我哥，也不是为了责任。——这话我没诓你。我父兄已经没了，如今你与我母亲，在我心里的分量最重。"卫韫的声音平静又沉稳，只是说完之后，他又因为觉得有那么几分逾越而紧张起来，怕楚瑜听出什么。

然而楚瑜听着这话，忍不住笑了开来。她看着面前的少年，对方平静又坚定的面孔被火光镀出暖意，她慢慢地道："小七，虽然长大以后，你会遇到对你而言真正重要的人，可如今你能把我放在心里，我已经很高兴了。……能被人这么珍视，"楚瑜靠着土丘，将手放在脑后，抬头看着天上的星星，笑着道，"我觉得很高兴。"

卫韫没说话，他有些好奇楚瑜为什么会这么开心。然而楚瑜却是闭着眼睛，一言不发。正好，她闭上眼睛，他才能肆无忌惮地看她，她不睁眼，他就不挪眼。——月光下的姑娘真好看啊。她瘦了许多，脸部的线条轮廓越发清晰，眉眼也变得立体起来。她的眉毛是标准的柳叶眉，眼睛带着上挑的弧度，似乎总是在笑着一般。鼻梁高挺，薄唇细长，明明是个姑娘，却因洒脱的气质，带了几许英气。他静静凝视着她，见她仍然没打算睁眼，便悄悄往旁边挪了挪，然后慢慢躺在了她的身旁。

卫韫正出神地看着楚瑜的侧颜，突然听她笑着道："小七，你问我，你和顾楚生

十六　让他逾越，仅此一次

谁更重要。"

"嗯。"卫韫瞧着她，声音从鼻子里哼出来。然而此时此刻，他却觉得，其实答案似乎也没那么重要。只要她在身边，他就觉得，无论什么答案，都好。

"他啊……是个很好的官员、很好的盟友、很好的上司、很好的下属。可是你要问对于我而言，他和你谁更重要，小七……"楚瑜翻过身来，正对着卫韫，含笑叹息，"你也把自己想得太不重要了。你在我心里，也是我能豁出性命去保护的人啊。"说着，楚瑜含笑睁开眼睛，接着便看见了近在咫尺的卫韫。

卫韫似乎是没想到她会睁眼，又或许是没想到她会说这样的话，睁大了眼睛呆呆地看着她。他的眼若琉璃，落满了星光，映照着她的模样。他们离得太近，近到那一瞬间，楚瑜居然能感受到他的气息与她纠缠在一起，仿佛是两根丝线，缠绕、纠葛、交织着往上攀去。

楚瑜看着卫韫，整个人也呆了。她清晰地感觉到对方的温度，两人之间的距离近到能看清彼此脸上的所有瑕疵，甚至似乎只要再近那么一点点，就能触碰到对方柔软的唇。

将卫韫从水里捞出来时的画面冲入楚瑜的脑海，她盯着对方的唇瓣，竟是莫名地回忆起了那一刻。那冰凉的、柔软的、带了些许甘甜的感觉，震得楚瑜整个人都没敢动弹。火焰噼里啪啦地响在旁边，卫韫的喉头微动，楚瑜骤然清醒。她默不作声地收回目光，克制住了自己奇怪的想法，恨不得给自己一巴掌。

卫韫也不敢动。方才那瞬间，他明显察觉到了自己的某些奇异的变化。他根本不敢看楚瑜的唇，只能盯着她的眼睛，在她神色清明的时候，也跟着清醒。他的所有步伐都被她带着走，她要沉沦就沉沦，她要清醒就清醒。他毫无还击之力，只能丢盔弃甲，兵败如山倒。

卫韫闭上眼睛，沙哑着声音，同楚瑜道："嫂嫂，夜深了，我先睡一会儿，下半夜我来守。"

"嗯。"楚瑜直起身来，甩了甩头，将那些莫名其妙的情绪赶走，才笑着道，"行，你睡吧。"

卫韫闭上眼假寐，听得楚瑜背过身去拨弄火堆，他才睁开眼。他抬起手放在自己的唇上，面上露出些许迷茫，片刻后，他痛苦地再次闭上了眼睛。他觉得自己仿佛是行船在苦海之上，无路前行，又无法回头。他控制不了方向，只能任波浪肆意打来，为所欲为。然而，他太清楚自己想要什么了。方才那一瞬间，当她的眼神与他纠缠在一起，人生里头一次，他产生了这样的念头——

他想吻她。

山河枕

楚瑜听着背后慢慢深长下去的呼吸声，紧绷着的身体才放松下来。她呆呆地看着面前的火堆，整个人都是蒙的。她刚才在想什么？十五岁的时候或许她不懂，然而事实是她早已经历了太多，她清楚地知道自己方才做了什么，想做什么。她坐在火边，突然庆幸身边没有外人，也庆幸卫家家风端正，卫韫虽然已十五岁，到了普通男子娶妻的年纪，但他其实什么都还不懂。如果他懂，那该有多难堪？她是他嫂嫂，她知道他对卫珺的感情。如果他察觉到她方才的那份欲念，该感到多恶心？而且，不谈卫韫如何看待她，她自己也过不了自己这一关。

楚瑜的心绪仍然没有办法平静，她抬手重重一巴掌抽在自己的脸上。疼痛让她清醒了许多，她终于冷静下来。她想，自己或许的确是该找个人的，哪怕像李春华一样收几个面首，也总不至于沦落到如今，对着亡夫的弟弟思春。楚瑜向来能够坦荡面对这些人世伦常，她当年想要跟随顾楚生，就跟着去了，从来没有过半分遮掩。她不觉得那件事可耻，然而可耻的是，她重生以来第一次产生想要接近一个人的想法，居然是面对自己的小叔，一个什么都还懵懂的十五岁少年。就算是顾楚生，也比卫韫让她容易接受些。哪怕顾楚生如今也只有十七岁，但他……楚瑜皱起眉头来，觉得自己的想法很奇怪——为什么顾楚生没有让她觉得像个孩子？

她拨弄着火堆，认真地思索着，想了片刻，大致明白了过来。或许她和卫韫从相遇开始，她就一直把他当成弟弟，不论他成长了多少，于她而言，他都是弟弟。想明白这一点，楚瑜收敛了心神，扭头看了一眼草堆旁睡着的少年。他真的长得太好看了，风流却不失英气，既有文人的那份俊朗清隽，又带着武将特有的那份坚毅，两种矛盾的气质在他身上天然融合，一点儿不突兀。这样好看的人，大楚找不出第二个来。……所以，也怪不得她吧？楚瑜心里莫名就有了几分骄傲。卫韫如此优秀，一时所惑，也是正常。

下半夜换成了卫韫来守，楚瑜已理清思绪，沉沉睡去。第二日天亮时分，楚瑜又去林子里猎了些食物，打了水回来，还检查了卫韫的伤口。卫韫的情况不太好，许多地方开始化脓，最严重的还是腿上，此时已经完全无法行走。楚瑜不敢碰他，皱眉看着他的腿。她想问他疼不疼，然而又觉得，这话问出来也是徒劳，哪里可能不疼呢？于是她只能紧抿着唇，拿出药来再给他上了一遍，终于道："我带你去沙城，找到大夫，先把腿医好了，我们再做后面的打算。"

北狄的大型城池由不同的部落控制，大多是商贸中心，汇聚了天南海北的人。因此哪怕是在战时，对于反战的部落来说，两个大楚人出现在城池里，也不会有人过多为难。而沙城是距离他们最近的一座反战的大城。

楚瑜将水囊装满，带上许多果子，又去村子里偷了一些干粮和衣服回来，背着卫韫出发往沙城走。一开始还是平原，绿草茵茵，再往前走，草木越来越稀疏，走着走着，就到了沙漠里。白天沙漠温度高，卫韫就将身上的斗篷撑开，盖在楚瑜头上。楚瑜正被太阳晒得头晕，突然感觉有东西遮在上方，回过头去，就看见是卫韫撑起了斗篷。他静静地看着她，目光里是说不出的复杂，似乎夹杂着愧疚、担忧、自责，还有些说不清道不明的情绪。

　　楚瑜被那目光看得心漏跳了几拍，有些别扭地转过头去，低声说："谢谢啊。"卫韫靠在她肩上，学着她的口吻，小声道："谢谢啊。"

　　夜里，两人终于找到绿洲，楚瑜去捡了干枯的植物生火，又打来水，和卫韫在一旁吃着干粮。她已累得说不出话来，吃完便靠着火堆睡了下来，同他道："你守上半夜，下半夜你叫我，我先睡一会儿。"卫韫应了一声，想了想，又拍拍自己的身边道："你睡到我身边来。"楚瑜也没多想，此刻她的脑袋沉得不行，便提着包袱来到卫韫旁边，将包袱当作枕头放在脑袋下，蜷缩着就睡了过去。

　　卫韫靠着小土堆，看着睡在旁边的女子，没一会儿，便听见有浅浅的鼾声响了起来。他解开自己的外袍，轻轻盖了上去。楚瑜无意识地往他身边靠了靠，他忍不住轻笑起来，抬起手放在了楚瑜的头上，抚摸着她柔软的头发。只有在她睡着的时候，卫韫才终于能忽视她平日里的那份沉稳，仔细端详她的那份独属于少女的娇俏艳丽。

　　有些人初看艳丽，后面却是慢慢归于平淡；然而有些人，第一次看觉得普通，后面却是越看越好看。卫韫轻轻用手指梳理着楚瑜的头发，回想起第一次见到她，她身着嫁衣，抱着双臂靠在门边看他的模样。那时候他就觉得她好看，然而越相处却越觉得，这个女子美丽得让人心惊。

　　永远看不够，永远想陪伴。他想为她做点什么，却总是做不到。他像一棵大树、一座高山，所有人都想依靠他，却唯独这个姑娘，一次又一次，当着他的依靠。想到这里，他的手顿在她头顶，看着她微微皱着的眉头，忍不住叹了口气。"阿瑜……"他小声唤出她名字，不指望她应答，甚至害怕她听见。然而唤出了口，他又居然感到有那么几分小小的欢喜涌在心头。

　　楚瑜一夜睡得很沉，第二天太阳已升起，她才慢慢睁开眼睛。身前的人映入眼帘，她身上裹着对方的袍子，那人则穿着她偷来的湛蓝色布衣，头发散披在身后，替她挡住了前方的阳光，将她护在阴影里。一瞬间，楚瑜没动弹，她就这么静静地看着那个背影，明明不是身着华衣美冠，也不是坐于高堂庙宇，可她就觉得，光是这个背影，就好看得令人心动。

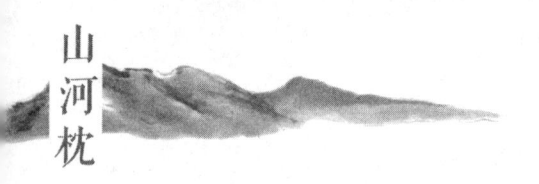

好久后，楚瑜才从悸动里回过神来。她甩了甩头，撑着自己起身，赶忙将衣服披回卫韫身上："你怎么没叫我？守了一夜，你身子撑得住吗？"说着，她将斗篷领口在他的脖颈处系好。卫韫看着楚瑜焦急的样子，却好似很开心一般地笑了开来："看嫂嫂睡得香，不忍打扰。"楚瑜没说话，她抬头看他，见他脸上有些泛红，抬手触碰了一下他的额头，已经是滚烫。她咬咬牙，忍住了打人的冲动："折腾，你就折腾吧。"说着，她扛起少年来到水边，帮着他梳洗之后，自己也简单梳洗了一下，而后又吃过东西披上斗篷，便背着他再次出发了。

此时离沙城已经不算远，楚瑜一路怒气冲冲："算咱们运气好，要是遇上个沙尘暴，咱们再拖一拖，我看你就病死在这里算了。"卫韫靠着楚瑜，笑着没说话，楚瑜不由得有些着急，"小七？"

"嫂嫂，我醒着。"卫韫知道她的担心，沉稳地答着，"你别担心，我好着呢。"

"那你怎么不说话？"楚瑜心里不开心，便寻着理由想找他的岔子。卫韫心里明白，只是换了话题道："嫂嫂对北狄的地形似乎很了解？"楚瑜一时语塞，答不上来。上辈子北狄和大楚断断续续打了六年，楚瑜和顾楚生往来于两国之间多次，又怎么会不知道？卫韫的头昏昏沉沉，闭了闭眼睛，笑着继续说道："嫂嫂似乎总有许多秘密……不过你别担心，不管怎样，我都会护着你。"

听到这话，楚瑜终于忍不住笑了，心情顿时好了许多："谁护着谁，还说不定呢。"卫韫低低应着，突然低声许诺道："嫂嫂对我的好，我都记在心里。……等以后，战事平定，天下安稳，我重振卫家门楣，嫂嫂……我会让你成这天下最尊贵的女人，我卫府独一无二的大夫人！谁都欺负不了你，你要什么，我都给你。"

楚瑜微微一愣，恍惚想起一个人来——上辈子卫家的大夫人，清平郡主。她的心里骤然生出几分苦涩。她知道，这个少年早晚要长大，有一天他会娶妻生子，会迎来卫府真正的大夫人。而那时候……也就是她该离开的时候。人总要有自己的人生，总要有自己的家。鸟儿长大会离巢，猫儿长大要离家，身为长嫂，无论她多么想留住这个人，无忧无虑地陪伴一生，却仍然不得不面对终有一天他要离开的事实。终有一天，他会长大；终有一天，你会发现，你想付出和操心，却没了对象。

然而，楚瑜如此想着，却忘了——

卫韫从来不是个不谙世事的孩子。从来不是。

卫韫靠着楚瑜，似乎察觉到她突然低落下去的心情。他闭上眼睛，听着她的心跳："嫂嫂为什么不开心？"

"也没有不开心啦。"楚瑜笑了笑，"就觉得我们小七果然会说话。但是，有一天，你会长大的。等战事平定，你也到了说亲的年纪，你妻子进门，我再当卫家大夫人，不合适的。"

卫韫环着楚瑜，沙哑地道："我不娶。"

"你现在这个年纪，不想娶妻也正常。但等你弱冠，怕就由不得你了。"楚瑜轻笑，"你别怕娶不到好的姑娘，嫂嫂帮你看着，不会给你娶个母老虎的。"

"我不娶。"

"你别怕啊，"楚瑜瞧着卫韫的反应，忍不住起了逗弄的心思，"你知道清平郡主吗，我帮你……"

"我不娶！我不要！我谁都不娶！"卫韫突然怒吼，旋即急促地咳嗽起来。楚瑜吓了一跳，慌忙道："你别急，我逗你玩儿呢！我不说了，这事还早。"卫韫却没说话，只死死地抱着她，抿紧了唇，呼吸又急又重。楚瑜加快了往前的步伐，一座土石搭建的城墙出现在了眼前。她边往前赶去，边焦急地道："小七你没事吧？"

"没……事。"卫韫的声音虚弱，还带了几分委屈。楚瑜想了想，卫韫毕竟是少年，这玩笑她开得或许是大了些。她叹了口气："我给你道歉。方才是我瞎说，我只是想到你日后要娶妻，有点难过，就开玩笑说过头了，你别着急。"

卫韫愣了愣，片刻后，他平复了呼吸，慢慢地道："我不娶妻。"此时楚瑜已经不敢多说了，只是应声。卫韫顿了顿，又用沙哑的声音道，"所以你别担心，更别难过。……只有你抛下我，没有我离开。"听着这话，楚瑜顿时心上狂跳不止，手心有些出汗，旋即却又听卫韫道，"我有喜欢的人了，但我娶不到。所以你就同我在卫府，我们相依为命吧。……沙城到了。"

楚瑜知道卫韫不想再谈，不知道为什么，她却也不敢再谈，于是只能笑着道："嗯，你装成是我弟弟，我带你入城。"

"丈夫吧。"卫韫开口。楚瑜愣了，卫韫捏着拳头，艰难地道，"离我们本来的身份越远越好。"楚瑜反应过来，点了点头。

然而，卫韫却觉得有什么重物压在胸口，压得他喘不过气来。哪怕是伪装，他也想要这一次。——就一次，让他犯上，让他逾越，仅此一次。

来到沙城的城门外，楚瑜下意识地握住剑，警惕地看着四周。然而守门的人却是拦都

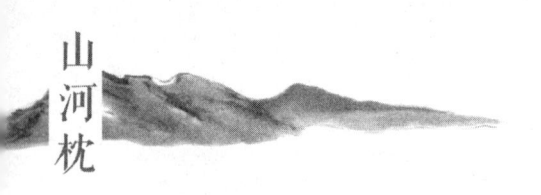

没拦一下，靠在一边嗑着瓜子，就直接放他们进去了。楚瑜舒了口气，带着卫韫迅速拐进城里，先找了一家客栈安置下来，随后便问了店家医馆的位置，带着卫韫去找大夫。

楚瑜不敢去城中心的大医馆，只往边角里去，终于在几乎荒无人烟的角落里找到了一座土木建制的房子。楚瑜才走到门口，就听见里面传来一个懒洋洋的男声，却是大楚话："给我些白术。"

"给。"一个女童的声音响起来，对方又道，"给我点白芷。"

"给。"

"给我点……"

"你烦不烦啊？！"女童怒吼起来，"就在你手边，你一定要我拿？"

"不让你拿，怎么能表明你是我徒弟？"女童正轻笑出声来，楚瑜已来到门边，恭敬地敲了敲门。女童和男人一起看过来，楚瑜也看见了对方的模样。

那是一个很年轻的大夫，正坐在案牍边上，看上去只有二十岁出头，穿着丝绸质地的白色长袍，长袍在阳光下流淌着青色的光芒。他的头发用一根玉簪随意盘了一半，其他的都散披下来，如同长袍一样泛着光泽，流淌在身侧。看见楚瑜背着人找上门来，他挑了挑眉："哟，这姑娘力气挺大。赶紧的，"说着，他朝旁边的女童挥了挥手，"帮着客人把人抬进来。"

女童翻了个白眼，正要上前来，楚瑜却笑了笑，已经将卫韫背了进来，小心翼翼地开口道："先生，请您看看。"

卫韫探出手去，垂着眼眸，时刻注意着旁边人的动静。只见对方点了点头，却是道："大楚人。"说着，他诊着卫韫的脉搏，颇有兴趣似的撑着下巴看着卫韫。看了一会儿后，他收了手，靠在身后的椅背上，"人我可以医，先把诊金谈了。"

"我这里有一两黄金。"

青年笑了，勾着嘴角："打发叫花子呢？"

卫韫平静地道："先生，如今我们身上盘缠不多，你为我医病，日后我不会亏待你。"

"行，"青年点点头，"写张欠条，一百两……黄金。"

卫韫皱了皱眉头，男子转头看向楚瑜："夫人，这条子您若不写给我，我可以向您保证，您丈夫的这双腿啊，这辈子，废咯。而您欠我一百两，我有五成把握医好他。"楚瑜有些诧异："五成？！"对方却笑着道："怎么，您当我诳您呢？那您背出去，赶紧的，去城里问一圈，谁敢说能医好他？"

"敢说的都被您打了。"旁边的女童平静地开口。那青年回头扬手，轻轻拍了女童一下："你是想被打是吧？"

卫韫和楚瑜没说话，片刻后，楚瑜站起身："我带你……"

"拿纸笔来。"卫韫果断地开口，那青年笑意盈盈地瞧着他，将笔墨推过去，懒洋洋地看向楚瑜，伸了个懒腰："果然是阎王易见，小鬼难缠。"

卫韫沉默着写完欠条，抬手就将笔直接按进了桌里。笔在他手里犹如匕首一般，直直地戳进了半个手掌厚的木桌面。卫韫探过身子，盯着青年，平静地道："欠条我写好了。我的腿医不好，你的脑袋，也别要了。"

那青年愣了愣，随后艰难地笑起来："那……这单子我不接……"

"那脑袋现在就别要了。"

青年叹了口气："行吧，我试试。"说着，他站起来，"先把人抬到内室来，我把伤口重新处理一下。"楚瑜赶紧扶起卫韫跟着他往内室里走去，青年又回头同女童道，"去给他弄个小辇来。"女童应下，转身去了。

来到内室，楚瑜抱起卫韫放到榻上，打量着青年，问道："敢问先生姓名？"

"沈无双。"青年从旁边拉开一张白布，白布上插满了长短不一的银针，旁边立着一个架子，上面悬满了大小不一的刀片。青年取下一只刀片，放在火上烧了一会儿，又泡进酒里，淡道："方才那是我徒弟，也是我侄女，沈娇娇。你出去让娇娇通知她娘，给你的丈夫准备药浴。"

楚瑜愣了愣，想到进城前和卫韫的约定，只得应了声走出去，正遇到那女童推着小辇进来。同娇娇交代了药浴之事，楚瑜便按她的吩咐取了木盆出去打水。打了水回来，沈无双刚好正解开卫韫的绷带，卫韫躺在椅子上，衣服已彻底敞开。楚瑜见状，放下木盆就想走，沈无双却叫住了她："人少，过来帮忙。"

楚瑜顿了顿步子，卫韫艰难地道："先生，让她……"

"她是你妻子，怕什么？"沈无双抬眼瞪了卫韫一眼，"我嫂嫂和徒弟还在给你打水准备药浴，你让我找谁来帮忙？"卫韫面色僵了僵，楚瑜却是折身回来，平静地看着他道："没事的，小七。"说着，她站在了沈无双旁边，"先生，您吩咐。"

沈无双不说话，将卫韫的衣服都解开，只遮住了关键的位置。卫韫全身都是伤口，不少伤口里还掺杂了沙子，化了脓，沙尘和血混成一团，看上去十分狰狞。楚瑜看见他这般模样，所有的想法都没有了，只一心一意地给沈无双打下手。

将伤处都处理干净后，沈无双开始用酒给伤处消毒。卫韫在整个过程里面色不变，甚至还抬头同楚瑜道："你别担心，我不疼。"楚瑜正帮沈无双递药，垂着眸不说话。沈无双不屑地哼了一声，从旁边取了小刀，吊儿郎当地道："我现在要将腐肉清了，你可别

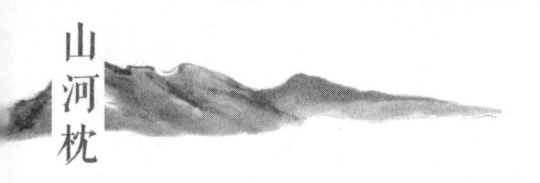

喊疼。"卫韫瞧着他，嗤笑出声来，扭过头去，全然一副不在意的模样。沈无双的火气蹿了上来，但动作却还是尽量轻柔，一面清着腐肉一面道："行行行，我倒是要看看你有多厉害。"

卫韫和楚瑜都看出来沈无双是在虚张声势，转移卫韫的注意力。只见他干净利落地把腐肉清完，又上了药，重新包扎好伤口，这才同楚瑜招了招手："背着他跟我来。"

卫韫其实疼得厉害，只是面上强装镇静，这么一番折腾下来，已是浑身冷汗涔涔。楚瑜背着他跟上沈无双，沈无双一面走一面道："其他的伤都没有大碍，就是这腿，耽搁了太久，你们怕他失血过多，勒得太死，筋脉差不多废了。从今天开始，每天泡浴，泡完之后你按照我给的穴位每日替他按摩半个时辰。"

"他能恢复如常吧？"楚瑜担忧地问道。沈无双沉吟了片刻，只是道："看运气吧。"说着，他又漫不经心地转了话题，"如今大楚和北狄在打仗，也不知道打成什么样子了，你们是怎么来到这里的？"

"我们本是来北狄经商的，谁知突然打起了仗来，路上被抢了，就一路逃亡。"楚瑜随口撒着谎，沈无双也没较真，只是道："听你的口音，是华京人？"

"嗯。"楚瑜谨慎地思索着，"先生也是？"

沈无双轻笑，眼中露出一抹冷意："是呢。"说着，他往前走了好一段路，才慢慢地又道，"也不知道淳德帝什么时候才到头。"

"您……"楚瑜迟疑着，"为何如此笃定地认为淳德陛下……"

沈无双看了她一眼，慢悠悠地道："因为，我知道他漏了一条鱼呢。"

如果是旁人，怕是听不出沈无双话中的意思来，然而楚瑜却是立刻反应过来，沈无双说的这条鱼，怕就是当年的赵玥。

姓沈……学医？楚瑜迅速搜罗了一遍当年的人，依稀想起来，当年太医院有一位沈医正似乎颇有名气，后来这人就没了声息，说是回乡服孝去了。楚瑜犹豫了一会儿，没敢多问。其实想想也明白，当年顾楚生和李春华联手保下赵玥，自然是有人帮忙的。沈无双当年既然帮了这个忙，怕是和赵玥交情不错，如今如果他知道了卫韫的身份，恐是不利。

楚瑜心里对沈无双的医术放心了几分，毕竟当年的沈医正也是颇有盛名的。不过对于面前的这个青年，楚瑜仍然是留了几分心眼。

三人来到一个房间，沈娇娇守在门口，里面一个女子正提了裙走出来。她穿着大楚的裙装，蓝白相间，耳朵上坠了玉兰耳坠，看上去清丽优雅。沈无双一见到那女子，面上就带了笑，迎上去道："嫂嫂，可累着了？"

女子笑了笑，温和地道："小事，药浴已经备下，让公子和夫人先进去吧。"沈无双点了点头，又嘱咐那女子道："嫂嫂，我给你熬了红枣粥，你记得喝。"对方的脸有些红，轻声道："你有心了。"说完，她便带着沈娇娇转身离开了。

卫韫和楚瑜瞧着这两人说话，总觉得有那么几分奇怪，沈无双却坦坦荡荡地回头，同他们道："行了，进去吧。"楚瑜没说话，只将卫韫抱进了浴桶里。见楚瑜压根儿不敢看卫韫，沈无双抱着手靠在一边瞧笑话："我说你们真是奇了怪了，你们成婚多久了，还拘谨成这样？"卫韫和楚瑜都很尴尬，卫韫抬眼看向沈无双："还有需要她帮忙的吗？"

"没了，我给你行针，你泡半个时辰，等一会儿我教她给你按摩。"

卫韫点点头，同楚瑜道："那你先去睡一会儿吧。"

楚瑜早就想走，听见这话，忙不迭地离开了。沈无双来到卫韫身后，抬手拍了拍他的背："往前挪点。"卫韫听话地往前探出身子，露出背部来。沈无双取了针，落在他的背上，漫不经心地道："你们真是夫妻？行过房没啊？"卫韫沉默了片刻，沈无双还想取笑，却听他突然道："我夫人性情羞涩，还望先生日后不要再开玩笑。"

沈无双想了想，点点头："也是，我嫂嫂也害羞。行，以后我不闹你们。"

卫韫没说话，过了一会儿，他开口道："您哥哥呢？"

"我哥啊，"沈无双的语气里带了几分酸楚，"死了。"

卫韫垂下眼眸："抱歉。"

"没事，"沈无双笑了笑，"又不是什么见不得人的事。不是我的错，我怕说什么？……要说错，"沈无双手中的针扎入卫韫的背，他的眼中带了冷意，"也该是他们的错。"

卫韫想了想，终于道："不知令兄是如何去的？若是有仇，日后我或许可帮忙一二。"

"你帮不了。"沈无双的声音平淡，"你在华京，也就是个富商吧？我以前在华京混得不错，华京上流的达官贵人，我大多见过，你也不用糊弄我。"

"如今华京局势已大变，您的仇人，或许已经落难了呢？"卫韫试探着开口，沈无双行针的动作顿了顿，片刻后，他慢慢地道："那么，你可曾知道，长公主如何了？"

卫韫心中大震。沈无双的家仇，难道和李春华有关？！然而一想，当年沈无双必然是和赵玥有牵扯的，他兄长的死，多半也和这事有关。赵玥后来是藏在了李春华的身边，所以，他问的或许不是李春华，而是赵玥！

卫韫的脑子还在转，口中慢慢地道："长公主如今如何了，我不知道。"

"哦？"沈无双克制住自己的语气，"长公主长袖善舞，无论谁做帝王，她都该屹立不倒才是，怎么就不知道了呢？"

"大楚已改朝换代，淳德帝被诛，如今已是赵氏天下。"

沈无双的手微微一顿，他抬起头来，冷着声道："你说什么？"

"秦王世子赵玥举兵攻下华京，匡扶赵氏正统，如今已在华京登基称帝。他登基之后，长公主便不知所踪。"卫韫回头观察着沈无双，平静地道，"先生不知道吗？"

沈无双捏着银针的手微微颤抖，片刻后，他看向卫韫，冷笑道："公子不是问我仇人是谁吗？我告诉你——"银针慢慢扎入卫韫的后背，青年冰冷的声音传来，"我的哥哥，就死于这位新帝赵玥之手。你说要帮我，你看，如今还能吗？当年他落难至那样的境地都没死，如今我还能报仇？！"

"怎么不能？"卫韫平静地出声道。沈无双愣住了，他未曾想，话都说到这个地步，这少年居然仍无半分惧色。只见卫韫看着他，唇边勾起冷笑："刚好，我的父兄，也是死于这位的手中。"沈无双呆呆地看着他，卫韫扭过头去，声音依旧平静，"镇国侯卫韫，见过沈大人。"

镇国侯，卫韫！沈无双猛地睁大了眼睛，银针握在手中，竟都忘了继续。

好在沈无双很快镇定下来，把他知道的信息在脑子里迅速过了一遍。

白帝谷之事早已传遍北狄，成为北狄人的骄傲和谈资。沙城百姓虽多为外来者，庆祝胜利的气氛并不浓厚，却也随处能听到北狄人骄傲地说起此事。得知此事的当晚，沈无双曾醉酒一夜。被迫来到异国他乡，骤然闻得自己的家国沦落至此，哪怕已经没了干系，却也扛不住那份哀怒。——哀其不幸，怒其不争。那铮铮傲骨卫家，大楚的脊梁，就这么断了！

他本以为，卫家就这样完了，毕竟只留下了一个十四岁的稚儿卫韫。十四岁的年纪，却握着卫家这个庞然大物留下来的所有东西，没有任何人能放心他，也有太多人不愿放过他。所以他以为，卫韫早该废了。然而，此时此刻，卫韫却突然出现在这里……

不！此时北狄皇庭之变还未传到沙城，但沈无双骤然意识到，卫韫这副模样，事情必然不简单！他立刻问道："你是被人追杀过来的？"

"不算吧。"卫韫有些累，"太复杂了，总之我此番在这里与大楚朝局变换无关。"说完，卫韫沉默了片刻才又道，"你还想回大楚吗？"

沈无双不说话。怎么不想回？他还有杀兄之仇未报，自然是要回去的。过了许久，他终于出声："我若说想，你带我回去吗？"

"你若要回去，"卫韫闭上眼睛，"卫某保你性命无忧。"

"好。"沈无双开口，果断地道，"我随你回去，是生是死我都认了。但赵玥的狗命，我是一定要取的。"卫韫低低应了一声，却是问道："你哥怎么死的？"

沈无双冷笑出声："不过狡兔死走狗烹罢了。但你说错了一件事，我不是沈大人。当年的沈医正，是我哥。"他将卫韫背上的银针一根一根拔出，淡道，"当年我哥曾受长公主恩惠，与长公主结成君子之交，于是到了宫里当太医，颇受淳德帝恩宠。后来秦王事变，顾楚生与长公主合谋，让赵玥进宫，服下假死的药，后由我哥验尸，长公主再出面给赵玥求一个全尸。"

卫韫点了点头，沈无双所说，和他猜测的差不多。沈无双坐到卫韫身后的平台上，继续道："我哥给了赵玥假死的药，又验了他的'尸体'，亲眼看着长公主的人挖了他的坟抬回府里，又亲自给他做了梅含雪的人皮面具。我哥知道得太多了。"

"长公主派的人？"卫韫皱起了眉头。沈无双嗤笑出声："我哥与长公主乃君子之交、好友之谊，长公主怎么会做这种事？"说着，他的声音低沉了下去，"是赵玥。……本来长公主的意思是让我哥回家服孝，不回华京就好。结果赵玥派人沿路追杀，我赶到的时候，我哥刚护着嫂嫂和娇娇逃出来，自己却因为一路颠簸没挺过去，没了。临死前他将嫂嫂和娇娇托付给我，我在朋友的帮助下逃出大楚，来到沙城开了这家医馆。"

卫韫听着，在听见沈无双说他护着嫂嫂逃到沙城时，心里动了动，想问什么，终究是没有问出口。

两人断断续续地说着话，楚瑜等了好一会儿也不见沈无双出来，便走到门口问道："沈先生，我夫君可好了？"如今既然知道沈无双与赵玥有牵扯，她便更加谨慎。听到楚瑜在外面等得焦急，卫韫心里颤了颤，一瞬之间，甜蜜和愧疚同时涌上，他一时之间竟也不知道该怎么面对楚瑜的这一声"夫君"，坐在浴桶里，低着头不说话。

沈无双应了一声，招了招手道："进来吧，帮我把人扶起来。"卫韫怕楚瑜难堪，在水里就先围上了身子。沈无双用戏谑的眼神瞧了卫韫一眼，卫韫却面色不动，由楚瑜和沈无双一起扶着站起身来，坐到了床上。楚瑜取了帕子来给卫韫擦干身子，然后又将换洗的衣物替卫韫穿上。等她做好这一切，沈无双才来到卫韫身前，撩起卫韫的裤腿，指着穴位给楚瑜看，一面给她示范按摩的方法。

沈无双一路从脚踝按到了卫韫的大腿根部，卫韫皱了皱眉，抬眼看了楚瑜一眼，楚瑜却神色平静，全然不以为意的模样。接着楚瑜就接了手，沈无双指点了一会儿后，楚瑜便也学得差不多了。沈无双见状，点头道："从今天起，每天早上吃过早膳，歇半个时辰，就来这房里泡浴，药包我头天晚上就给你开好。泡完你就这么给他按半个时辰。"

"要泡到什么时候？"楚瑜一面按着，一面忧心地询问。沈无双也不绕弯子，平静地道："泡到他的腿有感觉为止。你们耽搁太久，他这腿要救回来不容易。"听见这话，楚瑜紧皱起眉头，然而想到这青年正是当年那位盛名在外的沈医正，她只能忍耐下来。

沈无双观察了一会儿，便转身离开了。楚瑜抬眼看向卫韫，小心翼翼地道："疼吗？"卫韫摇了摇头。楚瑜皱起眉头："没感觉吗？"卫韫笑了起来："你别担心了，沈无双的医术你放心，我不会有事。……我就算腿废了，也护得住你。"

"我哪里担心的是这个。"楚瑜摇了摇头，低头看向卫韫的腿，低声道，"你年纪还这么小，腿若真的不行了，未来要怎么过？"

"我腿不行了，不也还是镇国侯吗？"卫韫平静地出声，"不争不抢，我带你去汜水。咱们不是在那里买了很多地吗？到时候我们带着二嫂和母亲一起过去，我在那里当个乡绅就好。"

楚瑜无奈地瞪了他一眼："瞎说！到时候好姑娘都不嫁你。"卫韫却是瞧着她，笑意盈盈："不是说了我不娶的吗？嫂嫂陪着我吧。"他脱口而出，"我养你，养一辈子。"

楚瑜手上正在给他按摩的动作霎时间僵住，卫韫察觉她尴尬，不着痕迹地找补道："还有二嫂、母亲和几位小公子，加上家里的五小只，我们在汜水当个地方一霸，问题不大。"楚瑜闻言，笑出了声来，抬眼瞧他："就这么点出息？我才不信。"说着，她叹了口气，"其他的不说，姚勇还没死呢。你要真放得下，那也就好了。"

卫韫没说话，他沉默着，看着楚瑜的指头在自己的腿上舞蹈。还是没有任何感觉，感受不到她的温度、她的触碰，他只能猜想，她的指尖同他的应是不同；她的手上应该会有一点点茧子，却也带着女子独有的细腻；她的体温应该偏低，因她似乎总是体寒怕冷；她的指尖划过，应该会有战栗感，从腿部一路往上，蹿到脑海里去。

他的目光落在她的指尖上，努力控制自己才收住了思绪，慢慢地开口："是呢，姚勇没死，赵玥也没有。"

"这关赵玥什么事？"楚瑜有些疑惑。

卫韫轻轻笑开："有一件事，我想了很久才想明白，所以现在才同嫂嫂说。……苏灿同我说，是赵玥给他们献策，让他们在白帝谷设计埋伏。"

楚瑜微微一愣，慢慢抬起了头来。卫韫看着她，冷静地继续道："我想了很久，赵玥这么做的目的到底是什么。直到你同我说他当上了大楚皇帝，我才大概明白他的意图。……他知道姚勇在北狄军营里有人，于是他和北狄冒险用计，让北狄利用这个人给姚勇传信。北狄故意传错人数，而赵玥知道姚勇懦弱惜兵，必然会退兵，于是便有了后来的事情，卫家倒了，淳德帝的左膀右臂少了一臂。然而，当时卫家是和姚勇一起出征的，卫家全都死了，姚勇却安然无恙，别人会怎么想？……所以我与姚勇的仇，从我父兄死在白帝谷的时候就结下了。我甚至想，长公主愿意出面救我，是不是也是赵玥暗中推动的结果？赵玥说动长公主救下我，给了我时间收复卫家，其实就是在等着我跟姚勇作对。我把姚勇逼反，结果是什么？结果是姚勇反了，必然要另找一个人去辅佐，于是赵玥就在这时候现身，成了姚勇的新主子。后来我将淳德帝陷于险境，又远赴北狄腹地，给了赵玥机会，他便带着姚勇攻城，杀了淳德帝。"

"你看，这每一件事，所有人都是两败俱伤，只有赵玥渔翁得利。是他在背后一步一步推动此事，你说，到底是姚勇坏，还是他赵玥坏？"卫韫冷笑起来，"甚至沈佑，到底是姚勇的人，还是赵玥的人？"楚瑜一愣，卫韫垂下了眼眸，"姚勇哪里是会到处救人的人？又哪里有培养细作去北狄的心思？就算他做得到，可是一个细作，又怎么会这么容易被人发觉？而且又怎么恰好就在那样一个时候，出现在我的视野里，告诉我当年的真相，推着我去和太子、姚勇对上？"

"可沈佑……不像……"楚瑜有些不确定了。卫韫平静地道："我没说沈佑是坏人。你知道最好的棋子是什么样的吗？"卫韫抬眼看向窗外，眼中带了悲悯，"是他自己都不知道自己是棋子。沈佑说的一切大概都是真的，可他瞒了一件事——当年救他的人不是姚勇，是赵玥。所以他来告诉我所谓的真相之后，完全没有想到要回姚勇身边，反而是安安稳稳地留在卫家赎罪。从他的所作所为来看，应该并没有把这一系列事情串起来想明白，如果他心怀恶意，早就被我们察觉了。……他是个好人。"卫韫叹了口气，想起了六嫂王岚，声音里带了惋惜，"只是这样的人，总活不好。"

楚瑜呆呆地听着，有些恍惚。如果说是赵玥培养了沈佑并送到北狄，向北狄献计，借着白帝谷的案子挑拨姚家和卫家互斗，从而削弱淳德帝，那就是说，赵玥从秦王死，甚至更早，就在谋划此事了。那上辈子，为什么赵玥没出现？

楚瑜拼命思索着，寻找自己漏掉的关键点。上辈子赵玥一直住在长公主府，楚瑜没和他接触过，那这辈子他改变的是些什么？

是顾楚生！楚瑜反应了过来。上辈子她没有听说过赵玥的太多事情，只知道李春华有个很宠爱的面首，在卫家出事后不久就死了。按照如今的推断，当年死的那个面首就是赵玥。没有顾楚生的帮助，他的计划被李春华发现，因此被灭了口。而这辈子顾楚生去了长公主府，知道了赵玥要取华京，因此虽然他避祸去了凤陵城，却仍在暗中帮助赵玥。

于是赵玥活了下来，登基为帝。于是山河破碎，风雨飘摇。怎么会有这样的人？！怎么会有用毁掉一个国家，杀七万热血将士，去争那个皇位的人？！哪怕是淳德帝，或许都没有这样狠毒的心肠！楚瑜慢慢明白过来，不由得冷汗涔涔。想起赵玥穿着水蓝色长衫，笑意盈盈的模样，她忍不住觉得胆寒。

卫韫看着她发愣，有些担忧地道："嫂嫂？"

"哦，没事……"楚瑜回过神来，匆忙地低头道，"……我发个呆。"说着，她继续

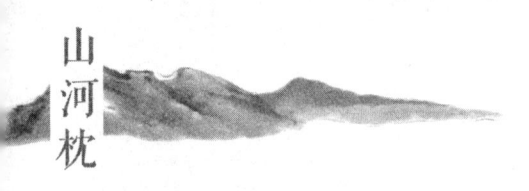

给他按起了腿。

卫韫静静地看着她，有她在身边陪着，再说起那些钩心斗角的事，他居然就觉得一片平静。他终于发现，他似乎一点一点，从父兄的死里，开始往外走了。他本以为自己会记一辈子、恨一辈子，永远像活在九月初七那一天，在山谷里一具一具翻开尸体，寻找自己的家人。然而当他此刻平静地分析着这些阴谋诡计，他没再想起那一日自己跪在地上哭得撕心裂肺的痛苦。他想，自己，大概是有机会走出来的。

过了许久，沈无双在外面敲了敲门道："时间到了，吃饭了。"

楚瑜听了话，细致地给卫韫拉下裤腿，抱着他坐上小辇，然后推着他来到饭厅。沈娇娇和先前遇到的那个女人正在布菜，沈无双跳着走过去，高兴地道："嫂嫂，我来帮你。"

"坐着吧。"女子笑着瞪了他一眼，将筷子放到筷架上，埋怨道，"要帮忙不早来，饭菜都做好了才来献殷勤，假好心。"

"嫂嫂别这么说，"沈无双坐下来，拿起筷子，招呼着楚瑜和卫韫过来，抬眼看着女子道，"我这不是在看病人，赚钱养家吗？"

"我刚才看你偷懒了。"沈娇娇开口。沈无双立刻瞪向她："小孩子少说话！"

沈娇娇翻了个白眼，沈无双讨好地看着那女子道："我这不是太累了吗？"

女子笑着摇头，脸上满是无奈："你呀。"

三个人说说笑笑，楚瑜扶着卫韫坐下，那女子朝着楚瑜和卫韫点头行礼："妾身白裳，见过二位。"

"在下卫韫。"

"妾身楚瑜。"

楚瑜和卫韫同时开口，算是和白裳打了招呼。沈无双见他们客套，指了指桌子道："行了，别客气了，吃吧。"

楚瑜和卫韫便也不拘谨。卫韫无法跪坐，只能靠着椅子，双腿摊开，离餐桌自然远了些，楚瑜便给卫韫夹了菜。卫韫也没觉得不好意思，坦坦荡荡地吃着，偶尔抬头，看见楚瑜瞧他，两个人就相视一笑。沈无双瞧着，也不知道怎么了，就觉得有点难受，他将头探过去，看着白裳道："嫂嫂，我也要夹菜。"

卫韫和楚瑜同时僵了僵，白裳顿时冷下脸来，怒道："没规矩！"沈无双耸耸肩，又缩回了头去。卫韫和楚瑜瞧着，怪异的感觉更盛了。

吃完饭，沈无双给两人安排房间，两人都没同沈无双明说身份，沈无双便装作不知只给了一间房。楚瑜在里屋铺床，卫韫坐在小辇上，看见珠帘里人影绰绰，那女子弯着腰忙

十六　让他逾越，仅此一次

活着，他觉得心里有什么东西涌了上来。

这于他而言是一段特殊的旅程。在这里，他忘了自己叫卫韫，也不记得这个女子叫楚瑜。他只是遇到了一个喜欢的姑娘，遵从自己的心意，陪伴她走完这段路。可是直到此刻，他才发现，自己始终解不开这个结。他捏着小辇扶手，沙哑地开口："嫂嫂，我去再要一间房吧。"

"没事，"楚瑜在里面笑着道，"我给你铺好床，你睡里面，我睡外间小榻。你腿脚不方便，晚上有什么事，你就叫我。"

"可是……"

"别矫情了。"楚瑜直起身，将卫韫打横抱起来放到床上，笑着道，"非常时刻，我照顾你，应该的。"卫韫没说话，只呆呆地看着她。她的头发从上方垂下来，笼在他脸颊两侧，遮住了光，让他的整个世界里都是她的影子。

楚瑜看见他的眼神，不由得也愣了。方才那些话本来就是壮着胆子说的，如今被这个人这样看着，她居然凭空生出几分不好意思来。她故作镇定地直起身，笑着道："行了，你睡吧，我出去了。"说着，她往外走去，步履之间居然有几分凌乱。

卫韫躺在床上，缓了片刻，终于道："嫂嫂。"楚瑜隔着帘子在外间应了一声。卫韫咽了咽口水，艰难地道："还是你睡床吧，我睡榻上就好。"楚瑜轻笑起来："你个子比我高，睡这里会挤。再说了，哪里有让病人睡卧榻的道理？"

卫韫知道楚瑜做下决定便轻易不肯更改，他没再出声，只听着外间传来的呼吸声。很奇怪，她背着他在荒郊野外赶路的时候，她其实离他更近，然而他却什么都没想。此刻这样好好地躺在床上，盖着被子，看着床边吊着的坠子轻轻摇晃，他脑子里居然就全是楚瑜背对着他铺床的模样。有那么一瞬间，或是因着灯火太暗，他居然觉得，那一刻的楚瑜，似乎穿着红色的嫁衣。——她穿着嫁衣，在给他铺床。

卫韫捏紧了拳头，过了一会儿，他抬手狠狠抽了自己一巴掌。疼痛让他清醒了一些，他蜷缩起身子，将所有的欲望忍耐下去。他觉得自己恶心，特别恶心。

一夜熬到天亮，楚瑜卷起帘子去看卫韫，发现他脸上红肿了一片。她不由得愣了愣，随后焦急地问道："你这是怎么了？"卫韫垂着头，坐在床边没有说话。楚瑜上前来，抬手去摸他的脸，他扭过头去，平静地道："有蚊子，自己打的。"

"有蚊子，你就把自己的脸打肿了？！"楚瑜觉得不可思议，看着他别扭的样子，忍不住笑了出来。是了，打蚊子把自己的脸打肿，也是件丢脸的事了。不过楚瑜也不愿去笑话他，只端来水给他洗漱，又带着他去泡药浴。

有了第一次的经验后，楚瑜坦率了许多。到了给卫韫按摩的时间，她一面按一面道："再等两天我就去打探一下卫秋、卫夏还有战场的消息。这几天咱们什么都不想，好好休息。你有没有什么想做的事？"卫韫没说话，楚瑜抬眼看他，"我打从认识你起，就没见你休息过。就这么几天时间，有没有想做的事？"

"想，出去逛逛。"卫韫的声音闷闷的，似乎有些不好意思。楚瑜点头道："行，我问问沈无双，他说可以，我就带你出去。"卫韫应着，楚瑜站起身来，揉了他的头一把。卫韫皱起眉头，认真地道："你别揉我头发。"楚瑜挑眉，有些奇怪，卫韫憋了半天，"你这样，显得我很小。"

楚瑜终于忍不住笑出了声来，赶紧连连点头："嗯嗯，你不小了，你不小。"可是她这么一说，卫韫更憋屈了。转念一想，他又觉得若再多说只会显得自己更幼稚，于是他沉默下来，再不说话。

楚瑜端着水盆走出去，找了沈无双道："沈大夫，你看我夫君的身子什么时候好些，我能带他出去玩吗？"沈无双正在翻找药材，埋着头道："行啊，刚好过两天就是沙城的灯火节，我和嫂嫂要去，到时候带上你们。不过说好了，"他回过头看着楚瑜，"人你扛。"

楚瑜应声道："行，这你放心。"

"还有个事，"沈无双又叫住了楚瑜，楚瑜回头，只见他犹豫了片刻才慢慢地道，"如果七天后卫韫的腿还不好，我可能要用点猛药。"楚瑜心里咯噔一下，沈无双又纠结了片刻，"……有点疼。"

楚瑜没说话，过了一会儿，她吐出一口浊气："没事，我在呢。"沈无双"嘶"了一声，捂住自己的一边脸不满地道："你们够了，我牙酸死了。"楚瑜摆了摆手，没有多说，转身去找卫韫了。

告诉了卫韫出游的计划，楚瑜一边给他梳着头发，一边问道："你有没有什么需要准备的？"卫韫摇了摇头。然而想了想，他却道："嫂嫂穿漂亮些。"楚瑜正用玉簪给他绾发，闻言有些不满："怎么，嫌我丑啊？"卫韫赶忙开口："哪有，我嫂嫂倾国倾城绝世无双，打扮好看一点只是锦上添花而已。"

楚瑜知道卫韫本来性子就贫，只是压抑太久了些。于是她笑着拍了拍他的脸，站起身道："行，到时候美死你。"

卫韫没回答，他垂着眼眸，抚摸着自己袖子上的纹路。想到这是他们第一次一同出游，他也不知道怎么了，心跳就快了几分。

十六　让他逾越，仅此一次

　　有了沈无双的药浴，卫韫身上的伤好得很快，但是腿上却一直没有感觉。楚瑜早上给他按摩了腿，下午就出去打探消息。

　　沙城是北狄反战部落所控制的地区，也是北狄的商贸大城，哪怕外面战火纷飞，沙城却几乎没有受到什么影响，天南海北的人从四处拥来，街上各国面孔从容而过。楚瑜初来时还有些紧张，这几日便已察觉，原来本就有许多大楚人长居在沙城，比如沈无双和白裳就是避难而来，因此她和卫韫并没有太大伪装的必要。于是她放松下来，午后就去逛逛赌场，去茶楼喝喝茶，探听各地的消息。

　　赵玥是个有能力的人，他和顾楚生在后方迅速整合了大楚国力，扣下姚勇，然后由楚临阳、宋世澜、秦时月分管军力，一路收复了大楚大部分地区。而北狄此时却闹起了内讧，苏查占了北都自立为王，苏灿到了查图部落，与苏查对峙。如此情况下，苏查一面要提防苏灿，一面要防守正面战场，哪怕他再如何骁勇善战，也显现出了疲态来。楚瑜推测，或许过不了多久，苏查就会退兵求和。她回到屋中，高兴地同卫韫分享了自己的分析，卫韫听着却是没说话。楚瑜有些奇怪："小七你怎的不开心？"卫韫端着茶，慢慢抬眼，想说些什么，却终究是没说出口。

　　他为什么不开心？如今赵玥得势，将大楚治理得井井有条，他怎么能开心？如果赵玥是一个如淳德帝一般的帝王，那他就揭竿而起，举兵反了，干干净净了结个痛快。然而，恰恰就是如今的情况，赵玥把每一件事都做得恰到好处，反了他，又会是一场生灵涂炭。卫韫终究不是赵玥，他做不到用万人性命，去报一份私仇。但那家仇终究在心底埋着，卫韫低着头不说话，怕这些想法说出来，楚瑜会为此感到不齿。

　　他抿了口茶，只淡道："今天是灯火节？"楚瑜愣了愣，高兴起来："晚上就开始，不过沈先生说了，你不能逛太久，我就带你在附近转一转，他准备了晚膳，我们回到医庐来看灯火……"说着，楚瑜似乎是怕他失望，有些忐忑，"不过你别担心，等你再好些，我再带你出去。"卫韫轻笑："我又不是小孩子。"楚瑜弯了唇角，起身出去给卫韫端零食了。

　　天刚黑下来，卫韫还在房间里看书，沈无双挤进来拍了拍他的小辇道："兄弟，帮个忙？"卫韫挑眉，沈无双在他面前转了一圈，"你看这件衣服好看吗？"沈无双穿了一身白，看上去带了几分仙气，卫韫点点头："尚可。"

　　沈无双皱了皱眉，到屏风后面去窸窸窣窣一阵，又出来："这套呢？"

　　卫韫继续点头："不错。"

　　沈无双又回屏风后面去。就这么一连换了五套衣服，卫韫终于有些撑不住了，皱眉道："你到底在做什么？"

"兄弟你看这件怎么样？"沈无双仍然兴致勃勃，卫韫只能压着性子点头："好看。"

"行。"最后，沈无双选了一件粉色绣花的长衫，用玉色布带绾起半截头发，配上了绘着桃花的扇子，看上去十分骚气。他甩了甩头发，咧嘴一笑："我也觉得我穿这件衣服特招人。"卫韫面无表情，沈无双瞥了他一眼，"啧啧，今晚出去玩，你换一下你那死人白吧，我看着都审美疲劳了。"卫韫面色不动，淡道："滚。"

沈无双耸耸肩，刚转身走到门口，又听里面的人道："等等。"沈无双扭头瞧他，看见卫韫转头盯着窗外，耳根有些发红："柜子里那件你借我的水蓝色长衫，你拿出来给我。"沈无双露出一副"我早知道"的神情来，给卫韫穿上衣服，又替他束上发冠。

卫韫长得快，如今面容正是少年与青年交错之时，束上发冠便显得成熟了许多。这时传来沈娇娇的敲门声，只听她激动地道："小叔，走了！"

"行了，我知道了。"沈无双将发簪插入卫韫的发冠，让他抬头看镜子里的自己，拍了拍他的肩道，"还行吧，兄弟？"卫韫应了一声，想了想，又觉得该多夸赞一下："尚可。"沈无双"啧"了一声，推着卫韫出去了。

两人在长廊上等候了片刻，就听见白裳和楚瑜说说笑笑而来。两人同时看过去，只见两个女子在灯火下，笑容似是带着春光。卫韫很少见到楚瑜这样轻松的笑容，离开了似乎能吃人的华京，离开了战火纷飞的凤陵，这个女子似乎就像新生了一般，朝气蓬勃，如清晨从水中探出的芙蕖，轻轻弹动，就能散落下晨露入水，花瓣微颤。

他目不转睛地看着楚瑜来到身前，听见她笑着道："怎么样，我没骗你吧？好看吧？"卫韫垂下眼眸，低头含笑："好看。"

沈无双已很是兴奋，拉起沈娇娇，同众人道："走走走，我带你们去逛逛。"说着，一行人就走出了门去。

医庐位置偏僻，门外的小路黑得看不见五指。楚瑜和卫韫没说话，却听沈无双高兴地道："嫂嫂你看不见吧，我拉你！"卫韫、楚瑜一时有些无语，卫韫无端地觉得有那么些尴尬，楚瑜亦是想了想，默默地将小辇推慢了些，就和沈无双、白裳拉开了距离。两个人看破不说破，静静地跟在他们身后，看他们打打闹闹。

沙城的灯火节和大楚不同，大楚的城镇中四处是灯笼，沙城却是将灯笼一排一排挂在高处，将街市照得亮如白昼。周边全是叫卖的声音，来自各国的古怪物件都在小摊上展览着。沈无双一路都在给白裳买东西，楚瑜却只推着卫韫往前。卫韫憋了半天，终于道："嫂嫂有没有什么想要的？"

楚瑜愣了愣，抬眼看过去。如果此刻她真是十六岁，大概会对这些物件很感兴趣，可

十六　让他逾越，仅此一次

她已不是十六岁了。人的年纪越大，就越难感受到喜欢与不喜欢。一切都会越来越平淡，生活也如死水一般，越来越安静。她看着街上的人打打闹闹，小姑娘把鲜花做成的花环顶在头上，笑着跑过去。

楚瑜的目光落到那花环上，笑了笑，又收了回来。她摇了摇头，同他道："你有没有什么喜欢的？"卫韫没说话。灯火下楚瑜的眼睛里落着碎碎的光，他抬眼望着她，有一瞬间，他觉得这个女子离他特别远，远得仿佛他们中间隔了十几年的光景。他忍不住抬手，抓住了楚瑜的袖子。

楚瑜有些奇怪地瞧他，笑着道："怎么了？"却见他低着头，只抿着唇不说话，于是又问道，"想要什么了？在撒娇啊？"

卫韫还是没说话。他就这么捏着她的袖子，感受着她似乎正一点一点回到自己身边来，终于舒心开来。便就是这个时候，沈无双叫出声来："卫夫人，帮我带娇娇去买个泥人呗。"楚瑜听到这句求助，就知道沈无双是烦了娇娇，要把娇娇支开。她刚准备推着卫韫过去，就听卫韫道："我想看看那面镜子，你放我在这儿，等会儿来找我就好。"

楚瑜看了看四周，沈无双就在不远处，捏泥人的地方也不远，于是她把卫韫推到镜子摊旁，拍了拍他道："多加小心。"说完，她便起身带着娇娇去了泥人摊。卫韫回头，看见镜子摊旁边卖花的老太太，同那老太太道："婆婆，我买花。"说着，他从中选了一根柳条，又选了好几种花搭配起来。

不多久，楚瑜便带着娇娇回来了，却看见卫韫正低着头认真地做着花环。灯火落在少年的身上，水蓝色的广袖垂落在两侧，他似乎在努力学着像个大人一般，却仍旧在低头那瞬间，露出了少年人独有的青涩和温柔。他耳根有些泛红，手不甚灵巧地将花枝穿入柳条，那双能握八十斤长枪的双手，捻着花儿，格外小心谨慎。

楚瑜也不知道怎么了，竟不敢上去打扰。她站在不远处，看着人来人往，直到卫韫做好花环，抬起头来，对上了她的目光。他眼中有一瞬诧异，随后就弯眉笑了起来。那山河岁月都落在他的眼里，他温和地出声——

"阿瑜，你过来。"

十七　嫂子也是可以继承的？！

楚瑜站在那里没动。她静静地瞧着卫韫，觉得周边似乎在慢慢变得安静，仿佛她是站在水面上，波纹从脚下一圈一圈荡漾开去。声音被水隔开，变得格外遥远模糊，只有那个人，在这仿佛被蕴了雾气的世界里，格外明晰。他举着自己做的花环，笑容里带了几分羞涩，楚瑜瞧着，觉得有什么东西在心里一下一下地冲击着往上。仿佛是一颗种子，压在心脏深处，努力地撞击着她的血肉，想要破土而出。

卫韫等了一会儿，有些奇怪，歪着头轻声唤道："阿瑜？"楚瑜听到呼唤，这才回过神来，赶忙拉着沈娇娇走上前去。来到卫韫身前，她低头："这是什么啊？"卫韫举起花环，笑着道："你弯一下腰，我给你戴上。"楚瑜垂下眼眸，遮住眼中的情绪，低头迎向卫韫。花环很轻巧，落到头上，有水珠坠下来，冰凉的水珠触碰到皮肤，让楚瑜忍不住在心里颤了颤。

旁边的沈娇娇不开心地"哼"了一声："你们都好讨厌，小叔就知道和我娘说话，他也只送你花，就没人疼我！"楚瑜和卫韫都笑了起来，楚瑜低头看着她手里的泥人："我不是送了你小泥人吗？"沈娇娇有些不高兴："又不是小哥哥送的。我也想要小哥哥送我花环。"说着，沈娇娇看向卫韫，脸上满是期待："小哥哥也送我一个好不好？"

谁知，卫韫却是朝沈无双扬了扬下巴，道："去找你小叔。"沈娇娇的眼神黯淡下来，捏着小泥人道："不给就不给。"说完她就甩开楚瑜的手，朝沈无双小跑了过去。她跑得快，三两下就跑到了沈无双和白裳身边。楚瑜见沈娇娇已经安全地跑了过去，转头看向卫韫，有些无奈地道："你给她做一个，怎么样？"

卫韫淡淡地瞧了楚瑜一眼，那眼神似乎没有包含任何情绪，但只是这么一眼，却让楚瑜想起了上辈子的卫韫——那个身居高位、说一不二的镇北王。楚瑜不由得呆了呆，随后就听见卫韫道："我又不是卖花的，你以为谁都值得我动手？"楚瑜不由得笑出来，忙安抚他："行了行了，知道您是镇国侯，小侯爷，身份尊贵！行了吧？"

十七　嫂子也是可以继承的？！

楚瑜推着卫韫慢慢往前走，有人挤过来，差点摔倒在楚瑜身上。卫韫一把按住那人，淡声提醒："站稳。"那人朝卫韫道过谢，楚瑜瞧着卫韫哪怕坐在小辇上也要护着她，目光里不觉就带了温度。她看着面前背对着她不肯回头的少年："我知道，你不是对谁都这样好。"卫韫顿了顿，终于硬邦邦地出声："你知道就好。"楚瑜勾起了嘴角，不再多言。

两人一路逛着街，楚瑜没买东西，卫韫却是买了一大堆。起初楚瑜还没注意，后来才发现卫韫买的东西都是女孩子用的，凡是白裳逛过的摊子，见到精致灵巧的物件，他都要买些，东西不贵，却杂七杂八地买了许多。

回医庐的路上，卫韫抱了一堆东西在自己的腿上，楚瑜不由得有些奇怪："你买这么多东西做什么？"卫韫没抬头，只僵着声道："送你啊。"楚瑜有些诧异："我要这些做什么？"谁知卫韫理直气壮地回答道："白裳、沈娇娇都有了，你也要有！"

楚瑜抬头看向前方。白裳正牵着沈娇娇走在前面，沈无双提着东西欢喜地跟在她们身后。死缠烂打了一晚上，白裳对沈无双的态度明显软了许多。没多久他们已经走到医庐门前黑暗的小路上，月色被树影遮住。白裳的步子顿了顿，似乎是有些害怕。这时，沈无双的手就伸了过去。他在暗处拉住了白裳，语气里没有平日里的吊儿郎当，甚至还带了一丝胆怯，小声地道："嫂嫂，别摔着。"

沈娇娇在暗处看不见，楚瑜和卫韫却在后面看得一清二楚。卫韫斜过眼，看见楚瑜落在小辇上的手。她的手一点一点随着光线暗下去，从月色下进入了黑暗中。卫韫眨了眨眼，不自觉地就抚上了广袖内侧的纹路。他瞧着前方的沈无双，有什么东西在内心波动着。楚瑜刻意和前面的两个人拉开了距离，卫韫小声地道："嫂嫂。"

"嗯？"

卫韫喉头动了动，终于道："别摔着。"

楚瑜笑了，温和地道："你放心。"

两人沉默下来，好久后，卫韫终于又道："嫂嫂，你说沈无双……"

然而，他最后还是没问出口。他的话没说完，楚瑜也就没有理会。其实她大约知道卫韫想问什么，可这却不是她回答得了的，于是她只能沉默。

推着卫韫从黑暗中走出来，就到了医庐门口。沈娇娇觉得困了，沈无双和白裳送她回房，卫韫便等在庭院里，楚瑜去拿酒和小菜。四个人打算吃喝着等待灯火节最盛大也是最重要的节目——放天灯。

卫韫在长廊里等了一会儿，正觉得有些枯燥，突然就听到了男人喘息的声音，混杂着女子含糊不清的低鸣。他猛地僵住了身子，一时觉得进退两难。他想扶着小辇站起来离开，可这小辇一动，必然要惊动两人，不动，留在此处他又觉得有些尴尬。他思索了片刻，还是决定停在原地，只听见转角处的两个人喘息了片刻，然后是一声清脆的"啪"。

"沈无双，"白裳带着颤抖的声音传过来，"我是你嫂嫂！"卫韫的整颗心都抽了起来，不知道怎么了，他就觉得这一耳光不是打在沈无双的脸上，而是打在他的脸上，火辣辣地疼。

然而片刻后，沈无双的声音响了起来："我知道。"没有了平时的那份玩笑，他的声音郑重又平静，"如果我哥还在，我一定离你远远的。可是阿裳……"他的声音里带了哽咽，"我们……总不能跟着我哥一起葬了啊。人活着得往前走，你如果能接受别人，为什么不能接受我？"

白裳没说话，她的沉默让卫韫觉得自己似乎也在等一场审判。好久后，她终于开口："无双，你可以喜欢我，那是你的事情。可我过不去我这个坎儿，这是我的事情。我不会接受你，我也不会接受别人。话你放在心里，对谁都好。你别逼我……"说着，白裳亦是哽咽了起来，"我知道你这个人，从来是自己想做什么就做什么。可是你别逼我，行不行？"

沈无双没说话，好久后，他沙哑地出声："好。"

片刻后，白裳匆匆离开。卫韫抬头，沈无双从转角处走了过来。他神色平静，面上没有笑意，瞧见卫韫也没觉得意外，只是点了点头权当打过招呼。卫韫垂下眼，沈无双与他错身而过。然而走到他身边，沈无双突然道："你没想过你哥吗？"沈无双顿住步子，扭过头来，挑起眉头，"怎么，你也要训我？训我罔顾人伦，骂我不知羞耻、狼心狗肺？"

卫韫不说话。沈无双说的每一个字，他都觉得是打在了他的脸上。沈无双暴怒起来："可你让我怎么办？今日我哥哥若是活着，他们两个人在一起，我插足当然不对。可我哥死了，他死了！我喜欢一个人，我妨碍了谁？我又伤害了谁？我喜欢一个人，我错了？"他提高了声音，"要得了你们假情假意？轮得了你们管教？！"

片刻后，卫韫终于嘲讽地开了口："你哥死了，你倒是捡了便宜。"这话他是说给沈无双听的，却也是说给自己听的。

"那让我死啊！"沈无双捏起拳头，红着眼，"我宁愿死的人是我！可他已经死了，你要我怎么办？他死了，所以我一辈子不能高兴、不能笑、不能欢喜、不能喜欢人，有本事你试试啊！……这世上哪个伪君子不想着存天理、灭人欲，可是灭得了吗？！人就是人，你充当什么圣人啊！我喜欢她我碍了谁了？我没逼她，我就是喜欢她，我觉得遇见她是我这辈子最幸运的事，也不行吗？！就算我有罪，要请罪也该是黄泉路上给我哥去请，你们一个二个的，又算老几？！"说完，沈无双猛地转身，大步朝着前堂走了出去。

卫韫停在长廊上，目光游移不定。沈无双的每一句话都在他耳边回荡着。他喜欢她，

十七　嫂子也是可以继承的？！

有错吗？他不说出来，他不言语，他静静等候陪伴，难道这样的一份喜欢，都容不下吗？他不是圣人，他灭不了人欲，喜欢一个人他控制不了，爱一个人他抑制不住。他只能画地为牢，将自己圈在这个小世界里。但他喜欢这个人，特别喜欢。又怎么样？

卫韫的手微微颤抖，脑海里无数思绪翻涌，他似乎突然明白了什么。他不挣扎，也不想挣扎了。他一直负重前行，一直耻于这份感情，然而这一刻，他却骤然想了个明白。遇见她是他这辈子最美好的事，他不羞耻。或许有错，日后黄泉路上，他会去找卫珺道歉。

只是，卫韫始终没有沈无双那般莽撞，他终于是将那些激动澎湃的心情全都藏在了心底，拼了命去抚平，让它们安静下去。他在长廊上歇了一会儿，却见沈无双又折了回来，同他道：“我推你过去。”卫韫没问他为什么回来，或许此刻沈无双同他一样，需要找个理由，找个地方，冷静一下。

在院子里逛了逛，两个人一起去找了楚瑜和白裳。看见那两个姑娘出现在视野里，卫韫突然开了口：“耐心一些。”

"嗯？"沈无双有些疑惑。卫韫慢慢地道："喜欢一个人没错，可你的喜欢若成了她的负担，就是错。"沈无双微微皱眉，他没想过卫韫会同他说这些。两人距离姑娘们越来越近，卫韫微微勾起嘴角："你若喜欢一个人，你靠近她，陪伴她，守护她，你也可以试着去追逐她。但你得耐心一点，你得让她心甘情愿，一点一点察觉你的好。"沈无双皱眉："那要是她这辈子都不能心甘情愿呢？"卫韫的面色依然不动："不是喜欢吗？……喜欢这件事，什么时候讲过回报？你若一心指望着她回馈你的这份喜欢，沈无双，你的这份喜欢，未免太过自私，也太过令人恶心。"

沈无双没说话。两人来到厅前，卫韫抬头看向楚瑜，声音温和："阿瑜。"

"你们来啦？"楚瑜笑着道，"我和沈夫人准备好了小酒，但小七还带着伤，就不喝了啊。""没事，"沈无双从兜里拿出一个小瓶来，"我给他带了药酒，不妨事。"楚瑜爽朗地点头："行。"

四个人来到前堂走廊里坐下，一面聊天一面喝酒。楚瑜酒量不错，白裳却因有心事，一路几大杯灌下去，没一会儿就倒了，靠在楚瑜肩膀上睡了过去。沈无双和楚瑜划着拳，喝着喝着，也倒在了一边。

卫韫坐在一旁慢慢地喝着药酒，含笑瞧着他们。沈无双的药酒其实不太好喝，带着药的苦味，可是劲却足。卫韫尝出来，不敢托大，只能浅酌。而楚瑜已是喝高了，她将白裳放到一边，提着酒壶蹲在卫韫面前，认真地道："来，我和你喝。"

卫韫笑着摇了摇手："这是几？"

"三！"

卫韫更笑得厉害了："不行，不能喝了。"

"我行的。"楚瑜满脸认真。

卫韫笑了起来，不说话。远处传来人群的欢呼声，卫韫和楚瑜的目光都跟了过去，见远处有天灯缓缓升起，楚瑜高兴地道："呀，好漂亮！"说着，她转头看向卫韫，亮着眼，"我带你上屋顶！"

不等卫韫出声，楚瑜便揽着卫韫跌跌撞撞地走出长廊，一个纵身就落到了屋顶上。两人坐在瓦上，卫韫怕她不稳，便拉住了她，有些无奈地道："你别太冒失。"楚瑜完全没注意到他扶着她的手，只顾着高兴地道："你看你看，特别漂亮！"卫韫没说话，他垂下眼眸，还是伸出手去，用自己的手包裹住了楚瑜的手。楚瑜仍没察觉他的小动作，只是看着远处："真好看啊，我这辈子，好多年，都没有这么高兴过了。"

卫韫听着她的声音，看向远处缓慢升上天空的灯火。这是在大楚完全看不到的景象，合着远处的铃声、百姓的诵经之声，这个夜晚呈现出一种远离尘世的平静感。唯一在他身边的，只有楚瑜缓慢而又沙哑的声音。

"我好像一直在跑，一直停不下来。他不喜欢我，阿锦讨厌我，所有人都不喜欢我。我一个人凄凄惨惨过了好久。后来来到卫家吧，又没放松过一刻，你看我嫁过来以后发生了多少事啊，咱们就没停下来过。"楚瑜轻笑，"我现在坐在这儿，还像做梦一样。"

卫韫静静地看着远处，楚瑜回过头，被眼前的少年吸引住了目光。他的眼里落着远处的灯火，水蓝色广袖长衫让他带上了几分书生气，神色从容又平静，给她一种从未有过的安全感。似乎时间、空间都在这一刻停止，这世上的一切都与她无关。她突然认不出来他是谁，又或者不想认出。她就这么静静地看着他，觉得这个人美好得不像人间真实。

卫韫察觉到她的目光，转过头来。他们挨得很近，呼吸缠绕，目光纠缠。只是那么一眼，她似乎就落入了他的眼睛里。远处祈祷的声音一波一波传过来，楚瑜仰头静静瞧着他。卫韫的心微微一颤，也不知道自己是怎么了，没有任何言语，他便低下头，慢慢将唇落在了她的唇上。

他的动作很缓，很慢。他想，只要她有任何反抗，他就停下来。可是没有。任凭他的心如擂鼓，她都岿然不动。少年人的吻带着月色的凉意，两唇轻轻相碰，虔诚又干净。他闭着眼睛，睫毛微微颤抖。而楚瑜则觉得自己深陷在一场梦境里，美好得让她忍不住弯起嘴角，直到最后，她轻轻一笑，低头埋进了他的肩颈。

卫韫的呼吸还有些急促，他不敢动，楚瑜就在他怀里轻笑。他怕她掉下去，抬手环住她，固定住她的身子。没多久，他的怀里传来了均匀的呼吸声。卫韫的心跳随着她的呼吸慢慢平复，广袖盖在她的背上，给了她温度。他嗅着她发间的味道，好久后，轻叹出

十七　嫂子也是可以继承的？！

声——"傻姑娘。"

　　嘴里虽然说着傻姑娘，然而抱着这个女子，心里就有无数欢喜涌了上来。卫韫感觉着女子在自己怀里均匀的呼吸，哪怕什么都不做，他便已欣喜至极。仿佛是骤然开闸后奔泻而出的江水，又似是被压在石下太久后突然生长的韧草，江水奔腾不休，韧草迎天而长，这是天道人伦克制不了、压抑不住的情绪。

　　他静静抱了楚瑜许久，终于觉得手上有些发酸。楚瑜似乎也觉得有些不舒服，轻轻哼吟了一声。卫韫想了想，扶着她在屋顶上躺下，将外衣盖在她的身上，接着自己也躺在了她身侧，安静地瞧着她。

　　注视着她，时光过得特别快，没多久，第一缕晨光就落在她的脸上。她的睫毛动了动，卫韫连忙不动声色地翻过身去。楚瑜被阳光催醒，睁开眼，便看到了卫韫的背影。她动了动，发现自己身上还盖着卫韫的外衣，隐约想起昨晚上似乎是她将卫韫带上来的，不由得抬手扶额。休息了片刻，她站起身来，拍了拍卫韫的肩膀。卫韫背对着她，迷迷糊糊地应了一声，楚瑜温和了声道："小七，我带你下去？"

　　卫韫撑着自己起来，眼睛都没睁开，楚瑜笑了一声，抬手环住他的腰，便落到了庭院里。她推着卫韫回房，路过倒在一旁还抱着白裳呼呼大睡的沈无双。楚瑜上前踹了他一脚："起了。"沈无双不满地应了一声，却是换了个姿势，将白裳搂得更紧了一些。

　　楚瑜将卫韫放到床上，吩咐他道："你先睡一会儿，我去给你准备药浴。"卫韫背对着她，仿佛是没睡醒一样，低低应了一声。楚瑜也没多想，起身去烧水拿药了。阳光落到眼中，她有一瞬间的恍惚，脑海里突然闪过几个片段，似乎是天灯缓缓而上，有人的唇落到了她的唇上。她不由得有些失笑，抬手拍了拍自己的脸，心想怎么人重活一遭，居然也像少女时期一样，会做这些奇奇怪怪的梦了。

　　这样的梦年少时她也做过，那时候她思慕着顾楚生，思慕得坦坦荡荡，没有半分少女的羞涩。那时她并不觉得自己的心思有什么不妥，只是因着楚锦，她从不表现，从不说出口。喜欢一个人没什么错，你安静地放在心里，那就与所有人无干。

　　卫韫一连又泡了两天药浴，楚瑜终于打听到了卫夏和卫秋的消息。确切地说不是卫夏和卫秋，而是听说有一支大楚的精锐部队，在北狄四处骚扰百姓。楚瑜听到这个消息就乐了，回来后同卫韫道："卫夏、卫秋厉害啊，我还以为他们窝在哪里没出来呢。"

卫韫没说话，他瞧着楚瑜给他的地图，上面标绘了卫夏、卫秋他们去过的地方。他们如今完全已经成了北狄后方的一支大楚游击队，打到哪儿是哪儿，抢完粮食和马就去下一个地方，停留时间不会超过一夜，等北狄皇庭派兵过来时，他们早就不见了人影。

楚瑜躺在椅子上，笑眯眯地道："苏查和大楚的军队在正面战场上僵住了，苏灿一边自顾不暇，一边追卫夏和卫秋追得焦头烂额，我说他们怎么不忙着找我们呢？"卫韫一手轻敲着桌子，平淡地道："苏灿巴不得我回大楚去，他还指望我和赵玥打起来，这样北狄内部压力就会小很多。"

楚瑜愣了愣，随后明白过来。是了，当初是苏灿给了卫韫一条生路，如果是真心要杀卫韫，她带的那点人根本拦不住。只是卫韫毕竟在北狄干了这么大的事，两千多人直袭皇庭、劫持皇帝，对于北狄臣民来说，这大概是从未有过的屈辱。如果苏查和苏灿一点表示都没有，怕是众人不服。于是他们一面假装追杀卫韫，一面却放水让他离开。

楚瑜皱眉："那我们是不是可以直接离开了？"如果苏灿存的是这个心思，那最严格的通缉令应该不会下来。然而卫韫抬眼看向楚瑜："我们走了，卫秋、卫夏他们怎么办？"楚瑜顿住了声音，有些迟疑，似乎也想不出好的法子来。卫韫的目光回到地图上："是我带他们来的，自然我要带他们走。能带回几个是几个，没有我跑了留他们在这里的道理。"说着，他看向屋外，"去找沈无双，我的腿还不好，他脑袋是不是不想要了？"

沈无双正在院子里挖草药，听了楚瑜的话，抬眼道："要想快点好啊？行啊，我这里有一些猛药，没其他太大的问题，就是疼。我本来打算过几天还不行再用药的……"卫韫平静地出声："现在就用吧。"沈无双抬眼看他，笑眯眯地道："熬不过去人可就没了。"

当天晚上，沈无双便给卫韫熬了药，让卫韫先喝了第一碗。喝下去后并没有什么特别的感觉，沈无双将手伸进旁边的浴桶里试了试温度，药汤烫得他的手发红。他看了一眼楚瑜，淡道："放下去。"

楚瑜抱起卫韫，将他一点一点地放了进去。脚没入药汤中时，卫韫微微皱了皱眉，只感到些许刺刺的感觉。然而等到腿没入，药汤浸到腰部，一股剧痛骤然传来，他忍不住猛地抓住了浴桶边缘。楚瑜看见卫韫瞬间变得煞白的脸色，停住了动作。沈无双平静地出声："放下去。"

卫韫闭上眼睛，点了点头，楚瑜终于放手，让他整个人坐进了浴桶里。卫韫死死地抓住浴桶边缘，浑身的肌肉绷紧。沈无双瞧着他，同楚瑜吩咐道："他要在这药汤里泡五个时辰，我去熬药，从第二个时辰起，每个时辰喝一碗。他会越来越疼，有可能会挣扎，你不能让他出来。如果出来了，便不是功亏一篑的问题了。"说着，沈无双抬眼看着楚瑜，

十七 嫂子也是可以继承的？！

认真地道，"人要是死在了我这里，你可别赖我。"

楚瑜神色一凛，抿了抿唇，冷静地道："我知道。"

楚瑜守在卫韫旁边，看着他僵着身子坐在浴桶里，面上已经没有半分血色。那是一种针刺一样的疼，密密麻麻扎满全身。他的脸上落下冷汗，楚瑜坐在浴桶一旁："我同你说说话，你别一直盯着水里。"卫韫已发不出声音，疼得直咬牙，只能点了点头。

楚瑜想了想，慢慢地道："该从什么地方说起呢？我记事吧，时间还长，很久以前的事情我都记得。"楚瑜的声音平淡，说起了她的小时候。

楚瑜从出生起，就长在常年瘴气弥漫的西南边境。与北狄人的凶狠残暴不同，南越人手段阴毒，是一种淬进了骨子里、带着花草阴柔之气、如毒蛇一般的可怕阴暗。然而他们爱恨分明，爱你时坦坦荡荡，恨你时亦淋漓尽致；他们对敌人极尽残忍，对自己的族人则全心全意。于是南越虽小，却在西南边境对抗着大楚这样强大的国家。

她说的事情其实并不有趣，都是些小时候的见闻。然而听着听着，不知道为什么，卫韫就被她的声音完全吸引了过去。这让他的疼痛感减轻了很多，他静静地看着楚瑜，像一个孩子一样，目光迷离。

一个时辰很快过去，沈无双端着一碗药走进来，递给卫韫道："喝了。"卫韫咬着牙，就着沈无双递过来的碗一口饮尽。沈无双又提了一个桶，将新熬制好的药汤加进了浴桶中。药汤倾入浴桶中时，仿佛有刀刃划过卫韫的血肉，一块一块将他的肉剔下来，似如凌迟。他下意识地想要起身，却又迅速反应过来，死死地将自己按在了药汤里。沈无双赶紧塞了块帕子给卫韫咬着，同楚瑜道："你继续看着。"

楚瑜看着卫韫的模样，整颗心都揪了起来。她只能故技重施，继续沿着方才的话题讲下去。卫韫努力在听，可是他已经有些听不下去了。第三碗药端来时，他的神志几乎已模糊，沈无双将药灌进他的嘴里，他整个人都在发颤。

楚瑜看见卫韫蜷缩在药汤里，她伸出手去，放进药汤之中，却感受不到任何痛楚。她皱起眉头，看着正往浴桶里倒药汤的沈无双，皱着眉道："到底有多疼？"

"第一碗药，如万针扎身。第二碗药，千刀凌迟。第三碗药，剥皮抽筋。第四碗药……"沈无双迟疑了片刻，慢慢道，"自筋骨到血肉，无不疼至极致。到底有多疼……我没试过。"

听到这话，楚瑜整颗心都揪了起来。沈无双倒完药，直起身来瞧着卫韫。卫韫已经疼得咬坏了帕子，整个人都在颤抖，却仍控制着自己蜷缩在浴桶里，一言不发。"他很好。"瞧了片刻，沈无双终于开口，神色里带了几分敬意，"我见过最坚韧的病人，早在第二个时辰就开始大喊大叫着要出来了。他……很好。"

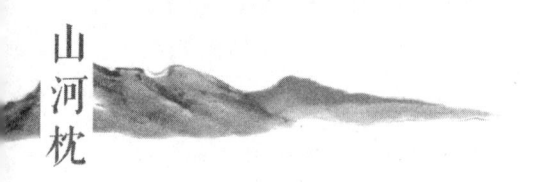

楚瑜垂眸看向卫韫。他只有十五岁，可是任何时候，他都能克制好自己。他背着父兄归来时没有崩溃，此时此刻疼到这样的程度，也不吭声。楚瑜不由得回想，自己的十五岁，顾楚生的十五岁，楚锦的十五岁，都是什么模样。

　　那时候他们肆意张扬，带着些许幼稚青涩，哪怕是冷静稳妥如顾楚生，十几岁就背负着家仇远赴边疆，却也会面对当地乡绅傲而不肯低头，被欺辱时因为狼狈而让楚瑜滚开。他也会情绪失控，也会因为疼痛而退缩。

　　可卫韫没有。他一贯控制得好自己的情绪，从来没有伤害过身边的人。而当楚瑜正视卫韫的自控和冷静，密密麻麻的疼就从她心底涌了出来。她忍不住抬手覆在他的头上，沙哑地出声："小七……"

　　卫韫在迷蒙中睁眼，呆呆地看着楚瑜。他颤抖着伸出手，握住了楚瑜放在浴桶边上的手。然而饶是此刻，他也没有用力，他克制住自己的力道，仿佛是在寻找着某种慰藉。他将脸贴在了楚瑜的手上。他一直在冒冷汗，哪怕是在滚热的药汤里泡着，他的身子仍然格外冰凉。楚瑜感到这股子冷顺着她的手，爬进了她的心里。她抚着他的头发，沙哑着道："我在这儿，我在呢。"

　　卫韫咬着牙。他神志模糊，眼前只有这个女子。他的脸贴着她的手，听着她的话，低低唤她："嫂嫂……"

　　"我在。"

　　"阿瑜……"

　　"我在。"

　　他反反复复叫她，她就一声一声应答。

　　第四碗药被端了过来，卫韫已经几乎没有力气。他靠在浴桶边上，沈无双捏住他的下巴，把药往他嘴里灌。才灌下去一半，他就开始挣扎，似乎是知道吃下这个东西他就会疼。只是他的确没有了多大力气，沈无双下了狠，一手捏住他的下巴，另一手灌药的动作不停，又同楚瑜道："一定要按住他。"

　　这次喂完药，沈无双没有走，守在一旁。没有片刻，药效开始发作，卫韫终于忍不住，猛地想从浴桶里站起来，楚瑜眼疾手快，一把按住他的肩，将他按了回去。然而他开始拼命挣扎，嘶哑着嗓子喊："我疼……嫂嫂，我疼……"

　　听到这一声"嫂嫂"，沈无双微微一愣，抬眼看向楚瑜。然而楚瑜全身心都扑在卫韫身上，并没有察觉他的神情。大颗大颗的汗珠从卫韫头上落下来，他拼了命地想要出来，沈无双和楚瑜两个人用尽全力都几乎按不住他，他终于在疼痛里慢慢清醒了几分。

　　他睁开眼睛，看见面前的楚瑜，忍不住伸出手去，颤抖着唤道："抱抱我……"楚

十七　嫂子也是可以继承的？！

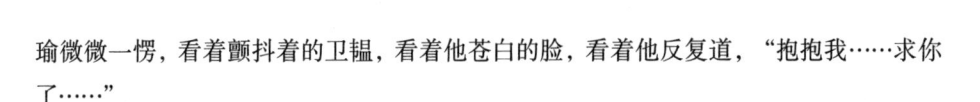

瑜微微一愣，看着颤抖着的卫韫，看着他苍白的脸，看着他反复道，"抱抱我……求你了……"

楚瑜一把将人拢进了怀里。他的额头抵在她腹间，似乎将整个人都依靠在了她身上，重重地喘息着。沈无双愣愣地看着他们俩，卫韫在楚瑜怀里渐渐安静下来，他想了想，转身走了出去。

楚瑜抱着卫韫，用手指梳理着他的头发。卫韫仍在克制着自己的动作，只是用额头轻轻靠在她腹间，感受着她身上的温度。

"嫂嫂……"他低声呢喃，"我好想父亲、大哥……"

楚瑜眼中酸涩，忍不住收紧了手，将这个人抱得更紧了一些。她想应答，可她无法应答。他思念着那些死去的人，她没办法让他们活过来。她骤然发现，原来卫韫在她心里，已经是这么重要的人，重要到他说一句话，她就恨不得赴汤蹈火去为他完成。她垂着眼眸，沙哑出声："我还在呢……"

——你大哥不在了，我还在呢。

卫韫靠着她，也不知道听见没有。他抱住她的腰，仿佛是藤蔓缠上树干，交织在了一起。从绝望里开出来的花，往往格外绚烂美丽，在黑暗里散放着微弱的光，照得人心发颤。时间一点一点过去，卫韫抱着楚瑜的手慢慢松开，直到沈无双再次进来，终于说出那一声："时间到了。"

楚瑜慌忙将卫韫从水里捞出来，放到了床上，然后用帕子给他擦干身体，换上了衣服。卫韫已经昏了过去，躺在床上，一动不动。楚瑜做完这些，才发现自己的脸上有些黏涩，她抬手摸了摸脸，这才意识到她竟是不自觉地哭过，泪已干在了脸上。

她忙出去打水，沈无双站在门口，有些犹豫地道："那个……卫夫人。"楚瑜顿住步子，听沈无双喃喃道，"你……是他嫂嫂啊？"

楚瑜沉默了片刻。如今他们与沈无双也算熟识了，他既然发现了，她也不再隐瞒，点了点头，镇定地道："妾身实乃卫府大夫人，原卫府世子卫珺之妻。只因在外不便，怕招惹是非，故而与小侯爷装作夫妻，还望沈大夫见谅。"

沈无双赶紧点头，忙道："明白，我明白。"他回味过那夜卫韫的话来，心里不由得苦涩，终于明白，卫韫哪里是想骂他，那分明是想从他这里，为自己找一条出路。他看着楚瑜转过身，叹了口气，进屋来到卫韫身边，开始给卫韫施针。

针扎到一半，卫韫悠悠醒了过来。沈无双低着头道："醒了？"

"嗯。"卫韫应了声，转过头向他看去，哑着声，"我……"犹豫了片刻，他终于还是道，"我夫人呢？"

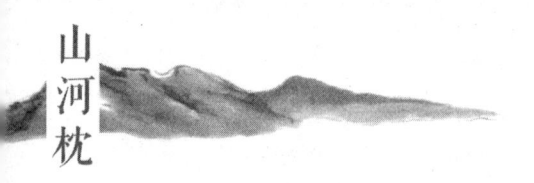

"大夫人在洗漱。"

沈无双用了"大夫人"这个词，卫韫便明白了，他是在委婉地表达他已经知道了他们真正的关系。卫韫没说话，沈无双想了想，问道："你……喜欢她？"卫韫闭上眼，低低应了一声"嗯"。他这坦坦荡荡的态度，反而让沈无双有些不知所措了。他低着头找穴位，装作漫不经心地道："她知道吗？"

"不知道。"

"那你想让她知道吗？"

卫韫沉默了，许久后，他慢慢地道："等一等。"

"等什么？"沈无双有些疑惑。卫韫看着床上因风轻轻摇曳的结绳："如今我是走在刀尖上，自己都不知道要走到哪一步才能停。等我走完了这段路，报了家仇，平了天下，确认我能护住她……"说到这里，他还是犹豫了，想了又想才道，"且再看吧。"

听到这话，沈无双忍不住笑了："你这人可真是够能忍的。"卫韫亦是轻笑，目光里却装了几许难过："不是我能忍。我总不能让她在卫家，再守一次寡。"

"那万一这中间，她爱上其他人了呢？"沈无双有些疑惑。卫韫抿了抿唇，却是道："不会。"沈无双挑眉，只见卫韫看着远方，"我在她身边。"

这话让沈无双再一次笑了出来。他将银针拔出来，笑道："那我祝你好运。"卫韫应了声，沈无双拍了拍他的腿，"有感觉没？"卫韫点了点头，沈无双站起来道，"休息下吧，好好睡一觉，醒来后在床上动动腿，晚一些我再让卫夫人扶着你走一走，明天应该就能正常走路了。养了这么久，你筋骨都该养好了，如今能有感觉，淤堵也就差不多是散了。"

沈无双走了，卫韫躺在床上，自己活动着伤腿。没了一会儿，楚瑜回到屋里来陪他，到了晚上，楚瑜便扶着他开始练习走路。走到月上柳梢，卫韫满头大汗，却是已经差不多能正常行走了。

楚瑜见他状态不错，想了想道："今晚我再看着你一夜，明天我们就分开睡了吧。"

卫韫低着头，应了一声"嗯"。

楚瑜见他似乎兴致不高，不由得笑了："不高兴？"

"没。"卫韫垂眸看着脚尖，"累了。"

楚瑜笑了笑，扶着他回了房。半夜里，楚瑜依稀听见开门声，她迷迷糊糊睁开眼，却看见是卫韫走了出去。楚瑜犹豫着，起身披了件披风就跟了出去。然后，她便看见月光下，卫韫扶着墙，在反反复复地练习走路。

此后，卫韫每天白天由楚瑜看着练，晚上自己偷着练，腿伤以惊人的速度恢复起来。

十七　嫂子也是可以继承的？！

一天夜里，楚瑜坐在窗台前，看见卫韫拿起了她添置在院子里的长枪。此时已是四月花开正好，月光如水流淌一地，白衣少年手握长枪，单手覆在身后，手猛地一抖，那长枪便如游龙一般咆哮而出。他的动作带起疾风阵阵，搅得满院桃花纷飞。楚瑜坐在窗前，呆呆地瞧着，感觉自己的心跳一下一下，仿佛是被缠裹了蜜汁，重了许多，缠绵许多，也……令人欢喜许多。

那天晚上楚瑜做了个梦，梦里卫韫手握长枪，在月下舞动，起初是在这个小小的庭院里，然后就到了凤陵山外，他在人山人海中回头一望；接着又是宫门之前，他撑着满身的伤，却还是站在她身前，为她撑起一把雨伞；最后竟是到了放天灯那天夜里，他们并排坐在屋顶上——

梦里凭空多出了许多她记忆里没有的东西，她梦见卫韫抱着她，低头朝她吻下来。天灯升空，在黑夜里温暖又鲜明。他们十指扣交，唇舌纠缠。然而那个吻没有半分欲念，与所有她曾经历过的，截然不同。它温暖又干净，带着少年的小心翼翼和羞涩忐忑。

她的梦被卫韫的声音惊醒。

"嫂嫂！"楚瑜猛地睁眼，看见卫韫提着剑站在门边，焦急地出声，"有兵马到城外了，我们快走！"

楚瑜翻身而起，仔细听了片刻。外面传来军队整齐跑过的声音，还有北狄整军清民的声音，以及孩子的哭声、女人的呼喊声。许多声音交织在一起，楚瑜迅速收拾了细软，提上剑，便跟着卫韫冲了出去。

沈无双和白裳也已经惊醒了。沈无双收拾了一些常用药材和自己做的药丸、毒粉，白裳收拾了金银和干粮。他们明显也是经常逃亡之人，这一切做得干净又利落。沈无双背起沈娇娇跟在卫韫后面，着急地问道："你们知道来人是谁吗？"

"我开路，嫂嫂断后，孩子白裳来抱。沈无双，把你的剑拿上，你带路，我们先出去看看！"卫韫没有回答沈无双，只迅速地吩咐着。片刻之间，他心里已做好了盘算。如果来者是北狄的军队，他们得跑；若是大楚的军队，他们要去迎；如果是卫秋和卫夏……得通知他们撤退。

沈无双领着一行人出了门，一面跑一面道："听声音他们是从东门来的，我们从西门先出去，绕到边上看清楚来人再见机行事。"卫韫点了点头。城内如今已经是一片混乱，所有人都从西门往后跑去，根本没人拦他们。于是卫韫和沈无双掉过头来护住楚瑜和白裳、沈娇娇，跟着人群一起挤了出去。

挤出西门，五个人绕到城墙边上，就看到了城门外夜色中迎风飘扬的绛红色军旗。那旗帜上绣着金色卷云纹路，金色的"卫"字大大地立在中间，仿佛一只鸟，却是神鸟朱雀！朱雀是卫家的家徽，如今出现在这里，卫韫和楚瑜便立刻确定，这应该就是卫夏、卫秋一行人。卫韫立刻带着一行人朝着那队伍奔去，老远便看见卫秋、卫夏并骑在队伍前方。

此时沙城已经差不多做好了迎战的准备，卫家军却没动，似乎还在犹豫。片刻后，卫秋抬起手，正准备下令攻城，便听卫韫大喊出声："停下！撤！！！"

卫秋率先看见卫韫朝着他们冲来，卫夏随之惊喜地出声："侯爷！"

卫韫一路冲到二人面前，立刻道："沙城属于反战部落，城市里有很多大楚人，按你们准备的撤退路线，赶紧走。"

二人犹豫片刻，却是道："侯爷，我们的粮饷不足七日……"卫韫果断开口："附近有其他城池，先退回去，再做打算。"卫秋和卫夏不再犹豫，领命而去，卫秋上前引路，一群人如风一般离开了沙城。

沙城将士才刚刚准备好迎战，却看见那些兵马掉头就走了，一群人便在追与不追之间犹豫了半晌，决定……还是不追了吧，又不是没事干。于是沙城的守军休息了一会儿，见卫韫等人再没回来，便掉头将沙城遇袭的事情往皇庭通报过去了。

这一边，卫秋领着众人一路马不停蹄："不远处有个绿洲，我们去那里休息。"

"如今还剩多少人？"卫韫问道。

他们一路都在劫掠村子，必然是有损伤的，卫夏的神色暗了暗："还有一千一百四十三人。"

算上攻打皇庭时的战损，他们这些日子的伤亡其实不算十分惨重，但是与最初的五千人相比，已是让人心惊。卫韫抿了抿唇，接着问道："你们怎么想到来打沙城？"

"粮食不多了……"卫夏叹了口气，"我们对北狄也不熟悉，领路的人死了，现在是看见人就打，先抢了粮食再说。"

卫韫没说话。除了沙城这样的商贸大城，北狄腹地确实几乎没有大楚人来过。卫韫来之前虽然已经尽量收集了北狄所有的相关资料，可一方面那些资料都是多年前的旧物，另一方面，北狄本就是游牧民族，除了城池，大多村落都是就地扎营。况且，哪怕是城池，大楚人也多只了解几个千道上的重要城池而已。便就是这沙城，他们来之前也只是听说过，对于沙城真正的情况，如果不是卫韫在这城池里住了一个月，怕是也摸不清楚。楚瑜听着他们交谈，明白了卫韫的顾虑。上辈子她和顾楚生多次出入北狄，为的就是此事。

当晚，众人在绿洲安营扎寨，楚瑜将沈无双一行三人安置好，回到卫韫的帐中。卫韫遣退了卫秋、卫夏，楚瑜坐到他身边，看向他画的地图，笑了笑："在想下一步要去哪里？"卫韫抬头瞧她："这附近不远处应该有一个村落。"楚瑜吃着胡饼，抬手指向沙城

十七 嫂子也是可以继承的?!

西南的方向,平静地道:"我在沙城打听过,这个村子不大,应该只有几百人。"卫韫点点头,楚瑜想了想,又从怀里拿出一张地图,"还有这个,我在城里的时候请人画的。"

卫韫接过地图,却发现比他在大楚时得到的地图翔实得多。其实这是楚瑜当年和顾楚生出生入死多年绘下的整个北狄的地图,不但如此,她还根据自己的记忆,将当年北狄几个主要部落的据点和主力军行军路线都标了一遍。

卫韫惊讶地看着楚瑜,这样的一张地图,如果没有误差,那真是太过重要。他心里察觉出有那么一些不合理,这东西怎么可能是找人问一问就拿得到的?可他也知晓,楚瑜不说,必有她不说的道理。于是他低头应了一声,继续看着那地图,心里隐约有了一个想法。

第二天清晨,天还没亮,卫韫便将卫夏、卫秋叫了起来。军士们简单地吃过早饭,卫韫便翻身上马,带着他们一路朝楚瑜标志的村子疾驰而去。北狄地广人稀,过了午时他们才来到村子附近,一直躲到入夜。卫韫让众人先埋伏在沙丘背后,自己上前观察了一阵子,确认村里的确人不多,他才将卫夏叫过来,吩咐道:"你让人散开,等夜深我们再下去,从四面八方往下冲,制造一些大动静,知道了吗?"

夜深之时,众人散开成包围之势,埋伏在整个村子的四面八方。只听卫韫一声令下,一群人高喊着冲出去,一时间杀声震天,鼓声围裹而来,牛羊、马匹被惊得四处逃窜,村里的人纷纷冲出来,男人持刀拿箭,将妇孺护在中间。

他们出现得太突然,加上夜已深,村民根本看不清楚他们有多少人,只听见四面八方都是喊杀之声,这个不足千人的村子早就吓破了胆。卫韫用北狄语大喝出声:"投降不杀!投降不杀!"听到卫韫的话,男男女女在火光中对视着,放下武器,慢慢跪了下来。

卫夏、卫秋带人将男女村民分开,随后就开始牵牛羊、拿干粮。一个老人看着,捏起拳头,眼里含着泪光。卫韫在一旁瞧着,走过去拍了拍老人的肩。那老人被卫韫惊到,立刻开始叩首,以为自己的神态让卫韫不满了。村民的情绪顿时激动起来,卫韫扶住老人,平静地道:"大爷,我们不取走所有,会给你们留下一半。"

那老者微微一愣,周围的人这才慢慢平复下来。卫韫道:"如今前方战事起,大家都是逼不得已。若是有活路,谁都不想做这些事。你们若是有要恨的,恨苏灿去吧。"生涩的北狄语暴露了卫韫的身份,那老者面露哀戚:"你们打仗,又关我们这些人什么事?"

"老头,你这话就说得不对了,"卫夏听到这话,嘲讽出声,"你怎么不问问你们北狄的军队,他们杀我们大楚百姓的时候,又怎么不说和百姓没关系?你们每年都来大楚抢人抢粮,这可是我们头一回对你们干这事,算是客气了。"

这话说得老者语塞,许久后,他叹了口气,颓然道:"都拿去吧,都拿去吧,打来打

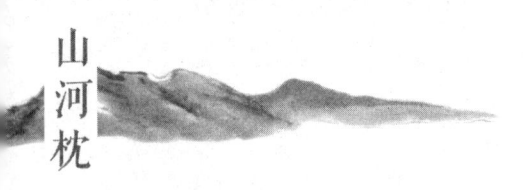

去，都是老百姓受苦。"

"我们还死人呢。"卫夏翻了个白眼。这时，卫秋上前来同卫韫道："侯爷，粮食、马匹都已经清点好了。"卫韫点了点头，转头同那老者道："你点十个青年给我吧。"

"你要做什么？"那老者睁大了眼。卫韫笑了笑："我们需要几个向导。您给我十个青年，我会好好照顾他们。"

"不行！"那老者果断地道，"粮食、牛马，你们都可以拿走，人不行！"卫韫的面色平静，眼里却有了些惋惜："大爷，我不是不会杀人的。"说着，他抽出腰上的剑，淡道，"您要是不给我这十个人，那你们村里的人，怕是一个都活不下来了。"

那老者捏紧拳头，浑身颤抖，片刻后，一个明亮的少年声音响了起来："我跟你走。"

"你回去！"那老者叱喝出声，少年却是一步不退，盯着卫韫又道："我跟你走。"

卫韫点点头，让卫夏去拉人。然而便就是在这时，许多青年站起来，激动地挡在少年前方："我去！我们去！……少族长，您不能去……"众人围挡在那少年身前，想要阻止卫夏。卫夏有些为难地看向卫韫，卫韫看着那少年，最后还是道："让他跟过来，他自己再挑几个人，我数十声，选完就走。"

少年舒了口气，面露笑意。村民们都开始激动地阻止少年，或者自荐要替代他，少年不语，只点了几个人，然后拨开人群走到老者面前。他抬手放在胸前，深深鞠了个躬，认真地道："爷爷，再见。"说着，他又转身，一一同自己的亲人告别。做完这一切后，少年来到卫韫面前，卫秋和其他人都已经整装待发，卫韫打量了他一眼："你叫什么？"

"图索。"少年垂着眼眸，神色不羁却恭敬。

卫韫点了点头，让卫夏给他牵来一匹马："上来吧。"

天还没亮，这场闪电般的劫掠就结束了。卫韫带着队伍，让骆驼引路，走了一夜，正午终于找到了下一个水源。所有人都歇息下来，楚瑜和白裳一起去生火，卫韫将图索叫过来，分了他一个胡饼，两个人躲在骆驼阴影后聊天。

"几岁了？"

"十四。"图索吃着胡饼，悄悄打量卫韫。卫韫点了点头："我十五，快十六了。"

"你是个大官吗？"图索有些好奇。卫韫不由得笑了，应声道："嗯，还可以。"

"那你一定很有能力。"图索点头。卫韫苦笑道："继承家业罢了。"

"啊？那你父亲呢？"

"死了。"卫韫的声音低沉。图索却不觉得自己触犯了什么禁忌，继续道："你没有哥哥吗？"

"有的。"

十七　嫂子也是可以继承的？！

"哥哥呢？"

"死了。"

这回图索愣住了。他斟酌了一下，小心翼翼地道："是……我们的人杀的吗？"

卫韫没说话，片刻后，他点了点头。

图索的眼里带了些绝望，卫韫却拍了拍他的肩："你别担心，我不会因此迁怒于你。自古战争磨难多在百姓，兴百姓苦，亡百姓苦。我要报仇，找的也是你们北狄皇庭。你便好好在我手下做事，我不为难你。"

图索有些奇怪："你要我做什么？"

"引路。"卫韫抬头看着不远处穿着斗篷在烈日下烤羊肉的楚瑜，平静地道："我没什么其他想法，就想赶紧结束战争，回家。你好好帮我，等我回到大楚，你愿意，我就带你回去，到时候高官厚禄，我都帮你。"

图索想了想，摇了摇头："我不要高官厚禄。"

"那你要什么？"卫韫转头看他。

图索有些不好意思，小声道："等仗打完了，你能不能给我一块地？我想带我的族人去大楚。"

卫韫有些疑惑："为什么？你不喜欢你的家乡吗？"

"我们部落小，"图索叹了口气，"零零散散几个村，加起来不到两千人，经常被其他大部落欺负。我实话同你说，这次哪怕不是你来打劫我们，也会有其他人来。我不喜欢战争，"图索看向大楚的方向，眼中带了艳羡，"我听说大楚人也不喜欢战争，他们生活得很安稳。我也想。"

没有人喜欢战争，所有人都一样。卫韫没有去评论图索的想法，大家不过都是想活得更好一些而已。他拍了拍图索的肩，平静地道："你放心，等战争结束了，我从卫家封地里面划给你们一块。"

"谢谢！"图索满心感激，"你是好人！"

两人还在说着话，楚瑜走过来招呼道："羊肉烤好了，过来吃吧。"卫韫应声站起来，笑着道："劳烦嫂嫂了。"

图索听到卫韫的话，似乎分辨出了"嫂嫂"二字，他动动耳朵，抬头看了一眼楚瑜。一行人围到羊肉边上，卫韫亲自给图索切了一块，认真地道："日后就靠你引路了。"图索点头，沈无双也以水代酒，向图索敬了一杯。图索红着脸，听着卫韫将众人给他介绍了一遍，努力地想要一一记下。

介绍完后，图索随口问卫韫道："那小公子可是在大楚？"周围的人微微一愣，卫韫

383

有些尴尬："我尚未娶妻。"图索有些奇怪，他看着楚瑜道："可夫人不是在这里吗？"沈无双赶紧出来打岔："那是他嫂嫂！"谁料，图索一本正经地道："是啊，他哥哥死了，他嫂嫂不就是他的女人了吗？"

图索话音未落，楚瑜就一口水喷了出来。她急促地咳嗽着，面色咳得潮红。所有人都看着图索，目瞪口呆。沈无双这才想起来，赶忙解释道："北狄人是这样的，兄长死后由其弟弟继承一切财物。"说着，沈无双的脸也有些红了，只能硬着头皮道，"包括女人。"

这话一出来，周围的人都笑了起来，唯独卫夏和卫秋小心翼翼地看了一眼卫韫。见卫韫面上不动声色，他俩又看了一眼旁边的楚瑜。楚瑜倒是坦荡，又同图索聊了两句，还打趣道："你们北狄人还挺有意思的。"在场的大部分大楚军士还是头一次这么近距离地坐下来和北狄人聊民风民俗，都有些好奇，众人围住图索，问来问去地又问了许久。

第二天起来，卫韫、卫夏、卫秋三人正坐在一起商量下一步要去哪里，卫韫看见楚瑜，赶忙道："嫂嫂你过来。"楚瑜应声，坐到卫韫旁边。卫韫在地图上比画出一条路线，同她道，"这是图索给我们标注出来的，沿着这条路，我们可以规避掉大部分城池，路上有水源和小的村子，我们沿路过去，半个月就可以到达边境。"

楚瑜吃着胡饼，想了想："目标会不会太大？"

"所以要快，我们不能在一个地方停留超过一晚。"卫韫沉声开口，"北狄大部分地方是荒漠，传递信息不易。只要我们一直移动，运气不要太差碰上北狄的主力部队，苏查追不上我们，就不会有太大问题。"

楚瑜点点头，卫韫犹豫了一下，忍不住开口："等回去之后……"几人一起抬眼看他，卫韫想了想，又将话憋了回去，"回去后再说吧。"

按着图索给的路线，一行人出发了。他们日夜兼程，每天休息总时长不超过半日，一路劫掠村子迂回前进。北狄派了兵力四处围剿，却很难找到他们。卫韫对战场有着绝佳的判断能力，什么时候突袭、怎么突袭，什么时候撤退，路线也在不断根据形势而变换。然而饶是如此，半月后他们到达大楚和北狄的边界地带时，也只剩下了一半人马。有些死于一场场战役，更多的却是死于疾病。

这一带原是大楚的地盘，沿路已多城池、少村落，如今被北狄占了去。楚瑜和卫韫商量了一下，便将剩下的五百多人散开，化整为零，装作难民歇在了官道两边。官道边上都是逃亡而来的难民，北狄人和大楚人混杂在一起，卫夏寻了其中一个打探消息，回来同卫韫道："主子，现在姚勇被陛下囚禁在宫里，姚勇的兵力被楚将军、宋将军还有卫家军中

十七　嫂子也是可以继承的？！

几位将军瓜分了去，北狄现在还占着我们十二座城池，双方僵持着。"

卫韫点了点头，卫夏又将北狄占领的城池情况一一报告了一遍。卫韫正认真听着，突然叫住他："你等等。你再说一遍？"

卫夏听命，又从头说了一遍，卫韫和楚瑜对看了一眼。此刻他们所在的地方是白城城郊，而白城和青城，是目前大楚被北狄占领的城池中仅有的坐落在边境线上的两座，北狄主力军一路长驱直入，除了这两座城池，其他被他们占去的城池都在往大楚腹地延伸。这也就是说，北狄主力军已经三面被围困，只有白城和青城与北狄国土交接，一旦这两个城池被大楚夺回，他们就会彻底被困死在大楚内部。

所以，这两个城池，大楚将士必定来取。楚瑜看了一眼卫韫，犹豫着道："要不我们就在这里等？"然而卫韫想了想，还是摇头："我得早点回去。"如今正是大楚内部各方势力瓜分力量的时候，他得回去将卫家的力量拿到自己手里。他将手笼在袖子里画着圈，抬头看向白城城门的方向，似乎在思索、谋划着什么。

卫韫想事情的时候，神色认真专注，微皱着眉头，少年气尽褪，带着令人安心的沉稳可靠。楚瑜抬眼看过去，哪怕是如今落魄蒙难，衣衫残破、头发凌乱，面前这个人依旧英气逼人，她就这么瞧着，都觉得他分外好看。

"嫂嫂。"卫韫突然开口，楚瑜立刻应声，只听他平静地道，"明天我们起程去找顾楚生，之后我会去找赵玥谈判，到时候你要认下一件事。……你来救我时，我刚好从北狄皇庭撤退下来。献王苏勇是你杀的。"

卫韫在北狄皇庭里杀了一大批皇亲贵族，其中苏勇是官职最高的，也是到目前为止，大楚杀过的权位最高的北狄贵族将领。楚瑜愣了愣，这是极大的军功，她不明白卫韫为什么要让她认下。当年她和顾楚生在战场上，所有功劳都是记在顾楚生头上的，这样对顾楚生加官晋爵更有益处。那如今卫韫不把功劳记在自己身上，往她身上推做什么？

"小七，"楚瑜不懂便问，"你是如何打算的？这军功记在你头上，比记在我一个女子身上要好得多。"卫韫笑了笑："我不缺这些。嫂嫂你答应了，我自有我的用处。"楚瑜心想卫韫向来是个思虑周全、沉得住气的人，于是点点头，带着疑虑应了下来。

夜里，大家一个挨着一个地歇息下来，楚瑜和白裳带着娇娇睡在中间，卫韫和沈无双睡在她们两边，将三个女子和周边的人隔开。众人都睡了过去，卫韫看着月光下的楚瑜，她脸上全是尘土，衣衫沾满了泥尘，华京再落魄的贵族女子，怕都没有经历过楚瑜这样的狼狈模样。卫韫看着她，心里不知为何就颤动了起来，像是一片平静的湖水突然被人扔进石子，涟漪一圈一圈荡漾开去。

楚瑜似乎察觉到了卫韫的目光，她慢慢睁开眼睛，果然看见卫韫正瞧着她，不由得轻声笑了："还没睡呢？"卫韫看着她，亦轻轻笑了开来："嫂嫂……回去以后，我给你买好多好多漂亮衣裳。"楚瑜挑眉，感到有些奇怪："你这是觉得我丑了？"卫韫摇了摇头："没觉得嫂嫂丑，就是觉得嫂嫂该比所有人都好。"

有许多承诺，卫韫都想许给楚瑜，但是他没有说出来。他只是看着楚瑜，温和地道："你嫁进卫家以来，一直没过上安稳日子。回去之后，别管前线如何，好好买几件漂亮衣服，再买许多首饰，嗯？"

楚瑜抬手枕在自己脸下，笑着看他："仗都还没打完，就想着休息了？卫韫，你偷懒了。"卫韫也将手放在脸下，动了动身子，靠近了她。他目光里盛着星光，含着笑意。没有过往那些小心翼翼的退却和隐忍，此刻他就这么大大方方、坦坦荡荡地看着她。楚瑜迎着他的目光，不知道为什么，竟也没有了半分想要后退的感觉，似乎退了就是输，退了就会让什么东西变质，让两人变得格外尴尬。

"我不偷懒。"卫韫看着她的眼睛，"只是回去后，等一切安定下来，卫府的声望权势，本也该是我去挣。那时候嫂嫂在家里，有什么打算？"

"什么打算？"楚瑜想了想，认真地道，"帮你打理好卫家。"

"还有呢？"

"做好这件事，已是不容易了。"

"那你帮我做几件事。"卫韫笑着开口。楚瑜点头道："你放心，你吩咐的事我都会做好。"

"第一件事，回去找个大夫，好好调养。"卫韫的神色严肃，"你体质偏寒，习练的功法又偏阴，我怕日后你再受些伤，会给身子留下病根。总不能废了功法让你重新开始吧？所以现在开始，好好保养，嗯？"

没想到卫韫会说起这个，楚瑜不由得愣了。上辈子，就是因为这一点，她嫁给顾楚生之后一直没有怀上孩子。顾楚生的母亲一直要他纳妾，顾楚生虽然没有允许，却还是每天给她端了药来。那些苦涩的药一碗一碗往下灌，直到大夫对顾楚生说，若想得孕，怕是得废了她的功法，再行调养。那时候，所有人——包括她的母亲和妹妹——都对她说，女人的一辈子，有个孩子比什么都重要。顾楚生也同她说，这辈子他会照顾她，不需要她有什么武功，好好生下个孩子才是正经。

她信了。于是后来她一无所有时，就连离开顾家，她都做不到。

楚瑜没想到，卫韫在此刻家国皆乱的环境下，居然还能注意到这件事。她垂下眼眸，睫毛微颤，压住心里翻涌起来的那些不知名的感觉，小声道："嗯……"

十七　嫂子也是可以继承的？！

"第二件事，"他轻轻笑了，"每个月买二十套衣服首饰，置办一套胭脂水粉。"

"这你也管？"楚瑜被他的要求逗笑了。卫韫瞧着她，眼底带着暖意："还没完。第三件事，家里养的五只猫，你好好养着，每天陪它们玩半个时辰。"

"第四件事，每天要睡四个时辰。"

"第五件事……"

卫韫絮絮叨叨说了许多，楚瑜甚至已经被他说得有些困了，不耐烦地道："你说这么多，到底是想做什么啊？"

卫韫叹了口气："嫂嫂，你才十六岁。"楚瑜抬眼看他，卫韫的眼里满是疼惜，"我希望你能像一个十六岁的姑娘一样活着，别太累了。卫府的天塌不下来，还有我呢。"

听着这话，楚瑜骤然清醒了许多。她眼里带了苦涩："人总要长大，我总不能一辈子像十六岁一样活着。"

"为什么不可以？"卫韫看着她，平静地出声，"阿瑜……只要你留在卫府，只要我活着，无论你是十六、二十六、三十六、五十六……这一辈子，我都会努力让你活得像个小姑娘。"

楚瑜愣住了。小姑娘是什么样的呢？是没吃过苦，没受过伤，躲在大树之下看晴空朗朗、碧蓝如洗。没见过苍鹰捕食，也不知阳光灼人，一切都明媚又美好，于是对世界充满了无尽勇气，手握长枪，就觉得这世上绝没有能让自己屈服跪地的事。就像上辈子的楚瑜，她爱顾楚生，就可以将自己的一切都给他。

太多年过去了，她的内心已满目疮痍。这时候终于有个人站出来，同她说——这一辈子，要让她活得像个小姑娘。楚瑜忍不住有些鼻酸，心里微微发颤。她觉得自己想要伸出手去，去抓住一些不属于自己的东西。

她蜷缩着不说话，卫韫静静地看着她。面前的女子似乎筑起了一堵无形的高墙，她躲在墙背后，把自己所有的悲伤和痛苦都藏了起来。可那悲伤太多，忍不住会从墙背后溢出来。他不敢去问，也不敢触碰，只能看着她慢慢转过身去，低声道："睡吧。"

卫韫盯着她的背影，好久后，他终于伸出手去，轻轻抱住了她。楚瑜浑身一僵，她不知道卫韫是清醒着还是已经睡了。她其实该推开他。可也不知道为什么，大概是寒夜太冷，这一刻，她被他这么静静地抱着，感到那些悲伤和痛苦一点一点平息，她居然就闭上眼睛，仿佛什么都不知道一样，慢慢睡了过去。

第二日，第一缕微光刚刚落下，楚瑜便感到地面在微微震动。她猛地睁开眼睛，却被卫韫冲上来一把按住。他似乎早就醒了，躲在草丛里观察着远处。周围的人也陆续醒过来，惊慌地往边上的树林里逃窜。卫韫将手按在楚瑜肩头，低下声道："是大楚的

387

军队，先看清是谁。"好在只要是大楚的军队，不管来者是谁，他们短时间内都不会有太大的危险。楚瑜赶紧招呼沈无双、白裳、娇娇、图索靠过来，几个人在一片兵荒马乱之中格外显眼。

军队近了，楚瑜最先看到一面黑色的旗子，上面用红线绣了一个大大的"楚"字，上方还有卷云纹路缠绕。楚瑜立刻欢喜地道："是我大哥！"话刚说完，一面绛红色朱雀卫字军旗也出现在视野里，所有人都放下心来。卫韫站起身，逆着人流走到官道上，等着他们过来。

首先出现在视野里的是身着黑色军甲的楚临阳。楚瑜眼里带了欢喜，站在卫韫身后拼命招手。顾楚生还在后面同军官谈论着粮草的事宜，忽然听到前面有人激动地喊起来："是大小姐！是卫小侯爷和大小姐！"

顾楚生猛地回头，便见到了官道之上站在一起的几个人。另外三个人顾楚生不识得，却一眼认出了楚瑜来。她穿着一件蓝色长裙，外面笼着黑色斗篷，似乎是跋涉了很久，衣着褴褛，头发也凌乱得夹了枯草，脸上甚至还带着没有洗去的尘泥。

然而她的脸上全是欣喜，笑容明朗，太阳在她身后冉冉升起。一瞬之间，顾楚生仿佛是看到了十五岁的楚瑜站在不远处等他，对他招着手。他记忆里的楚瑜，后半生一直死气沉沉，哪怕是他重生之后再次见到少女时期的楚瑜，她身上仍旧时时刻刻萦绕着那份挥之不去的沉重和压抑。

然而这一刻，顾楚生仿佛看见的是，她那些磨平了的棱角、抛下了的骄傲、失去了的风采，都一一回到了她的身上。她似是少年时，骄纵又傲气，不知这世上艰辛苦难，以为自己一人一剑，就能斩断所有坎坷荆棘。

他来不及想是什么原因让她发生了这样的变化，激动地驾马从人群中疾驰而去，旁边的人惊呼出声："顾大人！"顾楚生一贯从容温和，带着一股子华京书香门第的矜贵。然而这一刻他却像个少年人一样，莽撞地冲出去，急急停在了楚瑜身前。

他们本是来攻城的，楚临阳来不及同楚瑜问候，只带着军队从他们一行人身边冲过去，一边大声地同楚瑜道："自己找地方待着！"随后便是鼓声响起，开始攻城。

顾楚生骑在马上，低头看着楚瑜。他喘着粗气，捏紧了缰绳，竟是有些不知所措。好久后，他终于道："你回来了？"楚瑜轻轻笑了笑，坦然道："平安归来。"

就在这时，卫韫的声音突然响起来，带了些冷意："去旁边说吧。"说罢，他抬手牵住了楚瑜的手，拉扯着她往边上走去。周围的人都愣了，楚瑜也是有些发蒙。她低头看着卫韫拉着她的手，一时竟不知道该如何是好。她直觉有些不对，可又敏锐地知道此时此刻若是甩开了他的手，大概会陷入一个更尴尬的境地。

十七　嫂子也是可以继承的？！

顾楚生在后面看着这一幕，不免皱起了眉头。他驾马下了官道，翻身下马，直接朝着卫韫走去，冷声道："小侯爷。"卫韫转过头来看他，手却仍拉着楚瑜不放。顾楚生的目光落在他们的手上，压着火气，"男女七岁不同席，您该放手了吧？"听到这话，卫韫面色不动，冷眼看着顾楚生，一字一句，分外明晰："我放不放手，与你何干？"

"小七……"楚瑜终于开口，"别闹事。"说着，她将手从卫韫的手里抽了出来。卫韫没说话，他转过头深深看了楚瑜一眼。楚瑜被这一眼看得有些心里发毛，却听卫韫冷笑一声，摔袖离开。楚瑜忙追了上去："小七！"卫韫顿住步子，他背对着楚瑜，勉强算是冷静下来几分："嫂嫂，我去帮楚大哥。"说完，他便疾步跑到后方要了一匹马，翻身追着攻城的军队去了。

楚瑜皱眉看着卫韫离去的背影，顾楚生站在一边等了片刻，才道："我们的军营在后方，我带你们先回去吧。"说着，他看向沈无双，笑着道，"这位先生是？"

沈无双看了他一眼，低下头道："姓沈，江湖郎中。这是内子白氏，我女儿沈娇。"当初沈无双一行人被追杀到北狄，顾楚生是知道的。骤然听到这个姓氏，还是个大夫，他不免皱了皱眉头。然而转念一想，沈姓大夫多的是，也算不上什么。于是他面色几转，最终还是带着笑意，抬手招呼几人道："这边请。"

顾楚生引着他们往军营走，一路上不断地问着楚瑜的遭遇。

从凤陵到北狄，经历了一番生死离合，骤然再见到顾楚生，楚瑜感到自己似乎也没那么恨这个人了。她如友人一般坦坦荡荡地同顾楚生说着话，掩去了和卫韫相处的细节，将在北狄的经历大致交代了一遍。说完，她问顾楚生道："你们呢？我走后卫家如何了？"

"我同二夫人稳住了卫家的几个将领，卫家现在没事，就等着卫韫回来，你放心。"楚瑜点点头，真诚地道："多谢你了。"顾楚生听到这话，捏着缰绳，垂下眼眸，沙哑着声道："你我之间不用说这个'谢'字。为你做这些都是我应该的。"

——就像当初，她也没求过什么。楚瑜有些诧异地转头看向他。这辈子的顾楚生，似乎真的不一样了，和她记忆里的那个冰冷又高傲的人，截然不同。

顾楚生感觉到楚瑜的目光，下意识地将头偏了偏，想展现给她一个最好的角度。当年楚瑜看上的就是他的这张脸，他曾觉得脸是自己身上最没用的东西，如今却巴不得楚瑜再看上一次。然而，楚瑜的目光澄澈又平静，她带着感激道："终归还是要谢谢你的。此次事毕，你放心，侯爷不会亏待你。"顾楚生僵了僵，慢慢地抬起头来，抿了抿唇："我要的是什么，你不清楚吗？"

过往听见顾楚生说这句话，楚瑜会觉得痛苦、烦闷、焦躁，然而如今再听见，楚瑜竟觉得，十七岁的顾楚生，也有那么几分可爱。她轻笑起来，有些无奈地道："你可真执着啊。"顾楚生苦笑："我是什么性子，你不知道吗？"他要的东西，等多少年他都要拿到。就像当年他要娶楚锦，楚锦没嫁给他，他就能一路从县令走到丞相，然后将她三媒六聘娶回家来。

楚瑜低头轻笑，询问道："阿锦呢？"顾楚生听到这个名字，立刻明白了楚瑜的意思，霎时觉得喉间发苦，手足冰凉。可他能怎么办呢？上辈子做过的事，他做了，他没办法。于是他只能硬着头皮道："她带着韩大人的公子回了楚府，在华京休养。"

"她还好吧？"

"很好。"沉默了片刻，顾楚生才接着道，"她去一个学堂当了夫子，如今比以前开心很多。"

"那就好。"楚瑜舒了口气，放下心来，接着又道，"那长公主呢？"

这次顾楚生没说话，楚瑜点了点头："你不方便说……"

"她在宫里。"

"宫里？"楚瑜有些诧异，忙道，"她是被囚禁了？"

"不……"顾楚生叹了口气，语气里带了些无奈，"如今她在宫里正值盛宠，盛传即将封后的那个梅贵妃，就是长公主。"

听到这话，楚瑜猛地勒紧了缰绳，不可思议地看着顾楚生："赵玥疯了？！还是长公主疯了？！"李春华的爹逼退了赵玥的爷爷，李春华的兄长杀了赵玥的父亲，如今赵玥又杀了李春华的兄长，却还立她为妃？！

顾楚生的眼里带了些许怜悯，声音苦涩："或许是呢……阿瑜，有时候，爱一个人，表现出来了，可能反而对她不好。"

"那这种爱还是收着吧，"楚瑜看向华京，冷声开口，"不是你爱一个人，对方就得受着的；更不是对方爱着你，你就可以随意糟践。"

顾楚生沉默了，片刻后他却笑了起来："你说得是。"他当年对楚瑜的那份爱，还不如没有。正像如今赵玥的这份爱，李春华也消受不起。

楚瑜看着华京，心里想着她得早点回华京，将李春华救出来才是。上辈子赵玥是死在李春华手里的，这辈子，要想除掉赵玥……怕还是得李春华帮忙。

十八　愿得盛世太平，许以江山为聘

顾楚生带着他们来到后方军营，安置好沈无双三人之后，转头又给楚瑜准备了一个营帐，还让人给她烧了热水。楚瑜关心前方战事，顾楚生便给她详细地说明了这次的作战计划，安抚她道："你放心，楚将军如今是有备而来，就算拿不下白城，也不会有大碍，你沐浴后先休息一下，余下的我们之后再说。"

楚瑜点了点头，心想如今就算有什么要和顾楚生商议的事，也最好等卫韫回来后再说。然而梳洗完毕、用过饭后，她便感觉困顿不已。一直紧绷着弦赶路，如今沾了软床，便再睁不开眼睛。她在帐篷里睡下，醒来已是午后了。伺候的人来报："大夫人，顾大人在外恭候多时了。"

楚瑜有些诧异，不明白顾楚生这时候来找她是要做什么。但人既然已过来，她也没有将他留在帐外的道理，连忙让人卷了帘子，迎了顾楚生进来道："顾大人可是有要事？"

顾楚生抱了一堆账本、折子，闻言微微一愣，好半天才反应过来，这个"顾大人"是在叫他。他缓了缓神，垂下眼眸，坐到了楚瑜对面。楚瑜让人给他倒了茶，举止从容温和，神态之间也再没了过往的戒备。她向来说到做到，他帮她看好卫家，过往种种，便一笔勾销。

然而也不知道是哪里来的苦涩泛在唇间，他垂下眼眸，将账本放到楚瑜面前："这是你不在时卫家所有银钱往来支出，我均向二夫人请示过。"

"谢谢你。"楚瑜拿过账本翻看了一会儿，抬起头来，再次认真地道，"真的，顾楚生，谢谢你。"楚瑜看得出来，顾楚生的确是费心费力地在为卫家做事。上一辈子他依附于卫韫，从而一路高升，这一辈子他在机缘巧合下搭上赵玥，本是可以不用如此的，可他仍信守承诺，替她好好照顾了卫家。一个人的好坏她看得出来，脱离了上辈子那个痴情人的角色，以朋友的身份看待顾楚生，楚瑜发现，上辈子除了她，所有人都欣赏顾楚生，不是没有理由的。

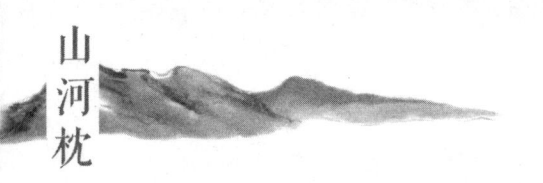

顾楚生没有应声，将其他折子也推过去，继续道："这些是你不在时，华京发生过的所有与卫家相关的大事，我都记录在册。"

"多谢。"

"阿瑜……"

楚瑜的手微微一顿，她抬头看顾楚生，皱起了眉头。片刻后，她坦然一笑："你我虽然过往不悦，然而楚瑜并非不识好歹之人。大人的所作所为，楚瑜和侯爷都感激于心，日后必当涌泉相报。你将阿瑜当作朋友，日后你我便如年少时互称姓名，也好。"

顾楚生听出楚瑜话中的疏远，他喉头动了动，最终却什么都没说。他似乎是用了莫大的力气，终于让笑容重新出现在自己脸上，开始同楚瑜交代卫府和楚府发生的事情。

两人说了没多久，外面传来兵马之声，随后就听一阵高喊："大捷！大捷！"楚瑜猛地站起身来朝帐篷外面冲去，顾楚生紧随在后面。只见一队人马满身血迹地冲上来，朝着顾楚生跪下，笑着道："顾大人，楚将军让您即刻拔营进城。"

"楚将军和卫将军可有受伤？"楚瑜立刻出声问道。那小将愣了愣，但看见顾楚生站在旁边，立刻识时务地回答道："两位将军都安好。"楚瑜舒了口气，忙带上人便直接打马奔向城门去了。顾楚生有些无奈，他有军务在身，只能留下来招呼着众人跟上。

赶到城里时，将士们正在清理战场。楚瑜急急忙忙冲进去，便看见卫夏正站在门口等她。卫夏替她引路，笑着道："小侯爷说您肯定是来得最快的一个，我还不信呢，没想到啊，还是小侯爷最了解夫人。"成功攻下了白城，楚瑜心中欢喜，也顾不上卫夏的话里有话，只笑着道："他向来知我。"卫夏含笑瞪了她一眼，没有多说，开始同楚瑜描述攻城经过。

这一战楚临阳早做好了准备，本就打得顺畅，而卫韫的攻法又极富技巧，他独自一人潜上城楼，取下北狄主将的首级，更是加快了战役的进程，令北狄守军彻底溃败。一路走来，处处都能听到卫韫的名字以及他的英勇事迹，她不由得轻笑，卫韫这个人，走到哪里都是要发光的。

她随着卫夏来到一处广厦。因地处与北狄相接的边境地带，白城曾是卫家在华京之外设立的大本营之一，曾经的卫府如今刚被攻下来，卫秋正带着人在打扫。这些军士都是跟着卫韫攻进北狄的亲兵，与卫韫失散后一直跟着卫秋、卫夏二人。此刻见到楚瑜来了，大汉们一面擦地板一面抬头喊：

"大夫人。"

"大夫人您也来啦。"

"大夫人，小侯爷在里面呢。"

十八 愿得盛世太平，许以江山为聘

…………

楚瑜听着这一声声的"大夫人"，走在回转的长廊之上，一时竟真的有了一种归家的感觉。她转进正堂，老远便看见卫韫和楚临阳已经换上干净的衣衫，正坐在正堂之中对弈。楚临阳一身黑色长衫，看上去一如过往那般沉稳。卫韫则仍是一身他最常穿的素白长衫，戴上了玉冠。

换上了华京的服饰，楚瑜才骤然发觉，卫韫瘦了许多。他本就生得不像武将，全靠战场习练出来的英气才会有慑人的气魄，如今他穿着华京士族子弟独有的广袖长衫，倒有了那么几分文弱书生的味道。然而他的举手投足动作很稳，虽是少年面容，眉宇之间却沉着稳重，已全然没有少年的青涩。

楚瑜走到两人面前，卫韫抬起头来，目光触及她时，他慢慢笑开，温和地道："嫂嫂来了。"楚临阳不动声色地瞧了他一眼，朝着自己旁边点了点头，淡道："坐。"卫韫愣了一下，楚瑜瞧见他的神色，抿唇笑起来，跪坐在楚临阳身后，就如同未出嫁时一般。接着楚临阳执着棋子的手敲了敲棋盘："看什么看？嫁了也是我妹妹。快落子。"卫韫收回目光，笑着瞧向楚临阳："大哥说得是。"说着，他接上了方才的话题，"所以，沈佑提前回来给了你们消息，赵玥却没想着为难我？"

听到卫韫的话，楚瑜便猜测出来如今卫韫和楚临阳在谈论的是什么了。卫韫既然已经知道赵玥是当年白帝谷一战的幕后推手，自然不会放任赵玥坐稳这个皇位。然而毕竟一去北狄将近四个月，给了赵玥太多时间，如今回来，首先便是要试探各方对赵玥的态度。但是楚瑜不知道卫韫是否已对楚临阳交了赵玥的底，她便没有说话，只安静地听着两人交谈。

楚临阳看着卫韫落下一子，问道："他杀你做什么？"

"他要保姚勇，我和姚勇之间是什么仇，他不明白？"卫韫盯着棋盘，试探地说道，"他既然选了姚勇，怕是巴不得我死才是。"

"他给了我和宋世澜承诺，"楚临阳平静地道，"等江山稳固，他会杀了姚勇。"

"姚勇会坐着等死？"卫韫眼中带了嘲讽。楚临阳却慢慢地道："赵玥娶了他女儿，还给了盛宠。如今姚勇正做着国丈的美梦呢。"

"那你怎么没想到，是你在做着他是个明君的美梦？"

听到这话，楚临阳沉默了。片刻后，他抬起头，淡道："有话你不妨直说。"

卫韫没说话，却是看向了楚瑜。楚瑜对上他的目光，许久后，慢慢点了点头。她信任他大哥，而如今的局势，他们也需要楚临阳。楚临阳看出他们的互动，将棋子放回棋盒："有话你说出来，我不保证帮你。可我若不能帮，我保证，这话我就当没听见。"听到楚临阳的态度，卫韫心里有了底，他抿了抿唇："你可知沈佑在哪里？"

楚临阳挑了挑眉，却是道："他比你们早半个月回到大楚，如今在秦时月手下。"卫韫眼中闪过一丝冷意，端起茶抿了一口，片刻后才又道："我要见他。"楚临阳点了点头："顾楚生很快会回昆阳，秦时月驻军在昆阳，你跟着顾楚生回去就能见到他。只是，这件事和沈佑有关系？"

"沈佑，或许是赵玥的人。"楚临阳面露诧异，卫韫接着便将他所知的白帝谷一战幕后的情况交代了一遍。楚临阳听得眉头皱起，一直沉默着，甚至在抬手去拿茶杯时手都在微微颤抖。卫韫语毕，平静地等着楚临阳发话。楚临阳喝了一口茶让自己镇定下来，抬起眼来慢慢地道："今日的话，你不可向第二个人提起。"

"我知晓。"

"如今赵玥已经争得王、谢两家的鼎力支持，手里又有姚勇的军力。他做皇帝的这四个月，善用贤才，宽厚大度，大楚上下一心……你知道我说的是什么意思吗？"

"面对这样的君主，没有几个人会有反意。"卫韫捏起拳头，觉得喉间全是血腥味。

楚临阳的眼中带了悲悯之色："小七，这样的君主，大楚盼得太久了。"

"可他为一己之私害死了七万人！"卫韫再也克制不住，猛地抬头，提高了声音，"这样阴狠毒辣的人，也算得上好君主吗？！"

"一将功成万骨枯，"楚临阳平静地出声，"哪个人的帝王之路上不是白骨累累？"

"可就算是白骨累累，也得对得起良心；就算是血海尸山，也得对得起道义！"卫韫神色激动，楚瑜抬眼看向旁边的卫夏，卫夏立刻退下去，让人守住了周边。卫韫盯着楚临阳，"你们要的君主，就是这样无情无义、手段狠辣之人吗？"

"我不知道他们怎么想，"楚临阳神色镇定，"我只知道，大楚如今不能再乱了。赵玥给了我和宋世澜最好的军备支持，也给了百姓最大限度的安定。如今大楚胜利在望，你若杀了赵玥，会是什么结果？结果是大楚又将内乱，留给北狄休养生息的时间，那之后你让大楚怎么办？让百姓怎么办！"

卫韫愣住了。楚临阳看着少年不可思议又茫然的脸，心中有些不忍："小七，论私情，你是我友人的弟弟，是我妹妹的小叔，无论如何我都该帮你。可我若是帮了你，谁来帮大楚百姓？……我做不到为了一己之私置万民于水火，你就做得到吗？"

"那当初……"卫韫沙哑地出声，"你答应同我一起对付姚勇，又算什么？"

"从头到尾，我都只有一个目标，"楚临阳冷静地开口，"就是让百姓过得更好。我见过卫家的下场……"看见面前站起身来，嘴唇微微颤抖，捏紧了拳头的少年，楚临阳的心都在跟着发颤，然而他要将话说下去，他只能说下去——

十八　愿得盛世太平，许以江山为聘

"姚勇在，我等上前，不过是白送了性命，没有雷霆手段，你我救不活大楚。我答应你对付姚勇，是为了大楚。如今我拒绝为你对付赵玥……还是为了大楚。"

卫韫轻笑，眼里含了眼泪："对，为了大楚，我卫家连同七万儿郎就该白送了性命。这位君主如今能给大楚带来安定，所以他做过什么，不重要。对不对？……可是，这样的人，怎堪为君？这样的人，你就不怕你楚家会变成下一个卫家吗？！"

"至少不会是现在。"楚临阳的声音很平静，"你要杀赵玥，至少要等他做错事，而不能是现在。"

"若他一辈子再不做错呢？"卫韫咬牙出声。楚临阳没说话，卫韫慢慢闭上了眼睛，每一个字都说得极为艰难，"好，我明白。……还望楚世子遵守诺言，今日你我所有的话，你就当没有听过。"

楚临阳垂下眼眸，慢慢地道："放心。"然而卫韫刚转身欲走，楚临阳又叫住了他，"小七。"卫韫顿住步子，楚临阳慢慢地出声，"人长大要学会的第一件事，就是忍得。"卫韫没有回头，楚临阳摩挲着茶杯边缘，"今日的话，再别对第二个人说。"

"谢楚大哥提点。"卫韫的声音沙哑，而后他大步走出去，消失在了长廊尽头。

卫韫走了许久，楚瑜才慢慢起身，坐到了楚临阳对面："不去追他？"

"同哥哥下完这一局吧。"

楚瑜提子落下，楚临阳抬头看了她一眼，慢慢地道："他性子太躁，你看着点。"听到这话，楚瑜却神色平淡："他面对你才这样。该做什么不该做什么，他比我清楚太多。"

"我忘了一件事……"楚临阳落了一颗黑子，将楚瑜的阵地整块围住，他开始从包围圈里往外提子，一面往棋盒里送去，一面道，"你性子也躁。"

楚瑜没说话。轮到她落子了，棋子又快又狠地落到棋盘上，她抬眼看向楚临阳，平静地说了一句："承让。"而后她便开始提子。楚临阳盯着她的脸，见她从头到尾没露分毫情绪，不由得笑了，往椅背上一靠，摊开双手："长大了。"

楚瑜将一把黑子放进棋盒，这才抬头："我同哥哥求一句准话。"楚临阳不言，似乎是知道楚瑜要说什么。楚瑜盯着他："若有一日，我卫氏欲反，楚世子当如何？"楚瑜用了"卫氏"，表明了自己的立场和身份。楚临阳抬眼看向她。他的目光又冷又沉，仿佛是在看着一个完全陌生的人。片刻后，他冷笑出声来："卫家给你灌了什么迷魂汤？他的家仇关你什么事？赵玥不是傻子，只要你们假装什么都不知道，只要你们还有用，他就会好好对你们。"

"若我们没用了呢？"楚瑜的声音平淡，"能设下如此连环圈套之人，说他心中磊落，你信吗？"楚临阳紧皱起眉头，楚瑜继续道，"能如此揣摩人心之人，往往也不信人心。你觉得，若有一日，卫韫失去了作用，他会留下这样一个祸根吗？"

"这与你有什么干系？"

"他与卫韫，早是不死不休之局。"

"这与你又有什么关系？！"

楚瑜没说话，只静静地看着楚临阳。她穿着和卫韫一样的素白色长衫，神色沉稳庄重，让楚临阳想起了卫家在华京的那间百年老宅前黑底金字的"卫府"二字，又想起了卫家祠堂里的那一座座牌匾。卫家的风骨，不知不觉，已仿佛刻在了楚瑜的身上。她端坐在那里，便让人不敢再放肆喧哗。

楚瑜静静地看了楚临阳一会儿，一字一句地开口道："我乃卫楚氏，如今的卫家大夫人。若这与我没有关系，卫家之事，便与他人，再没了关系。"

楚临阳看着她，眼中似乎带了通透了然。然而许久后，他还是开口问道："为什么？"楚瑜刚要说话，却听楚临阳道，"楚瑜，若是为了百姓，赵玥如今能给百姓安定，天下谁坐不是坐？你该做的，就是同我一样，辅佐一个更好的人来坐稳这个位子！……若是为了你的责任，"楚临阳沉下声，"你帮卫家已经够多了。说什么卫家大夫人？你拿了放妻书，早就不是什么卫家大夫人了！"楚瑜扣下了放妻书一事，楚临阳早已知晓，然而他尊重楚瑜的选择。此刻看着楚瑜愣神的模样，楚临阳无奈地道："你这是在自欺欺人。你不是为了百姓，不是为了天下，不是为了你的责任，阿瑜，你扪心自问——为什么？"

楚瑜没说话，她的心中突然出现一丝慌乱。然而她知道，自己不能慌、不能乱，无论什么理由——任何理由，都拦不住一件事：卫家不能白死，不能让赵玥当稳这个皇帝！

楚瑜反复告诫自己，慢慢冷静了下来。她迎着楚临阳的目光，认真地道："赵玥这般品行，不适合为帝。"

楚临阳与楚瑜对视着，谁都不肯让开。两人都固执又冷静，仿若持剑相抵，与对方抗衡。许久后，楚临阳终于是熬不过她，他的神色慢慢平和下来。"阿瑜，"他叹息出声，"你真是个傻孩子。"

没想到楚临阳会说这样的话，楚瑜愣愣地看着他，只见他站起来，将手覆在她头顶，眼神里带了疼惜和难过："怎么就摔不疼呢？一个顾楚生，你还没执着够？你啊……想要对谁好，就拼了命地对他好。以前是顾楚生，现在是卫家。如果卫韫日后是个白眼狼，你不心疼吗？"

听到这话，楚瑜慢慢地笑了开来："不心疼。他和顾楚生不一样。"提到卫韫，楚瑜那颗又冷又硬的心就仿佛是融进了一枚暖玉，它散发着柔和的温度，一点一点让她的心肠变得柔软,让世界都有了暖意。她弯着眉眼,认真地道,"他待我好。"

楚临阳没说话,只静静地看着楚瑜。好久后,他终于道:"必要时,我会帮忙。"说完他便起身往外走去。楚瑜愣了许久,才反应过来他刚才那句话的含义。——若卫氏谋逆,必要时他会帮忙。她猛地站起身来,叫住已走到长廊转角的青年:"哥哥!"楚临阳顿住步子,回过头来,看见楚瑜正站在门口。她忍住了那份毛躁,缓缓笑开,认真地道,"谢谢。"楚临阳没说话,点了点头,转身离开了。

楚瑜看着楚临阳离去,内心终于安定下来。她转过身,让人去寻卫韫。

卫夏得知她在找卫韫,赶忙跑过来焦急地道:"大夫人快救命啊,小侯爷又把自己给关上了。"楚瑜知道卫韫此刻必然心情不好,叹了口气,点头道:"引路吧。"卫夏擦了擦汗,赶紧引着楚瑜来到卫韫的房间门口。楚瑜站在门口沉默片刻,没有让人通报便推开门走了进去。

卫韫正背对着她跪坐在垫子上。他面前放着一把剑,楚瑜认识,那是卫韫一直随身带着的剑。"这把剑是我大哥给我的。"他知道来人是谁,沙哑地出声。楚瑜朝他走过去,看见他的身子在微微颤抖——"我曾在白帝谷许诺,我会用这把剑亲手杀了仇人,为他们报仇。我以为我可以做到……我以为,在复仇这条路上,我只要杀光所有挡住我前路的人就可以了。"

楚瑜停在卫韫背后,他慢慢闭上了眼睛:"可若挡在我面前的是黎民百姓,怎么办?若是所有人都拦我阻我,怎么办?可凭什么……凭什么,他做错了事就什么惩罚都不用受?"卫韫捏紧拳头,整个人蜷缩起来,似乎是痛极了的模样。他狠狠地盯着那把剑,艰难地出声,"凭什么,他做了这样十恶不赦的事,却可以摇身一变,成为一名圣君?"

楚瑜沉默了一会儿,抬头看向那把剑,平静地出声:"要做什么,你不知道吗?"卫韫闻言,愣在原地。楚瑜蹲下身去,抬手捏住他的下巴,将他的脸扳了过来。少年满脸是泪,神色却如鹰一般锐利沉着。他们在暗夜里对视着,烛火烁烁,在他们眼里跳跃、燃烧。楚瑜逼他迎上她的目光,他无处可躲,便不再退让。两人的目光在暗夜中纠缠撕咬,片刻后,楚瑜平静地道:"天子无德,大道当逆。他披着人皮,你就撕了他的人皮;他想将过去一笔勾销,你就把那些血端出来,一盆一盆泼过去!"

卫韫的唇微微颤抖,楚瑜盯着他:"卫韫。"——她叫他,每一个字都如刀剑屹立,"这条路,我陪你。……这条路,千难万难,刀山火海,万人唾骂,白骨成堆,我都陪你。"

听见这话的瞬间,卫韫猛地扑上来,死死抱住了楚瑜。他们在黑夜里拥抱在一起,他的眼泪落在她的肩头。他从来没觉得，这辈子他不能失去她。然而这一刻，他却觉得，这一辈子，他都不能失去她。

这条路，她陪他，那他就背着她，让那满地鲜血不染她身，让那尘土泥泞不沾她裙。千难万难，刀山火海，万人唾骂，白骨成堆，她陪着他一世，他就护她一生。

——你愿我永如少年，我护你一世周全。

楚瑜被卫韫死死地抱在怀里，有那么一瞬间，她觉得卫韫仿佛是从她身体里破土而出的花，他深深地扎根在她的身体里，他们互相从对方身上汲取力量和养分，谁也离不开谁。

然而这样的念头只是一闪而过，她听见卫韫说："嫂嫂，你别怕。我会护好你，无论如何，你都会好好的。"

"我怕什么？"楚瑜轻笑，"小七，于我而言，这世上之事，无甚可怕。"毕竟生死、别离，她都已经历过。如果说上一辈子于她而言是苦行，那这一辈子，就是让她放开手来，追求一份圆满。

卫韫静静地抱着她，感觉自己一点一点平息了下来。他知道自己本该放手，可是他却舍不得。他继续抱着她，感受着她身上的温度，慢慢地道："可是我会怕。"

"你怕什么？"

卫韫没说话，却是慢慢闭上了眼睛："我怕你过得不好。"

——我怕你离开我。于楚瑜一个人身上，他就有这样多的惧怕。他曾经只希望她过得好，他曾经觉得，他只要好好守住她，陪她一辈子，然后与她共赴黄泉，便已是足够。然而当这个女子说出"我陪你"的时候，他内心仿佛有无数藤蔓破土而出，将她牢牢绑在了心里。于是他不敢去想她离开后的景象——这个女子如果转身，他自己都不知道，未来的路要如何走下去。

楚瑜任由卫韫拥着，见他情绪慢慢平定，才不由得笑了。她抬手拍了拍他的背，温和了声音道："好了，哭够了就站起来，后面还有很多事要处理。"卫韫应声直起身来，楚瑜去一旁从盆里拧了帕子，递给卫韫擦脸，一边同他道："接下来你是如何打算的？"

既然决定要反赵玥，就要有谋划。什么时候反，如何反，都得计较。卫韫擦着脸，冷水让他的思绪慢慢清晰起来，他平静地道："如今还在和北狄交战之中，先不要妄动。楚大哥有一点说得对,至少如今的大楚,需要赵玥来充当一个主心骨,稳住众人。"楚瑜点了点头,她一直知道,卫韫哪怕再心有不忿,他所有的决定,仍都会尽量以百姓为先。于是她道:"你打算先养实力?"

"至少现在要一鼓作气先把北狄打趴下,让他们至少十年内不敢再轻易进犯。"楚瑜从卫韫手中接过帕子,放到了一旁的水盆中,听他继续道,"我会假装什么都不知道,去和赵玥谈判。具体怎么谈,我们还有时间慢慢想。"楚瑜点了点头。对于卫韫的能力,她向来信任。上辈子卫韫还没有这样好的助力,他满身病根,征战沙场,还是走到了最后,这便是他最好的实力证明。

两人简单商议后,楚瑜便退回自己的房中,两人各自睡下。第二日,卫韫同楚临阳道别,决定回华京拜见赵玥。赵玥如今毕竟是皇帝,卫韫回来,自然要先去面圣的。加上卫韫挂念在华京中的柳雪阳和蒋纯,楚瑜担忧宫里的李春华,于是两人决定不再拖延,尽快起程。

楚临阳给两人准备了盘缠和护卫。楚瑜和卫韫一起上了马车,卷开门帘,却看见顾楚生坐在马车中,抬头朝着两人笑了笑。

只见顾楚生朝着卫韫拱手:"卫小侯爷。"卫韫沉下脸色,冷声道:"给我滚下去!"顾楚生却不恼:"在下刚好也要回华京述职,楚世子吩咐轻车从简,只安排了这一辆马车。顾某体弱,还望小侯爷照顾。"

听到这话,卫韫冷声笑开,抬手就要去抓顾楚生,却被楚瑜按住了。楚瑜笑着道:"顾大人说得是,我等赶路,便一路驾马回去,不知顾大人可愿同行?"

"他体弱。"卫韫立刻道,"还是坐马车比较合适。"

"哦,"顾楚生抬手,笑了笑,"在下觉得,偶尔锻炼一下,也是好事。"

楚瑜点点头,和卫韫下了马车,让人牵马过来,而后各自上马,便往华京方向奔去。

顾楚生体力不比楚瑜和卫韫,清晨出发,到了午时便已觉得疲惫。楚瑜抬眼看了他一眼,见他额头冒汗,正好前方有茶舍,便让卫韫叫住了队伍,让众人停下来休息。

如今已经入夏,天气炎热。三人坐到一桌,吃饭的间隙,卫韫从茶舍外摘了草叶,在一旁编织着什么。他的手又快又灵巧,大家还在吃着饭,楚瑜就看出了一个帽子的雏形来。顾楚生看见楚瑜的目光,笑了笑道:"小侯爷是有心的。"楚瑜顿时就来了兴致:"他一贯体贴人,之前我看中一个花冠,但又觉得是小孩子的玩意儿,结果等我回来,就瞧见他给我编了一个。"

顾楚生听着这话,笑意不减,却是道:"你这个年纪,戴花冠是最好的时候了。"楚瑜眼里带了几分感慨:"是啊。"两人有一搭没一搭地说着话,楚瑜的话里话外大多与卫韫有关，顾楚生一直笑着，笑意却是越来越浅。眼见着卫韫拿着编好的帽子走过来，他喝了最后一口茶，淡道："大夫人好福气，日后小侯爷必然飞黄腾达，他这样孝顺，大夫人日后便可放心了。"

这话让楚瑜愣了愣。"孝顺"二字用在正向她走来的少年身上，一瞬间她竟觉得有那么几分难受。过往她常把这两个字用在卫韫身上，如今也不知道是怎么了，却就不愿意了。

卫韫将帽子递给她，笑着道："嫂嫂，我怕日头太晒，丑是丑了些，你将就着用。"楚瑜接过帽子，没有多话，手拂过那帽子上的纹路，许久后才抬头笑了笑："你有心了。"说着，她将帽子戴在头上，起身道，"我们便起程吧。"

一行人快马加鞭，一连赶了七天路，终于到了华京。入京前一夜，他们寻了一家旅店住下，三人各自一间房，卫韫和顾楚生的房间都挨着楚瑜的，一左一右。

约莫是入了京的原因，楚瑜有些心绪不安，当天夜里在床上辗转反侧，一直不得安眠。等到半夜，她突然听到窗户外房檐上有声音，剑就在她身侧，她提着剑迅速藏到窗户边上。果然，没有片刻，她的窗户就被人轻轻推开了。

也就是在这一瞬间，楚瑜的剑猛地朝对方刺了过去，对方弯腰一旋，欺身上来，一把捂住了她的嘴，将她压在墙上，小声道："嫂嫂，是我。"楚瑜睁大了眼，有些诧异。卫韫见她已经看清了自己，这才退开道，"我有些事想和嫂嫂商量。"

楚瑜点点头，指了指一旁的桌子，笑着道："正门不走，走什么窗户？"卫韫有些不好意思："走正门怕惊动了别人，现时毕竟夜深了，我来你这里，被别人瞧见不好。"听到这话，楚瑜微微一愣，这才反应过来。是了，这里不是北狄，是华京。到了华京，就是悠悠众口，就是规矩、是辈分，是上要面对柳雪阳和她父母等，下要面对那些仰望着卫韫的将士、百姓。

楚瑜慢慢坐下，给自己倒了一杯茶，茶是凉茶，落到胃里，带着一股子凉意。卫韫亦是坐下来，却将手覆在她的手上，阻止了她倒茶的动作，小声道："这茶凉了，你别喝太多，伤身。"楚瑜觉得自己似乎有些缓不过神来，她直觉卫韫的这个动作已逾了规矩，可是心里又有那么几分小小的欢喜和雀跃。她垂着眼眸，卫韫放开手，接着道，"明日我们就要入京了。……我不会暴露自己已知白帝谷一事，并且会向赵玥称臣，以此换赵玥给我一些好处。可重点是，我该要什么？"

楚瑜没说话，她认真地思索了片刻，斟酌着道："你不能留在华京。"卫韫看着她，认真地道："我知道，我会向赵玥要兵要粮，让他派我去打北狄。然后我驻军在北境，让图索在边境不断骚扰。"听到这话,楚瑜皱起了眉头:"白、昆两州本就是卫家的势力所在,你若驻军在那里,怕是太过势大,赵玥不会容你。"

"这就是我所担忧之处。"卫韫道,"我在外打仗,多的是理由不回来,赵玥拿我也没办法。所以他必然退而求其次,将我的家属留在华京。母亲我带不走,我想问问你……"他抿了抿唇,终于道,"你可愿……跟我去北境?"楚瑜静静地抬眼看向了少年。少年垂着眼眸,眼里的情绪尽被遮掩,慢慢地道,"我可以给你一封放妻书,你离开了卫家,然后再悄悄跟我到北境去。"

楚瑜没说话,她觉得心里有什么东西在发颤。她看着少年说着这话的模样,似乎很是紧张,而她自己也仿佛变成了一只蜗牛,被巨大的力拽住,意图把她从壳里拽出来。她不敢去深想,于是只能麻木地道:"我若离开了卫家,该以什么身份再到北境去?"卫韫微微一愣,听楚瑜接着道,"我若连你嫂嫂都不是,我在卫家,又还算什么?你大哥已经去了,你给了我放妻书,我又该以什么名义回到卫家?难道你大哥还能从坟里爬出来,再娶我一次?!"

这话让卫韫哽住了,楚瑜竟也有了几分慌乱。她暗中捏起拳头,卫韫垂着眼眸,好久后才慢慢地道:"是我思虑不周,一心只想尽量保证几位嫂嫂的安全,没有考虑到嫂嫂的名声。"他的声音平稳,带着歉意,然而袖下的手却是捏紧了自己的袖子,"那我去同赵玥请旨,为嫂嫂加封军职。嫂嫂的身份越尊贵,赵玥对你下手的难度就越大。回去之后,我会想办法让嫂嫂和梅贵妃搭上线。如今王、谢两家都要求赵玥杀她,赵玥却仍让她位列贵妃,可见其宠爱之程度。嫂嫂若能和梅贵妃搭上线,会安全许多。"

听到卫韫的话,楚瑜悬着的心终于落了下来,那股死活要拽她出来的力量,也终于退了下去。她舒了口气,点头道:"其实只留母亲和阿纯在华京我也不放心,我在华京至少还能照顾家人。你在外不用担心,如果有异动,我会想办法护着家里人出来。"

"嗯。"卫韫应了一声,又继续道,"还有一件事,如今赵玥不会杀姚勇,我若归顺得太顺利,怕赵玥起疑。我需要一个台阶。"楚瑜的手指敲着桌子,听卫韫继续道,"如果顾楚生是赵玥……"

卫韫的话还没说完,门口突然传来了敲门声。二人对视一眼,就听外面传来了顾楚生带着冷意的声音:"大夫人,可否让在下入内一叙?"卫韫皱眉,朝着楚瑜摇了摇头,楚瑜轻咳了一声道:"顾大人,妾身已经睡下,有什么事……"

"顾某找小侯爷。"这话出来,两人不再说话了。片刻后,卫韫笑了起来,果断地站起身,走过去打开门,直接将人抓着进来了。

关上大门,他转过头来看着顾楚生道:"顾大人真是厉害啊。"顾楚生整了整衣衫,抬头看向卫韫，冷着声道："卫小侯爷，这个点还在这里，不妥吧？"卫韫转身回到桌旁跪坐下来，冷着声道："有话就说，我还有要事与嫂嫂商议。"顾楚生看着他们，动了动唇，最终还是将话忍了下去。他亦在桌前跪坐下来，按住自己的手，冷着声道："方才我去隔壁找小侯爷，没见到人，便猜小侯爷在这里，没想到还真被我猜对了。"楚瑜平静地喝了口茶，淡道："我一贯如此行事，没有太多男女之防，顾大人不知道吗？"

这话踩了顾楚生的痛脚。他怎么不知道？当年还不相识，他就知道她的这一行事作风，惯来看不起她。后来无数次争执时，他都会就着这些事对楚瑜大骂。——不知廉耻。当年他是这么说的。可他也知道，楚瑜虽然大大咧咧，却从没有真的逾矩过，这样夜深人静时同男子独处一室，若非特殊情况，是从未有过的。

可这话他不能说，他压着自己的情绪，转头看向卫韫，冷静地道："今夜顾某是来规劝小侯爷的。"卫韫抬了抬手，让顾楚生说下去，"顾某知道小侯爷对姚勇在白帝谷的所作所为心有怨念，但陛下乃善恶分明的君主，并非昏庸之辈。此案他必然会追查到底，一定会给卫家一个清白。但如今正是上下一同对敌之时，还望小侯爷念在苍生百姓的分上，且将个人恩怨放下。"

卫韫喝了口茶，冷笑出声："明天我就要去见他了，他怎么不亲自同我说？"

"这话不是陛下说的。"

"那是谁说的？"

"我。"

"顾楚生，"卫韫冷眼看着他，"你未免也太看得起自己了！"

顾楚生目光灼灼："我说的话，是对是错，小侯爷不明白吗？你当初杀太子，囚禁淳德帝，为的难道仅仅是一己之私？……君子报仇，十年不晚。你要报家仇，等到此战之后再动手也不迟。此战毕，陛下圣位坐定，你若效忠陛下，楚世子、宋世子、我，王谢两家，再加上你卫家，就会在朝堂上呈对抗之势，姚勇便可有可无。那时若我与你和楚、宋两家联手要让姚勇死，还怕姚勇不死吗？而你若此时与陛下作对，姚勇如今还有残兵，几大世家也未必都会向着你。你想，你这又是在做什么？是在掀起内乱！而且，对于陛下而言，这就等于你不信任他、你在逼他，这番以后，你还能指望陛下容下你卫家吗？难道说，你还要再反一次不成？淳德帝昏庸，废他乃大势所趋，而如今陛下乃明君，你要废他，你可真是想好了？"

顾楚生一口气说了许多，卫韫没接话。他摩挲着茶杯，楚瑜抬头看了他一眼，揣摩着他的心思。对于卫韫而言，顾楚生简直是天降及时雨，赶着来给他送台阶。可他不能下得太顺当，他得端一端。

十八　愿得盛世太平，许以江山为聘

卫韫垂着眼眸，许久后，他慢慢笑开："顾大人，当初我就知道你这人舌灿莲花，如今看来，的确如此。"顾楚生舒了口气，却听卫韫又道，"可是，保天下不乱，于我卫家有什么好处？赵玥为安抚姚勇许了他国丈之位，他不许我什么就想让我放下家仇为他卖命，他当我是傻子吗？"

顾楚生皱起了眉头："你想要什么？"卫韫喝了口茶："兵马大元帅的印还在我这里。昆、白两州，一直以来也是我卫家的地盘。"

顾楚生没说话。卫韫轻笑："怎么，顾大人不敢说话了？"

"陛下不会直接答应。"顾楚生思索着，慢慢地道，"可是，我有另一个法子。"说着，他抬起头来，"进京之后，还请小侯爷务必见梅贵妃一面。"

"她和赵玥，到底是怎么个情况？"楚瑜皱起眉头，"你让我们找她，至少该给我们交个底。"

"二位可知，三十年前，高祖还未称帝时，秦王与淳德帝乃至交好友。后来秦王被贬离京，恰逢赵玥出生，于是赵玥打从出生起就被养在李府。彼时梅贵妃年仅五岁，对赵玥多加照看，可以说，赵玥是由梅贵妃一手带大的。"

卫韫和楚瑜点了点头，这些事在过去不算秘闻，他们大多有所耳闻。

"后来秦王府中内斗，赵玥世子之位被夺，而梅贵妃也在那时为了躲避联姻去了道观，赵玥一怒之下离开了秦王府，从此不知去向。其实他没走远，而是去道观找到梅贵妃，以小厮之名留在了梅贵妃身边。他这一留，留到明成帝称帝，为稳住各方势力，梅贵妃嫁给了梅家长子梅含雪。彼时赵玥年仅十二，梅贵妃出嫁当夜，他回了秦王府。之后，在李氏的助力下，他重新爬上了秦王世子之位。而后不久，梅贵妃刚刚怀上身孕，梅含雪便战死沙场。从此梅贵妃守寡，而秦王则与华京断了联系。

"再之后，秦王谋反，赵玥被牵连，梅贵妃来找了我父亲。我父亲在梅贵妃的帮助下，拼死保下了赵玥。赵玥改头换面，从此以面首之名留在了梅贵妃身边，改名薛寒梅。赵玥本性柔软淡泊，不问世事，对秦王也没有太深的感情，于是梅贵妃一直以为，这件事就这样了，赵李两家的仇恨将在他们这里戛然而止。谁知道赵玥却一直在暗中积极联系王、谢两家，并在国乱时捡了漏子，收复了姚勇，在你们驻守天守关时杀入华京。淳德帝在他入城时自杀，而梅贵妃则被他囚于后宫。在他登基之后，梅贵妃成为后宫里唯一的妃子。为了稳住姚勇，赵玥同时与姚勇议婚，可是他却同我说过，姚勇必死，后位仅梅妃能得。"

"所以，这与我们找梅贵妃，有什么关系？"卫韫梳理着赵玥和李春华之间的联系。虽然顾楚生说的都是已经发生的客观事实，可这中间的爱恨纠葛却不难猜出来。赵玥对李

403

春华的那份求而不得的心思，从年少时就已开始酝酿。而一件事渴望太久而不得，就会变成执着。

"梅贵妃是个爱恨分明的人，"顾楚生垂下眼眸，"对于赵玥这场在她眼皮子底下酝酿起来的阴谋，还有杀兄之仇，她不会这样简单地放下。你们若是找她，她必然会帮你们。她与赵玥的羁绊太深，而赵玥一向理智冷静，若想要他答应一件他本不打算答应的事，除了梅贵妃，无人能办到。"

顾楚生说完这话，三个人都沉默了。许久后，卫韫才敲着桌子慢慢地道："那你呢？"

"我如何？"

"你在这件事里，又是一个什么角色？"卫韫盯着他，"赵玥攻打华京之前，我曾拜托你去守住华京，你却转头去了凤陵城。那时，正是因为你知道赵玥要动手了，对吧？那现在，你是站在赵玥那边的，是吗？"顾楚生没有言语，卫韫继续道，"你此刻来同我说这些，却是让我与赵玥反着干，你又是什么意思？"

夜里很安静，听得见外面的草虫鸣叫，凉风卷着花香涌进房间，顾楚生抬眼，将目光落到了楚瑜身上："顾家一直追随元帝血脉，此乃皇室正统。故而当年我父亲拼死保下赵玥，而我亦继承父亲的遗志，救出赵玥。……只是，我从未想过，赵玥竟有复仇的心思。直到我在长公主府遇见他，他出府与王、谢两家议事，被我察觉。当夜梅贵妃也差点撞破，我帮他遮掩了下来，因此……梅贵妃没能及时察觉他的谋划。"

说到这里，顾楚生眼中不免有了感慨。上一辈子赵玥突然病逝，他也曾疑惑过。这辈子入了长公主府，他便知道，当年赵玥哪里是意外病逝，分明是长公主察觉了他的阴谋，快刀斩乱麻杀了他之后对外称他因病暴毙。而这一次，因为自己的介入，赵玥没死。

"他能隐忍这么多年，绝非泛泛之辈。你若与他为敌，怕是艰难。"想到这里，顾楚生抬眼看向卫韫，"其实我不在意你如何，你死了我会感到可惜，可惜我大楚少了一员大将。可是，也仅仅是可惜而已。我容不得的是卫府落败。"

接下来的话顾楚生没说出来，在场人却都明白了他的意思。卫府落败，牵连的就是楚瑜，楚瑜一日不离开卫府，顾楚生就不会任由卫府落败。然而，明明该是好意，卫韫听着这话，却感觉到了森森的屈辱。他冷眼看着顾楚生，顾楚生亦迎着他的目光。许久后，卫韫站起身来："顾大人，剩下的话，我们出去说。"

"正有此意。"顾楚生也随着他站起来，两个人一起走了出去。楚瑜看着他们的背影，微微皱眉，却还是沉默着转头，抿了口茶。她知道，顾楚生不是莽撞的人，卫韫也不过是看似莽撞。茶喝完，她站起身来，坦荡地翻身上床，盖上被子，闭上了眼睛。

另一边,顾楚生和卫韫两人刚一迈进卫韫的房间,卫韫便猛地回身,死死盯住了顾楚生。看着他的目光,顾楚生轻轻笑了:"小侯爷恼怒什么?"卫韫冷着声音开口:"你以后,离我嫂嫂远一点。"听到这话,顾楚生眼里也带了冷意,面上却仍笑意盈盈:"这句话,你不该对自己说吗?半夜三更,孤男寡女,瓜田李下,她一贯没有男女之防,但卫家百年高门,也没教过你礼义廉耻吗?!"

卫韫冷笑:"那顾家教过你了?!顾楚生,你的这些下作手段,你自己比我清楚。我嫂嫂乃卫家大夫人,就算要改嫁,那也是三媒六聘、明媒正娶,容得你区区金部主事如此百般纠缠?"顾楚生玩味地出声:"改嫁?你真会让她改嫁?"

卫韫没说话,他看着顾楚生。顾楚生的眼光太锐利,仿若刀剑,直直地刺在卫韫的心底。他嘲讽,他讥笑,他虽然没有说话,可是卫韫却觉得,他的每一个眼神都充满鄙夷。"卫韫,"顾楚生慢慢地开了口,神色冷漠,"你对得起你大哥吗?"卫韫捏起了拳头,顾楚生走向他,"她是你嫂嫂,你对她的那份心思,不龌龊吗?"说着,顾楚生已停在了他面前。两人面对着面,咫尺之隔,谁也没有让,谁也没有退。顾楚生与卫韫差不多高,那双可称艳丽的眼微微弯起,眼底却不见笑意,"你自己想起来,不觉得恶心吗?"

"我为什么要恶心?"卫韫迎着他的目光,一字一句,平静地出声,"我喜欢她,我为什么要恶心?"

"你还真敢说!"

"我为什么不敢?"

卫韫的脑中闪过楚瑜的影子,觉得自己仿佛是找到了某种力量。他终于慢慢地镇定下来,认真地看着顾楚生。他从来没对别人说过这句话,然而如今说出口来,竟然也觉得……并没有那么可怕。于是他认认真真重复道:"我喜欢她,很喜欢她。我没伤天害理,我没伤害别人,我喜欢一个人,我把她放在心里,我有错吗?"

"可她是你嫂嫂。"

"那又如何?!"卫韫提了声音,"我兄长不在,有一天她也会喜欢别人,如果她注定要喜欢一个人,那个人为什么不能是我?"

"那人不会是你!"顾楚生觉得有血腥味泛了上来。他说得斩钉截铁,然而看着面前少年清澈的眼睛,他却觉得害怕,因为他并不是真的那么肯定。他过去一贯知道卫韫优秀,或者说是知道卫家人的风骨在此,这都是令楚瑜仰慕的存在。上辈子的卫珺是他心里的一根刺,他一辈子都在想,如果当年卫珺没死,如果当年楚瑜嫁给了卫珺,楚瑜还会不会喜欢他?他每想一次,就需要楚瑜证明一次。面对卫家,面对卫韫,他骨子里就一直有那么一份自卑存在。他没有这个少年的光明磊落,没有这个少年的坦荡宽容。他自己有的没有的，他知道得一清二楚。而楚瑜是怎样的一个人，他也知道得一清二楚。若说上辈子的卫韫还被这世道给毁了大半，那这辈子站在他面前这神色坚韧清澈的少年，则是他所知道的，楚瑜最想要的存在。

可他不能说，他看着卫韫的目光，捏着拳头，强撑着自己道："她喜欢我，从十二岁那年开始……"

"在十五岁结束。"卫韫平静地出声，"顾楚生，她已经不喜欢你了。她开始了新的人生，如果你是真的爱她，真的想对她好，便放过她。"

顾楚生嘲讽地开口："然后方便你，是吗？"

卫韫沉默了片刻，终于道："顾楚生，被你爱着，真的很痛苦。"顾楚生微微一愣，只见卫韫将手放在心口，"我喜欢她，我放在心里，我守护她，我追求她。可是我不强求。我希望她过得好，过得开心。如果没有我的世界对于她来说更好，"卫韫的心里涌出尖锐的疼痛，然而他却还是干涩地继续说着，"……那我可以放手。感情是包容，是牺牲，是放手，是理解。不是你喜欢她，就无论如何，她都该属于你。"

"你懂什么？"顾楚生颤抖着开口，他再也克制不住自己，卫韫的话仿佛是刀斧砍在他的心上，他连声音都带着颤意，"你喜欢她多久了？你为她做过多少事？卫韫我告诉你，你这份喜欢值不了多少钱。你以为你为什么喜欢她？不是因为她有多好，只是因为你年少。……你看过外面的世界吗？你见过几个女人？你经历过几个人对你好？你不过是刚好在自己一无所有的时候，遇到了一个全心全意对你的人，于是你就拼命地想抓住她。你爱的哪里是这个人？你爱的是你心里的那份软弱，爱的是她刚刚好填补了你心里的那份软弱！"

顾楚生说着，眼前回荡的，却是年少的自己。哪一份爱不是夹杂着各种各样的情绪？他指责着卫韫，而他自己当年，又怎么不是从女子雨夜里剑挑车帘那一刻开始爱上的？然而那时候他不懂，他不明白，所以他嫉妒，这个少年怎么就能比当年的自己，早早明白了这么多？

于是他抓着卫韫的痛脚不放，冷着声道："卫韫你信不信，你只要和她分开五年，你只要再遇到几个对你好的女人，你就会发现，你的这份感情就是少年慕艾的那一份悸动。你对于她，敬重、感激，甚至于你有着少年人的欲望和怜爱，可是这都不是爱。……不是爱情的感情，便是折辱。"

这话让卫韫微微一愣。顾楚生看着他愣神，沙哑的声音里带了恳求："卫小侯爷……我喜欢这个人，太多年了。"——足足三十二年。他用了十二年的时间喜欢她，又用了二十年的时间，才明白自己喜欢她。"我遇见过很多人，我走过很多路，最后才确定，我是真的爱她。感情哪里是这么简单的？你还这么年轻，你怎么就知道，自己是真的喜欢她？她向来是个谨小慎微的人，可她决定喜欢一个人的时候，就会什么都给他，全心全意地付出。如果她付出了所有，你才发现这不过是你年少时的冲动，你忍心吗？"

卫韫没说话，许久后，他忍不住质疑道："顾楚生，你只比我大两岁。"

顾楚生没有说话，他满脸是泪。卫韫的目光让他慢慢清醒，他终于笑出声来："是，所以我不知道，你也不知道。卫韫，你我不若做个约定。"卫韫平静不语，顾楚生慢慢地道，"我知道你会去北境，我也知道你要在那里谋划卫家的出路。你在北境的时间里，我不会追求她，我只会做好我的本分，在华京拼了我的命，保她无虞。……而你，也请只做好你的本分。"

卫韫看着面前的人，沉默了许久。接着他端起酒杯，平静地开口："好。"

"北境不平，江山不定，我便只是你的盟友。"顾楚生给自己倒了酒，举杯看向卫韫，"待你南归，你我各凭手段，愿得盛世太平……"

卫韫明白他的意思，举杯与他相碰，看着他的眼睛，声如珠玉击瓷："许以江山为聘。"

说完，两人仰头将酒一饮而尽。

第二天清晨，一行人整装直奔华京。赵玥登基后，封顾楚生为金部主事，并将当年顾家的宅院重新赐还给他。于是顾楚生同楚瑜告辞后，便径直回了自己府中。

卫韫同楚瑜亦回到卫府，刚下马车，就看见柳雪阳和蒋纯带着众人站在府邸门口候着。二人微微一愣，柳雪阳已上前来抱住了卫韫，含着眼泪道："你总算是回来了，你不知道你在外的日子，母亲心里有多害怕。"卫韫的眼神软下来，他抬手拍了拍柳雪阳的背，温和地道："母亲勿忧，我回来了。"旁边的蒋纯也走上前来，含笑看着楚瑜："回来了？"楚瑜瞧着蒋纯笑意盈盈的模样，打趣道："你看上去面带桃花，似乎过得不错啊？"

听到这话，蒋纯愣了愣，随后有些不好意思地道："你听说了？"楚瑜呆了呆，故作镇定地道："听说了。"蒋纯有些无奈，却还是道："没想到传这么快。不过他这个人性子浮，都是张嘴乱说的，你们别当真。我要在卫府待到老的。"楚瑜点了点头，认真地道："是，男人的一张嘴不能随便信，还是要考验一下。"蒋纯抿唇摇了摇头："我不会对不起二郎。"

"阿纯……"楚瑜叹息出声，还想说什么，柳雪阳已经从喜悦中缓过神来，招呼着二人道："来来，先把火盆过了，把艾草和水拿过来……"楚瑜剩下的话止于唇间，然而蒋

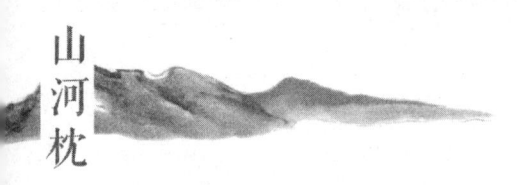

纯眼中却全是了然，似乎早已经知道楚瑜要说什么了。楚瑜跟在卫韫后，踏过火盆，柳雪阳用艾草蘸了水，轻轻拍打在二人身上，洗去了他们的一身晦气。接着众人又来到祠堂拜见列祖列宗，一行人才回到各自的房间梳洗、休整。

长月、晚月早就已经备好水，楚瑜一进来，她们便侍奉着楚瑜下了热汤，长月给楚瑜按摩手臂，晚月给楚瑜搓着背。长月一路嘴不带停地道："您要去北方就去，怎么就把我们撇下了？这世上哪里有主子甩开自己贴身侍女的道理？"

"我不是担心你们吗？"楚瑜叹了口气，"这次是我任性，去了之后才知凶险。你看我带了那么多人过去，又……"说到这里，楚瑜的心里涌上来几分酸涩，摆了摆手道，"算了算了，你们同我说说华京里的事吧。"长月翻了个白眼："能有什么事啊？华京里安定着呢。"楚瑜知道她是在同自己置气，转头看向晚月："晚月你说。"

"赵氏称帝后，安抚了各家，该贬的贬，该升的升。他颇有手腕，权衡各方，所以华京被他接管之后，倒没出什么乱子，百姓安居乐业，我们也没受太多影响。"

楚瑜点点头，这些她都是知道的："还有呢？"

"他提拔了顾楚生和宋世澜，还将沈佑提为大理寺丞。沈佑每次回来都要来府里见六夫人，六夫人不见他，他便在门口站着。外面的人都知道，这件事在华京传了许久了。"

楚瑜愣住了。沈佑的举动，却是她没想到的。她皱起眉头，不明白沈佑到底是哪里来的脸面。若说他传错消息是无意，那他将救他之人从赵玥改成了姚勇，就绝对是有意隐瞒了。既然如此隐瞒，那又何必惺惺作态？

楚瑜思索着，长月见她不说话，赶忙道："还有还有，还有一件大事。那个宋世澜，就是宋世子，庶子出身当了世子的那个，您记得吧？"看着长月挤眉弄眼，楚瑜有些好奇了。宋世澜虽然看上去有些轻浮，实际上极为沉稳，以庶子之身爬上世子之位，说狠够狠，说稳够稳，他又能有什么事？

"他上门来求娶二夫人了！"长月兴奋地道，"小侯爷不在，他就找了老夫人。老夫人拿不下主意，还是二夫人亲自出面拒绝的。当时我们都瞧着呢，这个宋世子脾气可好，被拒绝了也没多说什么，还嘱咐二夫人要多吃些，说她太瘦了……"长月还在絮絮叨叨，楚瑜却是慢慢睁大了眼。缓了半天她才反应过来，这果然是个大消息！她忍不住脸上带了笑意。

洗完澡之后，来到饭厅用饭。还在饭桌上，楚瑜就忍不住拿眼打量蒋纯。蒋纯被她看得有些不好意思，将碗筷一放，叹了口气道："阿瑜，你要说什么，便说吧。"

"咳咳，小七，"楚瑜转过头去，扯了扯卫韫的袖子。卫韫抬眼看她，眼里带了些疑感,只见楚瑜抿着唇笑道:"我和你说件好玩的事。"卫韫瞧了蒋纯一眼,又瞧了楚瑜一眼,莫名其妙地点了点头,楚瑜张口就道:"那个宋世子上门向阿纯……"

"哎呀你别说了!"蒋纯起身来捂楚瑜的嘴,楚瑜身手比她好太多,却任由着她捂住嘴,摆出一副求救的模样看向卫韫。卫韫愣了片刻,慢慢反应过来,转头看向柳雪阳。柳雪阳轻咳了一声:"是有这事,不过阿纯不愿意,就被我拒了。"

"其实宋世子挺好的。"王岚抱着孩子,笑着瞧向和楚瑜打闹着的蒋纯,"现在还天天送着礼呢。"听到这话,楚瑜挑起了眉头拼命朝蒋纯眨眼,眼里全是"真的吗真的吗?"眼见着老底都被抖搂完了,蒋纯叹了口气,放开楚瑜道:"算了算了,你们就拿我当下酒菜吧。"楚瑜赶紧瘫过去,靠在蒋纯身上撒着娇:"我们哪儿敢啊?我错了,好姐姐,我不说你和宋世子了,你别生气嘛。"

见着楚瑜的模样,蒋纯忍不住笑了:"去了北狄一趟,怎么学得这么泼皮无赖了?"卫韫在一旁瞧着,眼里亦是带了笑意。他很喜欢楚瑜这样完全不设防的模样,这让他觉得,自己这才是真的走进了她的世界里。想到这里,卫韫敲了敲楚瑜碗边的桌沿,示意她赶紧坐回来好好吃饭:"她不是在北狄学的,我瞧她呀,来之前就是这模样了。之前还端着,现在对着咱们这一大家子,却是连端着都不愿意了。"听着这话,柳雪阳也忍不住笑着道:"小七说得是,我当初怎么就没瞧出来,你是只小泼猴呢?"

一家人拿着楚瑜打趣,说说笑笑,一顿饭吃了许久。

饭后,宫里便来了人,规规矩矩地等在门口。卫韫瞧见来人拿着圣旨,顿时冷了神色。楚瑜收起笑意,同卫韫道:"赶快去接旨。"卫韫明白楚瑜的提醒,他深吸一口气,站起身来,疾步朝着那太监迎了过去:"公公手持圣旨前来,怎的不让我等出门迎接?"

"陛下来时嘱咐了奴才,"那太监笑了笑,和气地道,"小侯爷从北方归来,车途劳顿,若是还在用膳,便让奴才就在一旁候着,等小侯爷吃过了,再来同您说进宫的事。"

"陛下真是体恤我等。"卫韫面露感激之色,"陛下圣恩,臣又怎可放肆?还请公公宣旨吧。"说着,卫韫退了一步,恭敬地跪了下来。太监宣读了圣旨,将圣旨交到卫韫手里,又朝跪在卫韫身后的楚瑜道:"陛下还说了,梅贵妃娘娘与卫大夫人乃故交,一直挂念着您,您若无事,不如也进宫去看看娘娘,也当叙一叙姐妹情谊。"

"劳烦娘娘挂念,"楚瑜恭恭敬敬地道,"妾身对娘娘也十分思念,愿与小侯爷一道入宫。"那太监顿时眉开眼笑,领着两人出去了。

卫府大门外已备好两辆马车。太监单独上了一辆,楚瑜和卫韫上了后面一辆。马车摇摇晃晃地前行,楚瑜淡道:"你今日去,该谈什么,都想清楚了吧?……赵玥必然要将我和母亲留在华京为人质，你答应他。"卫韫没说话，楚瑜微皱起眉头，"不是说好的吗？"

"知道了。"卫韫低声开口。楚瑜瞧着他的模样，像一只被抽走了骨头的小狗，忍不住抬起手来揉了揉他的头发。她沉稳地出声："信我。你好好在北方发展自己的人脉，我在华京，不会给你找麻烦。"卫韫闷闷地道："你要能给我找麻烦，说不定我还能开心些。"楚瑜拍了拍他的头："孩子话。"

一路无话，没一会儿，马车便到了宫门前。楚瑜和卫韫直入内廷，卫韫被领着去了御书房，楚瑜则被领着往后宫走去。

淳德帝生前并不算一个荒淫的皇帝，后宫妃子数量不多，而赵玥登基后，整个后宫，除了正在议亲的姚家女，也就只有一个梅贵妃，居在栖凤宫之中。栖凤宫乃从前姚皇后的宫殿，让梅贵妃居住在这里，赵玥的心思，谁都清楚。

楚瑜思索着，已来到栖凤宫门前。她恭敬地跪下，双手交叠落在地上，头抵在双手之上。大门带着嘎吱的声音缓缓打开，一股浓烈的梅花香味扑面而来。片刻后，一个慵懒的声音响了起来："进来吧。"

楚瑜站起身来，低头进了房中。房中的女子身着金色华服，斜卧在榻上，头发散披着落在地上，裸露出来的脖颈上全是斑驳的红点。她仿佛刻意要让人看到她这般模样，似乎是在宣告着什么。她没有化妆，素面朝天，神色慵懒随意，似乎这半年来的动荡，与她没有任何关系。

楚瑜站在她身前，恭敬地道："殿下。"李春华端详自己指甲的动作微微一顿，片刻后，她轻笑出声："从北境回来的人果然不一样，我已经许久没听到过这个称呼了。"说着，她嘴角噙了一丝冰冷的笑意，"你知道他们都叫我什么？"楚瑜诚实地开口："娘娘。"

李春华垂下眼眸，淡道："我女儿被关起来了。"楚瑜没有说话，听她继续道，"我哥哥也死了。……这都是我作的孽吧？"

李春华的笑声里带着嘲讽，她站起身来，裙子拖在地上。她这一身长裙繁复华丽，因无法穿到室外，所以是华京女子很少见到的衣着。从这件衣服上，楚瑜便推测出来："娘娘平日不出房门吗？"

"你觉得是我需要，还是我能？"李春华挑眉，"你说这话，真让人难过。"楚瑜有些疑惑："那殿下……为何能见我？"李春华轻轻一笑："他同我要一样东西，我给了呗。"楚瑜不太明白，只见李春华靠近她，将肩膀处的衣服轻轻拉扯下来，露出身上的痕迹，"他如今想要的、我能给的，就只有这个了。"

410

十八　愿得盛世太平，许以江山为聘

楚瑜猛地睁大了眼睛。李春华拉上衣服，坐回榻上，撑着头道："我的面首多得数不清，他以为这样就能羞辱我？"说着，她冷笑出声，"笑话！"

楚瑜没说话，好久后，她才慢慢地道："那殿下如今，又在难过什么呢？"李春华没说话，楚瑜起身走上前去，半蹲下来，握住了她的手。"殿下，"她叹息出声，"受伤了觉得难过，并不可耻。"

李春华的手微微颤抖，她静静地看着楚瑜，随后艰难地笑了起来——

"本宫不难过。本宫一辈子都没输过，这一次，也不会输。"

十九　送完你这段路，我再走

楚瑜没说话，她静静地凝视着李春华。这一瞬间，她似乎又看到了当初自己跪在宫门前，李春华整理了衣衫，将头发绾在耳后，说那一句"本宫要打的仗，便从来没有输过"的模样。两个女人就这般静静地对视着，似乎都从对方的眼里看到了云涌风起。李春华从楚瑜眼里看到了她要的江山，楚瑜也从李春华眼中看到了她有的抱负。

"你信吗？"许久后，李春华出声，神色冷静，"你可愿信我？"楚瑜没出声，她放开李春华的手，站起了身来。李春华的目光落在她身上，带了几分波动。而后便见楚瑜退了两步，双膝跪下，广袖一展，双手交叠在身前，弯腰将头抵在了地面上。随着楚瑜的动作，李春华亦挺直了腰背，目光深沉。只听见楚瑜沉稳地开口："愿随我主。"

李春华站起身来，平静地道："赵玥会让卫韫去北方，但你得留下。"

"我知。"

李春华的手落在她的额顶，目光看向大门正前方。带着凉意的绸缎垂落在她的脸颊边，楚瑜感受到额顶的温度，听见李春华平静的声音传来："我在，保你卫家无虞。"

卫韫由太监引路，来到了御书房。赵玥正在御书房里练字，听闻下人通报卫韫到了，他抬起头来，温和地笑了笑："小侯爷来了？"他毫无皇帝该有的架子，仿佛他还只是长公主府的一个面首，笑容清浅又柔软。

卫韫恭敬地行了个大礼，赵玥赶忙上前来扶他："爱卿快快请起。"

"微臣见驾来迟，还请陛下恕罪。"卫韫低头出声，遮住了眼中的情绪。赵玥叹了口气："爱卿孤身入敌千里，乱了敌方阵脚，朕感激还来不及，怎么会怪罪？"说着，赵玥招呼着卫韫坐下，"先坐下吧，朕也知道你才刚回来，必定是累了。只是朕有许多问题急切地想问你，只能让你受累了。"

"为国献力，乃臣本就该做之事。"

十九　送完你这段路，我再走

　　赵玥满意地点点头，也没有多说什么，开始向卫韫询问北狄之事。他问得细致，北狄的城池风物、行军路线等种种，事无巨细。卫韫是目前仅有的去过北狄最深处的大楚官员，过往大楚对于北狄的了解，大多来自往来的商人。然而两边的商人数量都不算多，好不容易有一些人对北狄比较了解，又总会出于自己的考量而有所隐瞒，加上时间变迁，过往的资料大多更新不及时，也不够细致。因此这么多年来，大楚一直处于被动防守之中。

　　眼下大敌当前，最重要的就是军情，卫韫和赵玥都自动屏蔽了姚勇等事，先将战场上的信息互相交换了，这么一问一答便到了深夜。赵玥深深地舒了口气，道："照你所说，苏查、苏灿本就互相斗争，北狄各部落之间又互相不对盘，那北狄从大楚退兵，怕是迟早的事了？"

　　"臣有把握让他们退兵。"卫韫看着赵玥，认真地道，"可是陛下觉得，这一次，仅仅让他们退兵就够了吗？"赵玥没说话，他低头抿了口茶，片刻后，他轻轻笑了笑："那小侯爷还想做什么？"

　　"他们如此欺我大楚，若只是让他们退回去就收手，等他们休整之后，他们不会再来吗？"

　　"你想让他们付出代价？"

　　"难道不该吗？"

　　两人静静对视，赵玥没有出声。过了一会儿，他低下头，将滚水冲向茶叶。他一贯爱煮茶，如今也将这习惯带到了宫里来："你知道继续打下去，要花多少钱吗？"卫韫抿了抿唇："北狄常年对我们动武，正是因为他们几乎不带粮草，走到哪里抢到哪里。"赵玥抬眼看他："你也想这样？"卫韫点了点头："北狄后方的人比较分散，我们逐一击破，其实并不需要多少兵力。陛下只需要给臣马匹和人，粮草的问题，臣自己解决。"

　　赵玥没说话，似乎是在斟酌。卫韫看着他："陛下是打算每隔一段时间就和北狄打一仗，还是一次性解决问题？"赵玥还是不语，他将一杯茶放在卫韫面前，卫韫继续道："好，那臣先不说这个。且说陛下，您难道就没有一点想法吗？陛下在位时，若大楚能灭了陈国，将陈国并入我大楚国土，这将是何等成就！陛下难道就没有成为圣君的野心？"

　　听到这话，赵玥的神色动了动。任何一个帝王都希望自己能成为传说中的千古一帝，然而始皇帝在前，这太难做到，于是退而求其次，能创造一朝盛世，为后世称赞，也是不错。国土的疆域总是衡量一个帝王的标准，哪怕是赵玥这样的人，也难免心动。

　　然而，他思索了片刻后，还是道："朕觉着可以再等几年。"他一手敲着桌子，慢慢地道，"如今朕与顾楚生正在后方努力解决财政民生，战场之上，其实只要能停战就可，朕不做过多要求……"

"臣有要求。"卫韫冷声开口。赵玥抬眼看他："想报仇？"卫韫变了脸色，赵玥笑出声来，"小侯爷，你还是太年轻。君子报仇，十年不晚，小侯爷为何不能再等等呢？"

　　等什么呢？有一瞬间，这句话几乎就要脱口而出，然而卫韫生生止住了它。他深吸一口气，慢慢地道："臣的家仇，除了姚勇，早在臣于北狄皇庭里连点半个月天灯的时候就得报了。如果是为了家仇，臣何不如此刻休战，去找姚勇的麻烦？"赵玥瞧着卫韫，这样的理由他接受。太过光明伟岸的理由，他都觉得虚伪。卫韫看出赵玥眼里的赞同，继续道，"臣坚持要打，是因为此时此刻，就是最佳时机。如今苏查与苏灿内斗不止，各部在臣上个月的骚扰之下也对北狄皇庭不满。实话同陛下说，臣走之前，户部账本臣都查过，这一仗能不能打，臣心里有数。"

　　赵玥的唇角还挂着笑，眼里却没了笑意。卫韫也不在意，他直直地盯着赵玥："陛下之所以不愿意继续打下去，不就是担心臣在边境发展自己，给您造成威胁吗？"

　　赵玥皱起了眉头："这些话你是听谁说的？你乃未来名将，又品行正直，朕不会这样猜忌你。"

　　"陛下，"卫韫低头抿了口茶，"就咱们两个人在，何必说这些惺惺作态的话呢？华京是臣打下来的，姚勇是臣设计的，陛下的这个皇位，来得不算光明正大。您以这样的手段坐上了皇位，和臣却谈得这么正儿八经，可笑了吧？"

　　"你说得也是。"赵玥的言语间已全是冷意，却仍保持着笑容道，"那你到底要怎么样呢？"

　　"第一件事，我要姚勇的狗头。"

　　赵玥敲着桌子，点了点头："这个人，朕本也打算处理了给你送过去。"

　　"第二件事，我要陛下册封我大嫂为一品诰命，并将她该有的军功，都给她。"

　　没想到卫韫会提这个要求，赵玥有些发愣。许久后，他笑了："好，没问题。"

　　"第三件事，"卫韫盯着他，"我要陛下全力配合，不说灭北狄，至少要将北狄杀到十年都恢复不了元气，无法再来骚扰大楚。"

　　赵玥转头看向窗外，嘴边全是嘲讽。"卫韫，"他淡淡出声，"是谁给你的勇气，这么同朕坐地起价？"

　　"陛下以为，此刻臣为什么还要坐在这里同您谈？"卫韫抿了口茶，"陛下保下了姚勇，抢走了华京，臣还能心平气和地坐在这里，陛下以为凭的是什么？"赵玥皱眉，卫韫抬头凝视他，"为了姚勇的人头，我牺牲了这么多，若不是为了灭北狄之大业，这口气我怎能忍得下来？每让他多喘一口气，对我来说都是羞辱！"

　　"卫韫，"赵玥苦劝，"你想想百姓。"

十九　送完你这段路，我再走

卫韫勾起唇角："您真当我在意？您和淳德陛下一样，总喜欢拿百姓当筹码。"

赵玥不说话，卫韫的神色从容坚定，容不得半点回转。赵玥清楚地知道，卫韫如今只留了两条路给他——要么，将北狄打到底；要么，他交出姚勇。可他不可能在这个时候交出姚勇，一旦交出这个人，他就会立刻失去制衡几大世家的筹码。但他不交出来，卫韫又不会善罢甘休，内战一触即发，他好不容易才平定下来的局面，又将岌岌可危。

过去他可以不在意，因为坐在君主位子上的人不是他，国破了，山河亡了，他大可一走了之。然而如今却不一样，坐在君位上的人是他，他的命运与这个国家息息相关。卫韫是光脚的不怕穿鞋的，他却做不到卫韫如今的这份果决。他盯着卫韫："卫韫，你如今如此逼朕，就不怕日后吗？"

卫韫轻轻一笑："陛下乃千古圣君，知人善用，想必明白臣的要求。您只要满足了臣的要求，臣不会有任何异心。陛下并非不能分辨是非之人，臣又怕什么日后？"

赵玥的目光闪了闪，似乎是想起了什么。许久后，他终于道："朕想一想……"

"臣等陛下的消息。"卫韫站起身来，恭恭敬敬地行了个礼，得到赵玥的允准后，便退了下去。

看着卫韫离开，赵玥面上的神色慢慢冷了下来。他猛地一脚踹开桌子，起身往栖凤宫走去。栖凤宫里，李春华刚送走楚瑜，正坐在铜镜前梳发。赵玥远远看见那女人，神色柔和下来。他来到她身后，从她手里拿过梳子，温和地道："殿下，我来。"李春华没说话，任由他将梳子握在手里。他的神色温柔宠溺，仿佛是还在长公主府里一样。

"我记得当年你刚来我府上时，其实什么都不会。我本也不打算让你做什么的，有一日你却突然自告奋勇，要为我梳发。那天是你第一次给人梳发吧？"李春华看着铜镜里的人，慢慢述起了当初。

赵玥听着这些话，方才的暴戾、愤怒都从眼中慢慢消散，他轻轻地应声道："对，第一次。是弄疼你了吗？"李春华轻笑出声来："是啊，从来没有人这么笨手笨脚过。"

"那你还让我梳？"

"你喜欢，我宠宠你，又怎么样？"

赵玥的手微微一顿，片刻后，他苦笑起来："殿下这样说，真让人受宠若惊。只是我一直不知道，殿下宠的到底是我，还是梅含雪？"

李春华沉默了片刻。如果当年他问上这么一句，她大概会如实答他——她宠的是他，一直都是。当年挑选驸马，之所以选中梅含雪，也不过是因为她头一次见他，就发现，这个人真像她家小阿玥。

当时她并没有其他感情，终归要选驸马，不如选一个像他的。直到后来他长大，来到

415

她身边。他生得那样出众，傲骨风华，她却已经是一个带着孩子的寡妇。她隐约发现，原来她心里觉得最好的男人，从前是她家小阿玥，后来是那位秦王世子。岁月让她的感情逐渐变得浓烈炙热，她也从不避讳。因此，如果当初他问，她必然是这样答。可是如今他再问，她却不愿意将这份答案告知于他了。沉默许久后，她慢慢地道："阿玥，我打小就宠你。"

"我要的是怎样的感情，殿下不明白吗？殿下一向照拂小辈，可我却觉得，我不甘心当这个小辈。"李春华沉默不语，赵玥弯下身子，捏住她的下巴，扭过她的头来让她面对自己。李春华坦然地与他对视，他遮掩住眼中的风起云涌，"我很想知道，我哪里不好？……长公主府里那么多面首，为什么所有人你都碰得，唯独我，从来不能当你的入幕之宾？"

"赵玥，"她平静地出声，"我已经很久没有召面首侍寝了。"那一日，她第一次知道自己喜欢他，也是第一次同他说她喜欢他。那个时间点，她牢牢地记在了心里，赵玥却什么都未察觉。他轻轻一笑："不还是有很多人在你身边吗？……殿下，"他的脸靠近李春华，"今天卫韫让我放他去北方打北狄。猛虎欲归山，你说我放是不放呢？"

李春华没说话，许久后才慢慢地道："不放。"赵玥微微一愣，诧异地看着她："为什么？"

"你都已经说了，放他回去无异于猛虎归山。哪怕自断一臂，也绝不能让这样一个会对你造成威胁的人活下去。"赵玥没说话，他的手微微颤抖着。李春华看着镜子，再度平静地开口，"阿玥，无论如何……"她的声音沙哑，"我都会护着你。"

赵玥握着她头发的手微微一紧，突然觉得自己回到了年少时，这个女子站在自己身前，不惜一切代价地为自己遮风挡雨。

"我知道你不信。"李春华故作镇定，然而赵玥却明显从她的语气里听出了那么几分委屈，"可当年我那么喜欢小花，不也为了你送走了它吗？"赵玥的思绪微微浮动，恍惚想起当年他寄居在李氏府中，同一位正得盛宠的小公子因一只小猫而起了冲突。那只小猫是李春华年少时最爱的猫儿，从奶猫开始喂养，一直养大。为了保他不被小公子欺负，她将这只猫儿送给了那个小公子赔罪，结果过了不久，就传来猫儿死去的消息，李春华躲在屋里哭了一天，出门的时候还怕被他知道，骗他说是有沙子进了眼睛。

想起这件事，赵玥的心里轻轻发颤。他突然觉得，如今的大楚，仿佛当年的那只猫儿。李春华嘴上说着没关系、不在意，可是等大楚真的像那猫儿一般死掉，内乱横生、百姓流离、遭到北狄肆意折辱之时，她或许还会像年少时那样，躲着哭泣，怕他见到。

他垂眸看着她，心中风云变幻。他怕极了她的眼泪，尤其她是为了他而流泪的时候。

十九　送完你这段路，我再走

　　许久后，他轻轻一叹，抱住了面前的人："如果朕真的这么做了，你会很难过吧？当初你保下卫韫，不也是看出了他的这份将才吗？……以前你总担心大楚用你去与北狄和亲，天天想着有一天大楚能踏平北狄……"说着，他朝着她笑了笑，低头亲了亲她的面颊，"这一切，朕送给你。"

　　李春华微微一愣，似是诧异。她如少女一般抬头看他，那目光看得赵玥心潮浮动。他抬手抚上她的唇，沙哑出声："朕想好好侍奉你。"他的声音里染了情欲，"你舒服了，朕心里高兴，就许了卫韫，你说好不好？"

　　李春华没说话，她似乎是在挣扎。他与大楚，在她心中一般重量。赵玥看着她，已心生欢喜，他压抑着情绪，小心翼翼地吻上去，沙哑着声音道："你别多想了，这个决定，朕为你做。你心里有朕，朕很欢喜。"

　　李春华依然没说话，她闭上眼睛，慢慢捏紧了拳头。赵玥欺在她身上起起伏伏，她咬牙不语，紧闭双眸。——他们最相爱的时候，不曾如此。如今他们刀剑相向，却亲密无间。

　　楚瑜在马车上，静静地等着卫韫。她在思索着方才和李春华的对话——

　　"赵玥向来吃软不吃硬，我会假装爱上他，在他身边等待时机。他心思不正，我若随了他的意思，未来必定是一代妖妃。帝君无德，你们才有机会。"

　　"赵玥心思缜密，殿下怀着这样的心思接近他，若是装不像怎么办？"

　　"我说错了，"李春华苦涩地笑开，"我不是假装爱上他，所以没什么装得像装不像。"

　　——本来就是真的，又怎么会需要假装？楚瑜垂下眼眸，抚摸着衣服上的纹路。这本是卫韫的习惯，不知道什么时候她也有这习惯了。外面传来脚步声，片刻后，车帘被猛地掀起，露出了卫韫俊朗清贵的面容。

　　看见楚瑜，卫韫舒了口气。"嫂嫂，"他温和地出声，"你没事就好。"

　　听到这话，楚瑜不免笑了："我去见梅贵妃，能有什么事？倒是你……"说着，她抬头看了外面一眼，"上来说话吧。"

　　卫韫低头应声，赶忙上了马车。楚瑜让了位子出来，又给他倒了茶，慢慢地道："你和赵玥谈得如何？"

　　"我给他提了三个要求：未来杀姚勇，给你封一品诰命外加军职，放我去北边。"卫韫说着，从楚瑜手中接过茶杯，像一只大猫一般懒洋洋地靠在马车内壁上，曲起一条腿来，没有半点规矩。楚瑜轻轻拍了拍他的膝盖，笑着道："哪儿学来的姿势？没规矩。"

"都不在人前，"卫韫嘟囔着坐直起来，"我就懒懒也没什么呀。"

"也不是小孩子了。"楚瑜轻轻瞪了他一眼。这话卫韫听着高兴，撑着下巴道："嫂嫂，我给你讨了个官当，高不高兴？"

"费这个事做什么？我又不能往上爬，空拿了个虚衔，你当我还贪图月银不成？"大楚以前也有过女将军，给女子封军职虽然不常见，但也不是头一次。只是大多男子都希望能将家中女性的军功记在自己头上，鲜少有卫韫这样主动去为女子请功的。

"倒也不是为了这个。"卫韫笑了笑，"不是你的东西，我都想捧来给你，更何况本是你的东西，那更是谁都不该抢走。"听到这话，楚瑜端着茶杯的动作顿了顿。她转过头来看着他。这话卫韫说得漫不经心，然而随口而出，便是他心底深处的本意了。楚瑜垂下眼眸，感觉自己内心有那么几分不常见的波动，她勾了勾唇角，有些无奈地道："小七，你对我太好了。"

"不够。"卫韫看着她，目光里落满了这个女子，"始终不够。"

楚瑜没说话。明明两个人都没动，然而有那么一瞬间，她却觉得，这个人似乎正在欺身上来，步步紧逼，让她有那么几分喘不过气来。她轻咳了两声，调整了一下情绪，继续道："赵玥答应了吗？"

"他说他想想。这在我意料之内，倒是梅贵妃那边，怎么说？"

"梅贵妃怕是有反意。"楚瑜认真地开口，将李春华的计划说了出来，"她同我说，赵玥能忍到现在，绝非泛泛之辈，我们要抓他的把柄怕是不容易。但赵玥对她有心结，她会好好地利用姚勇和这个心结。反一个明君不容易，但反一个昏君，则是再容易不过了。"

楚瑜说到这里，卫韫便明白了李春华的意思。如今的计划有两步，一是增加自己的实力，二是抹黑赵玥的名声，把他逼成一个昏君。卫韫沉默着没说话，楚瑜从他的眼中看出了不忍。如果赵玥本是一个好君主，被逼成昏君，对于卫韫来说，便是太大的心理负担。

"小七，"她叹了口气，"一个愿意拿家国百姓去谋取皇位的人，不会成为一个好的皇帝。更何况，从梅贵妃的情况来看，无论你帮不帮她，这一步她都会走。"说着，她抬手摸着卫韫的头，认真地道："你不是神。每个人都会走很黑暗的路，走到哪里，都是他自己的选择。你救不了谁，你只能尽己所能，做好自己要做的事。"

卫韫点头应声。他抬眼看她，微微一笑："嫂嫂，谢谢你，一直在我身边。"

十九　送完你这段路，我再走

第二天天还没亮，卫韫已醒，他穿上官服，准备去上朝。出门前，他瞧见一个人影站在门口。迷迷糊糊那么一看，觉得有几分熟悉，忙叫住卫夏，下巴朝着那人影的方向抬了抬："沈佑？"

"是呢。"卫夏小声地道，"管家说，他回来后就每天来这门口守着，上朝前来一趟，下朝后来一趟。听说他在咱们府邸斜对面租了个房子，方便他天天守在这里。"

"守六夫人？"卫韫皱起眉头。卫夏见他似乎不喜，有些犹豫地道："小侯爷不喜？那我让人把他打发走……"卫韫摆摆手："罢了，他如今也是朝廷命官。"如今卫韫已经知道沈佑是赵玥的人，于是对于沈佑直接从一个细作摇身成为将军的传奇人生，也就不觉得奇怪了。

马车摇摇晃晃地来到宫门前，卫韫下了马车，看见两边都是正准备往宫里走去的官员。看见卫韫，众人纷纷上前来问好，寒暄着，询问一些北狄的事。这时，一辆马车疾驰而来，又稳稳停住。众人朝那马车看过去，一位老者轻嗤了一声："小人得志。"

说话间，顾楚生用笏板挑起车帘，慢慢走了下来。站在卫韫身边的老者靠近了他几分，用嘴朝顾楚生努了努，道："瞧，那就是如今最得陛下盛宠的金部主事，顾楚生。您别瞧他如今只是金部主事，我同您说，这人啊，陛下完全是把他当内阁的人在培养呢。"听到这话，卫韫的神色动了动，回道："顾大人倒也的确有这个能力。"老者露出嘲讽的笑意来，换了个话题又同卫韫说了几句，便朝宫里走去了。

卫韫跟着众大臣一起来到广场，按照各自的官阶排队进殿。进殿后不久，便听见礼官唱喝，赵玥从殿后走了上来。他坐到金座之上，众人高呼万岁，卫韫抬眼看他，见他始终保持着盈盈笑意，然而眉宇之间却又有了一份之前未见的贵气。

这是多能忍的一个人？！卫韫垂下眼眸，跟着众臣跪拜下去。

依早朝的惯例，先报紧急之事，众人讨论，接下来是各部门日常述职，最后才轮到卫韫回朝这样看似无关紧要的小事。君臣表面热络了一番，卫韫便简短地说了一下自他入北狄后战事的始末。虽然在卫韫回来前，众人便都已有所耳闻，但听当事人说起来，还是有几分不一样，因此众人皆听得聚精会神。

卫韫说完，顾楚生开口道："那如今看来，卫大人对北狄想必是十分了解了？"

"不算极其了解，但也大致清楚。"卫韫实话实说。

旁边有一个大汉高兴地道:"那太好了,卫大人就按照之前的法子再杀上几个来回,平了北狄就好了!"

"穷兵黩武不是好事,"一个老者顺着胡须道,"只要将这些蛮子驱逐出大楚即可。如今于大楚而言,休养生息才是正经。"

两边人争执起来,朝堂上顿时一片混乱。赵玥静静听着各方陈词,许久后,却是看向了顾楚生,询问道:"顾楚生,你如何看?"

"休养生息,是利大楚当下之计;然而若能乘胜追击,灭了北狄,却是利大楚百年之大计。若按照卫大人所言,以战养战,以大楚如今的国库来看,倒是可以一战。臣以为,陛下不妨一试。"

顾楚生说得稳稳当当,赵玥点头道:"爱卿说得极是。卫爱卿——"

"臣在。"

"朕任命你为兵马大元帅,如今便将此职继续下去,讨伐北狄,保家卫国。"

"臣遵旨。"

"你卫家抗敌有功,大夫人楚瑜于战场之上,巾帼不让须眉,守凤陵,闯皇庭,斩苏勇首级,战功累累。为表嘉奖,特封卫楚氏为一品诰命,赐名昭华,赏封地宁县,并擢为正五品南城军校尉。"

"臣谢过陛下圣恩!"

"卫爱卿,"赵玥从高台上走下来,亲自扶起卫韫,面露郑重之色,"这大楚的国运,朕就交到你手中了。"

"陛下放心,"卫韫抬眼看他,眼中饱含热切,"臣抛头颅、洒热血,也绝不辜负陛下一片苦心!"

"好!"赵玥豪气出声,"朕相信爱卿,我们必会迎来一个崭新的大楚。爱卿在战场上大可放心,后方之事,朕会一律处理妥帖,爱卿的家人,朕也会亲自照拂,让爱卿绝无后顾之忧!"

听到这话,卫韫眼中一冷,然而面上却仍旧是一副君贤臣忠的模样,感激地道:"谢陛下!"

卫韫前脚刚在大殿里得到封赏,圣旨后脚就送进了卫府。楚瑜已换上华服,同柳雪阳、蒋纯等人一起跪在大门口,接了圣旨。楚瑜早已知道会有这样一遭,倒也没有十分意外,而卫府里却疯一般,柳雪阳高兴坏了,握着楚瑜的手往前走:"你也是运道好了,我熬这个一品诰命,熬了十年。你如今才几岁?便是一品诰命了!这真是小七出息了。"

十九　送完你这段路，我再走

楚瑜笑了笑，没有多说，旁边的长月却有些不满地撇了撇嘴。

楚瑜又同柳雪阳随便说了几句，便回头去找蒋纯，吩咐蒋纯将卫韫出门要带的东西都准备好。蒋纯一面记录着，一面觉得奇怪："怎的才回来，又要出去了？而且你做这些准备，怎么像是他要在外面住好几年一样？"楚瑜笑了笑："打仗这事，有时候不就是一打好几年吗？妥帖一点比较好。"蒋纯点点头，倒也没有深想。

等卫韫下朝回府，将蒋纯叫过来交代自己去北方的行程时，蒋纯抿嘴笑了笑："阿瑜已经吩咐过了。"卫韫微微一愣，随后点了点头。蒋纯将楚瑜列出来的清单给了卫韫，"她让准备的东西就是这些，你看有什么不够的，我们去补。"

卫韫从蒋纯手里接过纸，低头看去。那字迹沉稳内敛，然而仔细看时，便会发现又带着几分轻狂张扬。只是这份轻狂张扬被包裹在那规规矩矩的沉稳里，不用心，就很难发现。卫韫忍不住勾起嘴角，连具体写了什么都没多看。

蒋纯静静地看着他，端详着他的表情。她想说些什么，却欲言又止，最终只是道："你看还有没有其他需要添补的……"

"二嫂看着办吧。"卫韫将清单还给蒋纯，语气里带着几分迫不及待，"我看看大嫂去。"说着他便转过身，带着满身的欢欣去找楚瑜了。蒋纯看着他的模样，皱了皱眉头。

卫韫来到楚瑜的门前，看见她正跪坐在案牍前写字。她身旁睡了只白色的猫儿，是他之前送她的，如今已经长大，整日一副没精打采的模样。他的目光落在那猫儿身上，问道："嫂嫂，练字呢？"

"回来了？"楚瑜转过笔锋，抬眼看向晚月，晚月便去倒了水来。楚瑜一面净手，一面招呼着卫韫坐下，徐徐缓缓地叙着家常："你看上去似乎很高兴，在高兴些什么呢？"

"夫人。"卫韫突然开口，楚瑜的手微微颤抖了一下，卫韫笑着看她，"——昭华夫人。"楚瑜反应过来，狂跳了几拍的心瞬间平静下来。她收回视线，低头看着水盆里自己的倒影，搓洗着手道："这有什么好高兴的？"

"这是第一步。"卫韫的神色很是认真。楚瑜从长月手中接过帕子擦干手，听卫韫慢慢地道："我许诺给嫂嫂的所有，我都会一步一步做到。"

其实这些话算不上幼稚，然而楚瑜听着，却总觉得卫韫像个孩子似的。孩子的心思最纯，不管他能不能做到，然而他说这话时那"想对你好"的干净内心，却是真真正正、实实在在的。楚瑜轻轻笑了，低头将话题转了开去。两人有一搭没一搭地聊着天，卫韫便让卫夏将公务都搬了过来，一面同楚瑜说话，一面处理自己的事。

到了夜里，两人都懒得出去，卫韫便让卫夏将饭菜端到房间里来，两人就着一张桌子，一面说话，一面吃饭。此时已是月上柳梢，凉风习习，两人毫无规矩，你吃我的菜，

421

我吃你的菜,一边说着玩笑话,气氛十分融洽。吃完饭后,楚瑜继续看自己的书,卫韫闲着没事,便躺倒在楚瑜边上,将手枕在脑下,看着外面的月亮,慢慢地道:"其实和嫂嫂在北狄的那段日子,我觉得挺开心的。"楚瑜抬眼看他,只见他的神色里满是怀念,"北狄的天很清透,地很广,人很少。"

——所以一切都会格外凸显,比如重要的人,重要的事。

"还有,"楚瑜笑起来,"姑娘很漂亮。"卫韫侧过身来,手枕在自己的脸下,抬眼看她。他的目光太直接,楚瑜竟觉得有那么几分不好意思,垂下头道,"看我做什么?"卫韫想了想:"你比北狄姑娘漂亮多了。但我还是觉得你漂亮,和北狄姑娘没多大关系。"楚瑜奇怪地看了他一眼:"你比这个做什么?"卫韫笑了笑,没有说话。

两人还在有一搭没一搭地说着话,这时蒋纯提着灯笼从外面走了进来。才拐进院子,她便隐约看见了躺在楚瑜身边的卫韫。只见两个人都眉飞色舞,神采飞扬。蒋纯静静地看了一会儿,皱起了眉头。

卫夏看见了蒋纯,赶紧上前来道:"二夫人可是要找小侯爷和大夫人?"蒋纯没说话,抬手做了一个让卫夏噤声的姿势。卫夏本想去提醒二人的,此时被蒋纯一拦,只能咬着牙守在一边,小心翼翼地观察着蒋纯的神色。而蒋纯抿了抿唇,终于开口:"不要惊动他们,我在这里等小侯爷。"

这话一出,卫夏顿时紧张起来。然而他不敢做什么,只能站在一旁候着,一边拼命地给远处站在房门口的卫秋使着眼色。卫秋看着他挤眉弄眼,片刻后,嫌弃地扭过了头去。

蒋纯站在长廊里看了二人一会儿,二人一直在说话,倒没什么逾矩的动作,然而那氛围却总是浮动着如花香一般的柔软情愫。蒋纯瞧着他们,目光平静,等了许久,她突然开口:"他们平日一贯如此?"

卫夏明白蒋纯的意思,他也不是个傻的,早就明白了许多。然而此刻他却只能装傻道:"二夫人是问侯爷和大夫人的相处?侯爷年纪小,对大夫人多依赖……"

"你这是在糊弄谁呢?"蒋纯气得笑出声来,转头看着卫夏,"他年纪小,你年纪也小吗?我问的是什么,你不清楚吗?非要我说出来,让大家脸上都过不去?"

"在下真不知道二夫人在说什么。"卫夏被骂得脸色也不太好看,蒋纯气得抿着唇不说话,片刻后,终于道:"你先退下。"卫夏应了声"是",转身站到一旁去了。

屋里,卫韫还在同楚瑜说话。正事说完了说趣事,说到大半夜,卫韫终于打了个哈欠,楚瑜看了看天色,同他道:"回去睡吧,你也累了。"卫韫从地上爬起来,伸着懒腰道:"那我去了,嫂嫂好好歇息。"说着,他捡起自己的披风,走出了门去。

刚走出楚瑜的院子,转过长廊,卫韫便看见一个女子的身影站在长廊中间,正提灯等着他。那女子穿着青白色绣花外袍，着了月白色底衫，妇人发髻让她显得庄重沉稳，哪怕如今她也不过二十出头。卫韫瞧见她，不由得有些诧异，小心翼翼地叫了声："二嫂？"

蒋纯点了点头，朝他招了招手。卫韫走到蒋纯身边，恭敬地道："二嫂可是有事吩咐？"两人并肩走在长廊上，蒋纯慢慢地道："你兄长去之前，总同我说，诸位兄弟，他最担心你。你这个人性子执拗，不知变通，打小就是想要什么，就一定要得到。"卫韫点了点头，神色越发恭敬。蒋纯继续道，"可是小七，这世上的事吧，不是你想要，就一定得去拿的。"

卫韫愣了愣，他抬起头来，看着蒋纯："嫂嫂有什么要说的，便直说吧，您这样拐弯抹角，我听不明白。"蒋纯点点头，抬头看了看天色："此时何时？"

卫韫不明其意，答道："亥时。"

"不若去我房里坐一坐吧。"蒋纯轻飘飘地出声。卫韫有一瞬间的呆滞，随后结巴着道："如今夜深，嫂嫂有事不如明日……"

"为什么不去我房里呢？"蒋纯停住步子，转头看他，目光平静。卫韫觉得有些尴尬，憋了半天，终于道："如今夜深了，我去嫂嫂闺房怕是不合适……"

"既然知道不合适，为何还待在你大嫂那里？"

听到这话，卫韫终于反应过来，蒋纯绕了这么大个弯子是想做什么。方才她说的话好似巴掌，一巴掌一巴掌地抽在他脸上。此时她虽然什么都不再说了，卫韫却觉得脸上又烧又疼，他低着头，有些不知所措。蒋纯转头看向身边的下人，挥了挥手，让他们都退了下去。

"小七，"她叹息出声，"你实话同我说，你……是不是喜欢你大嫂？"卫韫僵住了身子，蒋纯瞧着他，目光温和，"小七，喜欢一个人的时候，那举手投足里都是藏不住的。我在你二哥掀开我盖头时，就喜欢他，后来的每一天，我瞧着他就高兴。我不想让他知道我的这份心思，于是总是藏着掖着。可是所有人都看得出来，我喜欢这个人。"说着，蒋纯的眼里有些苦涩，"……你还小，我瞧着你，就好像看见了当年的自己。"

"我……"卫韫急急开口，似乎是想解释，却又止住声音，停在了那里。许久后，他深吸一口气，抬头看向蒋纯。"对，"他认真出声，"我喜欢楚瑜。"

蒋纯依然平静地看着他，卫韫慢慢地道："我知道我不该对不起大哥，所以我想了很久，忍了很久。可您说得对，我从小就是想要什么，就不会放手。只是，我不是一定要得到。我念着她，记挂着她，只希望她过得好。我没想过一定要用份心思去干扰她什么。"

蒋纯的神色温和，没有半分怪罪，然而言语之间却带着审问："你不干扰她什么，可若是她喜欢了你呢？"卫韫愣愣地看着蒋纯，似乎完全没想过这个问题，"……若你喜欢

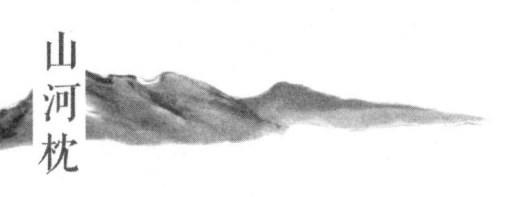

她，她也喜欢你，那这件事，还与她无关吗？"

"若她喜欢我……"卫韫抿紧了唇，"二嫂，她这辈子，所有喜欢的东西，我都会帮她得到。"说着，他抬眼看看蒋纯，目光坚定，"包括我。"

许久后，蒋纯轻轻地笑了："小七，你知道吗，任何一个姑娘听到你这话，都会心动。"她的眼里带了几分无奈，一面与卫韫踱步向前，一面漫不经心地道，"可是这不一定是好事。阿瑜与你年纪虽然去得不多，可她之心智，与你却截然不同。我年长你们许多，你在我眼中，还是个少年，可我面对阿瑜，却觉得，哪怕说她年长于我，我都不奇怪。她的心智比你成熟得多，心思细腻得多，我与她能成为姐妹，就是因为我们之间许多地方都十分相似。"说着，蒋纯停下步子，抬头看向树梢上一片摇摇欲坠的叶子，慢声开口，"比如感情。"

"……对于女子而言，投入一份感情，向来需要更多勇气，因为我们会有更多的牺牲。如果阿瑜同你在一起，那她要面对的不仅是普通女子要面对的生育、持家，她还要面对流言蜚语。这一辈子，无论她有多好、多优秀，戳着脊梁骨的指责都会永远伴随着她。你能想象那些话语有多难听吗？"蒋纯转头看向卫韫，卫韫抿着唇，捏紧了拳头，听着蒋纯用温和的声音，道出那些市井言语，"无论你们之间的感情到底是怎样，人们都会说她对不起你大哥，会揣测你与她或许在你大哥还在时就有染，会说她举止不检点，会说你们罔顾人伦……你们的感情再干净，在这世间，都是脏。你们自诩没有伤害任何人，可是对于这世间而言，你们都必须用你们两人的痛苦，去祭奠你大哥。"

卫韫沉默不言。他其实早做好了准备，然而想象着蒋纯所说的这些话落到楚瑜身上，他就觉得唇齿之间泛出了苦涩。蒋纯的话语已是委婉，若是从他人之口说出来，他不知道自己会做出些什么。蒋纯看着他的样子，轻声叹息："可是小七，其实这些都不是最可怕的。这些对于我与阿瑜来说，都不算最艰难，我们可以扛过自己的内心，也能熬过人言。最怕的是，当我们付出这一切之后，你们却从少年意气里醒过来。"卫韫愣愣地看着蒋纯，她苦涩地笑开，"人心易变，更何况你如此年少。你如今说喜欢她，可是小七，你分得清喜欢、依赖、独占欲甚至是欲念吗？"

"我……"卫韫急切地想要解释，然而蒋纯却定定地看着他："你不必告诉我答案，你只要知道，大多数男人在许诺的那一刻，都是真心实意。可是在未来离开的那一刻，也是真心实意。如果你让阿瑜跋涉千里来到你面前，你却又轻易地转身离开，你让阿瑜怎么办？"

卫韫止住了声音。蒋纯的目光冷静从容，她看着卫韫，平静地出声："所以，小七，不要去引诱她。"

十九 送完你这段路，我再走

"我没有……"卫韫干涩地开口，蒋纯轻轻摘下树叶："如果没有，日后你为她做每一件事之前，都想一想，这个人如果是我，你还会不会去做。叔嫂之礼是什么样子，我想你比我清楚。"卫韫没说话，蒋纯已转过身，轻轻弹开叶子上的露珠，淡道，"夜深了，小侯爷去睡吧。"

"二嫂……"卫韫沙哑地开口，"你说我不知道自己喜不喜欢她，那你告诉我，怎么样，我才算喜欢她？"

蒋纯背对着他，看着明月："等你长大吧。"

"那怎么样，我才算长大？"

"小七，"蒋纯转过头去，静静地看着那眼里带着茫然的少年，"去一个没有她的地方，你不要看见她，不要受任何人叨扰，你就那么安安静静地待着，去见很多女孩子，去见很多人。你会发现天下之大，有很多人都很好。你甚至可以去尝试一段感情，这都没有关系。……如果你看过了这个世界，发现你要的还是那个人，"蒋纯面上的神色复杂，许久后，她才开口，"那就看那时候的你，怎么想了。"

卫韫没说话，蒋纯叹了口气："今日的事我会瞒着，你不用担心，先去睡吧。"说完，她转过身，先行离开了。

卫韫站在长廊里，好久后，他终于道："卫夏。"

"奴才在。"

卫韫转头看他："你们看着我，是不是总觉得我还是个孩子？"

"小侯爷，"卫夏轻声叹息，"谋略征战，琴棋书画，这些都可以学习，也可靠天赋速成，唯独感情这件事，没有捷径可言。"

"你觉得二嫂说得有道理？"卫韫轻笑。

卫夏没说话，卫秋却慢慢地开了口："其实侯爷何必苦恼呢？反正，您就要去北方了，不是吗？"

许久后，卫韫轻轻一笑。他抬头看着那轮明月："是啊，我要去北方了。"

其实蒋纯说得对，他还太年少，此刻他颠沛流离，没办法让楚瑜躲过人言，也无法确认自己的内心。他的幼稚年少，他自己知道。

他抬眼望向北方。等他回来……他大概，也就长大了。

卫韫去北方这事，虽然定得很早，然而楚瑜却也没想过，他会走得这么急。卫韫在饭桌上说起第二日就走时，楚瑜还有几分恍惚，不由得开口道："这样急的吗？"

"如今战事虽然算不上紧急，但能早点去也是好的。"卫韫答得恭敬。楚瑜呆了呆，随后木木地点了头道："也是……"蒋纯抬头瞧了她一眼，笑着道："小七早点去也好，早点去，就能早点回来了。"听到这话，楚瑜才勉强恢复了笑意："说得是呢。"

到了晚间，楚瑜在自己的屋里坐立难安。想了许久，她终于还是起身，来到卫韫房前。卫韫正在收拾东西，楚瑜也没说话，就扶着房门瞧着他忙碌。卫韫感到她的存在，抬起头来。

楚瑜的头发散披着，身上随意穿了件白色的纱衣，在月光下显得格外明亮。她不施粉黛的脸上眉头紧锁，活生生将平日那个活蹦乱跳的姑娘衬出了几分羸弱来。卫韫看见她就愣了，许久后才反应过来，笑了笑道："嫂嫂来了？"

楚瑜走进来，看着他的包裹："我来看看你有没有什么没备妥当的。"

"都准备好了。"卫韫笑着道，"嫂嫂不用操心，二嫂做事一向稳妥。"

这话出来，楚瑜竟也不知道要说些什么了。似乎她过来本就是没什么理由的，如今更没有什么言语了，只能干站着。过往从来都是卫韫同她没话找话，今天骤然不找了，她才头一次发现自己言语的贫瘠。两人沉默了许久，楚瑜终于干巴巴地道："都收拾好了就好……那我就回去了。你早点休息。"

"谢嫂嫂关心。"卫韫恭敬地说完这些话，楚瑜点了点头，转身准备回去。然而刚踏出门口，又回过头来，看见卫韫正站在她身后不远处，微微低着头，神色里满是敬重。这样的姿态让人挑不出错来，楚瑜却觉得有那么几分不对。她也说不上来是什么地方出了差错，沉默片刻后，她慢慢地道："小七，可是我有什么地方做得不对？"

卫韫抬头看着楚瑜，笑着道："嫂嫂为什么这样说？"

那你……为什么突然这么恭敬了？楚瑜想问出口来，可是她再怎样迟钝，也知道这话似乎是不该问出口的。一个小叔对长嫂恭敬有礼，这有什么错？她若问出来，这才是笑话了。于是她摇了摇头："是我多想了。"

卫韫也没问她多想了什么，仍是恭敬地站着，听着她嘱咐了好几句"好好照顾自己，战场上别太冒失"之类的话，乖巧地应了之后，送着她走出门去。然而楚瑜走了几步，再一次忍不住回头。"小七，"她小心翼翼道，"我会给你写信，你多给我回信，好吗？"

"好"字差点脱口而出，然而卫韫抿了抿唇，终于还是停住，只是道："嫂嫂放心，我会给家里报平安。"给家里报平安和给她回信，是截然不同的两件事情。楚瑜听着，明白卫韫知道她的意思，却也明确拒绝了她的要求。楚瑜向来是个很有气性的人，于是她笑了笑，也没纠缠，点头道："好。"说着，她转过身，再没回头，果决又平静地走了出去。

楚瑜的身影消失了，卫韫回到屋里，端起桌上的茶抿了一口，随后将那茶杯狠狠甩在了地上。卫夏焦急地探头进来："侯爷，怎么了？"

"茶是冷的。"卫韫盯着卫夏，咬牙切齿。卫夏有些茫然，卫韫怒喝出声，"是冷的！你们是怎么做事的？！这么冷的茶你还端来让我喝，我要你有何用？！"

"那……我给您换杯热茶？"

"你想烫死我吗？！"

"那……我给您换杯冷茶？"

"你想冷死我吗？！"

"小侯爷，"卫夏有些无奈了，"您这是拿奴才寻开心呢？"

"你难道没错吗？！"卫韫盯着卫夏，提了声音。

卫夏："……"

片刻后，他终于反应过来，轻咳了一声道："侯爷，都是我们的错，您别生气了。要不，我请大夫人过来？"

这次卫韫不理他了，"砰"地一下关上了大门。卫秋默默地看着卫夏，卫夏轻咳了一声，小声说道："挺矫情是吧？"

卫秋点点头："和你一样。"

卫夏："……"

为什么走哪儿他都被怼？！

楚瑜回屋后慢慢冷静下来。说起来，卫韫也不算做错了什么，他不过就是对她恭敬了一些，这有什么好生气的呢？或许是在北狄肆意惯了，就觉得华京里的这些规矩格外冷漠，让人从心底升起一股寒意，凉得人周身发寒。她努力克制住自己心底的那份难受，力图让自己去接受这样的卫韫。一个恭敬有礼的镇国侯，这对谁来说，似乎都不是坏事。

然而，饶是如此，楚瑜仍是一夜难眠。第二天清晨，卫韫已经准备好要出门了。长月侍奉着楚瑜起床，一边为她穿着衣服一边道："夫人怎的这样没精神？"

楚瑜懒懒地瞧了她一眼，应道："困。"

"您还没睡够啊？昨夜不也睡得挺早吗？"

楚瑜淡道："没睡好。"

长月笑了笑："您也有没睡好的时候啊？"

楚瑜点点头，没说话了。

穿好衣服出得门去，大伙儿都已经在大门口等着了。卫韫站在门前，正同柳雪阳说着话。楚瑜走上前，卫韫抬起头来，目光落在楚瑜的脸上，有那么片刻的愣神。随后他便笑了起来："嫂嫂精神头似乎不大好？"

楚瑜也笑了："昨夜闷热，睡不好。"说着，她看了外面的队伍一眼，"都准备好了？"

"都好了。"蒋纯插了话。楚瑜点点头，目光落在了躲在人群里的沈无双身上。她有些疑惑地看向卫韫，卫韫明白她的意思，开口道："他本来就是大夫，我带着他有用。而且，他留在京中，也不方便。"楚瑜顿时明白了卫韫的顾虑。沈无双与赵玥有仇，留在京中，被人认出来就不好了。于是她点头道："可有其他吩咐？"卫韫想了片刻，其实该安排的都已安排好了，账本、人手他也早就交给了楚瑜，便道："没什么了。"

两人的对话很是苍白，卫韫同她说完，便回头安抚柳雪阳去了。柳雪阳一直哭哭啼啼，卫韫说了好一阵，到了出发的时间，他终于跨上马去。骑在马上回头，楚瑜和柳雪阳领着众人在门前站得笔直，说是送别，倒不如说像在等他回来。楚瑜的神色淡淡的，一如他当初从白帝谷回来时那样，沉稳又安宁。她头顶"卫府"二字刚劲有力，她却以一种格外的柔弱，撑起了这块牌匾。

卫韫瞧着楚瑜，突然就理解了楚临阳为何从来不让家人送别。家人来送，就会舍不得走。可是，再舍不得也要舍得，于是卫韫转过头去，打马扬鞭，冒着晨雨冲了出去。柳雪阳看着他的背影，终于忍不住，嘤嘤啜泣之声骤转为疾风大雨。楚瑜扶住她，叹了口气道："母亲，小七会好好回来的。"

柳雪阳泣不成声，她惯来是这样爱哭的性子，她丧夫丧子，如今幼子好不容易平安归来，又要离去，难免伤怀。她哭了一个上午，终于哭累了。楚瑜服侍着她睡下，便径直回了自己的屋子。

房间里堆积着厚厚的账本和文件，里面全是与卫府有关的东西。之前她在兰郡等地方买了地，天守关失守之后，贵族大量拥入，她当时便让人脱手，以五倍的价格把地都卖了出去，在还清了楚临阳的钱之余，还剩下了一些。于是她拿着这些钱开了赌场和青楼，又建立了私塾，专门教授战乱里走投无路的孩子，培养来当卫府的家臣。一系列事情做下来，忙得她不可开交。

这些账本厚厚的，她一本一本翻过去。一翻翻过了盛夏，再翻翻过了寒冬。等到这些产业能够给卫府提供有力的经济来源时，已经是元和四年的春日了。北狄和大楚已经打了近五年，而卫韫奔赴北方战场也有四年了。

卫韫去了北方之后，便同楚临阳、宋世澜商议，他再带轻骑入北狄，在后方骚扰，而楚临阳和宋世澜正面进攻。这一番卫韫准备了两万精兵，带上了一切军需，还配备了一个活地图图索和大夫沈无双，于是第一次进去就把北狄搅了个天翻地覆。几年内，卫韫一共北入北狄腹地五次，他的军队战损率极高，然而每次去，几乎都是大获全胜而归。而他很

十九　送完你这段路，我再走

少给家里书信，就算来了信，也只有两个字——平安。

卫韫的种种，楚瑜大多是从楚临阳的信里了解到的。楚临阳说卫韫是天赐良才，判断时机极其精确，打法也总是出其不意。他说因着有了卫韫，大楚打得极为顺利，如今已经尽收失地。就说北狄突袭江城一战，卫韫以少胜多，于万军之中独挑七员悍将，连取七人首级挂在马前。这场战役打得艰难，但也是在这场战役之后，整个局面已经出现了定势，北狄的攻势再难猛烈，不过垂死挣扎。卫韫也因此名声大噪，得了许多姑娘爱慕、敌军钦佩。那白马银枪的帅气姿态，从北方说书人的口里，传到了华京说书人的口中。

楚瑜和蒋纯平日的乐子，就是去茶楼听说书人说北方战场上的故事，犹爱听卫韫杀七将那一段。

"当是时，那将领独骑而来，马是汗血宝马，枪是雕龙银枪，头顶玉冠镶珠，脚踩彩云战靴，眉如笔绘，眼似点漆，肤如凝脂，唇似含樱，众人皆叹，哎呀呀，真是好俊的小将军！

"只见那将军长枪横扫而过，人头飞起一片，血似山洪倾泻喷涌而出，一发不可收拾。众人惊喝，这是哪位将军如此神勇？"

说着，说书先生一顿，瞧着众人道："诸君可知啊？"

楚瑜嗑着瓜子儿，含笑瞧向北方。这日春光正好，天空碧蓝如洗，她听着满堂人一起叫出那名字——卫七郎！

鸟雀被那声音惊得振翅飞起。楚瑜看着那阳光下的鸟雀，听着他的名字——

江北卫七郎。

听完说书，楚瑜同蒋纯一起散着步往家里走去。前线如今已经推到北狄，前有卫韫、楚临阳等人，后有顾楚生和赵玥，大楚大致已经安定下来，华京也差不多恢复到了战前的模样，甚至因为许多流民安家落户，繁荣更胜往昔，街上人来人往，熙熙攘攘。

"小七上前线也四年了，不知道这仗什么时候才打完。婆婆近来精神头越发不好，总惦念着小七。"蒋纯瞧着路过的行人，感叹出声，"其实如今也安定了，这仗打不打，似乎也没有多大意义了。"

"话也不能这样说，"一个女孩撞到楚瑜身上，楚瑜扶稳她，平静地道，"被人打了，若就这样算了，往后他总要想着再打你；而你要能把他打怕，他便会敬惧你。"蒋纯抬眼看着路上的行人，想了想，叹了口气道："也是。就是百姓太苦。"楚瑜也有些无奈："是啊。"

"你们在徐州买的地，听闻收成不错？"说起百姓来，蒋纯就想起了当初楚瑜收留的

429

那些流民。他们在徐州买下土地，而后又将流民大量地送了过去。那些流民在那里安居乐业，成了长工，而土地经过四年的开垦，产出大量粮食，销往全国各地。卫府里每日人来人往，如今蒋纯掌管着府里的财物，负责节流；而楚瑜则一手操持着卫府在外的所有资产，负责开源。

除了开源，楚瑜还训练了大批家臣。凤陵城一战后，韩闵跟着楚锦回了华京，他父亲韩秀则来了楚府，隐姓埋名。等楚瑜安定下来后，便将韩秀和他的弟子一起接了过来，专门负责研制武器。只是这些事做得隐蔽，蒋纯大多不知晓，只看见楚瑜每日忙忙碌碌，还以为她是为了钱的事忧心。于是趁着这个机会，蒋纯宽慰她道："卫府如今也不缺钱，你也不用太操心了，钱这东西，看开就好。"楚瑜笑了笑，并没有说话。未来的路会往哪里走，卫府不知道，所以她得早早做好准备，等着那天的到来。

蒋纯见楚瑜不说话，还想说什么，忽然听见身后响起一个声音来："昭华夫人。"两人转过头去，便看见一袭青衫的顾楚生站在她们身后。他头上戴了头巾，手里拿着几卷书，看上去便就像个俊美书生，丝毫不见半分官威。

楚瑜和蒋纯轻笑，行了礼道："见过顾大人。"顾楚生打量了两人一番，明了几分："今日逛街？"

"是好天气。"楚瑜随意地答道，将目光落在他提着的书上。那都是些志怪故事，她记得顾楚生十四岁之前就很喜欢看这些，家变之后便没再看过，谁承想重来一次，她却能在已二十岁出头的顾楚生手中，看到这些闲书。

顾楚生顺着楚瑜的目光看过去，便明白过来，竟有那么几分不好意思，似是觉得自己这么不务正业的模样被楚瑜瞧着，有那么几分不妥。于是他轻咳了一声，解释道："我也就是闲暇时看看，平日朝中忙碌，我也不看这些。"

听到顾楚生说这话，楚瑜不免笑了，慢慢地道："其实也没什么，人总要有休息的时候。得知顾大人有这样的情趣，我倒觉得十分可爱。我也爱看这些故事，这本《小山记》，我年少时也曾喜爱过。"

"那也巧了。"顾楚生笑道，"今日选的书里，我最喜欢的便是这本《小山记》。"

"这本书也挺长的，你怕是要看很久，你如今……"楚瑜说着，骤然想起来，"这才想起来，听闻你近日升为礼部尚书，倒是忘了恭喜。"

大楚入内阁，必由礼部尚书升迁过去。当上礼部尚书，意味着下一步就是内阁了。如今顾楚生如此年少，却已经坐此高位，可见赵玥盛宠。顾楚生虽也没觉得有什么值得夸赞的，然而楚瑜恭喜他，他竟也有那么几分不好意思起来。他轻咳了一声："都是虚名，平白多了许多事。"说着，他转头道，"相请不如偶遇，今日天色尚早，不如我请二位夫人

十九　送完你这段路，我再走

吃个饭吧？"

听到这话，楚瑜迟疑了片刻，正要开口拒绝，便听蒋纯道："也好，正觉得饿了呢。"说着，她拉着楚瑜便往一旁的酒楼走去，笑着道，"我瞧这家就不错，走吧。"

楚瑜不好当众拂了蒋纯的面子，也觉得无奈，只能随着蒋纯，三人一起走进了酒楼。要了雅间，顾楚生先点了菜，随后才转头同楚瑜道："二位夫人也不必太过拘谨，朝中如今有些前线的消息，我也是想同二位夫人说一说，这才单独请的二位。若有不周之处，还望见谅。"

听见是关于卫韫的消息，楚瑜心中的那份尴尬终于散了些。她舒了口气道："前线如何了？"顾楚生瞧着她，慢慢地道："陛下近日同我商量，想与北狄议和。"楚瑜皱起眉头，顾楚生继续道，"如今大楚国内已经安定，战线也推到了北狄境内。陛下觉得，如今再打下去，不过是平白耗费人力。你也知道，卫侯爷如今辅助图索吞并了北狄多个部落，图索很可能会和苏家敌对称王。所以其实如今的北狄，只需要放他们狗咬狗就够了，不必再干涉过多。"

楚瑜没说话，只静静地听着。蒋纯站起身来，笑着道："你们先聊，我出去行个方便。"楚瑜正思索着顾楚生的话，点了点头，也没多问。蒋纯走后，顾楚生舒了口气，说话大胆了许多："其实如今图索虽然吞并了一些部落，但完全没有与苏查抗衡的能力。苏查前年杀了苏灿之后，吞并了查图部落，北狄上下一心，士气大增，一旦大楚撤兵，图索必败无疑。和北狄打到现在，要么我们将图索扶上去，签订盟约；要么，我们就要彻底将他们打垮。"

"这些话你没同陛下说？"

"陛下是什么意思，你不清楚吗？"顾楚生眼里闪过冷意，"他如今想要卫大人回来，完全是因为他觉得自己制不住卫大人，不能再放他继续在外了。"

"他放人走的时候不是很爽快？"楚瑜冷笑。顾楚生平静地道："此时此刻，他还收得回来。"楚瑜没说话了。赵玥再如何混账，如今依旧是君主，十二道军令下去，除非卫韫当场反了，否则还是得回来。她抿了抿唇，心里思索着该如何行事。

顾楚生静静地看着楚瑜沉思的模样。他鲜少有这样安静打量她的时光，如今看着她在阳光下，安静又温和地想事情，就觉得内心一片温暖。他好像一个走了很久的旅人，从骨子里渴求一份安定，但对于他而言，这份安定，除了这个女子，谁都给不了。而这个女子哪怕只是静静地坐在他身边，他都能感受到这种他求了两辈子的感觉。

楚瑜思索了一会儿，心里大概有了底。她抬起头来，真诚地道："虽然我不知道你的目的是什么，但也谢谢你了。"

431

顾楚生摇了摇头，没有多说。一方面是他答应过卫韫，在他回来之前不会做太多。另一方面是他知道，如今的楚瑜在感情上就像一只小心翼翼的猫儿，你不能惊着她，得守着她，守到她自己从那个黑漆漆的窝里走出来。

楚瑜又同顾楚生详细地询问了一些赵玥的情况，点心便已上了过来。楚瑜招呼着顾楚生吃东西，这才想起来，蒋纯却是一去不回了。她有些奇怪地问伺候在旁边的家仆："二夫人可说去做什么了？"

"二夫人说她买了太多东西，有些累了，便先回了。还请顾大人送大夫人回去。"

听到这话，楚瑜便明白蒋纯要做什么了。她有些无奈，却听顾楚生道："先吃吧，吃完我送你回去。"

"不必……"

"阿瑜，"顾楚生叹了口气，静静地瞧她，"其实你我不必如此生分。你就当我是个故人、少时旧友，有这么难吗？"这话让楚瑜有那么些无所适从，她瞧着顾楚生有些感慨的模样，许久后，叹了口气道："我试试吧。"

两人一面吃东西，一面聊着天。等出门时，才发现原本还晴朗着的天，竟就下起了小雨。楚瑜无伞，马车又被蒋纯带了回去，只能乘了顾楚生的马车。顾楚生送着她上车，自己却没上车。楚瑜以为他要自己先回府，便舒了口气，靠在马车上，静静地消化着他方才的话。

卫韫让赵玥感觉到了威胁，赵玥想要召回他。所以如今她得给赵玥制造点麻烦，让赵玥无心做这件事。而这样的事，她需得进宫一趟，同李春华商议才是。

想到李春华，楚瑜立刻起身卷起马车车帘，想要吩咐人掉头往宫里去。然而她才叫了声"来人"，便看见青衫青年驾马上前一步，弯着腰道："怎的了？"他没打伞，细雨早已湿透了衣衫，头发沾了水，凝在他的脸上。然而狼狈如斯，他却依然带着一种如玉的平和，静静地瞧着她，静静候着她的吩咐。

楚瑜愣愣地瞧着他，许久后才反应过来："你怎的在这里？"

顾楚生笑了："我不放心。"见她的目光落在自己的脸上，还带着诧异，他抬手往脸上抹了一把，奇怪地问道，"可是有什么东西？"

楚瑜没说话，只摇了摇头，终于是道："你回去吧。"

顾楚生笑了笑，固执地开口：

"没事。送完你这段路，我再走。"

二十　顺手救了位夫人

顾楚生的笑容明朗，似乎倒是真的不怎么在意。楚瑜皱了皱眉头，终于还是道："我要进宫里，劳烦同车夫说一声吧。"

顾楚生愣了愣，思绪一转，却是反应过来，点点头道："好。"说着他便扬声吩咐了车夫，而后又调转马头，跟着马车向宫里走去。

楚瑜听着窗帘外的马蹄声混杂着雨声，心思安定。这些年来，顾楚生收敛了很多，再没同她说过那些无礼的话语，与她往来之间也十分有礼。只是，平日他与卫府其他人打交道的时间，并不比她少很多，然而卫府上下却都有意无意地把他往她这里推。

顾楚生守着一条恰到好处的线，她无法明着拒绝，却又备感压力。她如今已年满十九，柳雪阳和蒋纯都开始操心起她的婚事来。蒋纯有孩子在卫府，而且对卫束感情深厚，明确表示过会在卫府一直留下去，柳雪阳也就没逼她。于是，重心便全都放在了楚瑜身上来——毕竟众人都知道，楚瑜与卫珺也就见过一面，尚是完璧之身，趁着年轻，可选的范围也大一些。

柳雪阳起了心思，如今华京新贵顾楚生便入了她的眼。当年楚瑜为了顾楚生打算私奔一事众人皆知，虽然两人后来似乎也闹得不算开心，然而大家却都默认了一件事：至少当年楚瑜是喜欢过顾楚生的。而顾楚生又曾为楚瑜独身去凤陵城，他从万军之中从容而过，站在城楼下说出那句"能求得共死，也是好的"之事，更是从凤陵城一战的幸存者口中流传了出来，至今仍为百姓津津乐道。

因此，两人虽然恪守礼节，然而在众人的揣测之中，他俩大概早已情深似海，无非是楚瑜被高门贵族的礼教所缚。大楚的民风本算不上死板，寡妇再嫁之事时常有之，于是楚瑜无论去到哪儿，都有那么些人在劝说她。便就是去见李春华，也偶尔会得到一两句调戏："顾楚生挺好的，你嫁了算了。"

只是……楚瑜垂下眼眸，抚摸着袖子上的云纹，觉得内心一片平静。她算不上一个十分了解情爱的人，上辈子爱一个顾楚生，就爱到死，再无其他。然而饶是这样贫瘠的感情经历，她却也知道，喜欢一个人，决计不会是这样的感觉。她对顾楚生纵使没有了恨，却也绝不会有爱。顾楚生就像她拼命吃够了的一道菜，她曾经吃到吐，就再也爱不起来。这辈子她或许会再嫁，但这个人也绝不会是顾楚生。

楚瑜叹了口气，将手搭在马车窗上，透过起起伏伏的车帘，看着街道上从瓦檐滴落的秋雨。转眼又是秋天了，卫韫什么时候回来呢？她的思绪有些恍惚了。

一路发着呆来到宫门前，长月在马车边上为她撑起伞，楚瑜提着裙角从车上走下来，转身对骑在马上的顾楚生点了点头，轻描淡写地说了句："谢过顾大人。"之后，她便毫不留恋，转身走了进去。

顾楚生瞧着楚瑜的背影，低低一笑，等那城门彻底关上，这才离开。

长月、晚月跟着楚瑜进得宫里。李春华与楚瑜交好，于是赵玥特赐了她自由往来于宫中的令牌，可以不经通告直接进宫。她来到李春华居住的栖凤宫，只见李春华正在逗鹦鹉，一句一句教着鹦鹉说话，鹦鹉却来来去去就只会一句"傻子，傻子"。

楚瑜等在李春华身后，一言不发。李春华逗了一会儿，斜眼瞧过来，慢慢地道："今日天气不算好，你却还来我这里，怕是有事吧？"

"今日陛下不在？"以往这个时候，赵玥一般都会回来同李春华说说话。

李春华将逗鹦鹉的竹签递给旁边的宫女，直起身来。楚瑜连忙上前扶住她，跟着她一起往里间走，听她慢慢地道："他不是新纳了个宋家的姑娘进宫吗，正值盛宠呢。"楚瑜听着，便知道这个新入宫的，大概就是宋世澜的妹妹宋云了。她轻轻一笑："一年纳一个，倒也算是稳定。"

"可不是吗？"李春华神情懒散，"三年纳了三个，姚勇的女儿，王家的嫡女，宋家的嫡女……他想要讨好哪家，就将人家姑娘迎进来，卖个身，你瞧瞧他这贱样。"说着，她露出厌恶之色来，"我府里的面首，个个都比他干净。"

听到这话，楚瑜忍不住低笑出声来。李春华躺到榻上，面上露出些疲惫："有事你快些说吧，我近来容易犯困，现在就困得不行了。"

"可召太医看过了？"

"我有这样娇气？"李春华抬眼轻轻瞪了她一下，凤目里波光流转，似小姑娘一般。楚瑜也没理会她，对外传了太医，这才坐到边上，轻轻地给她捏着腿："我得了消息，陛下打算召我家侯爷回来了。"李春华微微一顿，皱起眉头："如今战事还未结束吧？"

"陛下的意思是，议和，不打了。"楚瑜淡淡开口，李春华却面色不变，似乎早已料到，只是轻轻应了一声，抬头瞧她："那你打算怎么办？"

"他想召侯爷回来，无非是因如今华京稳下来了。若华京还乱着，他决计不敢让侯爷回来。"

李春华点点头："你这些年收集了他许多腌臜事的证据，如今是时候用了。"

楚瑜听着，摇了摇头："这些事乱不了他多少。"

李春华皱起眉头："那你的意思是？"

"听说落霞宫中那位王贵妃，打从年幼起就爱慕陛下了？"

楚瑜突然将话题转到王贵妃身上，李春华有些疑惑："你问这个做什么？"

"其实，有时我觉得陛下也是挺可怜的，这样大的一个后宫，您对他是什么心就不必说了，可其他妃嫔里，也没见到几个真心实意的。也就是一个王氏，还算是个真心人。"

李春华轻轻应了一声，示意楚瑜继续。楚瑜摇着她的腿，继续道："因为有真心，所以善妒，脑子不太清醒。如今宋氏进来，不仅是王贵妃不开心，王家也不开心。您说陛下若是对王贵妃下了手，我们再挑拨一二，王家对陛下可能生起异心？"李春华思索着，楚瑜继续道，"无论是为女儿出头，还是为保家族颜面，王家都要出面对陛下敲打一二。王家不稳，为了不让小侯爷趁机搅浑水，回京一事怕就要耽搁了，您觉得呢？"

"所以你是希望，让我挑拨王贵妃去对付宋贵妃？"李春华消化了一会儿，明白了楚瑜的意思。楚瑜点点头道："其实也未必就是挑拨王宋两家，重点在于，让陛下惩治王贵妃。"李春华垂着眼眸，静静思索着。片刻后，她抬起头道："此事交给我去办，你等着消息便是。"楚瑜笑了笑："您有什么需要，大可吩咐给我。"

李春华正要说话，侍女便上前来通知太医到了。她点点头让太医进来，楚瑜站起身来候在一边。太医细细地给她把脉，片刻后又换了一只手。她打着哈欠道："医正，本宫如何了？"太医认真地又诊了一会儿，方才抬起头来高兴地道："恭喜娘娘，贺喜娘娘，娘娘这是有喜了！"

听到这话，李春华和楚瑜都是一愣。片刻后，李春华率先反应过来，沉下脸道："再诊！"太医愣了愣，有些不明白。这皇宫之中，有哪位娘娘有了喜却不高兴的？然而他想了想，以为是这位贵妃娘娘太紧张了，便又笑着道："娘娘放心，老夫诊孕从来没出过错，您的的确确是有喜了。"

"把太医署当职的太医都叫过来！"李春华不再理会他，直接朝外面大吼一声。楚瑜在旁边静静地瞧着，心里却也是思绪翻涌。赵玥登基三年来后宫无一人受孕，所有人都当是赵玥有问题，但楚瑜在宫里的眼线却告诉她，整个后宫，只有李春华一人的膳食和熏香里是不含避孕成分的。不是赵玥不行，是他只愿意让李春华诞下自己的第一个子嗣。可

435

惜的是，李春华却是整个后宫里，唯一一个一直在暗地里避孕的，楚瑜每个月都要从宫外为她带药进来。

所以……这孩子到底是怎么怀上的？这件事莫说楚瑜，李春华也是疑惑得很。她是绝不能怀上赵玥的孩子的……她抿紧了唇，在袖下将手捏得死紧。下人都被楚瑜遣散，她蹲到李春华身边，抬手覆在她的手背上。

李春华绷紧的肌肉在微微颤抖，楚瑜轻叹了一声："殿下，您别怕。"

卫韫坐在白城城楼之中，正看着手中的地图。

"这个人从这条路跑了之后，就再没了音讯。北狄的探子说了，这个人是苏查亲自派来的，要去华京找一位贵人。"沈无双站在卫韫身旁，给他画出一条路来，肯定地道，"这个人一定是去找赵玥的。"

卫韫没说话。与北狄有过联系的华京贵人，在他们能想到的人里，够得上苏查要找的，的确只有赵玥。而如今又是交战的关键时刻，议和不议和，几乎决定了北狄的命运。苏查一定会想尽办法，逼着赵玥议和。

可他拿什么逼？只有当年白帝谷的事了。

"他身上肯定有证据。"沈无双的语气十分肯定。

卫韫点了点头，站起身来，平静地道："我亲自带人去找。"说着，他转到屏风后去换了一身衣服。换好衣服之后，他在屋内刻满了正字的长柱之上，又画上一笔。

沈无双淡淡地瞧了一眼，有些好奇："你都画了多少天了？"

"一千一百三十二天。"

沈无双一时无言："记这些有意义吗？"

"有。"卫韫收拾着桌面上的东西，同时吩咐卫夏去准备出发。他低下头，在心里默默地道："我每画一笔，就是在告诉自己……我今天，依旧很想她。"

如今北狄对外已经完全呈防守态势，在内图索与苏查仍在僵持。卫韫将卫秋和秦时月叫进来，吩咐了这几个月要做的军防准备后，又同他们道："我不在的这些日子，估计不会有什么大事，我会放个替身在将军府里，你们帮忙遮掩着。这些时日你们好好休养生息，该准备的东西准备妥当，我把人抓回来之前，若有要事，你们能联系上我就找我，联系不上我就找楚大人定夺。"

卫秋和秦时月点点头，也没多问卫韫这么做的原因，只详细询问了一些任务细节后，这才离开。等他们走了，沈无双抱了一堆小竹筒进来，放到卫韫面前道："常用的药，都带着吧。"卫韫点了点头。卫夏去给他准备身份文牒了，沈无双便提了小酒邀他："出去

二十　顺手救了位夫人

聊聊？"卫韫应声，同沈无双一起走出去，坐在了长廊上。

北方的天空很澄澈，万里无云，明月高悬，明亮又干净。卫韫这些年长得很快，俨然已是一个青年的模样。他坐在沈无双身边，比沈无双整整高出半个头去。沈无双和他闲聊着："其实，抓个人，不必劳烦你亲自去吧。"卫韫给自己倒了酒，平静地道："此事事关重大，我放心不下。"

"他是往华京去的，你大概是要回华京一趟？"

卫韫没有应声，沈无双笑着瞧他："我说，你不会是故意要回去的吧？"卫韫淡淡瞧了他一眼，没有回答。沈无双耸耸肩，觉得卫韫真是越来越没意思了，这个人年少的时候话还多些，这几年话越来越少，到现在已经是能不说就不说了。成长仿佛是给人的心建一座屋子，将所有人都隔在外面，长大了，屋子建好了，就同外面的世界遥遥相望，所有的感情都变得迟钝，也变得格外冷静。沈无双说不清这是好事还是坏事，他也是这样走过来的。于是他道，"你也三年没回去了，该回去看看你母亲。"

"嗯。"卫韫终于应了声。沈无双抬起手，指了指房里的柱子："想那个人也想了三年，见一见，也好。"

许久后，卫韫才终于道："我会偷偷去看她。"沈无双笑了："这有什么偷偷的？想见就见，你见她，是犯了哪条王法？"卫韫抬眼瞧了他一眼："我心里的王法。"

沈无双被卫韫的话噎住了。卫韫给他倒酒，平静地出声："无双，我同你不一样……我做不到你这么洒脱。我和她若在一起，就会有无数双眼睛瞧着。当初顾楚生说我年幼，我梗着脖子对他说我会坚持，但其实我心里是怕的。后来二嫂把话都说了清楚、点了明白，我才觉得，她说得对。……喜欢一个人，就要把所有路给她铺好，不能冒冒失失地因为喜欢，就拖着她去走一条格外艰难的路。就算她不在乎……"卫韫将酒杯举到唇前，抬头看着明月，"我也心疼。"

"所以你打算怎么办？"沈无双有些烦躁，卫韫的话，何尝不是戳着他的心窝？他抬手指着屋里全是划痕的柱子，"打算把那柱子画满，然后你这辈子就这么过了？！"

"我给了自己五年。若我到弱冠，还像如今一样喜欢她……"卫韫的声音弱了下去。

沈无双有些奇怪，转头看着月光下的少年。只见他喝完了杯中酒，将酒杯轻轻放在地面上，仿佛是在说一件再普通不过的事一般，平淡中却带了几分莫名的郑重："……我就回去娶她。"

楚瑜跪坐在李春华旁边，看着太医一个个退下去。几乎整个太医署的太医都来问了诊，每个人都给了李春华一个肯定的回答——确有身孕。这成了李春华躲不掉的事实。她

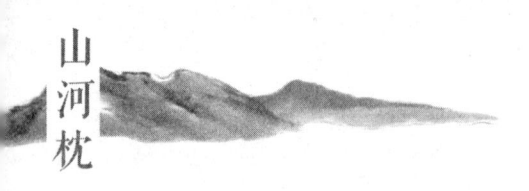

让所有人退下去，只留下楚瑜和她待在屋里。

门刚刚关上，房间里一片寂静，李春华便朝楚瑜看了过来。她的手微微颤抖，楚瑜定定地看着她："殿下，这是您的孩子。"

"这也是他的。"李春华咬牙出声，"他逼死了我的兄长，把我囚禁在这里，他害死了我大楚七万将士，把我的女儿远嫁出去——"她的眼里含着眼泪，"他还想让我为他生孩子？！他休想！"说着，她推搡着楚瑜，仓促地站起身来，似乎要寻找什么，反复地道，"我不能要这个孩子，我不能要，我……"

楚瑜慌忙跟上，伸手去拉住李春华，李春华却抬手就要砸向自己的肚子。楚瑜一把拉住她的手，高喝出声："殿下！"李春华慢慢转过头来，呆呆地看着楚瑜，眼里依旧含着眼泪。楚瑜从未见过李春华这般软弱的模样。她仿佛是一个小姑娘，失去了所有的铠甲和武器，张皇无措。

"我不能有他的孩子，"她沙哑地出声，"你明白吗？"

"我明白，"楚瑜握着她的手，定定地出声，"我明白。"

"他是我的仇人，他是大楚的罪人，早晚有一日我要亲手杀了他，我要送他去黄泉路上给所有人谢罪，你知道吗？！"

"我知道。"

"我已经委曲求全屈身于他了，我的骄傲、我的尊严、我的脸面、我的家人、我的爱情，全都没有了，全都给他了！他还要怎样？！"李春华猛地提了声音，颤抖着手捂住自己的肚子，神色仓皇，"他像一颗带着剧毒的种子，他想在我身体里生根发芽。可是不行……我什么都能让，但我绝对不会为他生孩子……我绝对不会让他的孽种在我肚子里长大。我一定会杀了他！我要是有了他的孩子……"她苍白着脸色，"这是要逼着我以后，也杀了我的孩子吗？"

杀一个爱人已经够了。她这一辈子，少年宫乱丧母，兄夺帝位后丧父，青年丧夫，中年丧兄。她一直同别人说，她要活得特别漂亮，不能让别人看自己的笑话。可是从臣女变成长公主，又从长公主变成依靠君主宠爱的梅贵妃，她这一辈子，早就让人笑话透了。这个孩子仿若压在她身上的那根稻草，她整个人都失去了力气，睁大眼看着窗外，拼命地想站起来，却站不起来；她拼命地想控制住眼泪，却只能眼睁睁看着眼前变得模糊一片。

楚瑜感觉到她的挣扎，稳稳地扶住她，平静地道："殿下，人生的路都是自己选的。"李春华微微一顿，慢慢抬头看向楚瑜，只见楚瑜神色沉稳，"每个人的路都很难，都会遇到很多事。亲人离开、背叛、陷害，走到绝境……谁都会有那么一刻，可重点在于选择。有人选择斩断那沼泽池里把他往下拖的绳索，有人选择被那绳索拖下去。殿下……"楚瑜扶着她的手,稳得仿若千斤压在上面,她也能够纹丝不动。这让李春华很有安全感,她慢慢冷静了下来,注视着楚瑜的双眼,听着她道,"您斩了那些绳子,走出来,就没事了。——人生的路还很长,不是吗?"

听到这话,李春华的情绪终于稳定下来。她静静地看着楚瑜,许久后,终于道:"你说得对。"说着,她在楚瑜的搀扶下站起身,慢慢回到卧榻上,平静地道,"我得走出来。"楚瑜没说话,沉默地站在一旁。李春华想了许久,终于出声,"你想个法子,将我平日喜欢十日香的味道这件事,传到王贵妃那里去。"

听到这话,楚瑜微微一愣。十日香是由一种独长于大楚东南地区的花晒干后制作的,香味能保留十日,故而名曰十日香。这种香有安神的功效,但是鲜少有人知道,十日香与东南地区另一种花"子思"的味道相近。平日里子思对于女子来说有活血养颜之功效,但对于孕期女子来说却是大忌,佩戴子思香包一日,就足够导致流产,因而东南地区的女子哪怕喜爱十日香,在孕期都鲜少用这花作为香料,就怕与子思弄混。而王贵妃少时跟随母族在东南地区长大,十日香对于其他人来说陌生,但对王贵妃却是绝不陌生的。

只一瞬间,楚瑜就明白了李春华的意思。她张了张口,却什么都说不出来。孩子是李春华的,人生是李春华的,她固然可以劝说李春华将孩子生下来,可生下来之后呢?她无法代替李春华走过人生,也不能帮着她养这个孩子。这个孩子一旦出生,就注定要夹在赵玥和李春华之间。他们二人已经是死结,这个孩子生下来,又何其无辜?

然而楚瑜毕竟也是有过孩子的人,哪怕那个孩子已经离她很遥远,且让她伤透了心,可她还记得自己当年怀着那个孩子时,那种拼了命想保护他的感觉。于是她垂下眼眸,低声道:"殿下决定好了吗?"李春华不说话,她捏着卧榻扶手,好久后才沙哑着声音一字一句地道:"我想得很明白,我和他之间的事,没必要平添无辜。"

楚瑜点了点头,走上前去替她盖上被子。便就是这个时候,外面传来了通报声,太监的声音才落下,就听见赵玥着急地道:"听说你召了整个太医署,他们同朕说你有孩子……"话没说完,赵玥就停下了步子,瞧着楚瑜。他有些失态,轻咳了一声道,"卫大夫人。"

"陛下。"楚瑜恭恭敬敬地行了个礼。赵玥将目光投向李春华,李春华明白他的意思,朝楚瑜挥了挥手道:"你先下去吧。"楚瑜恭敬地拜别,走了出去。一走到长廊之上,她立刻低声吩咐晚月:"把梅贵妃有喜的事告诉宫里的暗线,尽快让所有人都知道。"晚月应声而去,楚瑜转身去了御花园,带着长月停在水榭边上等待。过了不多一会儿,晚月便匆匆回来了,小声道:"都吩咐好了。"楚瑜点点头,这才领着二人回了卫府。

回到卫府中,楚瑜找到蒋纯,让她去准备十日香、金钗等华丽的饰物,又让长月将自

439

己的指甲涂抹成红色，修剪成和李春华差不多的模样。事情正做到一半，侍女进来通报道："大夫人，宋家送了礼物上来。"楚瑜低头瞧着烛火下正给她染着指甲的长月，平静地道："说我睡下了，不见。"

没过一会儿，又有侍女来通报："大夫人，王家人前来拜见。"

"不见。"侍女再次恭敬地退了下去。

长月有些奇怪："夫人，为什么他们今晚都来找你啊？"楚瑜轻轻一笑："后宫里要添主子了，他们能不慌吗？"说着，晚月端着收拾好的香囊进来了。楚瑜抬头看了一眼那些东西，慢慢地道："如今后宫里根本没有子嗣，一旦梅贵妃生下孩子，若我们卫家再当她的支柱，封后便指日可待。王家和宋家无论是为了试探风声，还是为了拉拢卫家，今晚都是要来的。"

"那夫人拒绝得这样干脆，不怕王宋二家不满吗？"晚月在楚瑜身后跪坐下来，给她梳头。楚瑜低头看着指甲上隐隐染光的红色，淡道："如今梅贵妃有孕，正是关键时刻。见不见他们，那是我的态度。于王宋两家而言，我不见他们，代表着我仍忠于公主；我若见了，才是怪事。"说着，楚瑜抬起手来，在烛火下仔细地看了看，"至于得罪，从我与梅贵妃交好的那天开始，我便已是得罪了，还在乎这一时？"

"倒也是。"长月点点头，看向那些香囊和金钗，有些疑惑，"那夫人要这些东西做什么？"

这次楚瑜没有解释，她笑了笑："我自有我的用处。"

第二日，楚瑜穿上一件藏青色长裙，外面笼了金线绣纹的银纱，挑挑选选，从昨夜找来的一堆金簪里选了一支不大起眼的，插在发丝之间，而后挂上十日香的香囊，乘马车往宫里去了。刚入宫不久，才走在去往栖凤宫的路上，迎面便看见一个女子坐着软轿从花园中经过。楚瑜止住步子，双手交叠在身前，微微低头，等着那人过去。不承想对方却是让人将软轿抬到了楚瑜面前来，女子道："卫大夫人。"

"见过贵妃娘娘。"楚瑜恭敬地行礼，王贵妃点了点头。她今日穿了一身月白色的丝绸裙装，看上去颇为庄重。王家一直期盼着她能登上后位，一直把她朝这个方向培养。如今宫里的几位贵妃，李春华名声不佳，姚氏嚣张跋扈，宋氏年幼娇气，若不是赵玥心里有李春华，王氏倒的确是最有可能成为皇后的——当然，前提是，李春华没生下皇子。因此，她如今为何会出现在这里，楚瑜的心里十分明了。只见王贵妃上上下下地打量了楚瑜一遭，才轻轻笑道："我记得上一次见到夫人，还是在春宴上，那时候夫人还是素衣，如今也开始打扮了。"

楚瑜的面色从容："妾身不过小女子，自然好颜色。如今丧期已过，便挑了些喜欢的饰品，本想着改动不大……"说着，楚瑜轻轻笑了，抬手扶住头上的金簪，颇有些不好意思地道，"却不想娘娘心细如发，竟是看出来了。"

王贵妃轻叹了一声："你如今也就十九，人生还长着，正是好年纪呢。"这话楚瑜听得明白，王贵妃的意思无非是她如今年少，早晚是要离开卫家嫁出去的，她得为自己打算。卫家要和李春华联盟，那是卫家的事，不需要楚瑜插手。王贵妃见楚瑜沉默，想她是明白了自己的意思，便抬手拍了拍她的肩道："你与本宫投缘，若有什么难处，大可来找本宫。"说着，她往轿椅上轻轻一靠，露出了些许骄傲来，"我王氏一等世家，百年名门，卫大夫人，有许多事，别人做不到，我王家却不一定。以卫大夫人之品性，哪怕再嫁之身，我王氏也能为夫人尽力。若夫人与我王氏投缘，王氏嫡系正妻之位，或许也可以呢！"

听着这话，楚瑜抿唇，微微弯起了嘴角。王贵妃见她面上带笑，轻轻皱眉，只见楚瑜抬起头来，将头发往后轻轻一绾，平静地道："劳娘娘操心了，只是妾身还舍不得这个诰命之身，想来还是算了。"

王氏是百年名门，难道卫氏不是四世三公之家？若说门第，王氏和卫氏不相上下；若说名声，卫氏乃国之脊梁，举国仰慕。如今楚瑜在卫府乃一品诰命，去王氏除了多一个男人，还能有什么？王贵妃听出楚瑜话里的嘲笑，忍住气劝阻道："卫大夫人，女人一个人过一辈子有多苦，你得到将来才会知道。听本宫一句劝，别不见棺木不掉泪。"楚瑜叹了口气，抬手放在胸口："娘娘说得是。可惜妾身实在太在意这个诰命之位，便不劳娘娘操心了。"

正说着，一个宫女从拐角处走了过来。众人认出那宫女来，正是李春华身边伺候着的彩云。"奴婢见过王贵妃。"彩云恭恭敬敬地朝着王贵妃行了个礼，随后转头同楚瑜道，"卫大夫人，梅贵妃娘娘等您等得急了，派奴婢专门来请。"楚瑜闻言，转头瞧向王贵妃，笑着道："失礼了。娘娘，那妾身先行一步了？"王贵妃冷着脸点头，楚瑜便转过身去，跟着彩云往栖凤宫过去了。

楚瑜刚消失在王贵妃的视野里，王贵妃身旁的侍女便恨恨地道："娘娘您看她那样子，真当自己是个什么东西！"王贵妃眼里带着冷意，慢慢地道："宫里这个月的香膏发下去了吗？"

"尚未呢。"

如今后宫里明面上管事的人是李春华，但实际上真正在做事的却是王贵妃。王贵妃点点头，同侍女道："这个月不要全发一样的，将几款香膏都给三位贵妃端过去，由她们自己挑。"侍女有些不明了，王贵妃却也没解释，她脑子里还回荡着楚瑜身上那股子十日

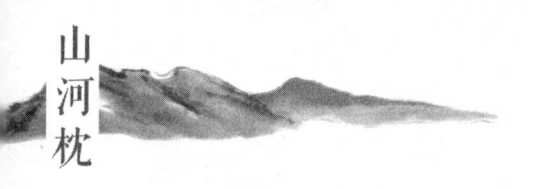

香的味道。看得出来，如今楚瑜为了讨好李春华，细节上几乎都在往李春华喜好的方向上靠。虽然衣衫大致还算稳重，却也戴上了金簪，指甲上也涂了豆蔻。这些都是楚瑜同李春华学的，而那十日香……大概也是李春华的喜好。

反正她将香膏送过去，这梅贵妃若真喜欢，自然会选了它。都是宫里的东西，出了事，也怪不到她身上来。王贵妃轻轻一笑，命人起轿离开。

而后多日，楚瑜按着平日里的频率，定时到宫中给李春华问安，每每以同她下棋为名，在宫里与她一起部署逃跑路线。从宫里捞一个人出去不容易，需得早早准备才是。她们布下这个局，为的是让王贵妃回去同父亲哭诉，从而激起王氏与赵玥的矛盾。若赵玥直接把人杀了，或是遮掩下去，甚至找个替身来顶罪，那她们的辛苦筹谋也就功亏一篑了。她们得保王贵妃活着又要保证她得担责。

"她让我自己选香膏，我便选了十日香，"李春华平静地开口，"今晚我会用它。你今天让长月、晚月把你的替身带回卫府，你就躲在我宫里。"楚瑜点了点头，将棋子落在棋盘上："您觉得陛下会为您做到哪一步？"

"他如今能坐到这个位子上，全靠平衡周旋，他不会为了我把王家得罪得太狠。"李春华平静地道，"大概就是给她禁足，削了品级吧。所以咱们得加一把劲，让这把火烧得旺一些。"楚瑜静静地听着，李春华抬眼看她，"她被禁足的时候，我会派人伪装成赵玥的人刺杀她，你趁机把她带走，让她以为是赵玥打算暗中对她下手。"

这条路，从来谁都不干净。楚瑜握着棋子的手顿了顿，许久后，她垂下眼眸，低低应了一声"嗯"。

到了该回府的时间，楚瑜进到内室和一个暗卫换了衣衫，而后便让长月、晚月带着那暗卫回了府中。她则穿上宫女的衣服，换了妆容，躲在了栖凤宫的内室中。时近晚膳，李春华坐在镜子前，楚瑜站在她身后。她看着镜子里的自己，许久后，慢慢地道："其实很久以前，我曾经想过给他怀个孩子。不过那时候他还太小了，我大他五岁，还有一个女儿，而他正值青春好年华。秦王世子，哪怕落魄到了我身边，我也觉得仍有好多小姑娘喜欢他。"说着，李春华笑了出来，"有的时候我也会想，干脆不要谈感情，就和他云雨一番，得了他的人，也挺好的。可是我就特别怕……"

"您怕什么呢？"楚瑜抬手给李春华梳头，只见她慢慢闭上了眼睛，沙哑地出声："我怕他爱上我。阿瑜啊，他们这些少年人，很多时候是分不清肉欲和爱的。我曾经有过一个面首，在我喜欢上赵玥之前。那个面首年纪很小，我是他的第一个女人。"说着，李春华勾起嘴角，面带苦涩，"我觉得他很干净，说喜欢……倒也不是特别喜欢，但是他对我说喜欢的时候，真挚得我的确有些心动。后来有一天，他和一个女人跑了。侍卫将他抓回来，我问他，他说爱我，怎么又和另一个女人跑了呢？"

"他变心了？"

"不是。"李春华摇了摇头，语气里带了些嘲讽，她睁开眼睛，"他说，是他的错，是他没分清楚欲望和感情。我是他的第一个女人，那时候他以为欲望就是感情，直到后来他遇到了那个女人，他才知道，这不一样。……一个男人很容易对一个女人产生欲望，可是当他长大，当他遇到一个又一个人，他会发现，二者的差别真的特别大。在他们为了欲望而追求你的时候，真挚得连他自己都觉得是真的。其实，不仅是男人……女人也一样。你知道我在哪一刻会特别清楚地觉得我爱赵玥吗？"李春华的眼神有些迷离，"在我紧紧地抱着他，听见他特别温柔地问我'你是不是疼了'的那一刻；在他死死抱着我，像一个孩子一样带着我到达顶峰的时候……在那些时候，我会有一种可怕的想法，觉得我真的特别爱这个人，可以放下所有地去爱他。"

李春华的神色慢慢变得平静："我要一份感情，就要这份感情干干净净。不然，我宁愿一辈子，什么都得不到。"说着，她从桌子上拿起了香膏。她颤抖着打开盖子，然后在楚瑜的注视下，一点一点将那香膏抹在脸上、脖颈上、手上，然后又在自己的腹部，一圈又一圈地涂抹。与十日香几乎没有区别的子思香味在空气中弥漫开来，李春华涂抹完毕，连合上盖子的力气都没有，任由着盒子掉在地上。

楚瑜走上前去，将香膏捡起，合上盖子，放到了桌上。然后她扶着李春华躺到床上，自己候在一边。

约莫过了两个时辰，李春华开始感到腹痛，楚瑜赶忙冲出去传唤太医。太医是与赵玥一道过来的，楚瑜混在人群中，站在门外。李春华疼痛开始加剧，她咬着牙关，面色惨白，血从她身下涓涓流出，赵玥将她抱在怀里，整个人都在抖。他一面亲吻她的额头，一面同她道："你别怕，你别怕……"他们十指交扣，李春华疼得掐他，可他没有放手，仍死死地抱着她。

太医反复询问李春华吃过用过的东西，终于找到了香膏。整个太医署会诊，终于有一个来自东南地区的太医认出来，这个香膏，不是十日香，而是子思。太医迅速开了药，折腾到半夜，李春华疼得晕过去，终于才止住了血。赵玥站在屋里，看着跪了满地的太医，沙哑着声音道："太子，保不住了？"

孩子还未出生，赵玥就称他为"太子"，可见他对这个孩子的期望。太医战战兢兢，无人敢答，赵玥骤然提声："说话！"

"陛下，"太医署丞终于开口，叹息道，"子思药性强烈，还请陛下节哀。"

"为什么会有这种东西……"赵玥颤抖着声音，"梅贵妃明明怀着身孕，宫里怎么会有这种东西？！谁拿来的？！"他一把抓起香膏，怒吼出声，"这东西怎么会在这里？！子思对孕妇有害，你们这些奴才不知道吗？！"

"陛下……"彩云怯生生地开口，"可这香膏送来的时候，明明说是十日香的啊……"赵玥微微一愣，随后立刻反应过来，顿时觉得手足冰冷。他呆呆地看着那香膏，熟知那些龌龊手段的他瞬间就明白了来龙去脉。

"把经手这个香膏的人，都给朕叫过来。"他声音里带着冷意，没过多久，发放香膏的宫女就被带了上来。赵玥坐在首位上，玩弄着手里的香膏盒，看着跪在地上瑟瑟发抖的宫女，平静地问道："这是朕的第一个孩子，你们知道朕盼望他盼了多久吗？"说着，他抬起头，声音里带了些笑意，"……十二年。"

十二年前，他第一次知道，自己喜欢上了她。此后十二年，他一生最大的愿望就是娶她，同她有个孩子。可是孩子毁了。赵玥站起身来，平静地道："朕给你们一个机会，说出来。或者，朕送你们去一个地方，保证你们生不如死。"

在场有人已嘤嘤哭了起来，互相使着眼色，却始终没有一个人站出来。赵玥挥了挥手，让人将这些人带下去，然而也就是在这时，一个宫女尖叫起来："是王贵妃！王贵妃！"赵玥抬起头来，那侍女哭着爬上前道，"殿下，奴婢不知道怎么回事，可是过往香膏都是统一从库房调取后发放的，只是这次王贵妃突然下令，要让各宫娘娘自己去挑……一定是她！"

赵玥眼中的神色动了动。王贵妃……他捏着香膏盒，手微微颤抖着。片刻后，他站起身来，抬起手，同侍从吩咐道："拖下去用刑，谁说出线索，就可以去死。"众人都是一愣，审讯都是说出线索来就能活，哪里有用情报求死的？除非……是那刑罚太过残忍。

楚瑜在外面听着，抬头看向月亮，心里微微发颤。她意识到，她和李春华，都太低估赵玥的狠辣了。

此刻内间终于传来动静。赵玥赶忙来到李春华身边。他跪在榻前，握住李春华的手，沙哑着声道："没事了，你还疼不疼？"李春华直直地看着上方，神色平静。而后她慢慢抬起手，放在自己的腹部，转头看向赵玥，沙哑着问："他呢？"

赵玥的神色僵住，李春华没再说话。她面容上没有一点表情，沉寂如死。赵玥心里微微发颤，这个表情，他在梅含雪死去的那年，也从她脸上见过。他仓皇地将她的手握得更紧，急促地道："你别难过，我们还会再有孩子，我们……"

"所以他白白死去了，是吗？"李春华凝视着他，慢慢笑起来，眼泪从她的眼眶中慢慢流出，"阿玥，我怎么谁都留不住啊？我们……怎么这么难啊？你看看你我，"说着，她的笑声越来越大，"你当着傀儡皇帝，我当着见不得光的荡妇贵妃，儿子死了，我们也只能这样握着手假装什么都没发生过，只能忍气吞声。"

"别说了……"赵玥颤抖着身子，努力让自己保持平静。李春华瞧着他，眼里不断涌出眼泪，嘲讽地道："赵玥，屠夫之怒尚能杀人，你贵为帝王，你能做什么呢？"

赵玥抿着唇，没有说话。

"你知道吗，"她将手从他的手中抽出来，放在他的面颊上，声音骤然变得温柔，"其实我知道的。从我肚子开始疼的时候，我就想到了结局。我知道也不过会是死一片宫女侍卫，真正动手的那个人不会遭到任何惩罚，就算有，也就是雷声大雨点小。你难，我知道。"说着，她的声音越发沙哑，"你处境艰难，我知道，所以我不怪你。可是我怕……我怕啊……"

说到这里，李春华终于忍不住哭出了声来。赵玥将她抱进怀里，任由她哭得声嘶力竭。他从没见过这样的李春华。她在他的心里，无论任何时候，都保持着那份骄傲，绝不会让人看出半分狼狈。这是她第一次，在他怀里，放下了所有高姿态，反复地同他说——

我怕啊。

赵玥眼里全是眼泪，抱着李春华的手不住地颤抖。等她终于哭累了，他将她放下来。他颤抖着身子，整个人都有些踉跄，提了剑就往外走去。刚出大门，他便吩咐御林军封了整个栖凤宫，随后只留了一句"栖凤宫清干净"，便朝着王贵妃所在的落霞宫赶去。近身侍奉他的太监张辉看出不对劲，焦急地道："陛下您这是要做什么啊……"

赵玥不说话。张辉鼓足了勇气，一把拽住赵玥的袖子，大声道："陛下！"赵玥顿住步子，转头看向张辉，张辉已是快要哭出来一般，"王家不能动啊……"

赵玥看着张辉。这是从小跟他到大的人，他向来对张辉带着敬重。此刻，赵玥叫了流浪在外时唤他的称呼："张伯。"张辉红了眼，赵玥艰难地笑开："我终于有了孩子，我特别高兴，我以为这个孩子生下来，我和她以后就能好好生活……"张辉哑着声："您以后还会有的。"然而赵玥声音颤抖，猛地扬高："朕是他的父亲，是她的丈夫。现在，朕的孩子死了，朕的妻子躺在宫里，说她害怕……她这一辈子，何时说过害怕？！朕知道你要说什么，王家是朕母亲的母族没错，可是王芝朕杀定了。张伯你放心，这事不会传出去，朕会安排好。"赵玥已经慢慢冷静下来，脸上却全是杀意，"谁都别拦朕。"

楚瑜躲在暗处，听到了赵玥的话。她皱了皱眉头，提前一步急急朝落霞宫赶了过去。她心乱如麻。她和李春华都没想过，赵玥会做到这一步。无论如何王芝得活下来，她若真的死了，以赵玥的能耐，说不定真能遮掩过去。

楚瑜急急潜入落霞宫，直接翻进了王贵妃的寝殿。王贵妃还没来得及出声，便被楚瑜点了穴，楚瑜扛了人就往外奔去。然而还没逃出去，赵玥已提着剑赶到了，楚瑜带着王贵

445

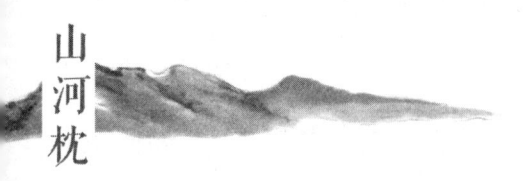

妃躲在树梢上，听着赵玥朝落霞宫里的人怒道："人呢？！"王贵妃眼中惊疑不定，眼看着赵玥下令让人四下散出去找人，而后在落霞宫点了一把大火。

"他果然是铁了心要杀你啊。"楚瑜轻轻一叹，"娘娘，今夜你要是出不了宫，怕只能是死了。"说完，她见四下无人，迅速带着王芝来到已提前准备好的地方，将她放进了潲水桶，自己拿了令牌，跟着侍从一起抬着潲水桶上了马车。

马车来到宫门前时，宫里已经彻底乱起来，赵玥直接下令封锁了宫门。楚瑜看着那些人交涉，也顾不得其他，驾着马朝宫门直冲而去，在所有人都猝不及防之时便闯出了宫门。士兵赶紧追来，楚瑜已提着王芝纵身飞上屋檐，此时来追的都是普通士兵，没有几个起落，他们就再找不着楚瑜的身影了。

楚瑜提着王芝，心里还跳得扑通扑通的。做着这些事，她其实也很害怕。这时，她脑子里蓦地划过一个身影，便忍不住轻轻笑了。习惯真的是一件很可怕的事情，两辈子以来都没人让她拥有过心安，直到她遇到了那么一个人，从此，每每害怕的时候，她就会想起那个人——卫韫。这个名字仿佛带着无穷的力量。她轻轻一笑，心里竟就这么安定了下来。

楚瑜提着王芝来到她在城中准备好的一间小屋，让人烧了热水，和王芝各自迅速地梳洗。楚瑜先忙完，来到大厅中等待王芝。王芝出来时神情还有些恍惚，楚瑜给她倒了杯茶，平静地道："娘娘，先喝杯茶暖暖身子。"

"你怎么会在这里？"王芝抬眼看着楚瑜，神色仍然惊疑不定。楚瑜轻轻一笑："得知娘娘有难，我顺手帮一把而已。"

"他……他为什么要杀我？！"王芝慢慢缓过神来，声音里带着不可思议。楚瑜抿了口茶，平静地道："陛下为什么要杀您，您不知道吗？"王芝愣了愣，片刻后，她的脸色骤然变了，提了声音道："为了那个孽种？！"

"陛下说了，"楚瑜抬眼看她，认真地道，"是太子。"王芝的脸上瞬间带了暴怒："他疯了吗？！那个废公主如今有什么值得他这样做的？！我王家当初险些受他赵氏牵连，后来又一手扶持他走到今日，乃他母亲的母族，他就要为这样一个孽种杀我？！"说着，她摇着头站起来，"不……不行，我要回宫，我要亲自去问问他，我……"

"娘娘，"楚瑜淡淡地出声，"宫里已经戒严，王家门前，如今也已布满了杀手。您要是随便乱走，您这条命我可就保不住了。"

"你胡说！"王芝厉喝出声，"本宫不信你，是你挟持了本宫！还不速速将本宫送回去！"

听到这话，楚瑜轻笑起来："好啊。"说着，她抬手指向门前，"大门开着，娘娘您

446

想走就走，去哪里都可以。我只有一个条件。"她抬眼看着王芝，"临死之时，您可别说我帮过您。"

楚瑜的神色太过笃定，王芝的脑海中闪过赵玥提着剑向落霞宫奔来的样子。楚瑜没有骗她……言语可以作谎，可是赵玥本人呢？那样暴戾的赵玥她从不曾见过，然而哪怕是远远望着，她却也知道，赵玥当时，的的确确想要杀她。可是为什么？赵玥疯了吗？他一贯懂得权衡利弊，父亲也同她说过，以赵玥的性子，早晚有一日是要屈服于权势，让她无须将李春华太放在心上。可今天怎么会……他这样打王家的脸，就不怕王家翻脸吗？若是王家不支持他，他手中还有谁是真的忠心耿耿？姚勇服他不过是权宜之计，谢家辅佐他也不过是权衡后忠他为当下最合适之君，其他人更不必说，只有王家才是他的立身之本啊！

王芝面色恍惚、阴晴不定，楚瑜看着她的神色，平静地道："娘娘，您想好要去哪里了吗？"王芝被这声音召回神志，她转过头，冷冷地看着楚瑜："你为什么帮我？"楚瑜没说话，只是喝了口茶。王芝又道，"你不是梅贵妃的人吗？你救我，就不怕她怪罪？"

"梅贵妃有什么好怪罪的？"楚瑜轻轻一笑，"娘娘到现在还看不出来，您是为什么会在这里的吗？"王芝面露疑惑，楚瑜抬眼看她，撑着自己的下巴，"您对十日香和子思，分得很清楚呢。"

听到这话，王芝猛地反应过来："你设计我？！你冤我害了李春华的孩子，你知道陛下会对我动手，可是……"王芝有些不解，"你为什么要害她的孩子？"她喃喃自语着，"不……不是，你是故意的，你们都是故意的……"说着，她抬起头来，面上露出古怪的神色，"是李春华，她想借着这个孩子除掉我……宋妃娇气，姚妃无脑，我走之后，后宫就是她一宫独大了……"想清楚了这一点，王芝气得咬紧了牙关，"狠，够狠，是我不如她！……她想除掉我，那你呢？"

"我？"楚瑜瞧着她，坦荡地道，"我有事相求啊。"

"你想要我做什么？"

"陛下想要召回我家侯爷，我想让贵妃娘娘帮个忙，请王家帮忙阻一下。"

王芝皱了皱眉头："事关朝政，陛下的决定，我王家怕是做不了主。"

"无妨啊，"楚瑜淡道，"阻一阻，总能试试吧？"

王芝沉默了片刻，终于是点了点头，道："好，你送我回王家，我帮你同我父亲说。"楚瑜却平静地道："此刻回王家娘娘怕是回不去了。我找人通知了您父亲，我们就在这里等着吧。"

没等多久，院子外就传来了开门声，王芝立刻站起身来，着急地往外走去。刚走到门口,便见到一个老者急急地走进来。王芝含着泪向老者行礼,老者面上却带着厉色:"先进去,具体怎么回事,你给我说清楚。"

王芝跟着王贺退回屋里,哭哭啼啼地把事情说了一遍。楚瑜坐在一边,闲着无事地抓着飞蛾玩。王芝说完,王贺又急又怒:"这么大的事,你为何不同我商量?!"

"这后宫的事,是您同我说,让我自行处置的呀……"王芝哭着开口,王贺走来走去,思索着应对的法子。"我出门时已经让人去宫里打探消息了,如果陛下真的是铁了心要杀你……"王贺顿住步子,抿了抿唇,抬头看向王芝。王芝微微一愣,随后便从王贺眼中看明白了他的意思。她仓皇地爬过去,跪在王贺身前哭着道:"父亲,他若真的为了此事要杀女儿,那他日后又怎么容得下王家啊?!他赵玥如此多疑,他杀了我,您还指望他信任您吗?信任一个和自己有杀女之仇的臣子,这是他赵玥会做的事吗?!"

"可你让我怎么办?!"王贺提高了声音,"芝儿,他如今是皇帝,除非万不得已,我王家不可能做什么,你明白吗?!这一次是你做得太过,陛下恼怒是情有可原……"

"所以您就要我死是吗?!"王芝大哭出声,王贺眼中亦含了眼泪。楚瑜看着这对父女争执,轻轻一笑。王贺敏锐地抬眼看向她,冷声道:"你笑什么?"

"王大人,"楚瑜瞧着他,"娘娘说得对不对,您心里一点底都没有吗?今日娘娘若是死了,您觉得陛下还会再信任王家吗?"王贺没说话,只是盯着楚瑜。楚瑜站起身来:"不若我给大人指一条明路吧。"王贺神色郑重,却仍然不语。楚瑜慢慢地道,"天亮之前,我们送娘娘出城,从此再不回京。大人回去同陛下道歉,就说如今落霞宫已经烧了,对外便称娘娘是烧死在了宫里。陛下找不到娘娘,拿您也没办法,同时娘娘没死,您与他也就算不上结仇,日后陛下也不会处处防备您,甚至还会觉得是自己宽宏大量,依了您的请求,饶了您女儿一命。您看如何?"

王芝跪在地上,满眼期盼地看着王贺。许久后,王贺咬了咬牙,转过身去:"好。赵玥再如何昏头,总不至于连我都杀,我护着你们出城。"楚瑜点点头,立刻吩咐人护着王芝和王贺就往城外赶去。

有王贺护送,一行人出城很顺利。楚瑜带着王芝来到护城河边,本打算上船走水路离开。王贺含泪看着王芝,也知晓女儿这一去,或许一辈子都不能回京,他哽咽着拉着王芝道:"以后莫要再做傻事了。"王芝连连点头,楚瑜催促道:"赶紧上船……"

然而楚瑜的话还没说完,一支羽箭从暗中猛地射出,朝着王贺就直直飞去。楚瑜抬手抢下羽箭,将王贺往身后一拉,提了声音道:"快走!"

话音刚落,楚瑜已提起王芝往马上扔了过去,随后自己也翻身上马,同王贺一起往郊外野地里冲去。几十名杀手从周围的草丛中冲了出来,一时箭如雨下,楚瑜的人从他们身后冲出来阻拦，顿时两方人马纠缠在一起。

王贺不敢停下，朝楚瑜焦急地道："哪里来的人？！"

"你问我，我又问谁？！"楚瑜也提了声音，然而话未说完，王贺心里已有了底。此时出现在这里的杀手，除了赵玥，还能是谁的？他赵玥连自己都要动，这是何等的不义？

王贺心中惊疑不定，楚瑜却保持着镇定，回头看了华京一眼，迅速地道，"大人，您如今最好速速离开华京，直接回封地去。您是反还是臣我管不着，但若要活命，此刻就赶紧走！"

王贺抿了抿唇，最终点头道："老夫不忘夫人今日救命之恩，日后……"

"别提日后，赶紧走！"楚瑜一鞭子抽在王贺的马身上，转身就朝着身后的杀手冲去。长剑夺了夜色，她将追上来的杀手拦在原地，冷着声道："诸位止步。"几个杀手对视了一眼，齐齐朝着楚瑜攻来。当夜细雨，长月和晚月尚在远处，楚瑜看着面前的人，眼中带了冷意。今夜见过她的人，最好是都死在这里。想到这里，她的剑带了狠意，雨水被剑身弹起，她看着那七把剑连续地朝她刺来，挑、抹、刺、挡、砍，她一剑在手，却如同在周身布下一张密网一般，让人半分剑尖都无法往前。

这般来往了几个回合，楚瑜见王贺、王芝已走远，足尖一点便往后撤去。那些人看见楚瑜想跑，连忙追上。于是楚瑜一路往前疾奔，杀手紧追不舍，却就在眼见着要追上时，楚瑜猛地回身，猝不及防一剑挥过，一颗人头便猛地甩飞出去，血从那人颈间喷涌而出，溅了众人一身！

楚瑜的眼睛在夜色中亮得骇人，她满脸是血，犹若修罗。

"对不住了。"她轻轻一瞥，剑尖已朝着另一人刺去，"下辈子，做个太平人吧。"

从昆阳到华京，轻骑快马加鞭大约是七日；若是星夜兼程，行程还可再缩短些。卫韫算着日子，颇有些不耐。这一次他追踪的这个人明显是知道有人在追自己，故意绕了路，因此走了大半月才来到天守关脚下的陵城。然而，就是在这里，好不容易要抓着了，却又让他跑了。

"他身形纤细，"侍卫跪在地上，低着声道，"假装成女人跑了。"

卫韫没说话，他抿了口茶，站起身来平静地道："寻踪香留了？"

"留了。"侍卫冷静地开口，"已放了猎犬去找。"

卫韫点点头，也没多说什么，脸上的白玉面具在灯火下泛着冷光。他转头瞧向窗外，目光有些恍惚。此地距离华京不过两个时辰，他若愿意，便可以回去。然而他却犹豫了。如今回去要做什么呢？想说的话不能说，想见的人见着了，挠心挠肝，却也只能瞧着。想了想，他叹了口气，决定等事情了了之后再回去，悄悄见一面便走，免得徒增伤感。

这样想着，卫韫垂下眼眸，端起茶喝了一口。雨细细地落着，没过多久，便有人匆匆上楼来，焦急地道："主子，找着了！在郊外客栈，他住了店，现在人还没回去。"卫韫应了声，站起身来平静地道："带我过去。"

一行人跑了半个时辰，来到城郊一间小客栈。卫韫带着人进去，小二迎上来道："客官……"

"别说话。"卫韫身后的人亮了刀，抵在小二的脖颈之上。小二面露惊恐之色地噤了声，另一个护卫则上前去，带着卫韫进了那人的房间。卫韫看了一眼四周，吩咐道："你们先藏好，别打草惊蛇。我在房里等。"侍卫应声，嘱咐了小二之后便各自埋伏起来。

卫韫走进屋中，掀了窗帘，将剑放在床上，盘腿坐了下来。听着外面的雨声，他这才察觉，这雨，怕是要下一夜了吧。

楚瑜一手捂着肩头的伤口，一手用剑撑着自己，颇有些踉跄地往前走。方才她一路一面跑一面打，故意拉开距离进行突袭，然而等几个杀手都被解决掉，她才发现自己早已和长月、晚月走散，不知道到了哪里。

此刻她身上还带着伤，也不知道身后还有没有更多的追兵，只能咬着牙往前走去。远处隐隐有火光，艰难地走近后发现是一家客栈，她赶紧摸到最近的一扇窗下，屏着气听了听，屋里没人，她便掀开窗翻了进去。

她来不及去大堂同小二要房了，她如今太急切地想要躺下来歇一歇，并处理一下伤口。她的体力早就透支了。她艰难地往床上挪去，掀开床帘想要躺下去，然而就在这一瞬间，一只手从里面猛地探了出来！楚瑜下意识一个闪身，却还是被对方抓住手腕直接拖进了床帘背后！

对方并没有杀意，似乎只是想制住她。楚瑜根本来不及思考发生了什么，凭借本能一个旋身，将对方的手扭转，迫使对方放了手，接着便朝着床帘扑去。然而对方却是一把抓住她的衣领将她拖了回来！她的头发被抓散，衣服也被扯开落到肩头，狠狠撞到了对方胸前。

是个男人。一个很年轻的男人。他一手将楚瑜的两手锁在身后，一手扣在她的脖颈之间，如清泉击瓷一般的声音沉稳平静，不带一丝情绪，淡道："把东西交出来。"听到这话，楚瑜就知道对方是认错了人。然而此刻她因失血过多，神志有些模糊，咽喉被锁住，几乎发不出声音来。她拼命挣扎着，就在这时，卫韫也终于察觉出了几分不对劲。

他的手指在她喉间摩挲了一下，不由得皱起眉头。她没有喉结……那个人虽然是化装为女人逃跑的，身形上也极像女人，然而的的确确该是个男人才是。卫韫的脸色一变，将楚瑜猛地扔开，楚瑜迅速翻身，缩在床脚，用力拉起自己的衣衫，遮挡住自己的肩头。

然而方才衣服早已被这个人撕裂了去，哪怕尽量扯着，也露出了脖颈之下一部分雪嫩的肌肤。她平静又警惕地盯着对方，整个身子呈现出防御的姿态，而对方盯着她的面容，眼中慢慢露出了诧异之色。

黑暗中两个人各在床榻一边，楚瑜暗中将匕首滑落至掌心，死死盯着对面的青年。而那青年还保持着跪坐的姿势，长剑就放在他手边，他的月华色长衫在夜色中似有月光流动，面上的白玉面具也将他的轮廓与夜色区分了开来。他身形挺拔，呼吸未见一丝紊乱，方才的一番打斗似乎对他没有半点影响。

——高手。楚瑜脑中瞬间闪过这个念头，她压制住身上的疼痛，沙哑出声："因被追杀，误入房中，还望英雄见谅。在下这就离开，不干扰英雄行事。"说着，她便挣扎着下床，往外走去。

伤口越来越疼，头也有些发晕，走了没几步，楚瑜突然觉得全身无力，双膝一软便要跪下去。也就是在这时，一只大手从身后伸过来，一把扶住了她。

"养伤。"对方平静地出声。楚瑜喘着粗气，艰难地抬头，看见了对方复杂的眼神。她觉得这眼神有些熟悉，却又想不起是在哪里见过。然而此刻容不得她拒绝，她只能点了点头："多谢英雄。"

卫韫抿了抿唇，低低说了句："失礼了。"说着，他弯下腰去将楚瑜打横抱起来，开门走了出去。埋伏在周围的侍卫们立刻冲出，忙道："主子，人抓到了？！"

"叫大夫过来。"

卫韫平静地出声："顺手救了位夫人。"

侍卫们愣了愣，片刻后，众人："……！！！"

不得了了，单身十八年的小侯爷半路对一个女人一见钟情了！

二十一　我喜欢年龄大一点的男人

楚瑜在迷迷糊糊中听着那青年说话，心里莫名安定了几分。然而她仍然不敢放松警惕，虽然是微阖着眼，匕首却一直握在手中，没有松开片刻。卫韫察觉她的紧张，想说些什么，然而所有言语都止于齿间，竟是什么都说不出来。他脑子里一片混乱，根本没想过会在这里遇见她。如今他完全不敢说话，就怕开了口说出什么不合适的话来被她发现。于是他只能一直沉默，假作镇定。

卫韫抱起楚瑜来到自己的屋中，命其他人继续在客栈里蹲守。大夫还未赶到，他站在床边瞧着楚瑜，带了那么几分忐忑，不知道该如何开这个头。楚瑜的神志有些模糊，强撑着自己与他对视，卫韫知她警惕，想了想，抬手解开床帘，让楚瑜独自留在里面，而后退了开去，坐得远远的，只说了声："你别担心。"

离开了床边，压迫感顿时小了很多。床帘为楚瑜隔出一个独立的空间，她心里也就没那么紧张了，终于将手中的匕首松了几分，亦平稳着呼吸。此刻她思考不了太多，比如这个人是谁，他在这里打算做什么，他救下她究竟是路见不平，还是另有所图？她什么都思考不了，只知道……这个青年，此时此刻，不会杀她。想到这里，她仿佛是给自己找到了一个理由，顿时再撑不住，慢慢陷入黑暗之中。

片刻后，床帘外传来吱呀之声，却是大夫走了进来。卫韫瞧见大夫，抬手对他做了个噤声的手势，大夫愣了愣，随后点点头，站在房门处，等着卫韫的吩咐。卫韫站起身来，走到床前撩起帘子，看见楚瑜已经撑不住昏了过去。她紧皱着眉头，似乎在忍受着什么，卫韫抿了抿唇，替她拉好衣服，又用被子将她盖好，这才在床头坐下，同大夫道："来吧。"

大夫点了点头，走上前来给楚瑜号脉，又检查她的伤势，迅速地开了药方。沈无双准备的药派上了用场，卫韫帮着大夫给楚瑜包扎好伤口，又喂了药，便坐在床头，一动不动地瞧着她。几年不见，她的眉目长开了很多，去时她脸上还带着少女稚气，线条圆润丰满，有那么几分可爱的味道。然而四年过去，她比以前瘦了很多，眉眼也舒展开来，脸部线条变得利落又漂亮，此时就算她紧闭着眼，他都能感知到她那上挑的眼角眉梢，带着的是怎样的风情。

卫韫瞧着楚瑜的眉目，感觉自己似乎是在梦里。他小心翼翼地探出手去，触碰她的眉心。她的温度从指尖传来，他仿佛是被从梦里拉出来，那样惊喜的触感让他的手微微颤抖。他急切地想要去确认这个女子的真实，想要拂开她皱起的眉头，划过她微颤的睫毛，触碰她高挺的鼻梁，最后落在她柔软的唇上。

他曾经触碰过这里。四年前，沙城灯火升上天空，周边全是祈福诵经之声，他用了这辈子最大的勇气，轻轻吻了她。那时年少，很多东西他都不懂得，只是轻轻浅浅又满怀惶恐地落吻在她的唇上，又慌张离开。然而，只是这样如蝶落蜓飞一样的吻，却在他的梦境里反反复复出现。此刻他静静地看着这个女子，手指触碰着那柔软又粗粝的唇瓣，他才终于确认，时隔四年，他终于又见到了她。

门外有人敲门，卫韫皱了皱眉头，站起身来。"侯爷，"卫浅低声开口，"那人刚才回来了，到了门口察觉到不对，跑了。今天下了大雨，猎犬跟不上。"卫浅和卫深是卫韫在白城重新培养起来的贴身侍卫，帮卫秋分担一部分工作。这次卫韫只带了卫浅回来，也是怕遇上老熟人，毕竟是偷偷回来的，惊动的人越少越好。听到卫浅的话，卫韫皱了皱眉头，压着声音有些不悦地道："他怎么发现的？"

"怕是刚才那个女子进来时动了东西，他知道有人进了自己的房。"卫韫沉默了片刻，似是在思索，而后又开口道："立刻去华京各大城门守着，见了人就当场拿下带走。"卫浅应声，转身欲走，又突然想起什么，顿住步子，颇为恭敬地问道："侯爷，那位女子是？"

卫韫向来不是热心肠的人，尤其是在如今这样关键的时刻，让那女人打乱了他们的计划、放跑了人，不追究也就罢了，居然还会请大夫给她看伤？于是卫浅判断这女子必然与卫韫有着非同寻常的关系。卫韫也不诧异卫浅的好奇，他抬眼瞧了卫浅一眼，带了几分不满道："是我大嫂。"

卫浅微微一愣，许久后才反应过来："大夫人？"卫韫点点头，卫浅更诧异了，"大夫人如今怎会受伤在此？"然而刚问完，卫浅便反应过来，如今楚瑜还未醒，怕是卫韫也不知道到底发生了什么事情。他在心里默默对楚瑜在卫府的地位重新评估了一下，点头道："属下知道了。那明日侯爷跟着大夫人回华京？"卫韫没说话，许久后才慢慢点了点头，似乎是郑重极了的模样。卫浅立刻道："那属下这就去准备。"

卫浅走了，卫韫又回房里，坐在楚瑜床头，好久后，他轻轻一叹，终于转身去了旁边

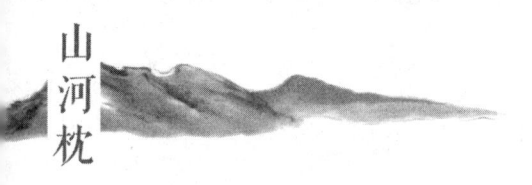

的小榻，蜷缩着睡下。

第二天早上楚瑜醒得晚，卫韫正端了粥进来。粥的香味在空气中弥漫，他来到她身前，将粥轻轻放在她手边的小桌上，平稳地出声："我扶你起来。"

"不……"

然而楚瑜的话还没说完，对方已经伸出手来，扶着她坐了起来。他的手掌很瘦，但却很稳，骨节分明，带着男子灼热的温度，贴在楚瑜身上，让楚瑜猛地绷紧了身子。他想为她在身后垫上垫子，于是弯了腰靠近她，独属于他的气息铺天盖地，让楚瑜屏住呼吸，颇为尴尬地往后退了退。卫韫察觉到她在往后缩，抬头看过去，便看见了楚瑜微红的脸。

她扭头看着一旁，眼里仿佛是含了秋水，微红的脸颊如彩霞，带着少女独有的春媚之色。这是她头一次朝他露出这样的神色。过往的楚瑜永远是供他仰望的神女，她似乎永远在俯瞰他，用一种长者的目光看待他，哪怕偶尔出现一瞬间的羞涩，也是镇定的、从容的、平静的。然而这一次，却是他头一回觉得，面前这个女子真的与他同龄，她并不是他的长嫂，也无须他敬仰，甚至会因为他的动作而带上些慌张。

卫韫喉间紧了紧，忍不住有种想要吞咽些什么的冲动。然而他克制住了自己，迅速将枕头塞在楚瑜身后，扶着她靠下去，而后便退开在一边，故作平静地解释了一句："您负伤不便，是在下失礼了。"

他的声音很好听——楚瑜思索着，抬头看过去。他还戴着面具，面具下方是细长的薄唇，带着自然的樱色，看上去极为漂亮。而下巴仿佛是用画笔描绘出来的一般，线条流畅又漂亮。光看着这个下巴和唇，就让楚瑜觉得，面具之下的真面目，必然是个极为俊美的公子。

楚瑜心念动了动，总觉得这人有几分熟悉，可又想不起来具体是同谁相似。而卫韫见楚瑜盯着她，忍不住垂下眼眸，低声道："我伺候您洗漱吧。"

听到这话，楚瑜有些尴尬："您这里没有侍女的吗？"卫韫动作一顿，片刻后，他摇了摇头："出门办事，没带侍女。"听到这话，楚瑜也不意外。看昨晚这人出手她就知道，他绝不是来游山逛水的。她不敢询问太多，只点了点头道："多谢公子搭救。这些事您让下人来做即可，不必劳烦公子屈尊降贵。"

卫韫没说话，他转过身去，只是道："先把粥喝了吧，凉了。"楚瑜连忙谢过，自己勉强端起粥喝了几口，接着便察觉到不对。这粥里加了煮熟的蛋黄，碾碎后融在粥里。她向来爱喝这种粥，如今身处荒郊野外，怎么就刚刚好遇到了一碗她最喜欢的口味，且浓淡恰宜的粥？

楚瑜心里带了警惕，迅速将粥喝完，接着便有人端着洗漱的东西送了上来。她从对方手中接过帕子擦脸，打听道："请问你家主子……"话没说完，她就顿住了声音，因为她抬头看去，发现却是那个人将一应洗漱器具接了过来，自己端着站在她身边。他站得那般坦坦荡荡，似乎丝毫不觉得自己作为一个主子，亲自给人端水有什么不妥。

楚瑜终于皱起了眉头，她勉强压下心里的那份违和，问道："公子，您与我是否曾见过？"听到这话，卫韫的心提了起来，然而他面上却还是故作镇定："夫人金贵，在下不敢打扰。"他觉得自己似乎深陷在了一种微妙的情绪里——他不想让她知道自己是谁。此时此刻，在面具下，就这么静静地同她说话的感觉，很好。这一刻，她不是长嫂，他便可以平等地、以一个男人的身份同她交谈。

然而楚瑜听到他的话，却是轻轻一笑："您与我初次见面，且我这般狼狈，您怎么就知道我是夫人，还知道我金贵？"她一边说着，一边漱口，而后抬起头，大大方方地看向卫韫。卫韫接过东西交给旁边的卫浅，而后退到一边桌后，恭敬地跪坐下来，平静地道："夫人要问什么，不妨直说。"

楚瑜眯了眯眼，冷声道："您是谁？"

卫韫沉默片刻，才慢慢开口："在下公孙湛。"

听到这个名字，楚瑜微微一愣。公孙湛这个人她是听说过的，此人乃卫韫手下首席谋士，一代风云人物，是卫韫在北境一手培养起来的，过往他在家书中也偶有提及。上辈子的公孙湛一直待在卫韫身后，她未曾见过，却也曾经听顾楚生说过，公孙湛做下的决定，便是卫韫做下的决定，可见此人在卫韫身边，有着极为重要的地位。

楚瑜很快反应过来，迅速调整好心态，道："您是镇国侯手下的公孙湛？"卫韫点了点头，跪坐在他身后的两个侍卫板着脸，一句话都不敢说。

"是小……"

"小七"两个字差点脱口而出，楚瑜骤然又想起，在外人面前，她得保住卫韫的那份威严，于是她赶忙改口道："是侯爷让你们来的？来做什么？"卫韫面不改色地撒着谎："苏查往华京送了一封信，侯爷让我们来拦截。"

楚瑜皱起眉头："他为何未曾同我说过？"然而说完这话，楚瑜顿时想起来，其实这些年，卫韫同她交代过的事情，本也不多。说不失落是假的，可是也找不着什么理由去责怪。然而有时候，该尽的责任尽了，该守的礼仪守了，却因为一个人付出太多，就想要太多，于是便有了不甘心。好在楚瑜压制住了那份不甘心，她艰难地笑了笑，"也是，你们的大事，他不同我说也正常。人抓到了吗？"

"未曾。"卫韫简短地交代了个大概，"如今他已往华京逃去，我派人盯住了城门，怕是要去华京一趟，到时候还望夫人帮忙。"楚瑜点了点头，若是苏查往华京发来的信

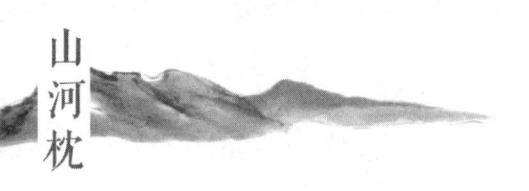

函，怕就包含着当年赵玥勾通北狄的罪证。然而她还有一些疑虑，她抬头看向公孙湛："公孙先生，您与我未曾见过，怎么就认得出我来？"

卫韫沉默了片刻，好久后，他慢慢道："侯爷房间里挂了大夫人的画像。"

"那今早上的粥，是公孙先生也喜欢喝这样的粥吗？"

卫韫瞬间就找到了一个万金油似的理由："是侯爷同我说的。"楚瑜有些疑惑："他同您说过这样多？"卫韫在袖子里慢慢捏紧了拳头，声音都有些颤抖："侯爷他，很思念您。"

这话出来，楚瑜就愣了。看着楚瑜愣神的面色，卫韫压制住内心那些澎湃的表达欲。他只将目光落在她身上，将那千言万语，揉碎了，又拼凑起来，变成一个个简单的字："他特别特别想您。"

楚瑜终于反应过来，慢慢笑了起来。她声音平和，像梨花被春风捧着送到带着春暖的湖面上，美好又温柔——"我也很想他。"

卫韫觉得喉间被什么东西堵得发疼。他垂下眼眸，听面前女子奇怪地询问道："那他为何不给我写信呢？我给他写了好多信，他回我很少。"

"侯爷写多了，他便想回家。"卫韫眼里有些发涩，"所以他便不写了，想等战事平了，他回来，亲自同您说。"这些话让楚瑜内心曾经的那些不悦和不安都沉了下去，她不由得笑了开来，却只是轻轻说了一句："这样啊。"

卫韫低着头调整自己的状态，片刻后才站起来，将自己的令牌交了过去，平静地道："这是来时侯爷给我的令牌，说可以此为凭证。"

楚瑜瞧着那令牌，仔细辨认了真伪，这才彻底放心。她抬头看向卫韫，笑着道："既然要回京，不若一起吧，刚好你们入城，将我带回去。"

"您出城的事不能让人知道？"卫韫皱眉。楚瑜眼中带了些冷意："那是当然。"不仅是因为不想让赵玥知道她与王家的事有关，而且她本就是赵玥用来威胁卫韫的棋子，若让赵玥知道她想出城就能出城，必然会对她更加严加防范。

她将在宫中发生的事给卫韫粗略说了一番，卫韫听得眉头深皱，却是什么都没说。楚瑜说完，卫浅也收拾好了行李。卫韫上前平静地道："您身上带伤，在下便谎称您是我妻子，有病入京寻医。"

楚瑜点了点头，卫韫瞧着她的眼睛："那，夫人，在下可能冒犯？"其实听闻卫韫建议她伪装成病弱妻子，楚瑜本已做好了心理准备，因此他如此郑重地问上一句，倒让她有些尴尬。她讷讷地点了头，卫韫便拿过一件大氅来披在她身上，然后弯下腰，细细在她身前打着结。

他离她不远不近，倒算不上无礼，但也绝不算冷漠。楚瑜扭头看着旁边，也不知道怎么了，愣是没敢回头看这个人。大氅收拾妥当，卫韫便将她打横抱在怀里，送上了马车。不过是十几息的时间，楚瑜将脸埋在他怀里，也不知道为什么，就觉得时间特别漫长。他的心跳很稳，一下接着一下，不知道是不是因为大氅太厚重，笼得她脸上发烫。

卫韫将楚瑜安顿在马车里，又给她盖好被子，接着自己便规规矩矩地退到远处，不再说话。两个人沉默着，空气中弥漫着一股熟悉的香味，许久后，楚瑜终于想起来，她会觉得这个味道熟悉，正是因为这个味道就是多年前她曾经很喜欢的一种香膏的味道。

楚瑜转过头去，看着卫韫，开口道："公孙先生用的是什么香囊？"卫韫微微一愣，立刻反应过来她想问的是什么。这是当年她最爱的香膏，于是他也将自己的香囊换成了这种味道，一用就是三年。然而他很快镇定下来，慢慢地道："我也不知，香囊由府中统一发出来，我随意选了个还算喜欢的香味。"

"刚好，"楚瑜轻笑，"我也喜欢这个味道。"卫韫没说话，只垂眸不言。楚瑜想再从他这里了解一些关于卫韫的事，便开始断断续续地套他的话。然而她问什么，他便答什么，没有半分遮掩。她从这个人口中，拼凑着卫韫在北境的生活。这个人毕竟生活在卫韫身边，不像楚临阳等人，他们只能告诉自己，卫韫又打了什么胜仗，又得了什么名声。这个人却能说起卫韫的日常起居，虽然都是很普通很平常的事，楚瑜仍然听得津津有味。这个人的声音又平又稳，如同他一直以来所展示的那样，他的行为、他的心跳、他说的话，都让楚瑜有一种莫名的心安。

马车摇摇晃晃，楚瑜一面听"公孙先生"说着卫韫的日常生活，一面假意翻阅着手边的一本书。这个人她太熟悉了——他总让她觉得，他们一定见过。她有些苦恼，抬头看向他，静静注视着他。也就是这时，不知前方遇到了什么，马突然受惊，因为马车晃动，楚瑜的手猛地撑住车厢内壁，被一处小突刺划开一个细细的口子，血珠迅速冒了出来。然而楚瑜还没反应过来，自己的手就被对面的人握住了。他变戏法一般拿出一卷绷带，一圈一圈缠绕在她手指上，用平静中带了些疼惜的语气嘱咐道："小心些。"

楚瑜呆呆地看着他，也不知道是怎么了，脑子里蓦地就闪出一个人来。那个人也曾这般小心翼翼地呵护着她，仿佛她是一个娇弱女子。当时她盖着红盖头，手里握着红锦缎，由他领着慢慢往前走。其实那时她是看得到路的，可是她愿意反复地听他说："小心些。"那时候她刚刚从上一辈子回来，遇到这样一个人，她的心里，其实是有那么几分期待的。上一辈子，她一生没有被人疼惜过，重生回来，头一遭遇到一个疼惜她的人，就是她的丈夫。哪怕已经过了一辈子，她仍会像一个小姑娘一样，在那一瞬间幻想了许多嫁给这个人之后的人生。

457

山河枕

楚瑜看着卫韫用绷带替她包住伤口，终于意识到一件事——面前这个人，真是像极了当年的卫珺。她盯着卫韫的时间太长，卫韫也察觉到了她的目光。他收好包扎用的工具，抬起头来看向楚瑜："大夫人在看什么？"他的目光很平静，瞧着她的时候，带着一份少见的温和。只是楚瑜分辨不出这份温柔是她独有，她只觉得面前这个人的眼神，给她的感觉和当年的卫珺如出一辙。哪怕如今这个人更加平静从容，然而那种被人珍爱的安全感，却是一模一样。

她轻轻笑起来。"说句冒犯的话……"楚瑜看着卫韫，坦诚地开口，"看见公孙先生，我也不知道怎么了，就想起了我那亡故的夫君。有没有人同您说过？您与卫珺世子，真是像极了。"卫韫的动作微微一顿，看着楚瑜的眼中慢慢涌出怀念。她的话仿佛是刀扎进他的心里，划出一道长长的伤口。然而卫韫迅速地将所有情绪锁牢在心底，看上去神色淡然，无喜无悲。

楚瑜想了想，又问道："您认识卫珺世子吗？"卫韫面色不动，好久后，他才慢慢开口，声音干涩又迟缓："认识。"——他们不仅认识，而且如此亲近。他少年时的梦想，就是要活成和大哥一样的人。然而等他真的长大，听见一个人说他像极了大哥，他骤然发现——原来他谁都不想当，他只想当卫韫。被人喜欢，就该是独一无二被喜欢着的卫七郎，卫韫。

提到卫珺这个名字，楚瑜似乎感到气氛有一些转变。卫韫起身退开，坐到了车厢角落里。楚瑜有些疑惑这人与卫珺的关系，却又不大好开口询问，只能将话题转回卫韫身上，又向他询问了诸多关于卫韫在边疆时的事情。

楚瑜的关心让卫韫的情绪稍微好转了些，他淡淡地说着边关诸事，马车缓慢前行，也不知是过了多久，马车停了下来。车外卫浅在同侍卫交涉，卫韫悄声走到楚瑜身边来，让楚瑜将头靠在他的肩头，抬手搭在了楚瑜肩上。那侍卫同卫浅确认了官文，又挑开帘子来确认马车里的人。楚瑜轻轻侧着脸，将半张脸埋在卫韫肩头，似是在浅睡的模样。那士兵瞧着楚瑜的模样，皱了皱眉头，粗声道："你，戴面具做什么？把面具取下来看看！"

卫韫没说话。楚瑜听见衣服摩挲之声，似乎是那人取下了面具，她装作刚被吵醒的样子，抬眼顺着他下颚线条往上看去，却看见那白玉面具下的面容上全是凸起的痕迹，似乎是被火焰灼烧过，触目惊心。士兵倒吸了口凉气，赶忙摆手："赶紧戴上，吓死人了。"

458

二十一　我喜欢年龄大一点的男人

"惊扰大人了。"卫韫抬手将面具戴回到脸上。士兵又将目光落到了楚瑜身上，皱起眉头道："这女子的文书……"然而他的话还没说完，外面就传来了马蹄之声。那士兵似乎也顾不得他们，匆匆放下帘子，转过身往一旁走去，而后车外传来拜见之声："见过顾大人。"

"起来，我找人。"顾楚生的声音从外面传来，压着几分急切。楚瑜心念一动，便知顾楚生怕是已经知道了什么。她靠着卫韫的肩头，微微一动，卫韫放在她肩头的手顿时加了力道，他平静地道："夫人少安毋躁。"话音未落，只见顾楚生猛地掀开帘子看了进来。卫韫正低着头、拉着楚瑜的手，似乎是在同她说着什么，听见车帘被掀开的声音，他从容地回头，迎向了顾楚生锐利的目光。

顾楚生匆匆在卫韫脸上扫了一眼，便将目光落在了楚瑜身上，顿时皱起眉头。他似乎想要说什么，却又克制住了自己，将帘子猛地摔上，便道："赶紧进去，别挡着后面的人。"

"顾大人……"那守将有些犹豫，"那女子说她文书丢了，有些可疑……"

"她丈夫在不就可以了？"顾楚生冷冷看了那守将一眼，"放人，别挡了我贵客的道。"

那守将没敢再多说，忙点头哈腰地放了他们进城。入城走了许久，楚瑜终于觉得安全了，想要起身，却发现这位"公孙先生"仍牢牢地压着她。她皱起眉头，有些不满地出声："公孙先生……"卫韫这才回过神来，意识到自己的举止不妥，忙放了手，仓皇退后道："对不住，方才走了神。"

"无妨。"楚瑜笑了笑，直起身来靠着车壁，"公孙先生方才在想什么？"

"方才那位，应是如今礼部尚书顾楚生大人吧？"顾楚生升任礼部尚书一事，卫韫早在北方就已知晓。楚瑜点了点头："正是。"卫韫的神色间看不出喜怒："年少有为。怕而立之前，内阁有望。"

"以他的能耐，也不过是几年间的事了。"楚瑜知晓顾楚生的能耐。哪怕这辈子和上辈子早已不同，但对于顾楚生这样的人来说，在任何人手下做事，他入内阁都只是早晚问题。听着楚瑜的夸赞，卫韫的神色动了动："大夫人与他关系似乎不错？"楚瑜也不知该如何回复才好，这些年顾楚生明里暗里帮了她许多，她虽然一直在拒绝，却也不是知恩不报的人。她叹了口气，语气里带了几分无奈："他帮了卫家很多。"

卫韫没有说话，只是转过了头去。透过被风吹动的车帘往外看，华京与当年他去时已变了很多。当年还是战时，许多人逃难出城，街上全是流民，一条街关了一半门，看上去十分萧索。如今却是满街熙攘，十分热闹。楚瑜看见卫韫的模样，眼神里慢慢带了温度，不知道怎么，竟似乎是感知到他内心里那份柔软，不由得笑道："如今大楚反败为胜，百姓安康，华京早已恢复过往繁华。公孙先生过去可曾来过华京？"

"来过。"卫韫声音平淡。楚瑜又道："什么时候？"

"三年前。"

听到这话，楚瑜眼里带了怀念："我们侯爷，也是三年前离开的。如今算来，再过一个月，便是四年了。"卫韫垂了眼眸，低低应了一声。楚瑜继续道，"如今华京与三年前相比，公孙先生觉得如何？"闻言，卫韫的目光移向窗外繁华喧嚷的大街，一字一句，很郑重地慢慢道："不负边境儿郎。"

楚瑜原以为，面前这个人会同她细细说些华京三年前给他留下的印象，却没想到，卫韫竟是说了这么一句话。这句话轻轻触碰在她的心上，让她内心对这个人又多了几分好感。她喜欢这样的男儿。这样的人，会让她觉得带着风骨也带着温柔，撑起了大楚和百姓，令她仰望。于是她想了想才道："还不知公孙先生如今贵庚？"

卫韫抿了抿唇。他差点报了自己的实际年龄，然而在开口前，又因着那么几分不情愿止住了声。他不喜欢旁人将他当孩子看，于是他开口便撒了谎："二十四。"楚瑜听罢点了点头："正是好年华，公孙先生还要多打磨啊。"

……早知道就说三十了，卫韫有些无奈。"既然二十四岁还算年轻，那不知大夫人觉得，多少岁的男人，才算得上成熟稳重呢？"他忍不住开口问道，似乎因为戴着面具，他的胆子大了不少。而楚瑜向来心宽，并没察觉卫韫这话有什么不妥，而是认真地思索了片刻才道："怎么着……也得三十五六的模样吧？"

上辈子她去世的时候三十多岁，那一个成熟稳重的人，怎么也要比她年长才对。卫韫听着这话，心里微微一塞："大夫人若要再嫁，莫不是喜欢年长一些的男人？"楚瑜没有多想，顺着卫韫的话，她认真地道："嗯，我若再嫁，总得找比我大个十几岁的吧？"

"大这样多，"卫韫端起茶抿了一口，淡道，"大夫人就不担心会多出独自一人的十几年时光吗？"这话已经算得上不大好听了，楚瑜却仍是没听出不妥来，反而认真地回答道："我觉得男人长大了，会成熟一些，知道疼人。"

"知不知道疼人，这和年龄没有关系，"卫韫果断地开口，"和人有关。"

楚瑜听着，想了想，觉得似乎也是。譬如顾楚生，年少的时候，似乎确实比后来更加懂得心疼人。

见楚瑜不说话了，卫韫终于有了缓下来的空间，这才反应过来自己说了些什么，不由得有些懊恼。他抿紧了唇，也不知该如何补救才好，只能沉默着不说话。而楚瑜却在认真地思考着他的话，点了点头，同他道："您说得也是。譬如说我们侯爷，虽然年纪小，却比许多人更加懂事稳重，也知道如何疼人。日后哪个女子能嫁给他，必然会过得很好。"

听着楚瑜说到这里，卫韫也不知道怎么了，耳根子就有些红了。楚瑜等了一会儿，见卫韫没开口回答，有些疑惑地唤了他一声："公孙先生？"卫韫一时反应过来，只能厚着脸皮点头："您说得极是，小侯爷是个稳重的人。"于是两人又将卫韫夸赞了一番，卫韫在面具之下的脸被夸得越来越红。终于马车行至卫府门前，卫韫才松了口气。卫浅上前敲开大门，卫韫便按照楚瑜的吩咐，压低了声道："送大夫人回府。"

那守门人见到楚瑜，顿时变了脸色，小心地往四周看了看，然后小声道："快些进来。"卫浅点点头，卫韫给楚瑜戴上帽子，将她打横抱起从马车上走下来，迅速进了府门。

进入府中，卫韫也没放下人，按着楚瑜指的路线一路往里走。没走一段路，蒋纯便带着长月、晚月迎了上来。蒋纯看见卫韫以及他怀里的楚瑜，焦急地道："人可还好？"卫韫点了点头："伤口都处理好了，好好休养就没问题。"蒋纯仍不放心，吩咐了人去请大夫，然后又领着卫韫一路来到楚瑜的房间。

将楚瑜放下后，卫韫便起身站到了一旁。蒋纯同楚瑜说了几句话，才终于想起卫韫来，转头问道："敢问先生贵姓？"卫韫将之前给楚瑜胡诌的话又说了一遍，蒋纯听完忙给卫韫行礼，卫韫赶紧上前扶住她道："二夫人不必多礼，在下也是按侯爷吩咐办事。"蒋纯却是摇了摇头，认真地道："您救了大嫂，于情于理我们都该感激。公孙先生居住在敝府期间，有任何难处都可以同我说。我主管内宅大小庶务，您不必客气。"

卫韫点了点头，恭敬地道："谢过二夫人了。"蒋纯没接话，仍上下打量着卫韫。楚瑜躺在床上，觉得有些困了，没人同她说话，她开始意识涣散，迷迷糊糊便睡了过去。卫韫转头看了一眼楚瑜睡着的模样，那一眼看似漫不经心，然而一股炙热和喜欢却是压在眼底，若是仔细看，也是能看出来的。蒋纯听着楚瑜的呼吸声渐渐平稳，正要开口，却见长月冲了进来，咋咋呼呼地道："不好了，顾大人此刻到门口了，他要见大夫人！"

"拦住！"蒋纯和卫韫压低了声音，异口同声地开口，楚瑜恍恍惚惚睁开眼，卫韫和蒋纯看了她一眼，转身一起走了出去。刚出长廊，蒋纯立刻道："阿瑜出城的事情绝不能让人知晓……"

"他已经知道了。"卫韫淡淡开口。蒋纯面色僵了僵，片刻后她还是咬了咬牙道："他知道也没事，但能少知道一点还是少知道一点为好。"卫韫点头表示赞同。这时候又一个小厮闯进来，焦急地道："二夫人，顾大人一定要见了大夫人才走，还在大堂里闹呢。"

闻言，蒋纯皱了皱眉头，面露苦涩。而卫韫面上从容温和，其实内心里早就翻腾不已。他见蒋纯犯难，便直接地道："我去处理吧。"说着，也没等蒋纯同意，便大步往大堂走去。

进了大堂，顾楚生正和卫家家奴对峙，屋里吵吵嚷嚷。卫韫找了个角落跪坐下来，从容地给自己倒了一杯茶，慢慢品了起来。察觉到卫韫在看自己，顾楚生抬起眼，便对上了卫韫的目光。他没有半分退缩，只是眯了眯眼，想起马车上这个人与楚瑜十指相扣的情景，他冷着声道："敢问阁下如何称呼？"

"如何称呼不重要，"卫韫平淡地开口，"你只需要知道，我来就是为了一件事。"

"请阁下赐教。"顾楚生问得恭敬。卫韫瞧着他，目光却比他更加沉稳冷静，绝非一个少年人理当拥有的模样。他双手笼在袖中，盯着顾楚生，一字一句，掷地有声："滚出去！"

听到这一声怒喝，顾楚生已是气极，却面色不动。他转身拿起一杯茶，低头咽下一口。"身着布衣，戴着玉面具，还能在卫家对客人大呼小叫……"顾楚生笑着抬头，"看来您在卫家颇有威望，怕不是本该在北境的公孙先生吧？"

卫韫没说话，他微微皱眉，思索着顾楚生是怎么知道这个身份的。公孙湛本是他在北境战场上救下来的，后来他违背了赵玥的军令，暗中前往河西去买马时遇伏，公孙湛护主而死，他顶着公孙湛的名头逃回了白城。远离北境的外人，很少有人知道公孙湛与卫家的关系，因此他没有宣布公孙湛的死讯，反而从此得了一个在外行走时的身份掩护。然而，离京三年，他从来没有回过华京，顾楚生又是怎么知道公孙湛的？

顾楚生瞧出他的不悦来，冷笑道："可是公孙先生，侯爷再如何重用你，你也不过是白衣之身。本官正三品礼部尚书，岂容得你在这里大呼小叫？！跪下！"这话出来，卫韫身后的卫浅已瞬间拔刀，而顾楚生身后的侍卫也跟着拔了刀。两相对峙间，卫韫平静地开口了："顾大人之所以年纪轻轻便被陛下力排众议擢升为礼部尚书，想必是个懂礼守礼的人。"顾楚生听明白了他的意思。公孙湛虽是一介白衣，可他是镇国侯府的家臣，如今他站在镇国侯府之中，家臣护主，让他滚已经是客气的了。顾楚生眼中的神色动了动，他叹了口气，终于露出难过的神色来："公孙大人，实不相瞒，在下是担心卫大夫人。"

"我卫府的大夫人，有卫府的人担心，有楚府的人担心，您与大夫人是什么关系，"卫韫冷冷一笑，"轮得到你关心？！"

"公孙先生，"顾楚生压着怒气，"我与大夫人乃故友。"

"她嫁人了。"卫韫的声音里带了冷意，"还望您避嫌才是。"

顾楚生被这话气得血涌，他捏紧了手中的扇子，冷笑出声，连连道："好，好，好！

你们便就这样拦着,到时候出了事,我看你这奴才担不担得起?!"

卫韫不答顾楚生的话,双手仍笼在袖中,平静地道:"送客。"

听到这两个字,顾楚生知道此人是下定了决心让他走。他冷冷地盯着卫韫,许久后,他深吸一口气,猛地摔袖,转身向外走去。然而走了几步,他终究还是停了下来,迅速地道:"昨儿宫里大火,烧死了王贵妃。陛下说王贺因女儿殒命,指使侍卫在宫中怒斩了一百多位宫人,连夜宣大理寺卿入宫彻查此事。今日清晨,陛下命人围住了王家府邸,"说着,顾楚生抿了抿唇,"虽然我不清楚大夫人到底做了什么,还是请您让大夫人早做准备吧。"

这次卫韫没有再为难顾楚生,而是恭恭敬敬地作了一揖道:"谢过顾大人提醒。"说着,他走上前,意欲亲自送顾楚生出府。走到顾楚生身侧时,却听顾楚生冷着声问道:"你来华京做什么?"

"在下并非顾大人手下,是来是去,与大人有何干系?"见卫韫避而不答,顾楚生思索着,没说话。上辈子公孙湛这个人向来不轻易出面,一出面必然就是血雨腥风。卫韫人生里所有重大的转折,几乎都和这个人有关,他一贯也是贵族中的上座之人。顾楚生想了想,以他们的关系,公孙湛不可能同他说什么实情,于是他点了点头,也就不再多问。将近来发生的大事捋了一遍,他抬眼看向"公孙湛":"你是来同陛下谈议和之事的?"

卫韫面色依然不动,顾楚生以为自己猜中,轻笑开来:"我知道你们主子不愿意回京来,其实如今你们大可放心了,王家出了事,陛下一时半会儿不会让你们回来。你们要回来,他还怕你们趁机勾结王家呢。"

"顾大人想多了。"卫韫终于开口,声音不咸不淡,"您还是多想想王家出了事,您该给陛下出什么主意遮掩吧。顾大人总不至于真的觉得,"说着,他抬头看向顾楚生,"那一百多个宫人,真是王贺杀的吧?"

顾楚生面色变了变,卫韫轻轻一笑,抬手道:"顾大人,请。"

送走了顾楚生,卫韫回到长廊里,看见蒋纯笑意盈盈地朝他行了个礼:"公孙先生。"卫韫忙上前去,恭恭敬敬地回了个家臣大礼:"二夫人。"

"公孙先生一路劳顿,本该休息,但是老夫人听闻您来,过于思念侯爷,想叫您过去,问您些话,以慰思子之苦。"卫韫心里涌出些许酸楚,拱手道:"承蒙老夫人抬爱,是在下幸事。"说着,便跟着蒋纯往内院走去。来到柳雪阳房门前,下人进去通报后,便领着二人走了进去。柳雪阳正坐在正上方的位子上,静静打量着卫韫。

他不在的这三年,柳雪阳头上已经生出不少白发。她认真地瞧着卫韫,他只好垂下眼眸，压下所有情绪，恭恭敬敬地给柳雪阳行了个礼。柳雪阳忙让他起来，卫韫抬眼，她眼里已带了些许湿意。卫韫愣了愣，忍不住道："老夫人为何伤怀？"

"让先生见笑了，"柳雪阳用帕子擦了擦眼角，"先生这双眼睛，真是像极了我儿。"

卫韫没有说话，一瞬之间，他几乎想对柳雪阳承认了自己的身份。然而理智压住了他。柳雪阳向来不是个能藏住事的人，他在华京这件事，绝对不能传出半点风声来，他不能这样冒失。于是他只能安抚道："当让小侯爷回来才是。"

"哪里的话，"柳雪阳笑起来，"如今北狄未平，他匆匆回来，又要回去，那还不如不要回来呢。我也习惯了……"柳雪阳的声音里带着低落，"他父兄在沙场上待了一辈子，他如今也是如此，我早已知道会有这一天。"

"老夫人……"

"说起来，"柳雪阳将目光转过来看着卫韫，"我听说是你将阿瑜救回来的？"

卫韫点了点头："恰好遇到大夫人。"

"你在侯爷手下，是担任的文职吧？"

"是，"卫韫按着公孙湛的身份演下去，"属下是侯爷的谋士。"

柳雪阳点点头："文职好，风险小。等过些年没怎么打仗了，你回华京来，我让侯爷给你谋个官职吧。"卫韫赶紧殷勤地行了个礼："谢老夫人厚爱，在下感激不尽。"柳雪阳笑着迎了，依旧上下打量着他，越看越欢喜，忍不住同他就着北境的事问了许久，还留他在府里用膳。

吃饭时，卫韫规规矩矩地坐在柳雪阳旁边，听着她同蒋纯聊天。她向蒋纯问道："顾楚生今日可是又来过了？"蒋纯叹了口气："是啊，不过终究是外人，我没让他去进来探望。"然而柳雪阳却平静地说："等阿瑜好些，你便告诉他，让他再上门来见见吧。"卫韫拿着筷子的手微微一顿，抬起头来看着柳雪阳，眼里带了疑惑。蒋纯瞧出卫韫眼中的不解，笑着道："公孙先生别奇怪，老夫人这是想撮合顾大人和大夫人呢。"

"我精神头是越发不好了，"柳雪阳轻叹了一声，苦笑道，"如今最难的时光走了过来，小七那边我也不担心。陵春如今也九岁了，看上去很懂事，二夫人这里也有了依靠，算来算去，整个府里就是阿瑜让我放心不下。她如今这样年轻，和阿珺清清白白，也没个孩子，是我们卫家对不起她。我总得活着看见她嫁个好人家，看着她生了孩子，看着她过得好才是，我心里才能安稳。"

卫韫捏紧了筷子，垂着眼眸不说话。他的手在微微打战，他只能拼命用力，努力止住这份颤抖。蒋纯没有察觉他的异样，还在劝着柳雪阳道："母亲您别瞎说，您是要长命百岁的,阿瑜的婚事也急不得。她对顾大人心里有结,但是顾大人有心,这就是早晚的事,您别担心。"

"这倒也是,"柳雪阳笑了笑,抬头看向卫韫道,"公孙先生,我是把你当自家人看待的,您看顾楚生,也算不错吧?"卫韫说不出话来,他的整颗心都在抖,他怕自己一开口就露了异样,只能低低应声:"嗯。"

"顾楚生这孩子是真好,"柳雪阳不疑有他,又转头看向蒋纯,"你看这华京见过他的人,谁不说他好的?虽然他们年少时是有那么些不愉快,听说是顾楚生拒绝了她,是吧?但男人年纪小的时候,有几个能清楚地知道自己的心意……如今你瞧他年纪轻轻,就是礼部尚书了,未来内阁是定好了的,为人作风也算正派,最主要的是,他有心。"

"您说的是,"蒋纯笑了笑,"如今阿瑜就是心里有结,等这结散了就好了。我瞧着顾大人是个有毅力的,精诚所至,金石为开。"听到这话,柳雪阳终于开心了,笑着同蒋纯又说了好些顾楚生升任礼部后的趣事,两人甚至商量起来日后要怎么进一步撮合他和楚瑜。

卫韫就在一旁麻木地听着。漠然地将碗中的饭菜吃完,卫韫再也撑不住,他站起身来,恭敬地告退下去。

等他走远了,柳雪阳抬头瞧着他去的方向,叹了口气道:"可惜出身低了些。"蒋纯笑了笑:"金鳞岂是池中物?母亲,当年卧龙、凤雏也只是白衣呢。出身不重要,重要的是有心。"柳雪阳闻言,沉默了片刻,终于道:"看阿瑜吧,她过得好就行。"

柳雪阳和蒋纯还在说着话,卫韫已走到长廊上。卫浅跟在后面,卫韫的步子很快,卫浅急急地追逐着,有些担忧地道:"侯爷,您这是怎么了?"

卫韫没说话,连着转过长廊的几个弯,他才终于顿住步子,猛然回头,冷着声道:"查!"卫浅愣了愣,卫韫抬眼看向远处:"将顾楚生近年来的所作所为,他所有和大夫人的接触,都给我查得清清楚楚!他们说过的每一句话、做过的每一件事,我都要知道!"

"侯……侯爷?"卫浅没有反应过来,诧异地道,"您查大夫人做什么?"

卫韫冷冷瞧了卫浅一眼,抬手将腰上的令牌扔了过去,冷声道:"回了白城,自己去卫秋那里领罚。"卫浅拿着令牌,有些茫然……他做错什么了?然而他也不敢多问,赶紧拿着令牌退了下去,按卫韫的吩咐办事去了。

卫浅走后,卫韫径直来到了楚瑜的房门前。楚瑜还在昏睡,他没能进去,便坐在庭中的石桌边上,让侍女给他摆上棋盘和棋子,自己和自己对弈。他的每一步都下得特别慢,走得特别艰难,满脑子都回荡着刚才蒋纯和柳雪阳的话。——她早晚要嫁人,可是没有任何人觉得，那个人会是他。哪怕是明明知道他心意的蒋纯，都没有想过有一天他会回来，都没想过他要娶这个女子。

他抿紧了唇，烦躁感和无力感齐齐涌上。明明已经过去了三年，他还是觉得自己和过去仿佛没有什么区别。一颗一颗棋子落下，已是日头最烈的时刻，此时外面传来了通报声。

"大夫人！"管家急急地小跑进来，卫韫抬起头，正看见他来到楚瑜的卧房门外，焦急地对守门的下人道："快进去通报大夫人，宫里来了圣旨，陛下召大夫人进宫！"

卫韫皱起眉头，他站起身来，听见屋中传来楚瑜的咳嗽声。所有人都站在门口等着楚瑜的命令，哪怕她仍在病中，可所有人的支柱，却都是这个女子。仅这一个场景，卫韫就意识到，他似乎已经窥见，他不在的这三年里，楚瑜是如何撑着这个庞森的卫府的，心里骤然涌起密密麻麻的痛来，方才所有的嫉妒和愤怒似乎都随着这些疼痛消失而去。他站在门外，听见屋里传来楚瑜虚弱又严肃的声音。

"公孙先生何在？"

他双手拢在身前，平静地出声："大夫人，属下在。"

楚瑜此刻已经醒了，光着手臂躲在屏风后面，让长月将伤口绑了一层又一层。她将卫韫叫了进来，卫韫便在屏风外站着。楚瑜咬着牙，忍着疼开口："我听说顾楚生来了？他方才同你说了什么？"

卫韫听出她声音里的痛意，大致猜出了她在做什么。他垂下眼眸，捏紧拳头，将顾楚生的话一五一十说了。楚瑜听完，便知道这次赵玥是下了血本要动王家。她本只想制造王家和赵玥的间隙，却没想到一下子就走到了这一步，赵玥此次必会严查。她思量片刻，穿好衣服，起身走出屏风，平静地道："我知晓了，您先歇下吧，我入宫去了。"卫韫上前一步，盯着她苍白的面色："大夫人，顾楚生既然已经知道我在府中，我也该进宫一趟，以免陛下询问。"楚瑜想了想，便点了点头。

二人进到宫中时，赵玥正在看文书。楚瑜带着卫韫进去，恭恭敬敬地行了礼。赵玥抬起头来，神色间带着疲惫，似乎是许久没睡。瞧着楚瑜和卫韫跪在地上，他温和了声音道："起来吧。"两人应声而起。赵玥给他们赐下座，后看了一眼卫韫，同楚瑜笑道："这位先生是？"

"这是侯爷军中奉酒公孙湛。"楚瑜答道。

赵玥皱起眉头："军中奉酒不在前线，来华京做甚？"

"臣奉侯爷之命，向陛下呈上几件机密之事。"卫韫答得恭敬。赵玥点了点头，道：

"那一会儿你留下来单独说吧,今日朕邀大夫人进来,是有事相问。"说着,他面露哀戚之色,"昨夜宫中发生的事,大夫人有所耳闻了吧?"

"听说了一些,"楚瑜平静地道,"但具体事宜,却是不知晓的。"

"说起来,也是朕失德不幸啊。"赵玥叹了口气,"王贵妃善妒,害得梅贵妃流产,朕本也只是打算惩戒,谁知王贵妃就自己一把火烧了落霞宫。人没能救回来,王尚书因丧女失了心智,趁着朕处理善后之时,在栖凤宫斩了太医宫人近百人……"说到这里,赵玥面露愤怒之色,"他堂堂一介尚书,王家家主,怎么就能如此混账?!皇宫内院哪里是他大闹之地?!哪怕朕不计较他的狂妄,难道他心中对人命也没有半分悲悯吗?!"

"陛下说得极是,"楚瑜故作惊讶状,跟着叱骂,"他怎能如此行事?陛下,那王大人如今可下狱了?"赵玥看了楚瑜一眼,见她神色真切,不似作伪,便摇了摇头道:"昨夜有人接应,让他跑了。"说着,他的目光游移片刻,又落在了楚瑜身上,"说来也是巧合,昨夜朕连夜让人去请大夫人来陪伴长公主,大夫人却刚好身体不适。不知道大夫人是哪里不舒服,朕让御医来看看?"

赵玥笑着,目光中却全是审视。楚瑜端起茶杯,思索着该如何回应。赵玥如此询问,必然是已猜到她不在府中,如今她只要说了假话,赵玥怕是不会放过她。这人手段太狠太果断,王家他都能说斩就斩,实在是出乎了她和长公主的意料。对于这种没有底线的人,很难揣摩他的想法。

楚瑜抿了口茶,放下茶杯。然而她还未开口,突然就听跪坐在一旁的卫韫道:"此事……微臣须得向陛下请罪。"赵玥抬头看向卫韫,微皱眉头。卫韫上前来,伏身跪下:"大夫人昨夜,其实并不在府中。"

"哦?"赵玥轻笑,"难道是去接你吗?"

"陛下圣明。"

"公孙湛,"赵玥端着茶碗,轻吹着浮在茶水表面的茶叶,"你当朕这样好糊弄吗?你什么身份?你入京,需要大夫人连夜去迎接?你是被人追杀还是落难?若是被人追杀,你又是被谁追杀?"听着赵玥一连串的质问,卫韫平静地答道:"论身份,微臣入京的确无须大夫人来接。但此番前来,微臣另有他意。……微臣与大夫人情投意合、心意相通,此番领了侯爷的意思,从前线星夜兼程回来,一为传信,二则为解相思之苦。"这番话让赵玥当即愣在了原地,卫韫继续道,"因着如此,大夫人昨夜才连夜出城迎接。微臣与大夫人虽发乎情止乎礼,但说来对大夫人的名誉始终有损,因而对外都只是称病。如今陛下问起,大夫人身为女子,也不便说出此事,昨夜到今日,大夫人一直与微臣在一起。"

赵玥皱起眉头,却很快反应过来,开始考问卫韫细节:"你与大夫人是什么时候相识的？"

"三年前，微臣乃华京布衣，便遥望大夫人之风姿。三年来，微臣多次于节日时代替侯爷回家送礼，于是与大夫人有了交集，之后鱼书传信，一直追求大夫人。近日大夫人终于回复微臣情意，微臣难耐相思，故而领命回京。"

赵玥听着这话，犹自不信，又询问了卫韫许多关于楚瑜的细节。楚瑜的生平、喜好、节庆时卫家的布置等，凡是赵玥所知，都一一询问，卫韫却全部对答如流。楚瑜起初听得胆战心惊，毕竟她与这公孙湛素昧平生，几乎没什么交集，然而当她发现这人几乎称得上对她了如指掌，她不由得诧异起来。虽然他说卫韫时常提及她，但对一个人如此了解本就不正常，这许多事，卫韫也不该知道的吧？

楚瑜按捺着心中的诧异，低下头掩住神色，不禁心中大动——这的确是喜欢一个人的模样。公孙湛的这份心思，毫不遮掩。她也喜欢着一个人，她明白这样的感觉，因此如今听来，公孙湛对楚瑜的这份情意，根本不似作假。

正思索着，赵玥已转头看向楚瑜。方才卫韫已经说过的细节，楚瑜又一一补充，根本听不出什么破绽。赵玥听完，沉默了许久，终于慢慢笑了："原来都是误会。二位郎才女貌，情投意合，本也没什么，朕得祝福二位。"说着，他抬手向两人敬了一杯茶，随后又同楚瑜道，"梅贵妃刚刚丧子，心情抑郁难耐，你去瞧瞧她吧，朕与公孙先生再说几句话。"

楚瑜暗暗舒了口气，行过礼退了下去。等楚瑜出了房间，赵玥转头看向卫韫，平静地道："要同朕说话，至少先将面具摘了吧？"

"臣面上曾被火烧伤，怕惊到圣驾。"卫韫的声音平淡。赵玥轻轻一笑。当年截杀公孙湛的那一场大火，他心里清楚得很。他瞧了卫韫一眼，没有多说什么，低头玩弄着手中的茶杯，漫不经心地道："卫侯爷有何事让你带话？"

"侯爷让在下询问陛下，如今北狄全灭有望，如此关键时刻，陛下是否当真打算议和？"

"朕议和如何？不议和又如何？"赵玥眯起眼，"你家侯爷当真是硬了翅膀，敢干涉皇命了吗？"

"陛下息怒，卫家乃陛下手中的利剑，怎会背主？"卫韫神色平淡，抬眼看着赵玥，"只是陛下可曾想过，若今日议和，日后将有多少后患？"赵玥皱眉，卫韫继续道，"北狄如今连发了三位信使往华京来，中间都被侯爷截下。被捉之后，他们都立刻自杀，没有留下半分信息。可他们如此执着地往华京来，想必华京之中必有内应。陛下……"卫韫眼中全是担忧，"侯爷如今就是想知道，这议和之策，到底是陛下自己的想法，还是受了哪些大臣的影响？若是受他人影响，难保这几位大臣中就没有北狄的细作。若真如此，北狄怕是另有图谋。"

赵玥没说话，心中却是惊涛骇浪。他深知自己做过的事迟早会带来后患，北狄如今拼命派人暗中来华京，或许……就是来找他的。可这些事绝对不能见光，不能出现。北狄还在一日，这些事就在暗处威胁着他一日；北狄不灭，苏查、苏灿不死，他就将终日担忧此事。如今这公孙湛说的虽然是朝臣中可能有细作的问题，赵玥却一身冷汗涔涔。只是他面上不显，点了点头道："侯爷的意思朕知晓了，容朕想一想。"

听到这话，卫韫便道："话已带到，若无他事，微臣先告退了。"赵玥点了点头，卫韫叩拜之后起身打算离开。然而刚转过身，赵玥便叫住了他："顾楚生曾向朕求过，他日卫大夫人若愿意，便请朕给他们赐婚。"卫韫顿住步子，慢慢回头。他周身凛冽之气环绕，这让赵玥顿时开心了不少。"公孙先生，"赵玥的声音温和，"你得加把劲儿啊。"

"不劳陛下费心，"卫韫声音平淡，却是勾起嘴角，眼中带了冷意，"只是这道赐婚的圣旨，陛下怕是颁不下来了。"——楚瑜会喜欢他？做他的春秋大梦吧！

另一边，楚瑜正陪着李春华说话。李春华身子还虚，只静静地听着楚瑜说着昨夜发生的事，听完她面上仍不动声色，似乎的确是有些累了。外面传来侍女的通报声，楚瑜便知道是"公孙湛"和赵玥说完了事。她替李春华披了披被子，温和地道："殿下，一切都很好，您好好休养，不必多想。"李春华点了点头，神色依旧疲惫。楚瑜看着她的模样，站起身来，走了出去。

走到长廊时，已快要入夜，红色的霞云浮在远处山头。卫韫戴着面具，穿着月华色长衫，站在长廊尽头，正静静等着她。他似乎比当年的卫韫高不少，穿着宽大的华袍，亭亭若修竹。听到她的脚步声，他转过头来，瞧向她的眼里带了笑意。

楚瑜抿唇笑了，走上前去，跟在卫韫身边，有一搭没一搭地和他聊着天。

"公孙先生这三年，是头一次回华京吗？"

"其实也偶尔回来过几次，但都有任务在身，不便声张，还请大夫人见谅。"卫韫轻笑。

楚瑜点点头，路旁的杨柳在风中轻轻招摇，卫韫抬手拂开柳枝，听楚瑜说道："公孙先生对我似乎很了解。"卫韫顿住步子，回过头看向身旁正含笑看着他的姑娘。对方眼神温和，却带着警惕，"不知公孙先生对妾身这般了解，是为什么？有些事，总不至于也是侯爷告诉您的吧？"

卫韫没说话，他手里还握着杨柳枝条，瞧着楚瑜那警惕又明亮的眼，想起顾楚生向赵

469

玥求的那道赐婚圣旨，面具之下，他居然就带了几分不知道哪里来的勇气。"若我说的都是真的呢？"他骤然开口，见楚瑜面上露出些许茫然，卫韫轻轻笑了，"若我说仰慕大夫人，都是真的呢？"

楚瑜的脑子"轰"了一下。卫韫看着她露出少有的呆呆傻傻的样子，骤然大笑开去，瞬间感到之前听到她和顾楚生的事时所产生的那份郁结不安已统统散开，如同云开日出，让他心里满是暖意。他放开柳条，转过身去，将手背负在身后，笑着慢慢悠悠往前走去。

楚瑜听着他的笑声，这才反应过来，忙追上去道："公孙先生别说笑了，我认真问您……"卫韫笑着没理她，只听她焦急地道："公孙先生这样说，让妾身心中不安。"

"那就不安吧。"卫韫声音里含着笑，"我仰慕你，心中也难安。你若还能安安心心睡了，那我便得失落了。"楚瑜被他这番没头没脑的话说得有些发愣，两人走到马车前，卫韫回头："大夫人，还不上车吗？"楚瑜定了定心神，登上了马车。然而卫韫正准备跟上去，楚瑜常年藏在袖中的鞭子就抵在了他胸口。

"公孙先生，妾身不放心您。"楚瑜眼中带着冷意，"还请先生骑马吧。"听到这话，卫韫愣了愣，随后他笑了起来。

"行，"他退了下去，"我骑马。"他的眼中带了暖意，"我送大夫人回家。"

没了卫韫在身边干扰，坐在马车里，楚瑜的思路清晰了许多。其实楚瑜一早就已经察觉，这个"公孙湛"从一开始就对她了解太过，虽然他说是卫韫告知他的，可这一次次的，难免也"告知"得太多了些。楚瑜思前想后，居然发现，"他仰慕她"这件事居然是诸多解释中最靠谱的一个。毕竟华京中也有不少名门望族因着楚瑜在卫府挣下的好名声，明里暗里来打探过多次。

想到这一点，楚瑜走下马车时不免已有几分尴尬。然而卫韫面具之下的神色却是从容坦然，看不出半点羞涩来。楚瑜稳住心神，没有再提，卫韫便也不再多说什么，只是恭敬地等在马车边上，随后又送楚瑜回了她的屋子，这才离开。

卫韫离开后，楚瑜立刻提笔给卫韫写了信，详细询问有关"公孙湛"的一切，派卫府专门的信鸽连夜送往北境。第二日，楚瑜才起来不久，"公孙湛"便已经前来等着拜见。楚瑜让人在堂中设了屏风，隔着屏风与他相见。他坐在屏风后，恭恭敬敬地呈报了北境战况及宫中处理王贺一事的情况。他的举手投足都温和有礼，让楚瑜恍惚觉得他前日所说的

二十一 我喜欢年龄大一点的男人

话似乎不曾存在。就这样，楚瑜慢慢放松了警惕，同卫韫有一搭没一搭地聊起了天。她聊起的都是些华京里的闲散消息，对方居然也能一一接上。时间似乎过得很快，转眼间已过响午，楚瑜这才反应过来，顿时有那么几分懊恼，暗自告诫自己不可再犯。

然而，第二日楚瑜提高了警惕，却仍然在处理完正事后就不自觉地又和"公孙湛"聊起了家常。连着几日，楚瑜都陷在这样的矛盾中懊恼不已，甚至有些抗拒听闻"公孙湛"带来的宫中消息。也就是在这时，楚瑜终于收到了卫韫的回信。卫韫在信中洋洋洒洒地向她保证了"公孙湛"身份可靠，完全可以信任。楚瑜皱眉看了那信许久，抬头询问晚月："以前侯爷回信一般需要多久？"

"最多三日。"

"这次呢？"

"快八日了。"

楚瑜没说话，她敲着桌子，拿着信纸翻看了一番，又低头嗅了嗅信纸的味道。这纸上有淡淡的花香，北境做事向来简约，纸就是纸，也就只有华京这些风流之地，连纸都要染上各家造纸商特意搭配的香味，用以区分纸张来源。

她直觉有些不对劲，抬手将纸张交给长月："去查一查，这味道的纸是哪家产的。"长月领了命下去，楚瑜撑着下巴，斜躺在长椅上，慢慢地道，"晚月，我怎么觉得，这事……有些奇怪呢？"

"大夫人觉得哪里奇怪？"晚月起身来给楚瑜揉肩头，楚瑜皱眉思索着："这公孙湛，你觉不觉得……有些太反常了？"

"大夫人指的是什么？"

"就……"楚瑜张口，骤然就想起了前些时日，他含笑说的那句"若我说仰慕你，是真的呢？"接下来的话止在了她的唇齿间，她抿了抿唇，终于还是没说出来。她感觉自己仿佛回到了十二岁那年，第一次在心里有了秘密。就像一个少女一样，怀揣着无法说出来的心思。当年的那份心思是喜欢顾楚生，可如今这份心思，是她似乎碰到了一个像火一样炙热的人。

她转头看向窗外，听见屋外传来通报声，便知道是"公孙湛"来了。他带了一捧花来，恭恭敬敬地朝着楚瑜行礼。楚瑜隔着屏风应了一声，瞧见他站起身来，朝着屋内一个角落走去，一边将鲜花放进花瓶，一边同楚瑜道："路上看见这些花开得很好，便想到给大夫人带来。"说着，他转过了头来。隔着屏风，楚瑜看不清他的面容，却能感觉到，他此刻应当是带着笑。正想着，便听见他温和地道，"等一会儿你看看。"

楚瑜瞧着那人修长的身影，终于没能将赶他走的话说出口来。

接下来的时日，"公孙湛"每天都带着一簇花来楚瑜这里汇报，也会捎上他前一日在外面遇见的有意思的小东西。东西都不贵重，楚瑜也拒绝了多次，这人却总能找到法子让她收下。屋子里的小玩意儿越堆越多，最后连蒋纯都知道了。偶尔蒋纯来她房里走动，还要打趣："若是早知道公孙先生有这个心思，我便不同他说顾大人的事了。"

"说与不说有什么关系？"楚瑜笑了笑，"你和母亲就是想得太多，其实我在卫府过得很好，你们何必呢？"蒋纯握住她的手，叹了口气："阿瑜，你还年轻，还不明白有个孩子是什么感觉。为人之母，也是一种幸福。"

楚瑜没有说话，低下头看着蒋纯的手。为人之母的感觉？她有——她曾经用生命去孕育过一个孩子，她曾视他如光明。可后来她却明白了，这世上除了自己，谁都不会是她的光明。丈夫不是，孩子亦不是。唯有梦想和热血，才能永驻人生。

然而，蒋纯的话仍然触动着楚瑜，她想起了怀着顾颜青的时光。那时候她满怀希望，也是……幸福过的。她垂着眼眸，心中有什么东西在缓缓流动。上一辈子她瞎了眼，过得不好，这一辈子……如果找到一个合适的人，她是不是也能像一个普通女子一样，生儿育女呢？

"你说得也对……"她迟疑着开口，"只是……除了顾楚生吧。"

——毕竟，那个人，她已经用了一辈子去尝试。

见楚瑜这样抗拒，蒋纯想了想，斟酌道："那……公孙先生呢？"楚瑜没说话。蒋纯见她没有拒绝，便接着道，"公孙湛身份是低了些，但人品端正，又是我卫府家臣，以后有小七的提携，不难……"

"再说吧。"楚瑜思索着那张带着华京味道的纸张，心中有了些许不安。

"……终归是你的人生。"蒋纯叹了口气，随后又想起来，"近日顾大人一直想要见你……"

"拒了吧。"

"公孙先生已经拒了。"说到这里，蒋纯笑了起来，"倒也是顺了你的心意了。"

如此浑浑噩噩又过了几日，赵玥将王家老小困在京中，将通缉令发往全国各处，下令追捕王贺和王芝。北境战线还在和苏查对峙，苏查再一次派人将议和的书信走官道送往华京。

李春华身体已经好了许多，又刚好到她寿辰，赵玥便举办了一个小型宫宴，将楚瑜等人都邀请了去。卫韫不放心楚瑜一个人入宫，让宫里的线人给李春华带信，单独给

二十一　我喜欢年龄大一点的男人

这位能代表卫韫的卫府家臣也发了一张帖子。当天，卫韫和楚瑜便一前一后乘着马车来到了宫中。

宫宴规模不大，赵玥和李春华坐在上座，楚瑜和"公孙湛"坐在他们左边，正对着的，便是顾楚生。这日顾楚生穿了一身红衣，静静跪坐在原地，从落座开始，他的目光就一直落在楚瑜身上，没有移开过半分。他看上去消瘦了许多，神色也有些憔悴。楚瑜看见他的模样，不由得愣了愣，然而她很快就转过了头去，只低头喝酒。顾楚生笑了笑，没有说话。

宫宴开始后不久，赵玥便让众人各自寻乐。顾楚生刚端起酒杯站起来，楚瑜便被李春华叫了过去。顾楚生尴尬地端着酒，想了想，又坐了回去。赵玥从高台上走下来，来到顾楚生身前："顾大人似乎不大高兴？"顾楚生平静地答道："陛下说笑了，臣只是近来休息得不大好而已。"赵玥点了点头，上下打量了顾楚生一番，叹了口气道："楚生，你我兄弟，何必如此见外？"顾楚生抬眼看他，只见赵玥朝着楚瑜看过去，笑着道，"不就是想同卫大夫人说几句话吗？为何如此难以开口？"

"陛下，"顾楚生的神色依然平静，"这是臣自己的事。"听到这话，赵玥也没生气，他拍拍顾楚生的肩，站起了身来。顾楚生坐在原地，有熟悉的大臣趁着赵玥还未走远，轮番过来向顾楚生敬酒以示交好，顾楚生没带含糊，都一口饮尽，十分豪爽。

也不知是喝了多少，只听得一声尖叫，随后便见一个宫女跪在楚瑜身边拼命朝她磕头。楚瑜低头看了看被泼洒到自己身上的酒，有些无奈地笑开，朝着宫女抬了抬手："你别怕，这不是什么大事。"说着，她站起身来，同李春华说了一声，便往外走去，打算去偏殿更衣。顾楚生捏着酒杯，深吸了一口气，终于还是站起来跟了出去。

两人刚离开，赵玥便来到了卫韫前面。"公孙先生，"他举起酒杯，"朕对边境有许多事想要询问。"卫韫愣了愣，也没想明白赵玥这时突然这般说是为了什么，只能点头道："臣知无不言。"

楚瑜在侍女的陪伴下进了偏殿。然而等她换好衣服走出来，却发现本守在偏殿外面的侍女们都不见了踪影。她皱了皱眉头，唤了一声："来人？！"没有人回应，连刚才跟着她进入偏殿的人都不见了。楚瑜下意识地将袖中的匕首滑落到手心，警惕地看着四周。

等了片刻，她往前探了一步，突然听见长廊外的竹林里传来了踩碎树叶的声音。她下意识地回头，提了声音："是谁？！"

话音刚落，她就看见了来人。对方没有遮掩，大大方方站在林子里，双手环抱在胸前，宽大的红衣垂在身侧，头上的金冠在月色下流光溢彩。他神色平静，却带着一股子说

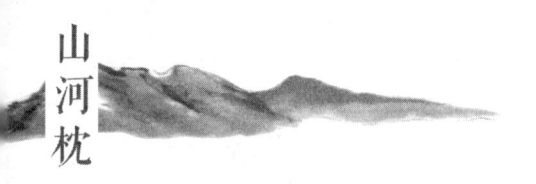

不出的阴郁。看着这样的顾楚生，楚瑜骤然想起了上辈子的那个人——那个内阁首辅，那个废了她的武功将她困在乾阳整整六年的顾楚生。

楚瑜握着匕首的手微微颤抖起来。她鼓足勇气与顾楚生对视，尽量让自己平静下来，淡声道："顾大人，你在这里做什么？"

顾楚生轻笑开来："你在怕什么？"他一步步向楚瑜走来，楚瑜终于不敢直视他的目光，转开了眼去："顾大人在说什么？妾身不懂。"

"你害怕的时候会捏住你袖子里的匕首，右肩会比左肩微低，你会看向其他地方，不敢直视那个让你害怕的人。"顾楚生一边说着，一边从黑暗中走了出来。他踏着月色来到楚瑜面前，双手拢在胸口，微微弯腰，盯着楚瑜，面上带着笑意，"卫大夫人，我有什么让你好怕的？"

"我害过你吗？我对你做过什么可怕的事吗？"他温言细语，"我只是拒绝过你一次，可我后来做得还不够好吗？我去昆阳前等了你一天，去到昆阳后为了你而拼命回来。我是为了谁冒着被姚勇谋害的危险投靠了卫家？我是为了谁独身奔赴凤陵？我又是为了谁，在卫家和赵玥之间保持中立？……卫大夫人——"说到这里，顾楚生骤然提声，抬手猛地捶向楚瑜身旁的墙，怒道，"你怕我做什么？！"

"顾楚生，"顾楚生逼近的温度让楚瑜的颤抖加剧，此时的他让楚瑜深埋已久的记忆疯狂地往外翻涌，她克制住自己的情绪，强作平静地道，"你冷静一点。……你投靠卫家，是因为你需要小七的帮助，你需要他让你走上金部主事的位子。"

——上辈子他也是投靠了卫家，只是这辈子更早一些。

"……你来凤陵，是为了避开小七和赵玥的斗争。你的确有为了我的地方，可是顾楚生，你我之间，我早已说得很清楚，非常清楚。"楚瑜似乎慢慢找回了力量，抬眼看向他，"你站在小七和赵玥之间，也不是为了我，而是因为，你是赵玥的恩人，也曾帮过我卫家，你不站队，以卫韫和赵玥的性子，谁都不会为难你。顾楚生，你算计得清清楚楚，何必要将所有缘由都推给我？"

顾楚生没说话，他急促地喘息起来，看着楚瑜："你怎么能这么想？！"酒气扑面而来，楚瑜皱了皱眉头，听见他声音里带着哭腔，"你就是这么想我的？这么多年了，是石头心也该化了。我到底是哪里做得不好？你同我说，我哪里不好？我守着你等着你，你不喜欢我没关系，可你怎么能喜欢别人？！"

楚瑜微微一愣，顾楚生捏住她的下巴，提高了声音："他公孙湛算得上个什么东西，来和我抢人？！楚瑜你给我听明白了——"他一字一句，咬着牙道，"你是我的人，上辈子这辈子下辈子，无论哪一辈子，你都是我顾楚生的妻子！你不能离开我……"

顾楚生的手微微颤抖起来,楚瑜抬眼看向他。"放手。"她平静地开口,"在这里动手,谁都不好看。"

顾楚生没说话,他慢慢笑了:"你要对我动手?是打算揍我一顿,还是杀了我?"他眼里带着狼一般的疯狂,在楚瑜反应过来之前,他一手猛地抱紧她,低头就亲了下去!楚瑜猛地挣扎起来,顾楚生的唇仍吻在了她柔软的唇上。

——二十五年。顾楚生的眼泪落了下来,再一次这样亲吻她,他已经等了足足二十五年。

只是,这份温柔甚至没来得及化进人的心里,顾楚生就感觉身边有风凌厉而来,随后他脸上一阵剧痛,整个人便被人抓着砸到了地上!

一个清朗的青年声音暴怒而起,带着完全不属于华京的北方口音——

"顾楚生!我操你大爷!"

二十二 唯有相思苦

这一声暴喝响起来，连楚瑜都惊呆了，只见"公孙湛"抓着顾楚生的头就往地上砸。楚瑜最先反应过来，赶忙抓住暴怒中的卫韫，焦急地道："停下！公孙先生你放手！"说着，楚瑜将卫韫拉扯开，卫韫却仍不停手，拼命挣扎着要去踹顾楚生。楚瑜心急抬手拦他，两人这样一退一进，卫韫便觉得女子仿佛是撞到了自己怀里，这才僵住了身子，老实了。

这时赵玥也闻讯带着人赶来，宫人们赶忙上去扶起顾楚生。顾楚生的头已被砸出血来，他一手捂住额头，抬头看向卫韫，喘息着道："公孙湛你是个什么东西……"

"这是怎么回事？"顾楚生的话还未说完，只见李春华从赵玥身后走了出来。她冷眼看了三人一眼，随后勾起嘴角："哟，这可热闹了。"此时顾楚生已经被宫人搀扶起来，勉强朝赵玥和李春华行了礼，卫韫和楚瑜也在一旁行了礼。赵玥皱着眉头瞧着三人，目光在楚瑜凌乱的头发和鲜红的唇上扫过，愣了愣神，似乎是觉得有些尴尬。他张了张口，想说什么，最终还是摆了摆手道："罢了，先带下去让太医看看。"

"陛下，"卫韫冷声开口，"就这么算了？"

赵玥被卫韫气笑了："怎么？你还要追究什么不成？"

"他……"话没说完，卫韫就被楚瑜拉住了。楚瑜微微欠身："陛下处理得极是，妾身这就带着公孙大人退下。"卫韫皱起眉头，明显十分不满。他挣扎着还要说什么，被楚瑜一把捏住手腕就往顾楚生面前走去。顾楚生冷眼看着他们，目光落到两人叠在一起的手上。只见楚瑜神色平静："顾大人，我不知道您是听到了什么消息，才会有所误会。有一点我是要同您说清楚的。得您厚爱，妾身十分感激，但一直以来，妾身只是在以朋友身份与大人相处。侯爷不在的四年里，大人对妾身多有照顾，妾身也只以为，这是因侯爷与顾大人乃好友之故。"

因为有赵玥在场，这句"好友"楚瑜说得委婉，然而众人其实都明白，楚瑜真正的意思，并不是好友，而是盟友——如上辈子的顾楚生和卫韫，卫韫给顾楚生他要的支撑，顾楚生给卫韫朝堂上的便利。"

听到这里，顾楚生的唇颤抖起来。他看着楚瑜，泪在眼里打着转，张了张口，却是什么话都没说出来。此时楚瑜的神色依然平静："妾身当年已拒绝过大人一次。如今若大人还是执意，那妾身还得再拒绝一次。……妾身喜欢一个人，喜欢得执着。就算放弃了，也绝不会回头。妾身这辈子，会喜欢上别人，会嫁给别人，这个人不是公孙先生，也会是其他人。顾大人……"说着，楚瑜轻轻叹息，"这世间好姑娘很多，您不必执着。"

"我不信……"顾楚生沙哑地开口。

楚瑜轻轻笑开："我与公孙先生如今情投意合……"

"我不信！"顾楚生猛地提高了声音："他是谁？他是哪里来的东西？你同他见过几面？！他算个什么？！"

楚瑜没回答，只是静静地看着顾楚生，神色温柔中带着些许怜悯。顾楚生在她的目光之中，终于慢慢冷静下来。他呆呆地看着面前的两个人，他们手牵着手，正站在他身前。两人都穿着素白色的长衫，连衣角的花纹都一模一样。卫韫的身高刚好高出楚瑜一个头来，两人肩并肩站在一起，衣袖交缠，看上去有种别样的般配感——似乎就是天定姻缘，旁人拆不得、散不开。

楚瑜见顾楚生已平静下来，浅浅一笑，行了个礼："顾大人，希望下次见面，您已放下。"说完，她便转过身去，拉着卫韫的手就往宫门的方向走去。

卫韫跟在楚瑜身后，心跳得飞快。哪怕他知道楚瑜如今只是借着他来拒绝顾楚生，可仍有一种诡异的幸福感萦绕在他的心头。他小心翼翼地将楚瑜的手包裹在自己的手掌里，楚瑜微微一愣，因顾楚生还在瞧着他们，她也没敢挣扎，只是狠狠地瞪了卫韫一眼，以示警告。

卫韫抿紧了唇，低头轻笑，慢慢悠悠地往前走着，一面走，一面还不忘回头看一眼顾楚生。瞧见对方那冷漠中带着压抑不住的阴郁的眼神，卫韫忍不住勾起了嘴角，拉了一把楚瑜，大声道："走，媳妇儿，回家！"

顾楚生骤然更垮了脸，李春华一下子没忍住，笑出了声来。赵玥有些无奈，摇着头将手搭在她肩头，小声道："克制一些，别笑了。"

走出顾楚生的视野范围，卫韫还在高兴，忽然听楚瑜含笑道："公孙先生，还没过瘾呢？"他僵住动作，这才想起来，自己方才那一番举动，和"谋士公孙湛"的形象实在差别太大。他忙收了手，朝着楚瑜行了个礼："方才冒犯夫人了，还望夫人见谅。"

楚瑜轻轻转动着手腕，一边继续慢慢往前走着，一边漫不经心地说道："我今日才想起来，公孙先生作为谋士，我以为本该是我等保护的对象，却不想是个高手。"

"三脚猫功夫，算不上高手。"不知道怎么了，卫韫突然就有些心虚。他跟在楚瑜身后，总觉得楚瑜问这句话似乎别有目的。正拼命思索着，楚瑜已经继续说了下去："顾楚生的水平妾身还是清楚的，他的确武艺不精，但也绝不会被一个只会三脚猫功夫的人按在地上打。更重要的是，咱们初见之时，妾身便从公孙先生的举手投足间察觉先生武艺非凡，因此妾身对先生的身世十分好奇，专门让人去查了一番。妾身惊讶地发现，您似乎只在幼时随便学过一两年剑术以防身？"

公孙湛的武艺的确是不高的，顶多就比普通人强上那么一点儿，所以一直以来卫韫用这个身份行走时都很少动手。如今楚瑜这么一问，卫韫心里不由得有些慌。此时两人已走出宫门，来到马车前。楚瑜瞧了卫韫一眼，知晓他如今心虚，便冷声道："这一路还请先生好好想想，回到家时也好给妾身一个合理的解释，否则……我饶不了你！"说完，楚瑜便头也不回地径直上了马车。

卫韫目送楚瑜登上马车，抬手一巴掌拍在自己的脑门上——失算了。

马车里，晚月已等候许久，赶紧给楚瑜递了茶。楚瑜抬起手来同她道："将侯爷最新的回信给我看一眼。"卫韫的这封信里，话里话外都在让楚瑜倚重公孙湛。楚瑜翻看着信件，嗅了嗅上面的香，随后抬头看向长月："上次让你查的纸张之事，你查到了吗？"

"查到了。"长月赶忙道，"是七香阁的，咱们府里也用这种纸。"

"哦？我怎么没用过？"楚瑜有些奇怪。长月笑了笑："咱们府里一般用的是三种纸，一种是最普通的纸张，是我们下人用的。另外两种，分别是七香阁的'凌云'和'邀月'。'邀月'的味道更秀丽，所以供给府中女眷用，这'凌云'则是男人们用的。"

楚瑜思索着，又嗅了嗅那味道："那七香阁有几家店？"

"就一家。"

"一家？"楚瑜抬头看向长月，长月点了点头："他家纸产量不多，只供华京贵族。"

听到这话，楚瑜的内心终于定了下来。她瞧着那信纸，冷笑了一声，不再多话。

过了一会儿，马车行至卫府门口，晚月为楚瑜卷了帘子，卫韫已恭立在马车旁。楚瑜下了马车，从他身边走过，淡道："跟我来。"

卫韫面上一派淡定，内心却早已是天翻地覆了。他硬着头皮跟在楚瑜后面，思索着等一会儿该怎么解释。以楚瑜现在的这个态度，明显是已猜到了实情，就等着他去"自首"。而他实在不知道该怎么去"自首"。他本来想着，戴着面具，顶着公孙湛的身份，胡作非为一段时间，之后把所有锅都推在公孙湛身上就好。可如今楚瑜已经知道他的身份，之前的事情又该怎么解释？没了这层面具，所有的事都让他觉得十分尴尬。

卫韫心乱如麻，不敢面对，不敢抬头，却还是只能跟在楚瑜身后来到了她的房中。楚瑜坐到正上方的斜榻上，抬手道："坐。"

"扑通"一声，卫韫跪坐在了地上，腰挺得笔直。他的手颇有些紧张地放在双膝上，低头看着地面，看上去仿佛是跪在楚瑜面前一般。楚瑜将鞭子从袖中掏出，平静地瞧着他："面具摘了。"卫韫抬手将面具摘了，放在一边，仍低着头。楚瑜皱起眉头，看着他脸上被火烧伤的疤痕，不满地道："还有一层。"卫韫犹豫了一下，楚瑜低头叹了口气："你长大了，我也管不了你。你在边境当了几年侯爷，早就将府里的人忘得干干净净，哪里还记得嫂嫂……"

"我摘……"卫韫赶忙抬手，止住楚瑜接下来的话，"我摘。"说着，他便抬手去拉扯脸部下方的皮肤。他的心跳得飞快，而楚瑜静静地瞧着，也不知道为什么，竟然也有些紧张起来。——时隔近四年，终于要再见到这个人了，无端竟有些近乡情怯之感。

楚瑜面上故作镇定，看着卫韫将面具一点点撕下来，放到一边，却一直低着头，没敢抬眼看她。她站起身走到他面前，问道："为什么不抬头？"卫韫实话实说，低声道："没脸。"楚瑜骤然被这话逗笑了，从方才他痛打顾楚生开始，她就觉得他这脾气实在不像一个谋士，倒是像极了当年那个无法无天的小侯爷。想到这里，她克制住笑意，板着脸道："知道没脸，还敢这样戏弄我？"

卫韫没说话，似是真的知道错了。楚瑜瞧着他，叹了口气，有些无奈地开口："你也十九了，明年就要加冠，怎么还像一个孩子一般？这样作弄嫂嫂，你可是觉得开心了？"

无力感又涌了上来。又是这样。在她心里，他大概一辈子都是个孩子。……可是他早已不是了。四年前，他或许还可以当自己是不知自己心意的少年，可如今他看过了宽广的山河，他见过千千万万人来人往，他在这湍急的世间浮沉漂泊，最后却仍牢记着这个女子，这样的他——应当算得上是个男人了。他不甘心她的语气。然而，一切话语到了唇齿间，他又无能为力。他不敢说，亦不能说，只能低着头，让额发遮住自己的情绪。

楚瑜见他不答话，便蹲下身子与他平视："罢了，就算觉得丢脸，也该抬起头来让我瞧瞧，我们小七长成什么样了？"

卫韫依旧低头不动，楚瑜用鞭子抬起了他的下巴。一张清俊的脸猛地撞入她的视线。他瘦了许多，五官立体，棱角分明，褪去了少年那略带可爱的圆润，换上了干净利落的线条，已然完全是个青年的模样。他本生得俊美，刚好介于阴阳之间平衡的那一点。增一分太柔，削一分过刚。他的眼角眉梢都带着好颜色，一双丹凤眼静静地瞧着楚瑜，似乎那眼角之间蕴含着说不清道不明的风流情意，让人的心怦怦直跳。然而这样的颜色并不会让他显得妖艳阴柔,他的整张脸看起来带着一股华京难有的坚毅英气,整个人如亭亭修竹,美韧且刚。

楚瑜瞧着那张脸,仿佛突然间回到了上辈子。她正坐在准备奔赴乾阳的马车上,他站在马车外同她交谈。那时候的他其实比如今还要英俊一些,带着成熟男子的气息,又冷又孤独。然而那主要也是气质上的不同,在五官上,如今与那时候几乎一模一样了。

楚瑜呆呆地看着他,或许是时间久了些,卫韫被她看得有些不自在,小声地唤道:"嫂嫂……"楚瑜猛地回神,讷讷地将鞭子收了回来。她站起身来退了一步,暗暗平复了一下心绪,这才笑了起来:"四年不见,变化这样大,我差点都认不出你来了。"说着,她叹了口气,神色温和,"小七,你一人在外,怕是受苦了吧?"

卫韫跪在地上,在外风霜雪雨,他未曾有半分难过委屈,可如今听着楚瑜这一句话,他竟然就觉得自己仿若一个孩子一般,那一人独行的孤独和四年不见的思念混杂在一起,让他觉得万分委屈。他沙哑了声音,仰头瞧向她。他想求她往前走一点,这样他就可以伸出手,抱住她,将额头抵在她腹间,说一声——是啊,好苦。

可是他不能这样做。他只能静静瞧着她,慢慢笑起来:"……男儿在外,怎能言苦?"

楚瑜没说话,她凝视着他,听他道:"除思念熬成苦汁倾灌,再无他苦。"

"行军不苦?"

"不苦。"

"厮杀不苦?"

"不苦。"

——千不苦,万不苦,唯此相思苦。

听到这话,楚瑜叹了口气。她张了张口,想说什么,最后却只是道:"起来吧,去梳洗一下。母亲不是个沉得住气的,你回来的事别让她知道。"卫韫低着头,闷闷地答应了一声,却没动。楚瑜笑了:"还这样跪着做什么?我也不与你计较了,去休息吧。"卫韫还是不动。楚瑜见他捏着拳头,知晓他有话要说,便慢慢地道:"你想说什么?"

"这些年……嫂嫂和顾楚生……"

"那是我的事。"楚瑜的声音冷了下来,她抬眼盯着他。也就在这一瞬间,卫韫顿时觉得,她与自己之间仿佛隔着一条长河、一座高山,她在山顶冷冷俯瞰着他,他以为自己接近她了,却始终没有。

无数热血奔涌在脑中,填塞在心里,卫韫站起身,整个人都绷紧了,似乎是下定决

二十二 唯有相思苦

心要将什么极其重要的话说出口来。楚瑜静静地看着他,神色里带了几许悲悯。她似乎什么都知道,又似乎什么都不知道。然而过了许久,却只听卫韫急切地出声:"嫂嫂,我……"楚瑜打断他,温和地道:"你也累了吧。下去吧,去歇息一下。……你去了四年,"她瞧着他,轻轻笑了,"也不知道有没有遇到心仪之人。你也到了该娶妻的年纪,你哥哥们在这个年纪,有些孩子都有了。"

"嫂嫂!"卫韫打断了她。他不明白她为什么要说这些,为什么总要打断他的话,他只觉得他必须说。如果今夜不说,此时不说,他或许就再也没了勇气,再也无法将这些话说出。

于是他开口出声:"我喜欢……"

"卫韫,"楚瑜淡淡地再一次打断了他。她瞧着窗户外面,月亮正高悬于天际,她的声音平和又温柔:"你不在的这四年,我想过很多次你的模样,我想你必然长大了,应当十分英俊,会有许多姑娘喜欢你。我身为你的长嫂,应当为你物色几个好姑娘。"

卫韫愣在原地,呆呆地看着楚瑜。楚瑜的面色温柔又庄重,如同庙宇中的神像菩萨,让人不敢上前亵渎半分。她遥遥坐在前方,抬眼看着明月,慢慢地道:"我也想过你的未来。你应当是个顶天立地的男子,一人之下、万人之上,万民爱戴、众人敬仰,你是北境的脊梁,是大楚的傲骨。你会娶一个贤良淑德的女子,同她一起,光耀卫家门楣。你不会有任何污点……"她终于转过头来,声音平静又坚定,"也不能有任何污点。我想到这样的你,就相信,你的哥哥们若是活着,必然会很高兴。我没有辜负你大哥,好好将你教养成人,未曾让卫家蒙羞。"

卫韫没说话,他静静地看着她。做了那么多年的准备,就准备着再见她的时候,他能坦荡从容将心中的话说出口来。这些话或许不该在这个时候说。可他等了四年,盼了四年,纵使他与顾楚生有君子之约,可顾楚生逾了界,他又为什么不能?他不甘心看着顾楚生为所欲为,而自己只能苦苦相思。他想站到和顾楚生同样的位置去,将内心的话说出口来。

——然而,这一刻,他却什么反驳的话都说不出来。她是他的长嫂。他从未有过一刻如此清晰地认知到这件事。他人的闲言从未让他退缩,唯独此刻面对着她,听她说着关于大哥的种种,他方觉得"长嫂"二字,如同刀扎在他心上一般,让他疼。

他捏着拳头,声音沙哑:"这些年,你对我这么好,就是为了我大哥?"他的身子微微颤抖,"如果你不是我长嫂,如果你没有嫁到卫家,是不是我卫韫于你而言,就什么都不是,什么都不算?"

"也不是。"楚瑜的声音仍然平淡。卫韫愣了愣,眼中闪过一丝希望。然而,对面的女子却是缓缓地道，"哪怕没有嫁给卫家，我仍旧敬重卫家风骨，也会敬仰你。"

卫韫的声音都在打战："只是敬仰？"

楚瑜轻笑："那还能有什么呢？……小七，我们应该感激。感激我嫁到卫家来，感激我能遇到你。你我是家人，我是你的嫂嫂，你是我的小叔、我的弟弟。我陪伴你，你保护我，我们共同撑起卫家，互相依靠、互相扶持、互相祝福。……而如果我没有嫁过来，"说着，她叹了口气，"你我之间，除了敬仰，还能有什么呢？"

不能有喜欢吗？卫韫盯着她，差点问出了口。——他们之间，如果不曾以这样的方式相遇，就不能喜欢上对方吗？

然而不需要楚瑜回答，卫韫也知道，不能。这份感情不是骤然出现的好感，不是突然心跳加速的一见钟情。这份喜欢，是埋藏在心底的种子，他一点一点地浇灌，它悄无声息地发芽。他没有在第一次相见时就喜欢她，没有在她一身嫁衣追来时心动；他不是在背着满门尸首回家，被她含笑扶起时心生悸动，更不是因为她的一场剑舞而钟情。——他对她的感情，是在时光里慢慢积累、发酵，最终一发不可收拾。如此漫长，如此缠绵。

卫韫盯着楚瑜。楚瑜在他的目光下轻笑了起来："这是怎么了呢？……小七，你让我越来越不明白，你到底想要什么了。"

卫韫听着这话，心一点一点凉了下来。他看着神色平静又从容的楚瑜，明白自己心里的那句话，怕是不能说出口了。一旦说出口，或许这个女子会连他嫂嫂都不再是，他连最后那一点关爱都不能再拥有。他调整着自己情绪，深吸了一口气，往后退了一步，恭敬地道："方才太累了，是小七无礼，还望嫂嫂见谅。"

楚瑜眼中带了怜爱，点了点头道："既然累了，便赶紧去休息吧。你此番是为了抓捕信使而来，我明日吩咐下去，让他们抓紧为你探听此事。"

"嗯。"卫韫的声音淡淡的，听不出喜怒。楚瑜抬头看了他一眼，想说什么，抿了抿唇，终究还是没说，只摆了摆手道："去吧。"

卫韫弯腰捡起面具，重新粘回脸上，又戴上白玉面具走了出去。

卫韫的身影走得远了，长月、晚月才进了屋来。楚瑜松了口气，抬手扶住额头，似是有些头疼。长月赶紧来到楚瑜面前，蹲下身小声地问道："夫人，那公孙先生真是小侯爷啊？"楚瑜撑着额头点了点头，吩咐道："一切照旧，别传出去。"晚月皱起眉头，似乎是想说什么，楚瑜却抬眼看向长月："你去厨房给我拿碗银耳汤来。"长月不疑有他，起身出去了。晚月靠近楚瑜身边，犹疑地道："小侯爷方才同您说了什么要紧的事吗？"

楚瑜低着头没说话，片刻后，她抬起头来盯着晚月："你觉得他该同我说什么？"晚月抿了抿唇，只见楚瑜的目光里全是警告，"他不会同我说什么，也不能同我说什么。我

二十二 唯有相思苦

这一辈子,要么寻到一个合适的人嫁出去,要么一辈子都是卫家大夫人。他卫韫一辈子不会有半分污名,你明白?!"

"奴婢明白。"晚月当即跪了下去,叩首道,"大夫人的意思,奴婢明白!"

楚瑜颤抖着闭上了眼。晚月跪在地上,心中却是惊涛骇浪。她几次想问到底发生了什么,却不敢,等到长月端着银耳汤回来了,她才站起来,收拾好表情停在楚瑜身边,不再说话。长月看着两人,觉得气氛有些不对,端着银耳汤愣了愣,好半天才道:"汤……端来了。"

楚瑜点点头,敲了敲桌子,平静地道:"放下吧。"

第二日清晨,楚瑜坐在镜子前面,瞧着自己。

她如今已经二十,在她的记忆里,这正是她一生最好看的年纪。年纪再小些的时候脸上带了些肉,可爱有余,但若说美颜,的确还是如今更盛。她盯着镜子里的女子,思索着自己到底是哪里招惹了卫韫。或许是唇脂艳丽了些?又或是发簪漂亮了些?正左思右想着,晚月犹豫着上前道:"夫人,上妆吗?"

楚瑜沉默了片刻,终于道:"不上了,随意绾个发髻,越素越好。"长月有些奇怪,正要开口,却被晚月拉住。晚月按照楚瑜的要求给她绾了发髻,随后楚瑜用过早膳,将卫韫叫来了书房。

书房里早已经放好了昨日收集来的情报,楚瑜一条一条地看着,卫韫进来时,她正看得神色十分郑重,卫韫不由得也严肃起来:"可是出了什么大事?"

"王贺自立为王了。"楚瑜开口,神色复杂。卫韫一愣,楚瑜皱着眉继续道,"王芝死在了路上,王贺如今已经逃到兰州,在兰州自封为安兰王。"

"安兰王?"卫韫轻嗤出声,"这是什么称号?"

"兰州本就是王家的地盘,上下全是王家的人。但好不容易逃回兰州,却并没有直接讨伐赵玥,而是自立为王,不知他们到底是什么个意思。"

卫韫将双手笼在袖中,平静地道:"他们此刻不敢举旗。"

"那是自然。"楚瑜起身走到沙盘前,"如今白、昆两州在你手里,洛州在我楚家手中,华州在宋家手中。除此之外,姚勇的青州、谢家的容州都支持赵玥,燕、京二州也全是赵玥的人,剩下德、徽、琼三州向来是听命于天子。因此如今王家无论如何都是不敢直接反的。所以,他如今自立为王……"说着,楚瑜抬眼看向卫韫,只听卫韫平静地接口道:"是在等我们的消息。"

王贺若如今不表态,赵玥便可迅速发兵,在众人都没反应过来时直接拿下兰州,他

483

整个王家都是死路一条。于是倒不如自立为王，想反的势力自然会联系他。他甘愿自当靶子，借力打力。

卫韫沉思片刻，已做下决定："我去给王贺递消息，我会暗中帮他守住兰州。"楚瑜点点头应声道："速去！我修书给我大哥，你也再给宋世澜一封信，看看他二人是什么意思。"卫韫抬眼看着楚瑜坚毅的眼神，点了点头。

与此同时，顾楚生正在宫里陪赵玥下棋。顾楚生的神色带了几分阴郁，赵玥轻笑："楚生，天下女子何其多，何必挂在卫大夫人一人身上？"顾楚生轻轻抬眼瞧了他一眼："陛下这话何不对自己说？"赵玥倒也不恼，往棋盘上落下棋子，点了点头道："你说得也是。只是卫大夫人拒绝得如此坚定，不知你打算如何？"

顾楚生没说话，只静静地看着棋盘。如何？他自己也不知道该如何。这一切早已超出他的预料，他以为这么些年，捧着哄着，她早该回心转意了。可是就有人这般倔，说不回头就不回头。想到这里，他觉得喉间涩疼难忍。就在这时，一名宫人匆匆赶来，焦急地道："陛下！不好了，兰州……兰州……"

"兰州如何了？"赵玥似乎早已猜到了什么，声音平静得毫无波澜。那宫人叩首在地，颤抖声音道："王贺在兰州，自立为安兰王了！"赵玥落子的动作顿了顿，片刻后他轻笑出声来："楚生，我同你打个赌吧。……我们就赌，卫韫要同王贺结盟的信，几日能送到王贺手里。"

顾楚生平静地将棋子落下，淡道："陛下不就是想问我，若卫韫与王贺结盟，我要怎么办。"赵玥端起茶杯："听你这口气，想必是早已想到了？"

"王贺跑出华京，我便想过了。王贺若想保命，必定举事，而他之所以敢举事，不过就是赌卫韫等人会同他结盟。其实这事也好办，如今陛下圣命无损，本乃国之正统，他们拿不出什么废帝的理由来。陛下只要稳步走着，谁都不敢反，谁反谁就是逆贼。民心不在，不足为患。"

赵玥点点头："那楚生觉得，王贺一事就这么放着了？"

"不放，"顾楚生端起茶杯，神色淡然，"让卫韫去讨贼就是了。"

让卫韫去讨王贺的确是个完全的法子。若卫韫想要和王贺联盟，或者以王贺之手打压赵玥，那他必然不会动王贺的根本。这样一来，赵玥便可找到理由发挥，借机惩治卫韫。而若卫韫动了王贺的根本，那王贺之患，也就不足为惧。

赵玥前后一想，抬起头来："这么多年，也就你是忠心耿耿对我的了。"听到这话，顾楚生面色不动，对赵玥的感激不置可否。他专心致志地盯着棋盘，只是道："陛下，该您落子了。"

就在顾楚生还在宫里与赵玥下棋时,卫韫已将给宋世澜的信写好了。如今楚、宋两位将军都在前线,怕都在看这华京的热闹。楚临阳的态度卫韫大概能够揣摩,但是宋世澜……这个人从庶子之身一路向上,近年来已稳住了宋家,几乎将宋家上下全部收入囊中,虽然还是世子身份,却已是宋家说一不二的主人了。但他向来是个笑面虎,同谁都笑意盈盈,真正的心思却难测,饶是卫韫也说不准这个人到底是个什么态度,也只能先去探底。

而就在准备修书给王贺时,卫韫突然顿住了笔墨。他皱了皱眉,想了片刻,终于放下笔来。回到屋中,楚瑜正在给楚临阳去信。见他过来,她有些疑惑:"这就写完了?"

"给王贺的还没写。"卫韫跪坐下来。楚瑜皱起眉头:"为何?"

"如今王贺自立为王,消息必然也传到了宫里,嫂嫂觉得,以赵玥的性子,会如何做?"

"你且直说。"

"赵玥会怕我要和王贺结盟,或者暗中帮助王贺。"

"这是自然。"楚瑜有些摸不透卫韫的意思。

卫韫笑了笑:"若我是赵玥,王贺我不能不管,卫韫也不能不管,便干脆让卫韫去打王贺。打赢了便解决了王贺之患,打输了便好拿卫韫问罪,这也算民心所向。嫂嫂觉得,赵玥会不会这样做?"

听到这话,楚瑜脸上露出恍然之色,立刻反应了过来:"那你若此时给王贺书信,日后又担任主帅去镇压他,王贺便可拿书信威胁你了?"

"正是如此。"卫韫认真地道,"所以此刻我不能给王贺去信。我如今只能拖着,若是拖不过,我就同赵玥要人要马,等打完了兰州,我们便占地不动,当他一个不宣告于人的安兰王。"

没想到卫韫竟是如此果断就定了下来,楚瑜反而愣了。片刻后,她有些不安地道:"你若要反,以何名目?"

"我已经找到了苏查给赵玥的信,就可以坐实赵玥通敌的罪名。加上这些年赵玥为了给李春华修建行宫,打着军饷之名苛捐重税,这等事抖搂出来,一桩桩一件件,都是罪名。有了这些罪名,再让沈无双站出来指认他。"

"指认他什么?"

"指认他不是秦王世子。"

听到这话,楚瑜愣在了原地。卫韫解释道:"当年他之所以能活下来,是因为沈无双

485

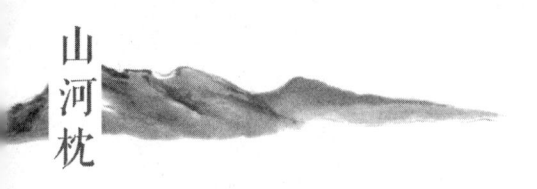

的哥哥给他准备了一个替身。可他到底是替身,还是真正的秦王世子,谁能说得清?"卫韫喝了口茶,眼里带了几分嘲讽,"有真的罪名,有假的谣言,真真假假混杂在一起,给一个人泼污水,那真是太容易不过。到时我们便以帝君无德,血脉有疑的名义,将他换下来。"

楚瑜没说话,静静地看着卫韫。当年的卫韫会因为自己上不了战场而愧疚痛哭,如今他却已经能平静又熟练地耍这些朝堂上的肮脏手段。看着这样的卫韫,楚瑜感到自己的心被抽了起来。

楚瑜还在发愣,卫韫却已从楚瑜的眼里看明白了她的意思。"嫂嫂不必意外,"他垂眸开口,"人都会长大的。"

"我知道……"楚瑜的声音干涩,她苦笑起来,"我并没怪你的意思,我知道。"——只是可惜。楚瑜叹息出声。卫韫听着她的叹息,忍不住捏紧了拳头。

这日夜里,楚瑜刚拆了发髻,就听晚月道:"小侯爷果然是长大了。"楚瑜应了一声,道:"平日里有哪家同小侯爷年纪相仿的好姑娘,你多留意一些。"

话是这么说,可楚瑜却知道,当年卫韫的妻子清平郡主,那是当时不可多得的奇女子。不仅容貌清丽动人,琴棋书画无一不精,还写得一手好文章,年仅十五就能以一篇论水患的策论震惊大楚。她是神医江流的关门弟子,跟随师父在外游历多年,救济灾民百姓。哪怕是在婚后,哪里有征战疫情,哪里就有这位郡主出面安抚。也是因着如此,那时候卫韫在民间的声望一直极高,卫韫也一直敬重她。

那位清平郡主就是活菩萨一样的人物,想要找到比她更好的女子,怕是不容易。只是楚瑜也不知道清平郡主与卫韫当年是在什么时间、什么地点如何相遇的,因此只能一边打听着各家姑娘,一边等待时机。

听着楚瑜的吩咐,这次晚月没有应声。楚瑜抬头瞧她,有些奇怪:"你怎的不说话?"

"夫人,晚月一直很疑惑,"她叹了口气,"您对小侯爷,真的没什么心思吗?"说完这话,晚月就低着头悄悄抬眼打量楚瑜,似是准备着随时认错。

楚瑜没想到晚月问得这样直接,她愣了愣,看着烛火,想了许久,终于开了口:"他是对我很重要的人。"然而,这句话之后,却是再没有其他。

晚月明白了楚瑜的意思。卫韫之于她,很重要。可是为什么重要,却是谁都不知晓的缘由。若说是爱,她内心早已如枯井,同这正值少年的人谈不起爱。若说不是爱……她便也不知是什么了。或许是感动,或许是亲情。总之,人这一辈子,除却爱情,还有太多。

只是,说完这话,楚瑜竟是有些茫然。梳洗睡下,她盯着屋顶看了许久,恍恍惚惚,终于才闭上了眼。她也不知道自己是怎么了，朦朦胧胧就梦起了四年前。那是在北狄的灯火节上，她和卫韫在屋顶看千万灯火升腾而起。本是很美好的场景，少年卫韫却突然俯下身来，亲吻在她的唇上。那是个蜻蜓点水一般的吻，而他太年少，甚至不知道下一步应该做什么。于是他一下又一下，反反复复轻吻在她的唇上。

楚瑜的呼吸变得急促起来，然而场景猛地转换，变成了她十五岁时的洞房花烛夜。那天晚上，她和顾楚生在一个破烂的小院里贴上喜字，点了红烛，顾楚生执意用了对于当时窘迫不堪的他们来说算得上是巨款的钱购置了鸳鸯被枕，以及绣有喜字的红色罗帐。那时她紧张得背对着对方。对方一开始也没有动弹，许久后，他从背后抱住了她。他的身体很热，胸膛很宽厚。他带着厚茧的手揽过她的腰，覆在她柔软的腹部。

——不是顾楚生！楚瑜猛地意识到这一点。然而梦里的她不能抗拒，甚至不能动弹。她仿佛被施了咒，只能呆呆地任由那人动作。他的每一步都做得很缓慢，没有记忆里最初的疼痛，他带着极大的耐心进入她，在欢愉之时，从背后轻吻着她瘦得凸起的脊骨。他的吻如蜻蜓点水，却激得她绷紧了后背。她眼前一片模糊，死死地抓住被子，蜷起脚尖。

她不知道身后的人是谁，也不想知道那是谁。巨大的欢愉铺天盖地而来，直到最后一刻，她猛地听到那人的声音——

"嫂嫂……"

一瞬间，楚瑜眼前犹如有白光猛地绽开，她从梦中骤然惊醒，睁大双眼瞪着夜色，大口大口地喘息。惶恐将她彻底淹没，她感受到自己身体的异样，在暗夜中缓缓抱住自己。

她疯了。她一定是疯了！怎么会想到这样的事？！怎么会梦到这样的事？！而梦的最后，那人怎么能是……怎么能是……

楚瑜颤抖着从床上下来，焦急地唤来守夜的长月，声音嘶哑："备水……"她稳了稳心神，这才说出话来，"……我要沐浴！"

长月有些不明白，还是立刻去准备了浴桶和热水。楚瑜遣走所有人，独自坐在浴桶里，感受着清水将她彻底包围，洗刷着刚才那个梦的痕迹。她在水里慢慢冷静下来，开始思索。许久后，她恍惚中才明白——她大概真的得赶紧嫁人了。不知从什么时候起，卫韫在她心里已经是个男人了。或许是思念卫韫太多，梦里都忍不住生起了奇怪的念头。她抬手将水泼在自己脸上，好让自己更加清醒一些，然后深吸一口气，将所有想法按了下去。

又敷衍地清洗了片刻，楚瑜从浴桶里站起身来。正在穿衣服，外面传来通报声："大夫人，顾楚生在外求见。"听到这话，楚瑜皱起了眉头："这大半夜的，他可说有什么事？"外面答得规矩："说是有关于王家的要事要与您说。"楚瑜想了片刻，终于道："请他在前厅等候。"说着，她换上白日穿的正装，这才走了出去。

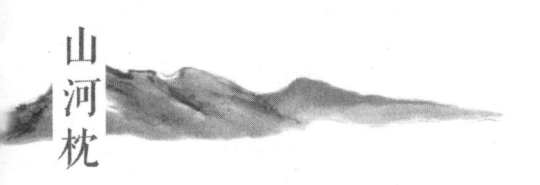

来到前厅，顾楚生早已候在那里，身边的桌上放了一只小酒壶。他的神色看上去有些憔悴，看见楚瑜进来，他的目光里说不出是喜还是悲。他就这么静静地看着楚瑜，带了些许绝望颓然。而此时卫韫也已得知消息，悄悄来到前厅外。他停在窗下，刚好可以听到二人的对话。

楚瑜朝顾楚生行了礼，随后跪坐下来："顾大人这么晚前来，听说是有关于王大人的要事相商？"

顾楚生不说话，只是看着楚瑜，举杯将酒一饮而尽，似是在壮胆，仿佛他刚刚做下了一个极为重要的决定。

楚瑜迎着他的目光，含笑再问道："顾大人？"

"我想了很久……"他沙哑出声，"想了很久，我终于还是来了。"

楚瑜的笑容不变，顾楚生站起来，摇摇晃晃走到她的身前，蹲了下来，从怀里取出一个盒子——

"阿瑜，"他抬眼看她，"我想娶你。"

楚瑜皱了皱眉，便看见顾楚生缓缓打开了手中的盒子。那盒子里放着一个小木坠，用红线穿着，仔细去看，却发现那木坠刻的是一个小小的楚瑜。

这是当年楚瑜放在送去给他的私奔信里的。这个坠子，她刻了三年。从她十二岁到十五岁，她喜欢他喜欢得小心翼翼。因为知道他是妹妹的未婚夫，她不敢出声，不敢言语，藏着自己的心思，将所有思念和感情都放在了这个小木坠上。而此时，楚瑜看着那木坠，也说不出是什么情绪。就像是过去了好多好多年，突然又看见了年少的自己。

过了许久，楚瑜的目光终于从那木坠上移开："我以为，上一次，我已说得很清楚。你如今来，拿这个给我看，又是在做什么？"顾楚生笑了笑，沙哑着声音道："我就是想让你看看，你曾经有多喜欢我。我怕你忘了。"楚瑜忍不住嘲讽出声："怎么？顾大人是觉得失了颜面，特意来找我……"

"我来同你做个交易。"顾楚生打断她，收起了声音里的那些脆弱的情绪。他冷静自持，似乎是在一瞬间便恢复了上辈子楚瑜熟悉的模样。楚瑜收起心神，抬眼看他："什么交易？"顾楚生收起木盒，跪坐回自己的位子："我来求娶大夫人。"

楚瑜皱起眉头不说话，顾楚生摩挲着手里的木盒，平静地道："大夫人嫁给我，日后我顾楚生任凭卫家差遣，大夫人觉得如何？"楚瑜忍不住笑了："顾大人何必如此？您如今乃礼部尚书，陛下身边的红人……"

"我如今乃礼部尚书，日后会入内阁。假以时日，我会成为内阁首辅。这朝堂之上，粮草兵马，官阶品级，卫韫要人打点，他总要找个盟友吧？"说着，顾楚生抬眼看向楚瑜，"尤其是，在他欲反之际。"

这次楚瑜是真的没话说了。"欲反"二字一出来，楚瑜便明白，这次顾楚生来，怕是做好了十足的准备。她沉默片刻，接着轻笑起来："若我不答应，你要如何？"

"如今王贺在兰州自立为安兰王，陛下想让卫韫去征讨。"

"是你出的主意。"

顾楚生玩弄着盒子里的木坠，含笑抬眼："对，是我的主意。可是卫小侯爷该谢谢我才是。"

"哦？"

"兰州紧邻京州，小侯爷终于有将兵马直接囤在京州周围的机会，他不该谢谢我吗？"

楚瑜没说话。她知道顾楚生的主意绝不是这么简单。只见顾楚生垂下眼眸，用手指敲着桌子道："他可以向陛下要兵要粮，直接拿下兰州。可他能这样做的前提是，陛下肯给兵给粮，肯给他发展的机会。而我，可以给小侯爷提供这个机会。"说着，顾楚生再次看向了楚瑜。

接下来的话顾楚生没说出口，楚瑜却已清楚地明白了他的意思。他能给的东西，他自然能要回来，甚至于，不仅是要回来，他还会想尽办法，让卫韫步履维艰。楚瑜静静地看着他，许久后，她轻笑道："这么多年，你一点都没变。"

听到这话，顾楚生猛地捏起了拳头。这么多年，她说的不仅是这一辈子，还是上一辈子。在她的心里，他始终卑劣无耻。……可那又怎样？他盯着她，慢慢开口："是你逼我的。"

"我逼你？"楚瑜嘲讽地笑开，"我逼你什么了？我不想嫁给你，不想喜欢你，这就是逼你？"

"那你也不该喜欢别人！"顾楚生一掌拍在桌上，怒气冲冲地道，"我捧着你，宠着你，守着你……你可以不喜欢我，你要我等一辈子都行，可你和公孙湛……"

"那又关你什么事？"楚瑜冷声打断他，"我嫁谁关你什么事？轮得到你多嘴多舌？我与你是什么关系？轮得到你这样说三道四？"

顾楚生被楚瑜骤然而来的一顿质问骂得反而冷静了下来。他盯着她，平静地道："是……我管不了，我没资格管，所以我今天就来同你要这个资格！楚瑜，你嫁给谁不是嫁？你以为你这辈子就真能找到一个和你举案齐眉的人了？你当真爱这个公孙湛？你爱一个人的时候是什么样子，我清楚。你不爱他。你若嫁他，不过是因为他是卫家家臣，他

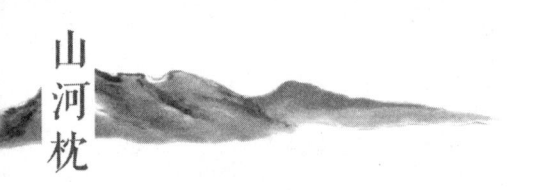

能帮着卫家,而你嫁给他,就能一直留在卫家。可是……我也能!你若愿意嫁我,我可以入赘,我可以认卫韫为主,成为卫家家臣!……阿瑜,"他的声音里夹杂了苦涩,"你可以试着再喜欢我一次。我不一样了,真的。我年少时候不懂事,伤了你的心,我可以慢慢弥补。这么多年来,我是个什么样,你都看在眼里了。除了让你走,我什么都能答应。"

"你看,"顾楚生拿出木坠,声音沙哑,"这木坠多精巧,多好看啊。"——就像她的感情,用尽了一切美好灼热,美得他铭记一生。

楚瑜听着顾楚生的话失了神,骤然有些疲惫。如果没有上辈子,面对这样的顾楚生,她或许也不会拒绝。她没有喜欢的人,嫁给谁不是嫁?如今能对卫韫好,那就是最好的。

然而,脑海里不知道为什么骤然闪过不久前的梦境,楚瑜使劲捏了一下自己的手掌,用疼痛让自己清醒些许。顾楚生见她神色不定,继续道:"我与卫韫联手,我保证帮他扳倒赵玥,日后我为他安定朝堂、管理民生,他好好养兵守护大楚百姓,开盛世功勋。而且,你在我府里,我府里便不会有第二个人。你不愿意的事,我不会强迫你,我们分房睡都可以。你可以当作全是为了卫家。你若答应,我今夜就可以送你一份大礼。"

听到这话,楚瑜终于似有所动,慢慢抬眼看向他,只见青年在夜色里露出笑意:"苏查的人在我这里。今夜他是入宫还是来卫府,全看大夫人的意思。……阿瑜,我知道你的脾气,你放弃了的人,便不会再去看上一眼,哪怕他已经成为你期望的样子,已经变成你最好的选择。可是,人在不断成长,我们用尽一生,就是在让自己去做最好的选择。如今的我是不是你最好的选择,你比我清楚。……你喜欢过我一次……"他的声音沙哑,"只要你愿意,你可以喜欢我第二次。"

楚瑜的心念动了动。顾楚生说得没错,如今的他的确是她最好的选择。她早该嫁出去了。如今她再以大夫人之身待在卫府,她自己都不知道会发生什么。卫韫年少,可她已不年少。少年人的情意,她看得太多。她早一点嫁,便早一点断了卫韫的念头,也可以让自己不再生起那些乱七八糟的念头。况且此时她若嫁他人,以顾楚生的性子,绝不会让她成事。顾楚生贵为礼部尚书,又是赵玥面前的当红之人,敢对上他顾楚生来娶她的,怕是没有几个。

其实,抛开上辈子的事来看,如今的顾楚生对她的确是极好,甚至还许下了她嫁过去后可以不碰她的承诺。顾楚生这个人虽然寡情,对自己的承诺却是看得很重的,因此她完全可以嫁过去,关上门去过自己的日子。最重要的是,嫁给他,卫韫就会拥有一个坚固的盟友,只要卫、顾二人站在一起,那未来的大楚就会和她上辈子所见一样,固若金汤。

这般盘算着,对楚瑜自己、对卫家、对卫韫,嫁给顾楚生似乎都是一个极好的选择。只是楚瑜内心始终不甘,她垂着眼眸,不肯说话。顾楚生静静等待着,许久后,终于听她开口道:"顾大人,你要知道,哪怕嫁给你,我这一辈子,或许都不会再喜欢你。"听到这个答案,顾楚生笑了笑,眼里带着苦涩:"没关系。"说着,他抬眼看她,"我等得起。"

"还请顾大人信守承诺,给我空间。"

"没关系。"

"你可以自由纳妾。"

"我不会。"

"我会继续陪伴卫、楚两家。"

"我知道。"

话已说到这里,楚瑜再没了可说的。许久后,她垂下眼眸:"苏查的人,你是怎么找到的?"

"你们入城那日,我在城门附近就发现这批人形迹可疑,将他们抓了回来。"

楚瑜点了点头,瞬间已明白过来。顾楚生早就抓到了苏查的人,所以卫韫查了这么久都没有头绪。可顾楚生却没有将人给他,怕是早在他第一次见到马车里的楚瑜和"公孙湛"时,就已经做好了日后拿此人来当筹码的准备。

楚瑜低笑,心想这真是一个机关算尽了的人,一面述说着深情,一面却早就做好了笼子。"行吧。"她起身,声音平静,"明日将人送过来,等小侯爷攻下兰州……你择日下聘。"说完,她转头就走,冷声道,"送客。"

顾楚生瞧着楚瑜的背影,轻轻一笑。

走廊里,楚瑜正披着外衫往自己屋里走去。走了片刻,她突然想起来:"如今公孙先生睡下了吗?"长月面上露出难色来,只管瞧着楚瑜的脸色:"公孙先生估计还没睡。方才……他就在前厅外面呢……"

一听这话,楚瑜的脸色骤变:"他站在门外你怎么不拦着?!"

"他……他是小侯爷啊……"长月支支吾吾,"他不让我说……"

"混账!"楚瑜怒喝出声,长月吓得当场跪在了地上。楚瑜顾不上同她计较,转身同晚月道,"立刻去看看小侯爷现在在哪儿!"

晚月也不敢耽搁,赶紧转身去寻人。长月还跪在地上不敢说话,过了许久,晚月才风风火火地小跑进来,焦急地道:"顾楚生出府前,小侯爷就带着卫浅和十几个侍卫出府了!"

带着卫浅和十几个侍卫……卫韫要做什么她还能不明白?!楚瑜立刻转身,咬着牙道:"带上人!跟我去找顾楚生!"说着,她便提了剑,领着人冲了出去,临去时还回头来朝长月恶狠狠地道,"你给我跪着!"

楚府外不远,顾楚生的马车正慢悠悠地行驶在巷子里。此刻他心情极好,重生以来这么多年,他少有这般高兴过。谁知就在这时,侍卫突然掀开车帘,压着声音急促地道:"大人,有一批人跟着咱们,武艺极高。"顾楚生睁开眼睛:"多少人?我们可能抵挡?"

"不下十五人,功夫怕是在我们之上。"

"掉头。"顾楚生立刻道,"发信号弹,往皇宫方向去!"说话间,外面已传来羽箭之声,那侍卫立刻打马,马车向前狂奔而去。

信号弹在天上绽开,顾楚生撩起帘子,看向车外。血色的光里,那些杀手全都穿着黑色印银云纹的夜行衣,腰上坠着一颗圆珠,同他的人纠缠在一起。他皱了皱眉头,这身打扮他认识,是卫府的人。难道是楚瑜对他下的杀手?刚想到这里,他立刻否认了。如果楚瑜要下手,怕是他根本走不出卫府。而且楚瑜不是个冲动的人,在大事上,她向来愿意牺牲自己。如今卫家、楚家和百姓就是她的软肋,一个死了的顾楚生和一个愿意效忠于卫韫的顾楚生,她不会分不清该选谁。

那如果不是楚瑜,如今卫家能调动暗卫且又直奔他而来的……

马车在夜色中疾驰,顾楚生勉力支撑着自己的身体不飞出车去。就在他脑海中闪过那个名字的一瞬间,只听外面"扑哧"一声响,血溅在车帘之上,随后马发出痛苦的嘶鸣,车厢朝着前方猛地砸了下去。

顾楚生随着车厢滚在地上,整个人都被甩了出去。他捂住流血的额头,喘息着抬头,只见月色下,一个人影白衣长衫,面戴覆住半张脸的白玉面具,正静静地瞧着他。他的侍从早已身首分离倒在一边,马被斩断双腿,还在因为疼痛而嘶叫,顾楚生艰难地起身,咬着牙道:"公孙先生,我来之前就做好了准备,若是我今日没回去,我的人会立刻通知陛下说卫韫在华京,我追杀卫韫而去,卫韫逃脱,我为卫韫所杀。不出今夜,卫府就会被围,到时候,卫韫不反也要被逼反。你们家侯爷,做好反的准备了吗?!"

"公孙湛"没说话,他朝着顾楚生走去,从腰间抽出剑来。顾楚生看出他身上浓重的杀意,一时竟仿佛回到了上辈子被卫韫杀死之前的时刻。他不由得捏紧了拳头,故作镇定,冷笑着道:"怎么,公孙先生为了一己之私,连侯爷的大业都不顾了?"

卫韫依旧沉默,人已走到顾楚生身前,只见他抬剑就斩!也就是这时,顾楚生抬起手来,袖中根根飞针便朝着卫韫刺了过去!卫韫疾退几步,抬袖拦下毒针,顾楚生趁着这个机会掉头就跑。卫韫甩开袖子,提起剑便朝顾楚生的方向砸了过去,同时整个人腾身上前,眨眼间已追上剑去。顾楚生只听后面有风声呼啸而来,他艰难朝地面一滚躲开,也就是这瞬间，那白衣身影已逼近在他身前，提起剑便朝着他刺下。

顾楚生的瞳孔猛地缩紧，随后便听到一声高呼："住手！"

另一把剑破空而来，狠狠撞在卫韫的剑上。卫韫剑尖一偏，便刺入了墙中，堪堪就在顾楚生的面颊边上，剑锋划破了他的面颊，血顺着面颊流了下来。顾楚生急促地喘息着，看着"公孙湛"冰冷的眼。

楚瑜已奔到卫韫身边，她扯住卫韫，同顾楚生道："你赶紧走！"顾楚生慌忙起身，卫韫的长剑再一次探了出来。楚瑜一把握住他的手，怒道，"你连我的话都不听了吗？！"

"他逼你。"卫韫看向楚瑜的眼依然冷冷的。楚瑜还在给顾楚生使眼色，见他已捂着伤口踉跄着离开，她抬眼看向卫韫，平静地道："你先同我回去。"

"我杀他，你舍不得了？"

"你同我回去！"楚瑜面上带了厉色。

卫韫抿紧唇，终于道："你在怕什么？他这样逼你，是当我死了吗？我轮得到他帮忙？我……"

"卫韫！"楚瑜终于无法忍耐，猛地回头，提了声音道，"你知不知道你在做什么？他是正三品大臣，礼部尚书！你就这样将他杀了，是怕赵玥拿你的把柄还不够多？！"

"我有分寸。"

"你有什么分寸？"楚瑜冷着声音，"他今日既然敢来，且将苏查的事告知了我，就是不怕我动手的。他向来是个惜命的性子，没有把握，他敢来？赵玥一旦发现你在华京，你以为自己还回得去？"

"我杀了他立刻带你们走。"

楚瑜被气笑了："带我们走？走哪里去？和王贺一样反了吗？若是没有一个充足的理由，你就是乱臣贼子，就是个反贼！同王贺一样，人人得而诛之！你说你有分寸，这就是你的分寸？你将家人放在心上没有，将卫府放在心上没有？但凡你挂念我们半分，今夜就做不出这样的事来！"

"那我要怎么办？"卫韫抬起头来，"看着他逼你，我还要拍手称快？！"听到这话，楚瑜微微一愣。她看着这青年明亮的眼睛，听他说道，"我当年就说过，不会再让任何人欺负你。我不是骗你的。当年是我无能……可你当我如今也无能吗？"

"小七……"楚瑜有些慌乱，"我并没有觉得自己被欺负。"

卫韫愣了愣，片刻后，他艰难地笑开："你果然还是喜欢他？"

楚瑜沉默不言，她抿了抿唇，终于道："小七，这世上的事，不是只有喜欢或者不喜欢的。我嫁给他不是被逼，我是希望嫁一个能与我相敬如宾的人。如果我的婚姻能有几分价值，那就更好了。"

"那你想过我吗？"卫韫颤抖着声音，眼里含着热泪，他捏紧了拳头，就怕自己克制不住情绪，让那心痛喷涌而出，"你说我不把你和卫府放在心上，那你又可曾将我放在心上？"

"小七，"楚瑜轻叹，"我都是为了你好。"

"什么叫为了我好？！"卫韫猛地上前一步，逼得楚瑜往后退去。楚瑜不由得有些惊慌，卫韫却完全没有注意到她的神色，只顾提了声音道："拿你的婚姻去换一个盟友，这是为了我好？嫁给顾楚生，换他给我铺路，也是为了我好？你当我对你是什么心思？莫说我不把你当嫂嫂，就算我把你当嫂嫂，我卫家也做不出这样的事！"

这一番话砸下来，已震得楚瑜惊慌失措，一句话都说不出来。卫韫已将她逼靠在墙上，他低头看着她，认真地道："楚瑜，我告诉你，如果你真的想为我好，那你只需要做一件事……喜欢我。你喜欢我，陪着我，这就是对我最大的好。如果连这一点你都做不到，那你就去做另一件事——"卫韫扭过了头去，眼泪几乎要从眼眶滚落，"过好一点。躲在我背后，当一辈子的楚大小姐。"

二十三　嫂嫂，等我回来

听着卫韫的言语，一种疲惫感从楚瑜的心底涌了上来。她垂下眼眸，慢慢地道："先回家吧。"这句委婉的拒绝激得卫韫猛地抬起头来："回答我就那么难吗？……你看着我的眼睛，"他取下面具，露出英俊的面容，声音冰冷，"回答我！喜欢，或是不喜欢，你回答我一句，有这么难吗？！"

"卫韫，"楚瑜抬眼看他，"你放肆了。"

"对，"卫韫咬牙开口，"我放肆。我以下犯上，我罔顾伦常……还有什么要骂的，你尽管开口。我今日只要你一句话——我喜欢你，你当如何？"

"那你就退下！"楚瑜猛地推开他，提高了声音，眼中俱是冷意，"你以为我为什么不回应？你以为我为什么不说话？卫韫，你一定要我把话说出来，说到那么难堪的地步，你才安心吗？！我是你嫂嫂，我对你，有责任，有亲情，我来到卫家，我陪着你，只是因为我的身份，因为我敬佩卫家风骨！哪怕我对你有情意，那也只是视你如弟如友——"她闭上眼睛，声音里带着颤抖，"小七，你和卫家，给我的都是温情。我喜欢你们，母亲、阿纯、阿岚，甚至卫秋、卫夏、卫浅……你们都让我觉得很幸福。尤其是你，小七。"说着，她睁开双眼看向他，"我特别感激你。我这一辈子，再没有遇到一个人，比你对我更好。……所以我不忍心伤害你，也不忍心说出口。我对你的情意仅止于此，或许曾有过些许悸动，可是小七，我对你的喜欢，真的太浅了。"

"那也有……"卫韫沙哑出声，"也有一点，不是吗？"

楚瑜沉默了，片刻后，她慢慢地道："可你要的，是一点吗？你想要我同你在一起，对不对？"她轻笑起来，"可我同你在一起，我要付出多少？小七，你如今不再是孩子了，你该明白，我们在一起，都要付出太多。我不愿意。"

卫韫抿紧唇，楚瑜的话像刀一样划进了他的心里。她凝视着他的双眼："小七，我曾经喜欢过某人一次。我费尽心机，轰轰烈烈，那时我就想，哪怕我得不到回应，也无所

495

谓。可是，后来我真的没有得到回应，我真的走到了尽头，我耗尽了所有的热情。那时我才知道，人是会后悔的。于是我告诉自己，我这一辈子，不要再走到那一步去。所以，我不会选一条最难的路走，卫韫，你就是我最难的路。"

"你是对我而言很重要的人，"楚瑜抬起手来放在胸口，"这一辈子，除了我的家人，你、卫府，就是对我而言最重要的。我在你身上投注这样多的心血，我用了一生来敬仰卫府，我舍不得卫府和你因为我而沾染半点污点。卫家这样的忠门烈骨，不该因为这样的事情蒙上污名。而你，卫韫，你若有心报仇，就不该给赵玥任何攻击你的机会。你该有一个清清白白的名声，明不明白？"

"我不觉得这是什么不好的名声。喜欢你这件事，做了，我就不怕认。不过虚名而已，我不在意。"

"我在意。"楚瑜平静地出声，她看着卫韫，忍不住笑了，"你说得对，不过虚名而已。但你不在意，不代表它没有带来伤害，而是因为你的喜欢，让你足够去抵御所有的伤害。如果我喜欢你……如果我足够喜欢你，那什么都不重要，卫韫，我可以抛下这世俗，容忍自己喜欢上一个什么都不懂的孩子，战战兢兢地每日担心他会变心……可是——"她一字一句，无比清晰，"我不够喜欢你。"

卫韫整个人狠狠地颤了颤，他的呼吸急促起来。楚瑜看着他，神色澄澈又平静："卫韫，我对你的喜欢，只是像仰慕日月，欣赏春花。"

卫韫的唇齿打着战，而楚瑜心中也有无数情绪在翻涌。

这样的人，她怎能不喜欢？有谁会不喜欢？当她意识到卫韫喜欢自己的时候，当他方才说出"喜欢"二字的瞬间，仿佛有一把大火点燃了她的内心，照亮了那空荡荡的、黑暗的、孤寂的世界。可是她太清楚她的喜欢来自哪里，她也太清楚这份喜欢有几许分量。她甚至不愿意为了这份喜欢去做出妥协和牺牲，她只想安静地待在自己的世界里，一遍一遍回想这个少年给过她的所有心动和温暖。

顾楚生威胁她，她不是没有办法应对。只是面对这份感情，她突然觉得害怕。她想嫁给一个能让她感到安全的人，这样她便一辈子不会动心，永远保持理智，和那个人保持距离，才不会终有一日走到相看两生厌。

楚瑜的目光仿若千军万马从卫韫的心上碾过去，他几乎无法撑住自己的身躯，可他仍旧要站着。他咬着牙，颤着声："你不是不喜欢我……你既然喜欢一点，那你为什么……不能再喜欢更多……更多一点？"说着，他抬起头来，眼泪终于滚落出来，"你说我是对你而言很重要的人，你心疼我……可为什么……你不能喜欢我？你说你为我好，可你做的选择，却都是让我最难过的选择。你明知道我喜欢你，却还是要嫁给他，你哪里是为我好？你只是选了一条让你自己最心安的路。……我的感情让你害怕，你觉得我年少，你怕对不起你心里的那个卫家，怕玷污了你心里的卫韫……你最怕的是，你要打开你的心，放我进去。"

卫韫的话像利剑一般，破开了她一层一层的裹饰，展露出她鲜血淋漓的内心："所以你选择了顾楚生。相比起我，他能给你的是一个更安稳的世界，你不用担心谁会再进入你的心里，你还可以给自己理由，说你是为了卫家，是为了我。"他的身影笼罩着她，月光落在巷子里。他的话太直白、太敏锐，让她清醒了过来，"楚瑜，你真自私啊。你给了自己那么多理由，给自己裹了一层又一层外壳。你让我真的以为你那么爱我，你给我希望，将我从黑暗中救出来。你救了我，救了卫家，可实际上，你只是在救你自己。"说着，卫韫低下头，目光落在她的心口，"……你的心是空的。"

卫韫的声音呆呆的，就这么说出了两个人都一直在极力隐藏的事。他从来知道，却从来不愿意深想，直到此时此刻，脱口而出。话已出口，无法收回，他只能彻底将这帷幕撕开，露出了那些让人始终回避、不能直视、难以接受的真相。他的眼里带着怜悯和苦涩："你嫁进卫家来，为卫家做了这么多，为我做了这么多，都是因为，你的心，是空的。……不做这些事，你便不知道自己为什么要活下去。"

卫韫的声音让楚瑜感觉自己仿佛沉到了水里。那水刺骨寒心地冷，她看见卫韫慢慢抬头，不可思议地看着她："为什么？"——她只有二十岁。为什么，却已经心如死灰？

楚瑜不语。她想承认卫韫的话，然而开口前的一瞬，她又觉得，似乎并不是如此。当她来到卫家，麻木地担下所有重担时，的确是如此。可是当她在凤陵城头看见楚锦击响战鼓，当顾楚生同她说出那句"我不想你死"，当她独身去北狄背着卫韫回家，当卫韫同她说出希望她做一辈子的小姑娘，当他因为疼痛而将额头抵在她腹间，唤出那声"嫂嫂，我疼"……她的内心是满的。那些时刻，她感到自己的人生完整又圆满。于她而言，他便是光明，是火焰，所以她留在他身边，拼了命地想去对他好，想将自己所有的一切都给他。

然而，她又害怕靠他太近。内心有什么东西轰然坍塌，在卫韫的质问之下，过往的一切在楚瑜眼前走马观花而过。卫韫见她愣神，伸出手覆在她的脸上："你别怕啊。我喜欢你，真的不是那么可怕的事。我不知道你经历过什么，也不知道你为什么会是这个样子，可是阿瑜，我喜欢你，就不会让你再受伤。这句话我想了很多年，四年前我从凤陵城离开前往北狄的那晚，我抱着你，那时我就想告诉你这句话。可是我不敢，我怕亵渎了大哥，也怕亵渎了你。可后来我明白，这份感情并不可耻。我没有伤害谁，我只是喜欢你。只是你说我年纪太小，你眼里的我还是个孩子。于是我把这话忍着，我想，如果有一天，我能够把这句话说出来，那一定是因为，我确定自己这一辈子都不会辜负你。"

楚瑜的睫毛轻颤，抬起头看他。他比她高了许多，面容清俊刚毅，全然不似少年时那般带着稚嫩和青涩。如今的他沉稳又坚毅，此刻他正看着她的眼，一字一句，认真地说："你同我在一起，流言蜚语，我挡。刀山火海，我走。你心上所有的伤口，我来填满。你失去过的、未曾得到的、想要拥有的，我来给。……你总说我幼稚，"他笑了起来，眼里带着疼惜和无奈，"可阿瑜，你其实才像个孩子，'喜欢'这件事，你没我勇敢。"

楚瑜的眼泪在眼眶里打着转。她觉得自己仿佛是被人一层一层剥开了心茧，把那个最柔软弱小的自己呈现在了这个人面前。这个人擎着光，照亮了她。

她害怕自己是被冲昏了头脑，害怕说出口的话都是冲动，于是咬牙不语。卫韫静静瞧着她，伸出手去，将她揽在了怀里："傻姑娘，你怎么这么倔啊。"

楚瑜终于没忍住，眼泪奔涌而出，模糊了视线。卫韫抱着她，轻拍着她的背，又心疼又无奈："别哭了，我有什么错，你同我说就是。你看你，哭得妆都花了。"楚瑜没回答，咬着牙一把推开他，模糊着视线往回走，一面走还一面抹眼泪，像足了一个孩子。卫韫此刻也不知道该怎么办，只能跟在她后面，眼看着她疾步往前才走了没几步，便踩在自己裙角上，一个踉跄，狠狠摔了下去。

卫韫慌忙上前去扶她，焦急地道："你没事吧？"楚瑜仍不说话，脸色却有些苍白，豆大的眼泪大颗大颗往下掉。卫韫想到她刚才摔倒的样子，伸手碰了碰她的脚腕，皱着眉："崴到没？"楚瑜不应声，然而卫韫手上往下一按，她便绷紧了身子。卫韫叹了口气，张口想说她，看着她低着头落眼泪的样子，又一句话都说不出来了。他半蹲在楚瑜面前，温和地道："我背你回去。"楚瑜不动，他便抓着她的手往自己身上一拉一抬，稳稳地将她背在了自己背上。

月光下，两人的影子交叠在一起，卫韫忍不住笑起来："见你之前，听说你是个刁蛮任性的大小姐，见到你之后，我便觉得是他们胡说。可今天晚上我终于晓得了，你以前大概真是个刁蛮性子。"楚瑜扭过头去，盯着光影晃动的墙壁，卫韫的声音温和，"我不知道你为什么哭，也不知道你在难过什么，更不知道你是怎么走到今天的。可是阿瑜，我等得起，我只要你给我机会，别自以为是地去对我好。"

"对不起……"楚瑜沙哑出声。卫韫轻笑开去："不必说什么对不起，你做什么，我都不介意。"楚瑜没说话，环着他脖子的手紧了紧。

她从未遇到这般包容她的一个人，从未见过这般执着、温暖、带着光和安宁的人。她曾以为顾楚生是这样的人，在他驾马而来，对她伸出手的那一刻。可是在后来无数的岁月里，她才慢慢发现，顾楚生从不是她记忆里那个驾马而来的红衣少年。他的世界里全是纠缠和折磨，他有的不是执着，是执念。他总是拉着她往黑暗里沉，从不停息。

二十三 嫂嫂，等我回来

而卫韫，他没有给她惊艳的开始，亦没有在她危难时犹如神明从天而降，甚至在他们相遇时，他还只是个青涩的少年，需要她努力为他撑起一片天。可是，一点一点触碰他、接近他、了解他、陪伴他之后，她才知道，这个人，美好如斯。

她悄无声息地抱紧他，许久后才闷闷出声："你这样惊动了顾楚生，苏查那边的人怎么办？"卫韫轻笑："我说过我心里有数的。我拦截他，其实只带了十五个人。他发了信号弹，府里的高手必定全部出来救人，我另派了人直接去他府里，如今大概已经将苏查的人带回来了。"

"你拦顾楚生就是为了调虎离山？"楚瑜迅速反应过来，"那你必须尽快出城！顾楚生发现人不见了，必然要来找你……"

"我知道。"卫韫温和地道，"来之前我已经吩咐下去，把你送回府我就走。阿瑜，"他转头瞧她，"我长大了，所有的路我都会铺好，你真的不用什么事都想着你要去做。"

楚瑜愣了愣。卫韫的步子很平稳，她甚至几乎没有感到一丝颠簸。她静静地看着他的侧脸，听他慢慢地道："年少时看见有你挡在我面前，我觉得很幸福。如今我却觉得，能让你站在我身后，大概我会觉得更幸福一些。"

"我不需要……"

"但我得给你选择。"卫府的大门出现在他们的视野里，卫韫轻声打断了她，声线柔和，"被逼着提剑，和自己愿意提剑，是两回事。"

正说着，卫浅已经焦急地迎了上来："侯爷，东西和人都到了。"卫韫抬起头，只见人马都已经集结在卫府门口。蒋纯看见他背上的楚瑜，愣了愣，赶忙道："事情我大概已经清楚了，小七你先赶紧出城吧。"说着，她上前来，伸手接过楚瑜，和晚月一起搀扶着她往府里走去。

卫韫静静地看着几人的背影，卫浅上前来催促道："侯爷，起程吧。"卫韫点点头，突然再次出声："嫂嫂！"楚瑜僵住身子，只听卫韫温暖的声音传来，"等我回来。"楚瑜没说话。这声"等我回来"，她知道是什么意思。他不仅仅是要回来，他还要一个答案。楚瑜挺直了腰背，没有回头。好久后，她终于开口，声音沙哑："好。"

——我等你回来。我给你答案。

蒋纯扶着楚瑜往她的屋子走着，一边抬头看着楚瑜，欲言又止。楚瑜神色平静："想问什么，你问吧。"蒋纯叹了口气，有些无奈地道："他竟真的回来了……他可有对你说了什么？"楚瑜抬眼看她，沉默不语。蒋纯顿时了然，慢慢地道："四年前我便知道他的心思，那时我劝过他……他毕竟还是年少了，虽然你们年纪相仿，可是阿瑜，我知道你同他不一样。"说着，蒋纯的眼里无奈更深了一层，"女子命薄，你又是个重感情的。他日后若是不喜欢你，再找一个人就好；可你若是背负了所有，却换来那样一个结局……我怕你想不开。"

"是这个理。"楚瑜的声音沙哑。蒋纯握着她的手，轻轻开口："可是，那已经是四年前了啊。"楚瑜抬眼，看见对方眼里带着笑，便明白了她的意思。

"我知道。"

卫韫那样的人，若不是确定了自己的心思，又怎会开口同她说这些话？可是他此刻明了自己的心思，又焉知他日若遇到清平郡主，又会是怎样的心思？楚瑜不敢去想那个女子。她深吸一口气，哑着声音道："先不说这些了，我们赶紧做准备吧。小七劫了顾楚生的人，顾楚生马上就会有动作。我给你令牌，你立刻带着小公子们出城。"

"你和母亲……"

"我们不能走，"楚瑜平静地道，"一来我们走不了，二来我们一走，卫府就空了，赵玥会立刻追捕我们，你便跑不远。母亲我会照顾，你别担心。"说着，楚瑜让管家将马车牵出来，又吩咐将六个小公子带出来。

王岚的孩子如今才三岁半，刚学会说话。王岚牵着他来到长廊上，焦急地问道："这是怎么了？"楚瑜抬眼看了她一眼，四年过去了，当年说要走的王岚最后还是为孩子留了下来，且一留就是四年，死活都不回娘家去。其实，所有人都觉得她是为了孩子，可每一次见到沈佑，楚瑜又觉得，或许连王岚自己都不清楚她留下到底是为了什么。

"卫府可能要出事，"楚瑜平静地道，"你将孩子交给阿纯，她们一起离开。"

"可如今陵霜还小，他近日还病着……"

"要不……阿岚带孩子出去。"蒋纯当机立断，"就说我卫府的府医此刻正在老家探亲，孩子突发急症，连太医都没法治，只有府医最了解这孩子天生带下来的弱症，必须连夜去找他。王岚看起来更加柔弱，带孩子出去求医，更容易瞒骗过去。我如今陪你留在这里，若是真的出了事，也不至于就你一个人撑着。"

楚瑜沉默片刻，有些犹豫，终于还是点了点头。她神色郑重地向王岚确认："阿岚，你做得到吗？"王岚愣了愣，低头看看身旁的卫陵霜，点点头道："好，我带他们出去。"

于是楚瑜迅速安排起来，为了不引人注意，决定让大一点的四个孩子分别趴在两辆马车车底的横梁上，小一点的两个孩子装病，由王岚和侍女护在马车里。王岚也没犹豫，

二十三 嫂嫂，等我回来

果断地收拾好东西，抱起卫陵霜、牵起卫陵冬便上了马车。蒋纯将卫陵春拉到身边来，摸了摸他的头，温和地道："陵春，弟弟们就交给你照顾了，知道吗？"

"知道。"卫陵春认真地点头，"母亲放心，我会照顾好他们的。"

蒋纯抿了抿唇，抬手将陵春抱在了怀里。楚瑜在一旁静静地看着他们，心念动了动。这样的母子之情是她不曾拥有的，她竟生起了几分羡慕。然而不等她感慨，马车很快就在夜色里嗒嗒而去了。楚瑜和蒋纯还站在门口，蒋纯突然笑了笑："又只剩咱们俩了。"楚瑜转头看着她，想起了四年前，也是如此。她忍不住笑出声来："是呢，咱们卫府可真是多灾多难。"

夜色里，王岚坐在奔驰的马车里，很快就来到城门前。她出示了镇国侯府的令牌，外面的人有些犹豫地隔着帘子对她道："六夫人，如今已经宵禁，您要不还是明日出城……"

"你看看我儿都成什么样了？！"王岚猛地掀起帘子，含着眼泪叱骂出声，"今夜是你拦着我，若我儿不幸医治不好，这罪你担还是不担？！"那侍卫被她这么一骂，又看见王岚一脸的惊慌失措，哭得满面泪痕，颇有些犹豫。王岚死死地盯着他："你今日要拦我也可以，可你要知道，我怀里抱着的是卫家的小公子。我知道你们瞧不起我，可我夫君纵使不在了，我们家小侯爷还活着，他还在边关为你们浴血厮杀！你们就是这样对待他的家人的吗？！小公子若是因你有了三长两短，你可是要拿命来还？！"

那侍卫听她说起卫韫，转头看了看旁边的同伴，终于道："好吧，那请容在下例行检查一番，若是没什么，便为六夫人放行。"说着，几个守卫便上前来搜查马车。王岚紧张得抱紧了孩子，心跳得飞快。如今四个孩子都在马车下面，若是让守卫发现了卫家的孩子全都要出城，怕是他们会立刻反应过来。

王岚拼命思索着阻拦他们搜查的理由。可她本就只是闺中妇人，全然想不到什么理由，眼见着守卫将长枪往马车下探去，王岚的心都提到了嗓子眼。就在这时，一声焦急的呼唤传来："卫六夫人！"

几个搜查的守卫同时抬头看向那人，王岚也从被掀开的车帘一角瞧见了他，不由得愣住了。只见沈佑驾马立在车前，正看着几个守卫。他翻身下马，焦急地上前来道："六夫人，我听说近日六小公子身体有恙，如今可好了？"

沈佑一来，守卫们立刻向他行礼。如今沈佑虽只是城门守将，却是赵玥多次行了特例一再照顾的红人，大家都认识，不敢得罪。王岚看见他，本想避开，却因着眼下形势，只能强撑着道："怕是不好了，我如今便是要赶出城去，找常年给他看病的府医翁大夫……"

501

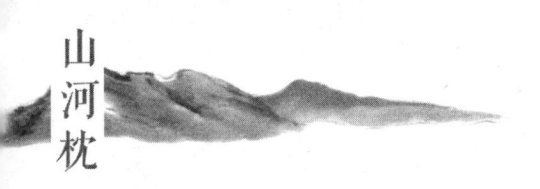

"那还不快放行？！"沈佑抬头，怒吼出声，"人出事了你们耽搁得起吗？！"

"沈大人，还要搜……"

"搜什么搜？"沈佑一脚踹开那人，全然一副骄横的样子，"赶紧开门！卫家小公子要是有个什么三长两短，老子拿你们问罪！"听到这话，守卫们再不敢阻拦，互相看了一眼，终于打开了城门。

王岚放下车帘，抱着孩子坐在马车里。马车跑得飞快，沈佑一路跟在车后护送。出了城，最大的危机已经解决，孩子们便全被安置到了马车里。大家都困了，东倒西歪地睡了过去。天明时分，沈佑终于停住。

"六夫人，"他在马车外恭敬地道，"我只能送您到这里了。后面的路，您多加小心。"王岚听着他的话，眼里含着眼泪，好久后才应了一声。这些年沈佑一直守在城门外，她是知道的，正是知道，她才有些不明白。不明白当年他这样的人为什么要去送那封信；不明白他为什么要假装和她之间什么都没发生，却在最后对她说出了真相。

她抱着卫陵冬，静静等了一会儿，许久后，她才听到外面的声音传来："六夫人，沈佑知道这个要求冒昧，可还是想问——四年未见，不知六夫人可否允许我再见您一次，亲眼看看六夫人是否安好？"

好久后，王岚才开口："见了面，又能如何？我好与不好，是你看一眼就能改变的吗？见了面，徒增伤心罢了。"

沈佑也沉默了。然而，许久过后，王岚甚至以为他已离开，帘子却是被猛地掀了开来。晨光落进马车里，那人的身影撞进她的眼眸。那是一副北狄人才有的深邃轮廓，一双如星空一样的眼静静地凝望着她。王岚被吓呆了，沈佑却轻轻地笑了笑，眼里满是不舍——

"见到你，我也就安心了。六夫人……您好好保重。"说完，他便放下了帘子。这一次，王岚终于听到了他打马离开的声音，好久后她才反应过来。外面的侍卫询问道："六夫人，可能起程？"

王岚抬头，眼里全是坚毅："起程，我们到昆阳去！"

天亮起来时，楚瑜终于基本上安顿好了卫府上下。卫韫这一次若再回来，与赵玥怕就是要彻底撕破脸皮了，她需得将各处打点好才是。她打了个哈欠，随后就听管家通报道："大夫人，顾楚生来了。"楚瑜点头，有些疲惫："放他进来吧。"说着，她走到正堂里，跪坐在高坐上，给自己倒了一杯茶。

没多久，顾楚生领着人走了进来。她抬眼看向他，含笑道："顾大人早，今日不去早朝？"顾楚生面上的伤已经结痂，他笑着坐下，看着走上来奉茶的人："我今日不去早朝，为的是什么，大夫人不知道吗？"

这时侍女正将楚瑜的早膳送上，她慢悠悠地道："顾大人的意思，妾身不明白。您要不要去早朝，和我卫府有什么关系？"

"卫韫是厉害啊，"顾楚生喝了口茶，赞叹道，"我还真当他想杀我，却不想是调虎离山。大夫人，昨夜顾某给您留来准备的时间，还算足够吧？"楚瑜没说话，低头抿了一口茶。顾楚生的目光锐利，冷着声音："大夫人，今日顾某来提亲，不知合适不合适？"

"顾大人，"楚瑜淡淡地开了口，"这门亲事，怕是不行了。"顾楚生骤然捏紧了拳头，楚瑜抬眼看他，"我想明白了，我有喜欢的人了。"

"有喜欢的人？"顾楚生嘲讽地笑开，"人这辈子，谁不喜欢几个人？你在这个位子上，婚姻之事，还谈喜欢？"

楚瑜没说话，静静地喝着茶。顾楚生见她不回应，却是慢慢冷静了下来："有多喜欢？"

"也不算多喜欢吧。"楚瑜叹了口气，"其实我自己也不知道。只是，顾大人，我既然明确了自己喜欢他，那么，在我想明白之前，我便不会放任自己去伤害他。"

顾楚生没说话，片刻后，他轻笑起来："守了这么多年，结果还是一无所有。""算不上一无所有吧。"楚瑜抬眼，"你如今二十二岁，已经是礼部尚书，内定的内阁大学士。顾楚生，你得到的已经够多了。"

"够什么！"顾楚生暴怒出声。什么礼部尚书？什么大学士？这些他没得到过？他辅佐过三任帝王，贵为帝师，权倾朝野，高官厚禄。这名利，他上辈子早就够看透了。若是他还在意这些，当年能被卫韫斩杀？想到这里，他急促地喘着粗气，盯着楚瑜："楚瑜，你别逼我。……我这辈子只有你，你别逼我。"

楚瑜微微皱起了眉。她有些不解："顾楚生，你是从什么时候开始，这样执着的？"

顾楚生没说话，只是狠狠地盯着她。——什么时候？十年，二十年，三十年……他早就不记得了。可他不能告诉她这些事，若是告诉了她，那他和她，就真的再无可能了。

他喘息着，努力想要找回自己的理智："你是绝不会答应我了，是吗？"

"顾楚生……"

"是，还是不是？！"

许久后，楚瑜慢慢出声："是。"

说出这话时，楚瑜的内心都在发抖。然而她也不知道是哪里来的力量，在支撑着她。自己似乎是有了依靠，因为有人站在她的身后，所以她有了任性的资本。于是她抬起头

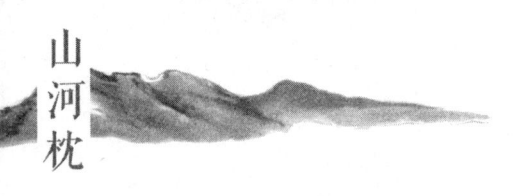

来,再一次重复:"是。"

顾楚生笑了,他点着头往后退去:"好,好,我知道了。"说着,他转过身去,往前疾走几步,却又突然顿住步子。"卫大夫人,"他平静地出声,"近来高兴些,好好备嫁吧。"听到这话,楚瑜笑出了声来。"行啊。"她慢悠悠地道,"要是……我们家侯爷让我嫁的话。"

此话一出,顾楚生顿时气血翻涌。他早该想到的,那"公孙湛"就是卫韫!他本来想,以楚瑜的性子,若"公孙湛"真是卫韫,她便绝不可能拿此人来激他。直到昨夜"公孙湛"出手,卫家不顾楚瑜的命令倾巢而出,他才意识到,若是楚瑜知道"公孙湛"的真实身份呢?又或者……楚瑜也喜欢卫韫呢?

有无数可能。顾楚生不敢来见她,他甚至不知道,要怎么面对一个喜欢上了别人的楚瑜。聪明如他,然而他却想了一夜,始终想不明白。他只知道一件事——他要阻止她。他这辈子重生而来,除了她,别无他求。

顾楚生一走,楚瑜立刻吩咐了下去,暗里安排各处茶楼、酒肆、戏园乃至青楼统统开始做准备,说书人的故事、文人的文章、戏楼的唱曲、女子间的闲话……纷纷指向当年白帝谷的惨案,以及赵玥耗费大量人力物力修建的揽月楼。

揽月楼是李春华怂恿赵玥为自己修建的一座高楼,选址在风水宝地,楼内地铺白玉,灯镶明珠,黄金作椅,美酒为池。这座楼修得隐蔽,知道它的百姓还不多,但这些年国库里大笔银两去向不明,更有大批死囚莫名被带走,其实都与揽月楼有关。按照赵玥的设想,日后天下平定,他就和李春华生活在这揽月楼里,死后一起下葬,埋入奢华无比的皇陵。

就在楚瑜忙着安排这些事时,顾楚生却是直接进了宫。他如今得赵玥宠幸,可不受召见直接入宫。此时赵玥正在看折子,顾楚生进得书房,直接跪了下去。赵玥吓了一跳,焦急地道:"爱卿这是何意?"

"陛下,"顾楚生恭敬地开口,"臣有一事相求。"

"有何事?你大可说来。"赵玥的神色温和,他走到顾楚生面前,却也没有扶他,只静静等着他开口。顾楚生抬起头来,认真地看着赵玥:"臣请陛下赐婚,臣心悦卫家大夫人楚瑜,求陛下成全!"说着,他便狠狠将额头叩在地面上。赵玥微微一愣,随后面露难色:"楚生,卫大夫人乃卫家大夫人,忠烈遗孀,这赐婚……哪有赐到已嫁妇人头上的?这道圣旨出来,不仅是你要被耻笑,连朕也会被天下耻笑。而且,那卫韫又哪里容得这样的旨意……"

"陛下说的，臣都想过。"顾楚生平静地回答道，"臣也是没有办法。今日这道赐婚的圣旨，微臣不是为了自己求，而是为了陛下，为了这天下而求！"这话听得赵玥皱起了眉头，他面带疑惑，扶起顾楚生道："你且慢慢说来。"

"陛下可知，昨天夜里，公孙湛出了华京？"赵玥微微一愣，随后便听顾楚生又道，"陛下又可知，那公孙湛来华京的真正缘由？"

"爱卿无须再卖关子，"赵玥的心里有些慌乱，面上却是不显，喝了一口茶，佯装平静地道，"朕听着。"

"几日前，微臣抓到了几名北狄细作，严加拷问之下，微臣得知，这些细作是从北狄过来的，有密信想要交给陛下。"

听到这话，赵玥的心跳骤然快了许多。北狄几次三番来人送信，且这次密信直指他赵玥，那信里会有什么内容，赵玥比谁都清楚。他掩住越发慌乱的内心，面上淡定如初，含笑道："那他们的信呢？"

"那细作说，他们带的口信，必须面见陛下才能说。昨天夜里我得了消息，便打算带人入宫，卫府却突然传信过来。您是知道我对卫大夫人的心思的，于是我便先去了卫府。谁知回来的路上我便遭到截杀，我的侍卫放了信号弹，府中侍卫全部出来救我。等我回到府中时才发现，那几个细作不见了！"

昨天晚上巷道里闹出这般大的动静，以及那信号弹，都是瞒不住的。如果他什么都不对赵玥说，赵玥这样多疑的人必然会怀疑他，不如说一半留一半，让赵玥自己去猜。

见赵玥眉头紧锁，顾楚生继续道："细作不见后，我立刻便想到去卫府要人，这样的巧合，明摆着是卫府的设计。然而我的人到卫府时却发现，卫府大批家臣护着公孙湛出了华京，我赶紧派人追赶，却已经追赶不上了。公孙湛如此大费周章弄走了北狄细作，到底是有什么不可告人的秘密，不能让陛下知晓？"

赵玥敲着桌子，顾楚生继续道："微臣推测，卫韫必然在边境做了什么不敢让陛下知晓的事情。您想，以他的性子，不敢让陛下知晓的事情，还会有什么？这些年他招兵买马，还屡次向朝廷要钱要物资，说是要培养精锐。可他的那些所谓精锐，每次去往北狄都几乎全军覆没，而他本人每次都能全身而退。次次都这样好运，陛下，您信吗？"

赵玥抬眼看向顾楚生："如果朕不信，楚生觉得，朕又能怎么办？"

"陛下，"顾楚生认真地道，"如果您确认他卫韫有反心，那这一次打王家，我们便不能再让他去了。"

赵玥抚摸着手里的茶杯，慢慢地道："他如今已经在回京路上，若不派他去打王家，又要让他去哪里，难道又让他回北境？"

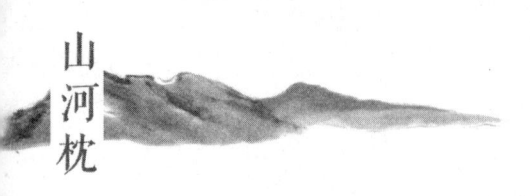

"他父兄在哪里，"顾楚生平静地出声，"他便去哪里。"

赵玥抬眼看向顾楚生。这话丝毫没让赵玥感到意外。他向来知道顾楚生是个有魄力的人，在文臣中有着丝毫不逊于武将的杀伐果断。"我若杀了他，卫家反了怎么办？"其实赵玥并不介意杀卫韫，他介意的是卫韫身后的卫家军。只听顾楚生淡道："这就是我要娶卫大夫人的原因。"

赵玥挑眉，顾楚生又道："卫韫死了，卫家还有六个小公子和四位夫人，不是吗？尤其是卫大夫人，当年卫家受辱，是她力挽狂澜保住了卫家。后来凤陵一战她独守数月，又奔赴千里救回卫韫和两千卫家军，因此她在卫家的声望极高。可以说，卫韫死了，她就是卫家的精神支柱。卫韫如果不是我们杀的，是死于意外，卫家想反，首先就得看她的意思。可若是她嫁给了我呢？"

赵玥一时呆住了，听顾楚生继续分析道："我与卫大夫人自幼相识，在大楚本就是佳话，她嫁给我不足为奇。等卫韫入了华京，我们让他死于意外，我再迎娶卫大夫人。一旦她嫁我，楚临阳就要站在我这边，而卫家，一方面迫于楚临阳的压力，另一方面，也基于对卫大夫人的敬重及信任，不会作乱。这样一来，陛下既解了前忧，又断了后患。"

"若卫大夫人不肯呢？"赵玥仍不放心，"你说的这些，都是基于楚瑜愿意嫁给你为前提……"

"那我便先娶她。"顾楚生斩钉截铁，"我娶了她，杀了卫韫，将她困在华京，再以卫家六位小公子相逼。她已将卫家当作自己的责任，为了六位小公子，她也会忍。"

"忍了之后呢？"赵玥继续问道。顾楚生笑了笑，抬眼看着赵玥："陛下为什么不问，梅贵妃忍了之后呢？"

赵玥被问愣了，片刻后，他大笑起来："是了。——我们这样的人，谈什么之后？走一步，是一步吧。"顾楚生明了地点了点头，赵玥立刻叫了人来，"赐婚之事我再想想，今日先不说这些了，我们好久没喝酒，好好喝一顿吧。"

顾楚生见赵玥突然岔开了话题，一愣，不禁琢磨起赵玥的心思来。按理说，他已经将一切前因后果都分析得很透彻了，赵玥不该怀疑什么，可为什么他不答应呢？而赵玥惯来会遮掩，并没有给顾楚生再紧逼一步的机会。宫人很快上了酒菜，他笑着招呼顾楚生。两人喝了许久，赵玥突然叹息一声，问他："听说女人重孩子，你说，若梅贵妃有了我的孩子，时间久了，她会不会原谅我？"

顾楚生笑了笑，声音沙哑："会的吧。其实我孩子的名字，我都已经想好了。他若是个男孩儿，我想叫他颜青。"

"顾颜青……"赵玥念叨了一遍，顾楚生有些恍惚。

二十三 嫂嫂，等我回来

——顾颜青，上一辈子，他唯一的儿子。她走之后，他身边再也没有过别人，顾颜青长大后，知晓了他和楚瑜、楚锦之间的恩怨，不知道该如何面对，最终他选择了去云游四海，一辈子，到他死，都没再回来。

想到这里，顾楚生闭上眼睛，觉得自己有些醉了。他从不允许自己在除楚瑜之外的人面前露出醉态，于是艰难地站起身来，向赵玥行了礼，摇摇晃晃地退下了。赵玥看着他的背影出神，大太监张辉走上来，有些奇怪地问道："陛下，顾大人那婚事，您还有什么可考虑的呢？"

"的确没什么要考虑的。"赵玥笑了笑，"只是，凡事都如了他的意，哪里能成？他要那楚瑜可以，然而他这样正大光明地要，若是卫韫没死，你说这账会记在谁的头上？婚是一定要赐的，可是，哪里能这么光彩？"说着，赵玥冷笑起来，"朕赐婚全属无奈，是为了遮掩顾楚生对卫大夫人所做的丑事。按照卫韫的性子，若是他嫂嫂被顾楚生玷污，被逼着以出嫁保全名声，你说，他会不会杀了顾楚生？"

张辉微微一愣，赵玥已站起身来，平静地道："既然要站在这个位子上，就绝不能给他退路。朕的人情，哪里是这样好拿的？！"张辉笑着上前："陛下说得是。总归是娶到了卫大夫人，究竟是以怎样的方式，想必顾大人不会介意。"赵玥轻轻一笑，没有多话，转头问道："可吩咐人将卫府盯住了！"张辉忙答："方才顾大人一开口，奴才便赶紧出去吩咐好了。"赵玥点了点头，张辉继续道，"不过，奴才听说，昨晚卫府上六小公子病重，六夫人抱着孩子出城去找府医了。"

"怎么放出去的？！"赵玥立刻皱眉，"深夜宵禁，这华京怎可随便进出？"

"守城的人说，是沈大人作的保。"张辉小声道，"沈大人钟情于卫六夫人已久，陛下您也知道的。"

听到这话，赵玥沉默了，片刻后才道："昨晚出去了几人？"

"三个，六夫人、五公子和六公子。"

"罢了，"赵玥摆摆手，"总还剩四个留着。先不管了，给朕盯紧就是。只是沈佑……看在他以往功劳的分上，让他自己回去停薪思过吧。"

"陛下宽宏大量，"张辉赶忙道，"真乃一代圣君。"

赵玥笑了笑。听着这样的奉承话，他心里难免高兴。虽然一开始他会警觉，但当皇帝当久了，不由自主就觉得这样的话才是他该听到的。他抬头看向栖凤宫的方向，平静地道："梅贵妃如何了？"

"听说和平日一样，只是越发懒散了。"赵玥沉默了片刻，却道："让揽月楼那边加快进度吧。等她看见揽月楼，"他抬头，眼里带了几分无奈，"大概会高兴一些吧？"

卫韫出了华京，带着苏查的人过了天守关，便直往束城而去。束城是昆州州府，从华京出发，快马日夜兼程只需三日。白州历来就是卫家的地盘，当年北狄一路打到天守关，一番周折后被卫韫击退，而后赵玥将大量兵力驻扎在昆、白两州。四年后的如今，昆州已是鱼龙混杂，楚家、宋家、卫家、姚家以及王、谢两家，都有人在此。卫韫沿着自己控制的城池一路来到束城，安顿好后立刻着手细查苏查的人。

已被顾楚生审过一遍，此人身上不可能还留有物证，如今只能寄希望于口供。卫韫派卫秋亲自去审，而后将所有还在束城的亲信都叫了过来。他出城前就给了白州消息，如今沈无双、秦时月、卫夏等人已悉数赶到了束城。众人等在议事堂中，卫韫一进来，众人纷纷站了起来。卫韫点了点头，平静地道："原计划可能要提前。"

"为什么？"秦时月皱起眉头。卫韫直截了当地道："我从华京逃走时被顾楚生发现，赵玥一定会有所防范。我们本是打算通过打王家这件事和赵玥谈判，要兵要粮，如今这个目的怕是无法达到了。既然无法借着这个由头壮大己身，仔细想来，难道这不是个好机会吗？"

众人仍然不解，卫韫走到沙盘前，凝视着大楚的版图，慢慢地道："如今王家实际上已反，只是没有正当的理由，还不敢举旗。这个理由我们大可以送给他们。王家反了之后，有心人自然尾随，我们紧跟在后，到时候大火燎原，赵玥要扑火，首先就要扑王家，我们便可以王家为盾。而若此刻不行动，王家彻底被赵玥灭了，我们怕是再难有这样的好机会。"

"侯爷说要送给王家的理由，是什么？"

"君王无道，替天而罚。"卫韫冷笑，"这些时日我们要做四件事。第一件由卫夏去做，你去各地制造异相，暗示赵玥血统不纯，昏庸无道。"

卫夏抱拳，上前一步："是。"

"第二件，苏查的人审完后，将证据誊抄一份，送到王家去，同他说明我会在暗中全力支持，并让他将这些证据转到其他人手中去。这件事卫秋来办。"

"第三件，卫夏，你和卫浅分头去找楚临阳、宋世澜，告知他们，若是不反，就把自己的人悉数收回北境，全力对抗北狄，不要掺和到这件事里来。若是他们愿意同我一起举事，你们尽快带信回来，并告诉他们，他们需要什么，尽管同我说。"

"第四件事，"卫韫迟疑了片刻，终究还是道，"我要回华京去。"

"您回华京去做什么？"秦时月的眉头皱得更深了。

卫韫将手放在沙盘上，神色平淡，一字一句，认真地开口："求个公道。"

二十三　嫂嫂，等我回来

在场众人都露出诧异的神色来。去华京求公道？求什么公道？只见卫韫抬眼看向沈无双："你同我一起去。"

沈无双有些茫然，点了点头，卫韫又转头看向秦时月："你从白州调五千人马过来，沿着我们的城走，悄悄到华京外的出云山。到时候看我的信号弹，一旦我发信号弹，你就开始攻城。无须真攻，拿着火药装腔作势即可，动静越大越好。之后我会趁机从华京逃出来，你前来接应。"

秦时月有些犹豫，然而看着卫韫沉稳的双眸，他还是点了点头，没有多问。卫韫又交代了几句，同沈无双道："你跟我来。"沈无双点头，跟到卫韫身后走出议事堂。

走在长廊之上，沈无双有些犹豫地问道："侯爷，你一定要入京，是不是怕大夫人……"卫韫没有回头，也没出声，沈无双叹了口气，知道他是不会回答了。然而，过了许久，卫韫却突然开口："我要接她回来。"沈无双诧异地抬头，又听见卫韫道，"我要接她回我身边来。"

楚瑜窝在府里好些天没出门，这日，她正同蒋纯下棋。"大夫人，"管家来到门口，躬身道，"顾大人又来求见。"

"不见。"楚瑜果断地拒绝。管家似乎已经见怪不怪："宫里来了消息，是陛下召见您。"楚瑜抬眼，有些不耐烦："我卧床不起，不能面圣。这些话我不是说过了吗？"管家面色不改，继续道："梅贵妃殿下也派人来请。"

"一样的，我不出府。"楚瑜落子，平静地出声，"你不必多说了。"管家应声称是，随后便退了下去。管家走后，蒋纯抬眼看向楚瑜："赵玥已经派兵将卫府围了这么久，还这么一天天地请你进宫，他是要做什么？"

"终归不是好事。"楚瑜淡然开口，"他这人手段太过卑劣阴狠，离他远点不会错。"蒋纯点点头："也不知小七什么时候回来。"楚瑜捏着棋子的手顿了顿，片刻后，她叹了口气："我倒希望他如今……别回来更好。"

"如何说呢？"蒋纯抬眼看她。楚瑜将手中的棋子落下，平静地道："如今赵玥既然围了我们，怕是已经做好了和小七撕破脸的打算。我若是赵玥，小七进了华京，我就不会让他活着出去，那无异于放虎归山……"说着，她抬起眼，冷笑出声，"这不是犯傻吗？"

"若小七不回来……"蒋纯有些迟疑，"你我当如何？"楚瑜淡然出声："等着。等到小七回来的那天。"听到这话，蒋纯不免笑了："若是等不到呢？"楚瑜抬眼看向她："你会等到的。"

509

蒋纯微微一愣，却看见了楚瑜神色中的那份郑重，不由得内心涌出一股暖意。只听楚瑜认真地又道："我既然让你留下来，就不会让你出事。到了万不得已……"楚瑜抿了抿唇，"我便做一回梅贵妃。"

听到这话，蒋纯心里大惊，她忙握住楚瑜的手："阿瑜，无须如此。我能到下面去陪阿束是好事。你……你还要和小七好好过。"

"这八字还没一撇的事，"楚瑜轻笑起来，"你怎么想这么多？我不过就是说说。"说着，楚瑜收起棋子，拉着蒋纯起身，"先不说了，我们去吃点东西吧。"

在府里又闲了两天，楚瑜算着日子，卫韫若要来，也该来了。这日她正在院子里练剑，蒋纯陪在一旁，外面突然传来兵器相交之声。楚瑜皱了皱眉头，就看见管家急急忙忙赶进来，他低着头，一贯沉稳的语调也带了几分焦急："大夫人，陛下亲自带了御医过来。"

楚瑜眼神一冷。赵玥毕竟是皇帝，他亲自过来，她不可能将人拦在外面。而且他还带了御医，要做什么她也清楚了。于是楚瑜点了点头，转头吩咐道："去找顾楚生。"说完，她便带着蒋纯往外迎去。

来到门口，赵玥正被卫府的侍卫拦在门外，却并未发怒，面上笑意盈盈。楚瑜赶忙上前，跪在地上道："妾身恭迎陛下来迟，还望陛下恕罪！"

"听闻卫大夫人近来身体不适，朕特意前来看望，顺便也来看看这些人有没有阳奉阴违，违背朕的命令苛刻了卫府。"说着，赵玥站起来，虚扶了楚瑜一把，"起身吧。"

楚瑜退开两步，做出"请"的手势。赵玥前脚刚迈进府门，跟在他后面首排的两个侍从猛地拔剑，斩下了站得最近的两个卫府府兵的头颅！鲜血喷洒如柱，周围惊叫声四起，就连蒋纯都被骇得退了一步。还是楚瑜伸手扶住她，这才止住了她的失态。

"有什么好怕的呢？"赵玥看见四周被吓得脸上褪了色的卫家众人，温和地道，"这两个贼子方才用剑指着朕，难道不该死吗？"说着，他抬头盯着楚瑜，"大夫人，您说呢？"楚瑜不说话，赵玥又逼问道，"还是说您觉得，用刀剑指向天子，是您卫府之人应行之事？"

赵玥这般逼楚瑜回答，无非是要她表态。如果她说是，这卫府上下都要被扣上逆臣的帽子；如果她说不是……从此之后，卫府怕是再无将士敢用剑指着赵玥。她不能寒了卫府的心，却也不能在此刻就和赵玥硬抗。

沉思片刻，楚瑜跪了下去，平静地道："陛下乃天子，用剑相指，自当以死谢罪。只是这两位乃护主忠义之士，归根到底，他们虽犯死罪，却是为了妾身。陛下方才那两剑，却是错了。"

"错了？"赵玥眼神一冷。楚瑜叩首，露出她纤长的脖颈："陛下方才那两剑，该斩妾身才是。妾身是主，教导不周，致使突发如此大错。那两位侍卫尽忠而已，虽然用错了方式，却也是一片忠心。陛下，您的剑，请往这里指来。"

这回轮到赵玥不说话了。蒋纯站在一旁，袖下的手微微颤抖着。她此刻是怕极了，若赵玥真在这里斩了楚瑜，她当真不知道该要如何。然而赵玥静静盯了楚瑜片刻，却是笑了："大夫人说笑了，区区小事，朕怎会因此就斩了大夫人？大夫人昨日还说抱恙，今日看来，大夫人身子似乎十分康健？"

"已然好了。"

"既然好了，明日立冬，朕设下宫宴，想必大夫人能去了吧？"

"陛下放心，"两名侍卫的血缓缓流到楚瑜脚下，"明日，妾身必定入宫。"

赵玥露出满意的神色，温和地道："大夫人，您这性子啊，就是太烈。有时候，做女人，还是温和一些才好。过刚易折，还折得特别疼。朕很不喜欢看见狗站直了走来走去的，但凡看见了，朕就会让人用锤子一锤一锤敲碎那狗的脊骨，让它连爬都爬不了。大夫人……"说着，赵玥蹲下身，将手轻轻放在楚瑜的背上。他手指所落之处，正是楚瑜的脊骨。只听他的声音依旧温柔，"您可明白？"

话音刚落，府外骤然传来马的嘶鸣之声，顾楚生的声音响起："陛下！"赵玥听得是顾楚生，收手站起来，笑着道："顾爱卿？"

顾楚生翻身下马，忙要下拜，赵玥虚扶了他一把："朕来看望卫大夫人，谁曾想大夫人身体已然康健。那朕就先回去了，顾爱卿与大夫人好好说说话。"说着，赵玥笑着摆摆手，带着一众侍从转身出府，登上了府外的马车。

顾楚生送走赵玥，来到楚瑜身前。楚瑜还跪在地上，鲜血蔓延在她身下，顾楚生站了片刻，低下身握住她的手，沙哑着声道："起来吧，我来了，你莫怕。"

楚瑜没说话，她抬起眼，静静地看着他。她的目光里带着审视，顾楚生这才发现，她的手上全是黏腻的血。只见楚瑜突然轻轻一笑，"你满意了？"

"我听不明白你的话。"

楚瑜直起身来："打一棒给颗红枣，以为我会对你感恩戴德？"顾楚生猛地反应过来："你以为是我让他来的？！"楚瑜仍是面色平静地看着他："不是吗？"顾楚生的胸膛剧烈起伏起来："阿瑜，我不会让人这样欺辱你。"

楚瑜轻嗤出声，没有理会，只站起身来转头想要离开。顾楚生追上去焦急地道："阿瑜，我没有！我真的……"

"顾楚生，"楚瑜顿住步子，转头看向他，"明日宫宴上会发生什么？"

顾楚生愣了愣，随后肯定地道："什么都不会发生。"

"哦？"楚瑜勾起嘴角，"真的？"

顾楚生看出那笑容里的讥讽，慢慢捏起了拳头："楚瑜，你不要这样看我。"

"我该怎么看你？"楚瑜笑了起来，"提议派小七去打王家的人，是不是你？让赵玥围困卫府的人，是不是你？给赵玥通风报信的人，是不是你？"

"是我。"顾楚生冷静地开口，"可我做了这么多，伤害过你吗？楚瑜，"他有些疲惫地闭上眼睛，"我只是想得到你，不是想毁了你。"

"这与毁了我有什么区别？！"楚瑜猛地提高了声音，"拿走所有我喜欢的，毁掉所有我珍惜的，一寸一寸敲碎我的脊骨，让我趴在你面前，这还不是毁了我？！"

"我没有！"顾楚生爆发出声，无数酸涩涌上来，他闭上了眼睛，"明天什么都不会发生，我拿我的性命向你发誓。阿瑜……"他慢慢睁眼，"信我一次。"

楚瑜静静看了他许久，然后轻笑开口："好。"说完，她便转身大步往府中走去。

一旁的蒋纯此刻心中已是大骇，也顾不上其他，赶忙上前来扶住楚瑜，焦急地问道："怎么办？你明日……"

"无妨。"楚瑜眼中带了冷意，"我已经激怒了顾楚生，明日他不会让赵玥动手。"听到这话，蒋纯才算反应过来，眼里滚起热泪："小七什么时候才回来啊……"楚瑜微微一愣，被蒋纯扶着的手微微颤抖起来。

——此刻，她突然发现，她特别想念卫韫。当依赖一个人成了习惯，就会骤然惊觉自己的无能。

束城外，沈无双骑马跟在卫韫身后，焦急地道："小侯爷你慢点，都这个时候了，早一刻晚一刻没大碍的。"卫韫只恍若不闻，他抬起头看看日头，狠狠地又打了下马鞭，提声道："快些！"

华京风起云涌，千里之外，洛州楚府，楚临阳拿着手中的书信，看着等候在面前的卫夏，平静地道："你家侯爷主意已经定了？"

"定了。"卫夏恭敬地答道，"无论楚世子是什么意思，都不会影响侯爷的决定。如今来问您，也不过是想看看您的态度而已，以免侯爷伤及无辜。"

"那我妹子呢？你们反了，难道要我妹子也做乱臣贼子不成？卫韫他要反可以，将我妹子送回来！"听到这话，卫夏愣了愣，随后有些不好意思地道："大夫人……可能还要在卫府……继续当大夫人……"

512

二十三　嫂嫂，等我回来

"荒唐！"楚临阳怒吼出声，"阿瑜对你卫家仁至义尽，难道你们还真的要她守着灵位守一辈子？！"卫夏赶紧摆手不迭："不是灵位！不是灵位！是真的当大夫人——新的大夫人。"

这话让楚临阳有些茫然了："什么叫新的大夫人？"

"就是……世子走了，"卫夏支支吾吾，"我们小侯爷，不还差个夫人吗？"

楚临阳抬脚就踹了过去："你们卫家还有完没完？！"

卫夏一边左右闪躲，一边连连出声讨饶："楚世子您冷静！我们家小侯爷是真心实意的啊……"

就在卫夏被楚临阳满屋子追着打的时候，卫浅的情况却好很多。华州州府蓉城，宋世澜坐在高座上，正看着卫浅送过来的书信。片刻后，他抬起头，慢慢地笑了："小侯爷的心，真是不小啊。"

卫浅有些忐忑，面对宋世澜这种笑面虎，他总是有些心虚。他尴尬地道："侯爷也不是一定要让宋世子响应，只是希望宋世子能保持中立……"

"中立？"宋世澜笑了，"侯爷当年帮过本世子，本世子又岂是不报恩之人？侯爷经世之才，世澜愿意追随。"

听到这话，卫浅微微一愣，完全没想到宋世澜会是这个态度。谁知，宋世澜话锋一转："不过，与侯爷结盟，空口无凭，还是要留下凭证才好。"

"什……什么凭证？"

"自古两国两家结盟，都以姻亲为证。可惜侯爷膝下无女，不过在下看卫家二夫人蒋氏知书达理，贤良淑德，在下愿以我宋府大夫人之位迎娶卫府英雄遗孀，不知小侯爷意下如何？"

"什么？！"卫浅猛地抬头。宋世澜笑意盈盈："这话，劳烦你同二夫人也说一下？"

"说……说什么……"卫浅整个人都蒙了，连说话都磕磕巴巴。宋世澜放下手中的信，温和地道："告诉二夫人，她愿嫁我，我便愿为卫家上刀山下火海。她若不嫁……"说着，宋世澜笑出了声来，"我这么好的男人，多可惜啊。"

513

二十四　要么你杀了我，要么你嫁给我

第二日一早，宫里便来了人，要接楚瑜进宫。楚瑜穿了一身紫色绘玉兰的华丽外衫，梳上妇人发髻，登上了宫里来的轿子。轿子摇摇摆摆来到宫门前，却见顾楚生立在那里。他一身绛红色官袍，长身而立，见到她的轿子，便来到轿前，微微躬身。楚瑜将手放在了他摊开的手掌上。

以往楚瑜对顾楚生一贯敬而远之，然而今日的局面，她却是离顾楚生越近越好。她伸出这手，便是要做给赵玥以及周围所有的有心人看，他们就算顾忌顾楚生，也会稍有收敛。

果不其然，就在她伸出手去的一瞬间，周边众人都投来了异样的眼光。顾楚生垂下眼眸，不敢看自己手中那白玉雕刻般的纤纤素手。他压住自己起伏不定的心，小声道："宫里我都打点好了，你不要落单，我会时刻照看你。"楚瑜点点头，没有多话。顾楚生轻轻收手，将那柔软的手包裹在了自己的手里。

楚瑜抬眼看了他一眼，神色冷漠，顾楚生撑着自己艰难地笑起来："为你做了这样多，还不容我收点利息？"他嘴上说得厉害，然而触及楚瑜的眼神，他其实内心已颤抖到不行。他怕极了楚瑜这种冷漠的眼神，总觉得对方若再多说一句，便能让他溃不成军。

然而，楚瑜今日似乎并不想让顾楚生败退下去。她沉默着没说话，轻轻一笑，转过头去。只是她那笑容里带了嘲讽，顾楚生看在眼里，也无多言，握紧她的手转身往宫里走去。

"明日我会上门提亲，你也不用准备太多，一切我会操办。"两人沉默着走了许久，顾楚生终于率先开了口。听到这话，楚瑜忍不住也接了话："谁允你此刻提亲的？"顾楚生转头看向她，眼里带了苦涩："阿瑜，你如今既然已经低头，又何必同我绕弯子？在华京，能帮你们卫家的，只有我。"

楚瑜收了声音，过了许久，她才再度开口，声音飘忽："顾楚生，你知道吗，其实你不爱我。你只是因为没有得到，所以一直执着。"就像上辈子，他也是这般执着于楚锦

这一点，她重生后，被爱后，才慢慢明白。当年的顾楚生并不爱楚锦，阿锦不过是他年少时的一个执念，他挂念了她太多年，所以一回华京，他便立刻娶了她。而这辈子，他从一开始便没得到过楚瑜，所以才执着于她。如果得到了，大概也就不会有这样多的事端。

顾楚生愣愣地瞧着她，而后轻轻笑了，神色里带着苍凉和疲惫："阿瑜，我爱不爱你，我比谁都清楚。"

楚瑜已不愿再多言。曾有过几个瞬间，她会想，顾楚生是不是也重生回来了。只是每每这样一想，她就觉得可笑。上一世，顾楚生厌恶了她一辈子，到她死，顾楚生都没给过她一句好言好语。如果他重生回来，大概也是能跑多远跑多远，绝对不会和她再有牵扯才对。重来一辈子，还被她缠着，绝对不会是一件让人愉悦之事。

正想着，两人已牵着手来到大殿。无视所有人投来的讶异目光，顾楚生吩咐人将他和楚瑜的小桌并在一处。楚瑜神色淡漠，周边的人窃窃私语。两人方才落座，一个身着素纱、戴着面纱的女子走到小桌前来，楚瑜抬起头，看见了楚锦紧皱着的眉头。

楚锦身后还站着一个少年，看上去十四五岁的模样，头发高高束起，一身劲装，看上去干净利落。楚瑜认出来，那正是当年楚锦在凤陵城外救下的少年韩闵。如今回了华京，韩秀在她手下继续研制兵器，韩闵则跟着楚锦，当了楚锦身边的小厮兼侍卫。听闻韩秀几次上楚家要人，韩闵却坚持待在楚锦身边。无奈之下，韩秀每年过年都会到楚家，同韩闵、楚锦以及其他楚家人一起过。

"姐姐？"楚锦出声，眼里全是担忧。楚瑜愣了愣，随后笑起来："你怎么在这儿？"楚锦毁容后就几乎不出门了，更不要提参加这样盛大的宫宴。楚瑜心念一动，大约明白了楚锦是来做什么的，眼里带了几分暖意："回去吧，好好玩自个儿的，我会照顾好自己。"

"姐姐，"楚锦轻叹一声，"我与你同坐吧。"听到这话，顾楚生终于抬起了头来，淡淡地扫了一眼楚锦。

上辈子楚锦在与顾颜青的妻子争夺家中中馈时，被儿媳抓住了证据，将她干过的事一桩桩一件件地捅了出来，上交官府。朝中舆论顿时沸腾，对顾楚生的名声大为不利，于是他将她休回了楚家。可那时楚家早已不复存在，楚临阳战死之后，楚家一蹶不振，二十年后只剩一个不成器的楚临西在苦苦支撑。于是楚锦回去后不久，就被楚临西的夫人姚桃赶了出来，流落民间。后来，顾楚生在街上偶然再见到她时，她已是满身秽物，容行不堪。而那时他也就是掀起轿帘看了她一眼，什么都没有说。

就在顾楚生被卫韫斩杀的三年前，他闻得她的死讯。听闻她是用自己年少时一直保留着的一根金簪，自杀于自己残破的家中。那时候顾楚生想，不知楚锦会不会后悔，在她

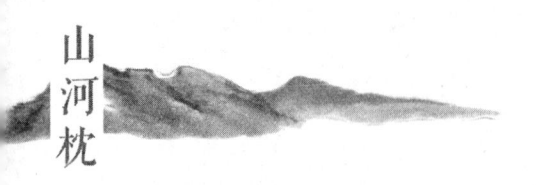

死之前,她有没有想过自己那位曾对她掏心掏肺的姐姐。

上辈子便如此薄情,更罔论如今?此刻楚锦于顾楚生而言,犹若蝼蚁。只是这辈子楚瑜并未与楚锦决裂,姐妹俩反而处处互相照顾,顾楚生便给了她一个薄面,淡道:"楚二小姐,你的位子在那边。"

"顾大人,"楚锦暗中捏紧了拳头,"我姐姐,如今无论如何都是卫家大夫人,您……"

"她很快就会成为顾家大夫人。"顾楚生不喜欢那个称呼,他瞧着她,平静地道,"你继续叫她姐姐便是。"

"退下吧。"楚瑜不愿意二人起争执,同韩闵道,"带二小姐下去。"韩闵面露犹豫,终于还是道:"姐姐……"然而韩闵的话刚出口,楚锦已上前直接坐在了楚瑜身侧,神色从容:"我陪着姐姐。"

楚瑜皱眉:"胡闹,你的名声还要不要了?!"楚锦垂下眼眸,沙哑出声:"我如今的样子,要名声还能做什么?我已听说卫家的情况,今日宫宴怕是鸿门宴,我在这里……"

"既然知道是鸿门宴,你在又能做什么?"楚瑜有些无奈,"回去吧。"楚锦摇摇头:"我不放心。我在,总多一份照看。"

楚瑜见劝不住,便转头看向顾楚生:"那让我与她同坐吧。"顾楚生的目光扫了楚锦一下,见楚锦冷冷地与他对视,也心知楚瑜疼妹妹,便道:"行吧,姐夫便让你一次。"

"你……"楚锦怒而上前,被楚瑜一把拉住。她神色自若,带着楚锦起身,一起坐回了原为自己设的小桌旁。落座后,楚锦还握着楚瑜的手不肯放,微微颤抖着。楚瑜拍了拍她的手,神色温和:"阿锦,莫怕,姐姐在。"听到这话,楚锦闭上了眼睛,许久后才终于镇定下来。

不一会儿,赵玥带着李春华进来了。众人站起来行礼,赵玥说了祝词,众人便依次落座,宴会正式开始。然而没多久,赵玥便同李春华一起借故离开了,只留下群臣自由交谈。楚锦和楚瑜坐在一起,两人都滴酒不沾,楚瑜面色轻松,似乎还在同楚锦聊着什么。这时,一个女官朝二人走来。那女官是李春华身边的人,平日大多是她来向楚瑜传信。此刻那女官哑着声音,颇有些急切地道:"大夫人,贵妃请您过去,有要紧事。"

楚瑜皱了皱眉头,第一反应便是有诈。见她不动弹,那女官面露急色道:"大夫人,贵妃真的出了事!"

"贵妃能出什么事?"楚瑜抬眼看向那女官,"同贵妃说一声,妾身明日去看望她。"

二十四　要么你杀了我，要么你嫁给我

"怕是来不及了，"那女官压低了声音，"贵妃说，她知晓你如今处境凶险，可她拿到了一点东西，必须今日送出宫去。这东西十分重要，卫家在白帝谷……"

楚瑜心里猛地一颤。她知道李春华拿到了什么，必定是当年赵玥参与白帝谷一事的证据。她打量了那女官许久，终于同她道："你带路吧。"

楚锦和韩闵也跟着楚瑜一起出了大殿，往栖凤宫的方向走去。那女官一路同楚瑜说着李春华发现证据的经过："方才陛下醉酒，倒在了床上，从袖中落下一封信来，谁知那信里正是……"女官的话没说完，楚瑜就暗道不好。以赵玥的性子，怎么可能做出这样的事？！刚刚好在此时此刻让李春华发现……

瞬间反应过来的楚瑜脸色大变，毫不犹豫地抓起楚锦转身就跑。然而已经来不及了，十几名蒙面人从甬道两旁刺探而出，空中弥漫起昏黄的烟色，那女官猛地倒了下去。楚瑜毫不犹豫地同韩闵道："退！"

三人屏住呼吸，韩闵背起楚锦直接上了楼顶，楚瑜则往相反的方向冲去。这些人的目标很明确，竟没有一个去追楚锦，都毫不犹豫地追向楚瑜。楚瑜仍屏着呼吸，抬手往嘴里塞下一颗药丸，随后便朝着宴会大殿的方向飞奔而去。赵玥似乎早知道楚瑜的能耐，这次派来的蒙面人都身手了得，若只有一个，楚瑜还勉强能够招架，但十几个联手而上，楚瑜已是被封在包围圈中，半步都挪移不开。

她逃不出毒烟范围，解毒的药丸逐渐失效，她的手脚开始发软，眼前发昏，有人猛地一脚踹到她小腿肚上，她往前一倒，便被十几个人冲上来按住了身子。她完全没办法动弹，迷迷糊糊间，一个太监的声音响起来："陛下，大夫人撑不住了。"

楚瑜的呼吸又急又重，她艰难地抬起头来，发现赵玥正站在人群中，静静地看着她。他神色冷漠："喂了药，关到地牢去。"

楚瑜咬牙还想起身，身上却没了半点力气。她闭上眼，任凭一个人将一颗药丸喂入她的口中，随后便听见周边不断传来石门打开又合上的声音。最后她来到一间屋中，屋中灯火通明，两个侍女将铁索扣上她的手足，随后又开始剥她的衣服。

"你们……要做什么……"楚瑜挣扎着，却完全不能动。两个侍女手脚利索地替她擦过身子，又往她身上抹了一种不知是什么的东西，那东西带着一股淡淡的花香，光是闻着就让人心驰神摇。她身上仅剩一层纱衣，头发散披开来，灯光下，纱衣上流淌着如水一般的光芒。被火烧灼的感觉从下腹升腾起来，她口干舌燥。此刻，早经历过人事的她已经清楚地知晓刚才侍女往她身上抹的是什么了，她捏起拳头，努力调整着呼吸，屈辱地咬紧了牙关。

这时候，外面传来一阵急迫的脚步声，片刻后，石门轰然打开，顾楚生焦急地道：

"阿瑜……"然而话没说完，他就呆愣在了原地。被锁在石墙上的楚瑜身着素白色的纱衣，长发如瀑，头上坠着一朵白色的花，随着她的动作摇摇欲坠。香汗从她额头滑过面颊，一路往下，落进胸口那一道明显的弧度中。她面色潮红，眼神在清明与迷离间游离，犹若清晨荷花上的露珠，颤颤巍巍，一碰即碎。

顾楚生的脑子轰地炸开，一瞬间无数记忆涌入脑海。他曾拥有过这个女子，在很多年前。他沉迷于这具躯体，少年的他却从来不肯承认，每次意乱情迷，他都要咬着牙关故作清醒。然而那销魂的滋味一直在他的脑海里留存着，此时此刻，前尘旧事翻滚而上，合着面前人任君摘采的模样，顿时让他横生无数欲念。

楚瑜看着顾楚生呆愣的模样，狠狠地闭上眼睛，沙哑出声："顾楚生！"顾楚生猛地惊醒，慌张地退了一步。便就在这时，石门轰然落下，顾楚生猛地回头，听见外面传来赵玥的笑声："楚生，良辰美景，不负佳人啊。"

"赵玥！"顾楚生怒喝，"放我出去！"一股异香在空气中散开，他已经明显察觉到自己身体里的躁动。他背对着楚瑜，不敢看她。只听着赵玥笑道："出来做什么啊？你不是一直想要卫大夫人吗？她这不就在你眼前了吗？"

"赵玥，我不是你。"顾楚生的手搭在冰冷的墙上，呼吸急促，"我纵然卑劣，也不至于卑劣至此。你用这般卑劣的手段得到了梅贵妃，你可还开心？"

外面久久无声。许久后，赵玥的声音再次传来："那就让我看看，顾大人是如何品性高洁，坐怀不乱的吧。"

顾楚生痛苦地闭上了眼睛。他知道赵玥已经离开，仍背对着楚瑜盘腿坐着，沙哑着声音道："我的人发现我不见后一定会来找我。我不碰你，你不用担心。"

楚瑜几乎说不出话来，只能勉强抬眼看向他的背影。他长得比卫韫清瘦，书生气十足，无论当年还是如今，他都是华京无数女子心目中最好的归宿。如果说当年的卫韫是用自己的血肉之躯筑起了北境的边防，那顾楚生便是用自己强大的心力撑起了百姓头顶的半边天。卫韫给了国家太平强盛，顾楚生给了国家清明富足。

她看着此刻正背对着她的青年，神色复杂。许久后，她终于开口："为什么？"欲念冲击在顾楚生的脑海中，此刻他的思绪混乱，伸手扶住墙，微微喘息起来："阿瑜，我知道，在你心里，我卑鄙无耻……阴狠毒辣。我希望你好好的，可我也希望你在我身边。其实我曾无数次想要放手，可我做不到。我想毁了所有让你离开我的人，可是我……我也有底线……我不愿意毁了你。……你别怕。"他咽了咽口水，神志已近模糊，也不知道是在对谁说，"你别怕。"

楚瑜掐着自己的手心，格外艰难地思考着。手心的疼痛已经无法让她清醒，她只觉得

二十四　要么你杀了我，要么你嫁给我

空气里都弥漫着顾楚生的气息。她几乎软弱地想，就这样了吧，反正也不是没发生过，她又在意什么？

然而，这个念头划过的时候，她猛地想起了卫韫的眼睛。那双眼睛，自他年少到如今，都时刻保持着清明和坚毅，仿佛透过时光在看着她。她想起他离开前，站在月光下叫她："嫂嫂！……等我回来。"

楚瑜闭上了眼睛，微微蜷起身子。等他回来……她要等他回来。

不知道什么时候，顾楚生已经挪移到她身前。他颤抖着伸出手，将她拥入怀中。"我就抱抱你。"他沙哑出声，"我不做什么，就是太难受了……我抱抱你，很快……很快就会有人来……"

楚瑜低声喘息，顾楚生的手在她身上带起一片激颤。她不由得想起在沙城的时候，她替卫韫擦拭身子……少年修长的腿，带着茧子的手……他的手很好看，骨节分明。她神志恍惚，喃喃道，"卫韫……"

顾楚生的手微微一顿，这一声呼唤将他的理智拉回来不少。他猛地抬头，颤抖着出声："你说什么？"

楚瑜再一次叫出了那个名字："卫韫……"一声一声，那名字仿佛某种支撑着她的力量。她的眼泪落下，反复唤道，"卫韫……"

顾楚生整个人都在颤抖。怎么会是他……怎么真的就是他？！欲念和痛苦交杂着倾盆而下，他仓促地抱紧了她，沙哑着声音："不要叫了……"

"卫韫……"

"不要叫了！"

"卫韫……"

顾楚生终于崩溃，含着眼泪嘶吼出声："别叫了！看着我！看着我啊！"他捏着她的下巴，迫使她抬头看他。他用这最后一丝理智，艰难地出声："你看看我，楚瑜……我在这里啊。我喜欢你了，我喜欢你了，你看看我，好不好？"

楚瑜神色迷离，她恍惚看到当年在卫府庭院里，卫韫坐在长廊上，她为他舞枪。她单膝跪在他身前，仰头看他。少年时的卫韫白衣玉冠，低头瞧着她，许久后，带了那么几分羞涩，他清浅地笑开。她也忍不住笑了："……卫韫。"

——她终于还是没有改口。

这条路，走上了，便不会回头。

楚锦正朝着卫府一路狂奔而去。韩冈跟在她身后，焦急地道："姐姐，就算去了卫府

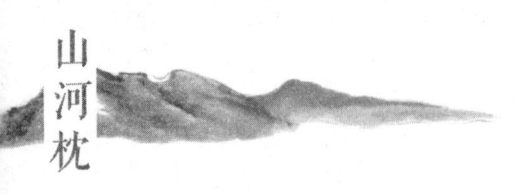

能怎么办？卫小侯爷现在也没在啊！"

"去了再说！"楚锦咬牙出声。话音刚落，她便看见远处一群人正疾驰向卫府的方向。楚锦遥遥看着，为首的青年白衣玉冠，腰悬长剑，那眉目风流昳丽，又带着华京难有的刚毅坚韧。青年翻身下马，楚锦刚好也驾马停在卫府门前。她觉得这青年的面容有那么几分熟悉，像极了当年她在凤陵城见过的卫韫。她皱了皱眉，试探着道："先生是？"

卫韫扫了她一眼，已认出来这是楚锦，平淡地答道："卫韫。"

楚锦大喜，也顾不上行礼，慌忙道："快随我进宫，姐姐出事了！"

听到这话，卫韫毫不犹豫地翻身上马，拨转马头就要往宫里去。楚锦忙叫住他："侯爷，寻只猎犬来，我在姐姐身上放了特殊的香料！"卫韫点了点头，沈无双赶忙去后院让人领了只最小的猎犬来，又给卫韫塞了一堆药瓶，"怎么用你是知道的，拿去吧！"

卫韫应声接过，说了句多谢，抬手将那只还是小狗的猎犬抱在怀中，转头便向宫中赶去。楚锦跟在他身后，迅速同他交代了一遍情况。到了宫门前，卫韫停了下来，平静地道："你别跟我进去，先去卫府等消息。如果天亮时我还没回来，你立刻让我二嫂收拾了东西，带上你们楚家，赶紧去找楚临阳。"

楚锦愣了愣，她本想要求跟他一起进去救楚瑜，却也清楚地知道卫韫的安排才是对的。人若能救出来，有卫韫在足矣；人若救不出来，搭上她也没用。想到这里，她也不再犹豫，咬牙道："我回去等你们！"说完，她拨转马头，带着韩冈往卫府赶去。

卫韫见楚锦二人已走远，抬手甩了一块令牌给宫门外的守将，冷着声道："镇国侯卫韫，回京参加宫宴。"那守将愣了一下，赶忙行礼道："侯爷稍等，待我等通报。"卫韫皱起了眉头："今晚宫宴，本侯本就是受邀而来，怎么还要通报？"守将正要开口，卫韫已怒极而笑："本侯明白了，你这哪里是要通报？明明就是在给本侯脸色看！本侯远离华京四年，就连你这样的小守将都要给本侯难堪了不成？！待会儿面见陛下，本侯倒是要问问清楚，你这样拦我，到底是陛下的意思，还是你自己的意思！"

"侯爷恕罪……"

卫韫本就是出入沙场惯了的，话一出口便带着森森血气。他将腰间的鞭子一甩，直接驾马就往宫里冲，一边怒道："都给本侯滚开！"那鞭子震得守将往一旁躲避不及，卫韫已带着猎犬冲进了宫中。他翻身下马，几个提落便来到了楚锦所说的她和楚瑜失散的位置。他将那猎犬放下，又给它嗅了嗅楚锦提供的香料，拍了一下它的头道："去找！"那猎犬虽小，却训练有素，得了指令，便带着卫韫直直地朝着一个方向跑去。

此时宫门外的那个守将已抄近路跑到赵玥的寝殿，意欲向他禀报。李春华正在给赵玥按头，听到通报声，她给自己身边的女官使了个眼色，女官明了地跑去将大门打开一条缝，压低了声问道："陛下正欲安眠，有何要事？"

"劳烦大人通传一下，镇国侯卫韫回来了，强闯了宫门进来。"听到这话，女官愣了愣，随后点了点头道："你下去吧。"而后她回到屋中，有些犹豫地看向李春华："是宫门外的守将大人，说是镇……"话没说完，李春华就打断了她："统统赶出去！也不看看这是什么时候！"说着，她低下头，咬着赵玥耳朵，轻声道，"陛下，您说是吧？"赵玥心思一动，也顾不得其他，翻身压住李春华，笑着道："是，殿下说得极是。"

赵玥这边一耽搁，卫韫已跟着猎犬直奔地牢。猎犬停在一座假山前狂吠，卫韫上前去迅速摸索了一圈，终于找到一个开门的机关。大门打开，他赶紧跳了下去，却迎面见有长矛刺来。他弯腰一躲，已有十来个人朝他袭来。

卫韫提着剑横劈过去，顷刻间杀了个干净，只留下一个人两股战战地站在他面前。卫韫提起剑尖指着他："开门。"那侍卫被吓得魂飞魄散，摸索出钥匙打开了大门。

石门一层一层打开，卫韫走得小心翼翼，心里慌乱得不行，就怕最后一道门打开后，他会看到什么让他无法接受的画面。于他而言，楚瑜就是他心间最柔软的地方，任何的触碰和伤害，都会让他十倍百倍地疼。

然而此刻他不能退，只能一步一步走到那地牢最深处。最后一道石门轰然打开，素纱红衣缠绕在一起，楚瑜的衣衫褪到肩膀，顾楚生正从她身后死死地拥着她！大门轰开的声音让纠缠在一起的两人同时产生了的一丝得来不易的清明。而卫韫看见这番场景，肝胆俱裂，提剑就朝里面冲，"顾楚生！！！"

"小七！"冷风袭来的瞬间，楚瑜的脑子骤然清醒了许多。她的惊叫止住了卫韫的动作，顾楚生躲在她身后，她沙哑着嗓子道："他没碰我……"

卫韫提着剑的手微微颤抖着。此刻他也不敢想太多，抬剑斩断了楚瑜手脚上的铁链，毫不犹豫地将人打横抱起来，压着怒意回头瞪向还站着不动的顾楚生道："你是要留在这里，还是我带你出去？"

顾楚生低着头，躬着身子，颤抖着咬牙道："出去！"卫韫已大致猜出两人是遭遇了什么，皱了皱眉，扔出一只小药瓶给他，又低头给怀中的楚瑜喂了一丸，而后也不再管顾楚生，抱着楚瑜就大步走了出去。顾楚生极力忍耐着，扶着墙站起来，艰难地跟在卫韫身后。

卫韫的药很快有了效果，顾楚生加快了脚步，跟上了抱着人的卫韫。而楚瑜因为早前浑身被涂满了那秽物，此刻还未恢复，卫韫的药也只能让她暂时保住残存的理智。她迷迷糊糊地躺在卫韫的怀里，突然认出了眼前的青年，顿时更难克制自己。她闻着卫韫身上的味道，脑子里翻来覆去地想着过往的事。尤其是在沙城时，她为他药浴……她触碰过他身

521

上的每一寸，却错过了目睹他从少年长成青年。

楚瑜紧咬着牙关，死死地闭上了眼睛，双手抓着卫韫胸口的衣服，整个人都在微微颤抖。卫韫只顾着往前，没有察觉出楚瑜的异常。他同顾楚生小心翼翼地绕开守卫，来到顾楚生安排好人接应的地方，捞起一旁的小猎犬上了出宫的马车。他抬眼同还在冒着冷汗的顾楚生道："你的这份恩情，我记下了。"顾楚生被人搀扶着，虚弱地抬头，咬着牙开口："滚！"卫韫没说话，放下车帘，马车嗒嗒而去，因早做好了准备，一路畅通无阻。

坐在马车里，卫韫才发觉自己有些手足无措。一回头，便看见楚瑜正抓着卫韫刚为她盖上的薄毯，勉强裹住身子。她整个人仍然在颤抖，下唇因用力紧咬而浸出血来。卫韫慌得一把捏住她的下巴，怒喝道："松开！"

楚瑜吃痛，只能松开牙关，轻轻张开了粉嫩的唇。她知道自己此刻的样子有多么不堪，艰难地闭上眼睛，不看卫韫。没有了疼痛的刺激，她的意识回到了自己异常的身体上，呼吸更加急促起来。卫韫看着她的模样，闻着空气中不知道从哪里弥漫出来的香味，顿时觉得自己的心思已忍不住浮动，呼吸也重了起来。

因为有顾楚生准备好的文牒，马车一路顺利出了宫。出宫不久，等候已久的卫家人便赶上来接应。回到卫府时，卫韫觉得自己脑中那根叫理智的弦已经快绷断了，好在沈无双已早早候在府门前。他平静地道："侯爷，下车吧。"

卫韫没说话，他闭上眼平复下自己的喘息，将楚瑜从自己身上拉扯下来。他用薄毯将楚瑜重新裹好，抱着她下了马车，匆忙往里走。沈无双只闻了一下空气中弥漫的味道，立刻变了脸色，同管家道："将所有人全部清出去，侯爷房间外不允许有任何人。"说着他便追上去同卫韫道，"我怕你们中毒，早让人在你屋后的汤池里备好了药浴。你先带大夫人去，我去配药。"

卫韫整个人已难受得快发疯了，汗水大颗大颗地从他额头落下。他艰难地将目光从楚瑜身上移开，看向沈无双，应了一声："嗯。"

卫韫抱着楚瑜直奔自己房后的汤池。卫府早已将他的住所搬到了侯府正院，他的住屋后面有一个正正方方的温泉池，流动的温泉水从外面引进来灌满了足够四五个人同时洗浴的池子。

卫韫将楚瑜轻轻放下去，便转身打算离开。然而楚瑜却一把抓住了他的手，哑着声音道："别走。"卫韫背对着她，整个人都在颤抖。"嫂嫂……"他艰难地出声，"我不能……"然而楚瑜的声音里居然带上了哭腔："别走……"卫韫猛地一震。他这辈子，最怕的就是楚瑜的眼泪。他深吸一口气，回到楚瑜身边，艰难地挤出笑容："好，我不走。"

然而，此刻卫韫的理智已经接近崩溃，他捞起池里的水泼向自己的脸，却根本无法带

二十四 要么你杀了我，要么你嫁给我

给他半分冷静。楚瑜抱着他，哑着声道："阿韫……你知不知道……我一直在等你……"这句话似乎是在泼满了油的草地上点了一把火，卫韫的脑子"嗡"地一下，他的心顿时跳得飞快。他抬起头来看着楚瑜，哑着声音："等我……做什么？"

然而，他其实已经知道答案。离开华京之前，她曾说过，等他回来，她会告诉他那个答案。而此时此刻，她说她一直在等他，又能是在等什么？卫韫情不自禁地伸出手拥住楚瑜，低下声音："你等我……做什么？"

楚瑜没说话，吻住了他，让他再发不出声音。卫韫亦死死抱紧了她。楚瑜将自己的额头抵住了他的额头，抬手捧住他的脸颊，安抚着他："你别怕……小七，你别怕。你知道的……"她闭上眼睛，声音里带着些痛苦，"我心里有你。"她含着眼泪的眼睛直直地看着卫韫，多年来积蓄的所有情绪全压在那双眼睛里，用倔强掩住了所有的温柔，仿佛此刻她说出这句话，对他而言是根本不可原谅的事。

卫韫看着她的模样，忍不住笑了，而那笑中，不知道为什么，又夹杂着几分酸涩。他像是在荒漠中跋涉千里的信徒，终于求得了神佛眷顾。为此，他用了一辈子，花了大半生。他的眼里亦含着水汽，眼前的女子已有些模糊。他抬起手，颤抖着覆在她的面容上："我也是。"

而后，是生命大和谐所带来的无尽苍白，冲刷着灵魂与身躯，让人从少年一夜成长，欢喜中带着惶恐，惶恐中带着安定。

红烛垂泪，夜鸟低鸣。

沈无双终于熬好药急急赶来，然而才走到门口，他就听见了里面的声音。他的身子僵了僵，随后压低了声音："王八蛋！"骂完，他端着药转身大步走了出去。走到院落门口，他又有些不放心，干脆坐下来自个儿生着自个儿的气。

刚跟着卫韫从宫里回来的小猎犬趴在沈无双身边，懒洋洋地抬眼看了他一眼。沈无双冷哼了一声，扭过头去。不知道为什么，他甚至觉得连这狗都在嘲笑他。屋子里的动静一直几近天明才消停。沈无双守了一夜，闷闷地喝了一口药——真他妈苦。

一觉睡醒，已经是日上三竿。楚瑜微微一动，立刻感觉到不对，她猛地睁开眼睛，却看见了青年玉白色的胸膛。她艰难地抬头，入眼的竟是卫韫俊朗的面容。她僵住身子，不敢动弹，昨夜的事在她脑子里轰然炸开。此刻卫韫察觉到她醒来，也慢慢睁开了眼睛。他低下头，看着楚瑜呆愣的面容，一句话也没说，低头就吻了吻她的额头。

楚瑜整个人都僵住了，不敢动。卫韫从旁边拿起衣服随意套在身上，而后掀开被子，赤脚走下了床去。楚瑜拉过被子盖住自己的身子，看着卫韫走到不远处的剑架旁，拿起一

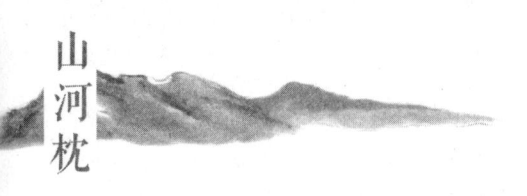

把剑来。随后他走到她身前，将剑横在她眼前。

"这把剑是大哥送我的。"卫韫抬眼看她，一双凤眼里全是郑重，只听他冷静地开口，"今日之事我不后悔。要么你杀了我，要么你嫁给我。"说着，他将剑又往她面前送了一点，声音里已不带半分颤抖，"卫大夫人，你选。"

楚瑜没说话，她看着横在面前的剑，眼神有些飘忽。连她自己都不知道事情是怎么发展到这个程度的。她垂着眼眸，抓着被子，内心惶恐不安。卫韫静静等候着，面色沉静如水。许久后，楚瑜才忐忑地道："这事本就是你无心……"

"我有心。"卫韫开口打断她。他半蹲下身子，仰头看她，"我对你有没有心，你不知道吗？"楚瑜看着这双静静凝视着自己的眼睛，那眼神纯粹又坚定，不存在任何后退或动摇。他抬手覆在她的脸上，温和地道："阿瑜，你喜欢我，昨夜你已经同我说过了。"

楚瑜的心猛地颤了颤，仿佛是内心深处最隐蔽的东西被挖了出来。卫韫直起身子坐到床边，将楚瑜揽到怀里，同她依偎在一起。初秋已有丝丝凉意，他整个人却温暖得带了几分灼热。他将手放在她光洁的背上，温柔地道："阿瑜，你别怕。只要你喜欢我，一切，我会帮你扛、帮你挡。"

楚瑜不说话，仍然捏着被子，觉得鼻头有些酸楚。这个男人太好，好得像一场梦，她就怕有一天梦醒了，那还不如不曾梦见过。而且梦醒了，也不过就是醒了。可是若她同卫韫在一起，有一天却又分开，那她要牺牲的，不仅是自己的名声、卫韫的名声、卫家的名声，还有这个温暖的家——她苦心经营的，这个像家一样的地方，她便再回不来了。

然而，如今事情已经发展到这样的程度，她再如何也不能避开卫韫。要么曾经拥有，要么就是连拥有都不曾有过了。

想到这里，楚瑜的心念动了动。有那么一瞬间，她似乎感到自己冲动如少女。她抬起手来轻轻抱住他，哑声道："那你，答应我一件事。"

"你说。"卫韫的声音都有些发颤。

楚瑜闭着眼睛："不要和其他人说我们的关系。慢慢来。"——如今正是关键时刻，任何意外因素都不该有。卫韫愣了愣，随后反应过来："那你是应下我了？"楚瑜的脸上带了几分潮红，点了点头。卫韫大笑起来，抱着楚瑜高兴得在屋里打转。楚瑜环住他的脖子，赶紧道："放我下来！"卫韫将她往床上一放，翻滚到她身上，高兴地道："阿瑜，我等这一日，等了好久。"

楚瑜扭过头不看他，催促道："赶紧起来！这像什么样子？"卫韫笑意盈盈："起来可以，那你先告诉我，我什么时候能娶你？"楚瑜抿了抿唇："我也不知道。"卫韫挑了挑眉，楚瑜平静地再次出声，"小七，我不骗你。我喜欢你。可这份喜欢，并没有那么多。我心里有结，我要一步一步走过去。什么时候相爱，什么时候成婚，都是自然而然。走到那一步，我便不会阻拦。"卫韫没说话，只静静地看着她。楚瑜抬起眼，迎向他的眼神，"我的喜欢仅止于此。我怕母亲生气，也怕我娘家担忧，还怕……"

"好了好了，"卫韫笑起来，"我知道你怕的多，不说就不说。"他低下头，靠在她胸前，听着她心跳的声音，慢慢地道，"有时候我觉得，你就像一只无法无天的小猫，被人伤害过后就一直躲在床底不肯出来。我想把你拉出来，好好疼你、好好宠你，可你就是不愿意。我想把你宠得像以前一样，看谁不爽抬鞭子就抽。但你怎么就不信我，死活不肯出来呢？"

楚瑜被这个比喻逗笑了，弯着唇不说话。卫韫抬起头来看着她的脸，仿佛是撒娇一般道："不过你让我吃了这么大的亏，你得答应我一件事。"

"我怎么让你吃亏了？"楚瑜哭笑不得。卫韫斜斜地瞧了她一眼，凤眼里波光潋滟："你占了我的身子，却不对我负责，这还不是我吃亏吗？"

"你这人……"楚瑜抬手推他。他一把握住楚瑜的手，认真地瞧着她："我说认真的——你每一天，都多喜欢我一点，好不好？"楚瑜愣了愣，看着他温和的目光，许久后，她垂下眼眸，终于道："好。"

卫韫握着她的手，吻了吻她手心："你好好休息，余下的事我来处理。"

"你打算做什么？"话题骤然回到了正事上，楚瑜皱起了眉头。卫韫笑了笑："其他事我都部署好了，但是，我要反，总得有个理由。如今我既然回来了，赵玥必想要对我不利，那我就等着他来。"

"你想让他逼你反？"

"对，"卫韫点头，"我被逼反，和我自己举事，于天下人来说是两回事。"

"那赵玥若是急了，直接封城杀你，你怎么办？"

"我有五千兵马在城外，若是那样，他们会假装攻城，我们里应外合，把该带走的人都带走。"——反正如今卫家人根本出不了城，要将整个卫府搬空，只能用这个法子。楚瑜点点头，随后道："那你具体如何打算？"

"我今日先联系人。朝廷里有我的人，打点好了到时候一起带出去。明日，"卫韫冷着声，"我便去顺天府击鼓鸣冤。"

楚瑜听明白了他的意思。他打算击鼓鸣冤，从白帝谷一事开始，告赵玥所做的恶行。顺天府肯定不敢接案，到时候赵玥派人来拿人，卫韫一旦被抓，他的人以救主的理由攻城，将卫韫救出之后黄袍加身，他身上就没有污点了。

525

想到这里，楚瑜点头道："那你速去找人，我吩咐下去，明日在顺天府附近搭台子，让戏班去唱戏。"

"戏班子？"卫韫愣了愣。楚瑜犹豫了片刻，小心翼翼地道："那要不我弄个花魁展？看热闹的人会更多些。"

听到这话，卫韫"扑哧"一声笑了出来："没想到这些年，你生意都做到这些上面去了。"

"侯爷，"楚瑜叹了口气，"侯府的日子过得艰辛，赚钱不易啊。"

"是啊，"卫韫点点头，弯腰往楚瑜怀里一倒，眨眨眼道："以后本侯就靠着这张脸，让夫人养了。"

"赶紧出去做正事儿！"楚瑜推了他一把。卫韫哼哼唧唧地又撒了会儿娇，终于才出去了。

楚瑜又躺下休息了一会儿，才叫了长月和晚月进来。

二人一进来就跪下了，长月含着眼泪道："我等做事不利，让夫人受辱了。"楚瑜冷眼看了她一眼："别瞎说。"晚月倒是镇定一些，叩首道："夫人，可要避子汤来？"楚瑜犹豫了片刻，终于还是点了点头："去取吧。"

长月应声去取药，晚月抬起头来看着楚瑜："夫人，如今怎么办？"楚瑜平静地道："此事不要对外声张。至于我和侯爷之间，你们也别管，只当不知道。"晚月心里有了数，低声应下。

而此刻，卫韫整个人步履轻盈，神清气爽，面上带着笑。甚至遇到侍卫，他也笑意盈盈地说了声"早上好"。他脸上一贯没什么神色，如今如此喜笑颜开，吓得侍卫们瑟瑟发抖，不敢多说。拐过转角，便看见沈无双正牵着那只小猎犬等在门口。见到卫韫走来，他酸溜溜地道："侯爷看上去面带桃花、眼含春水，看来昨晚的'春芳尽'药效十分喜人啊。"

听到这话，卫韫轻轻一咳："沈兄莫恼，我回去就帮着你追你嫂嫂。"

"闭嘴！"沈无双瞪了他一眼，"你管好你自己吧！"说着，他似乎是突然想起了什么，又笑着道："你还别说，说麻烦麻烦就到。我方才出府遛狗，顺带买了碗豆腐花，然后就看到有人抬着下聘的架子朝着卫府过来了。那队伍可长呢，看得出来人的用心良苦。你说……"

沈无双还没说完，府里的管家已急急忙忙地走了进来，焦急地道："侯爷，顾府的人前来下聘，老夫人如今已经赶过去了，让您也过去。"听到这话，沈无双的脸色变了变，

二十四　要么你杀了我，要么你嫁给我

偷偷打量了一下卫韫的脸色，却见卫韫面色不动，镇定地点头道："我这就去。"说着，他已抬脚大步走了出去。

大堂里，一个女人正和柳雪阳说着话。那女人看上去慈眉善目，正叹着气同柳雪阳道："我们家楚生你也知道的，他喜欢卫大夫人也不是一日两日了，这是满华京都知道的事儿。他如今已经二十二，却是侍妾都没有一个，为着大夫人，说是守身如玉也不为过……"

说话间，卫韫走了进来。众人都站起来朝卫韫行礼，卫韫也对柳雪阳和顾母躬身行了礼，接着便坐到了柳雪阳身边。顾母看见卫韫，也是有些吃惊，问道："原来小侯爷也在？那正好了。如今我正与你母亲说卫大夫人的婚事，不知小侯爷是什么意思？"

听到这话，卫韫轻轻一笑，转头看向柳雪阳："那，不知嫂嫂是什么意思？"

"之前问过你嫂嫂，她说不愿意。可是……"

"可大夫人都已经年近二十一岁了。"顾母赶忙接话，"老夫人，我也说句实诚话。您看卫大夫人，虽然是一品诰命，身份高贵、德行俱佳，可毕竟是再嫁之身，又年龄偏大了些……我们楚生年纪轻轻就位居礼部尚书，而且他其实已内定内阁大学士，下个月就有望升迁，过了这个村可……"

"滚出去。"顾母的话没说完，卫韫便平静地开了口。在场众人都愣了，顾母不可思议地看着他，正要开口，就看见卫韫端起茶杯，抬起头来，扫了一眼四周，平淡地道，"怎么，听不懂人话？"

众人面面相觑，卫韫扫了一眼身边的侍卫，他们便整齐划一地拔出刀来。刀锋寒光闪闪，惊得柳雪阳都忍不住出声："我儿，你这是作甚？"

"我卫府的大夫人，不需要嫁人。"卫韫站起身来，语调郑重，"她是一品诰命，是我卫府的大夫人，容得你这样的长舌妇说三道四？她现在是不愿意嫁，若她要嫁，他顾楚生乃罪臣之后，又曾为我卫府家臣，莫说他只是区区礼部尚书，哪怕他坐上内阁首辅，那也曾是我奴！"

这话说得顾母面色巨变，她站起身来，抑制不住自己的颤抖，刚想骂人，然而触及那青年面上的凛凛寒光，却只能强笑道："侯爷这话不妥吧。我顾家本也是贵族门第，只是家道中落……"

"那也是落下了。"卫韫的神色已恢复平淡，"而且，我卫家的门第，他顾楚生，高攀了。"这话让顾母怒笑了出来，连连道："好好好，是我顾家高攀！我倒要看看，你卫府能风光到几时！"说着，她站起身来，怒道，"我们走！"

"站住。"卫韫叫住她，指着一地的东西，"赶紧把这些东西抬回去。"

527

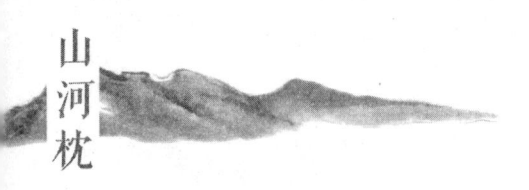

顾母咬牙，抬手道："抬走！"

顾母一行人走出卫府大门，柳雪阳终于忍不住站起身来，焦急地道："小七，你刚才说的都是些什么话？你这样羞辱顾楚生，日后还有谁敢来提亲？你……你这是害了阿瑜啊！"

卫韫拍了拍柳雪阳的肩，淡道："母亲放心，我必为嫂嫂找一个比顾楚生好的男人。"柳雪阳有些疑惑："如今华京之中，除了你，还有哪家公子比顾楚生更好的？"卫韫笑了笑，没有多说，转头向旁边的侍从要来他的刀："母亲，我还有些事要处理，先出去一下。"

柳雪阳呆呆地看着卫韫提刀走了，好半天才反应过来，询问旁边的人道："他这是要做什么？"所有人都摇头表示不知，唯有沈无双走进来焦急地问道："听说侯爷提着刀出去了？"见有几个人点头，沈无双一拍大腿，急忙也走了。

这时卫韫已经提着刀驾着马，一路赶到了顾府。他的速度极快，顾府的聘礼还没抬回来，他已经先到了。他敲开顾府大门，里面的人刚将大门拉开一条缝，卫韫便直接踹开了人，抢身进去，直直往大堂走去。顾府的侍卫被惊动，纷纷拥了上来，却又不敢上前。卫韫走进大堂，看着大堂上方"上善若水"的牌匾，平静地道："去告诉你们大人，镇国侯卫韫，前来拜见。"

众人不敢上前，迅速去禀报了顾楚生。不一会儿，便看见顾楚生领着人从长廊上走了过来。他还穿着绛红色官服，明显是刚刚下朝不久。他的神色平静又从容，躬身行礼道："不知卫大人来我顾府有何贵干？"

"你母亲到我卫府来提亲，你可知道？"卫韫将目光从牌匾上转回来，看向顾楚生。顾楚生神色泰然："知道。"

"我记得我嫂嫂拒绝过你。"

"她也答应过我。"顾楚生平视着他，"你不在的时候，是我护着她，护着卫府。"

"你护着？"卫韫嘲讽出声，"你和赵玥狼狈为奸陷卫府于危难，回头你再来施以援手，还要我卫府感恩戴德？"

"侯爷未免太看得起我。"顾楚生招了招手，让守在一旁的众人退下。他走到桌旁坐下，抬手给自己倒了一杯茶，"卫府与陛下的矛盾不是我造成的，卫府陷于危难也是早晚之事。顾某不过一小小臣子，怎可能凭一己之力，就让陛下起心要灭了你偌大的镇国侯府？"说着，他抬起眼，平静地道，"侯爷不若先坐下，我与你细细商谈？"

卫韫沉默了片刻，心下已知顾楚生想要做什么。他坐到桌旁，顾楚生给他也倒了一杯

二十四 要么你杀了我，要么你嫁给我

茶："侯爷可知昨日为何会有那样的局面？"

"你说。"

"几日前，我同陛下求娶卫大夫人，陛下应下。但你明明即将归来，昨日他却来了这样一出，你想，若此事成了，会是什么结果？"卫韫没说话，他盯着顾楚生："我会杀了你。"顾楚生笑了："正是。若昨日事成，以你卫韫的性子，怎容得这样的羞辱？我纠缠大夫人、一心求娶是不错，但若用了这样毁人一生的手段，那就是卑劣至极了。"

顾楚生说着，眼里也有了冷意。他掸了掸衣袖，广袖拂开，他垂眉将茶叶拨弄到壶中："赵玥如今要对付你，他怕我支持你，便使了这样的手段。我欲迎娶大夫人是真心的，我这一生没有其他所求……"说着，他的声音里带了些许颤意，"唯有大夫人。我当年错过了她，愿意用一辈子去弥补。侯爷，我知道你也中意她，可是江山美人，谁重谁轻，你分不清吗？"他抬头看向卫韫，神色认真，"我知侯爷如今归京是要做什么，也知侯爷有举事之意。我如今为赵玥亲信，步入内阁也已是定局，我便愿以赵玥的项上人头，同侯爷换这门亲事。"

卫韫不说话，只默默品茶。顾楚生沉下声来："侯爷，成大事者，要舍得。"

"那你呢？"卫韫反问道。顾楚生皱起了眉头："我如何？"

"我要成大事，你不要？"

听到这话，顾楚生愣了愣。上辈子他位极人臣，那一日他牵着幼帝走到祭坛之上，万民朝拜的景象从眼前飘忽而过，他轻笑起来，垂眸摇头："我不用。……我这辈子，走到今天，只是为了大夫人。当年侯爷嫌我身份低微，于是我走到了如今内阁之位。如今侯爷要赵玥的人头，我也愿意为侯爷取来。我所作所为，只求一人。"说着，顾楚生往后退了一步，弯下腰来，行了个大礼，"还望侯爷，悯我真情。"

卫韫没说话，片刻后，他轻轻一笑："顾楚生，你太看不起我。"顾楚生有些疑惑，抬起头来看向面前白衣金冠的青年。如今的他和上辈子的那个卫韫有着太大的不同。上辈子的卫韫十九岁时，向来一身黑衣，腰悬长剑，神色冷漠，拒人于千里之外，一身杀气横走于宫廷。而如今的卫韫，白衣广袖，金冠镶珠，举手投足间，自带着一种百年名门世家沉淀出来的高贵庄森。他活在阳光下，坦坦荡荡，自有男儿担当。

"我与赵玥的仇，我自己会报；他的项上人头，我自己会取。顾楚生，我从来没想过要这天下，要那九鼎江山。只是他李赵两家杀我满门，苦苦相逼，我才走到今日。……我要的不是荣登皇位，"卫韫放下茶杯，声音平淡无波，"我要的是天下太平。"

"那又有何区别？！"顾楚生冷然出声，"总归是要走到那个位子上，选择一条最好走的路，不好吗？"

529

"好，"卫韫果断应声，"可那条路只能我自己走，没道理让不相干的人来换。更何况，修身齐家治国平天下，我若连家人都护不好，又能平什么天下？"说着，他站起身来，低头看向顾楚生，淡道，"我今日来，便是想告诉你，楚瑜进了我卫家的大门，便生是我卫家的人，死是我卫家的鬼。你便消了你那些混账心思，下次若再来纠缠……"他的声音中压迫感骤然横生，"此事绝不善了！"

　　卫韫说完，转身就走。顾楚生坐在他身后，冷笑出声来："你大哥都死了，她算谁的人？你卫家还当真要困她一辈子不成？"

　　听到这话，卫韫停住了脚步，片刻后，他慢慢转过头来，神色镇定，一字一句，坚定而清晰："——我卫韫的人。"

　　"卫韫！"顾楚生豁然起身，"你这罔顾人伦、丧心病狂之徒！"卫韫满不在意地笑开："那又如何？我喜欢她，我爱慕她，我对她朝思暮想，如痴如狂。当年你同我说，我年少，不明白自己内心真正所想所要。如今已过四年，我看遍这大江南北，顾楚生……我独独喜欢她！"

　　"她是你长嫂！"顾楚生的声音再次带了颤意，"若你还有半分在意她的名声，算我求你，别做这种事。天下美人何其之多，你何必……"

　　"这句话，你怎么不说给你自己？"卫韫的声音平淡，"天下美人何其之多，你又何必？"

　　顾楚生再说不出话来。卫韫静候片刻，见他再无多话，便淡道："若无他事，卫某告辞。待我成亲之日，还望顾大人赏光。"

　　卫韫离开了顾府，没有任何人阻拦，又一路平静地回到自己府上。他将那刀扔还给侍卫，刚进院子，就见楚瑜迎了上来。楚瑜焦急地道："我听说你去了顾家，你去做什么了？"卫韫没答话，直接往屋里走去。晚月端了水上来给他净手，又悄无声息地将下人都遣退了下去。

　　净手之后，卫韫从桌上捞起一个苹果，斜躺在小榻上，抛着苹果瞧向楚瑜："我去找顾楚生了啊。"楚瑜皱起眉头："你明日就要去顺天府了，如今就别妄动的好。今日好端端的，你又去找他做什么？"

　　"你过来，"卫韫勾了勾手指头，楚瑜探过头去，卫韫把脸凑到她边上，"你亲我一口我就告诉你。"楚瑜冷笑一声，作势要一巴掌抽过去，将他的脸轻轻推开："哪里学来的登徒子作风？要说就说，不说我自己查去。"说完她便起身要走。卫韫见她真的来了气，赶紧拉住她道："好夫人我错了，我这就说。"

"把称呼给我改了！叫谁夫人呢？"

"你乃我卫府大夫人，我这也叫错了？"卫韫大睁着眼，一脸无辜。

楚瑜抬手又想抽他，卫韫这次手快，一把将她的手握住，轻轻放在自己的脸上，仰头瞧她，声音轻柔："夫人一贯端庄得体，怎么在我这儿就如此无法无天？……不知除了我，夫人还这样打过其他人吗？"

"除了你，还有谁这样放浪形骸、不知廉耻？"楚瑜看着这青年含笑的眼，心跳得快了些，面上却是强撑。卫韫点了点头，认真地道："那我就放心了。"楚瑜不由得笑了："你这是什么道理？就你被打，你还得意？"

"是啊，"卫韫将头靠在她身上，抱住她的腰，"证明我在嫂嫂心里，果然独一无二。"

他这般撒娇，倒有了几分少时的影子。楚瑜心里一软，倒也没推开他："你到底去做什么了？"

"顾楚生他母亲来提亲了。"

"我知道。"

"说话不好听，我给骂出去了。她说你嫁不出去，能嫁顾楚生就算不错了。"

楚瑜微微一愣，想起顾母那家儿子天下第一的性子，倒也不觉得奇怪，只是道："为人母亲都是如此，你不必为此失了风度。"

"我骂完她还不太解气，想想顾楚生那人死缠烂打这么多年，我就上门去警告他，要是他再纠缠你，我就弄死他。"

楚瑜轻笑起来，心想顾楚生这辈子，大概也是头一次被这人这样找麻烦。她一手抚着卫韫的头发，温和地道："你啊，还是太孩子气。"说着，她抽开身来去倒茶，又同卫韫道，"你回去该做什么做什么吧，我去布置一下明天的事。"

卫韫低着头应了一声，却坐着好半天没动。楚瑜回过头来，有些奇怪："还有何事？"卫韫低头看着自己的脚尖，小声道："你……你能不能亲亲我？"

楚瑜僵了僵，她端起茶杯喝了一口，斜眼看了他一眼，意识到他就是一副不亲不走的样子，终于还是僵着身子走过去，低头在他脸上啄了一下，随后道："赶紧走吧。"

话刚说完，她就被人握住了手。

"不是这种……"卫韫有些不好意思，"……你是不是不会？"说着，他低下头来，轻轻吻上她的唇，哑着声音道，"不会我教你啊。"

楚瑜被卫韫捧着脸，呆了呆，片刻后，她一脸麻木地想起来——

就你这吻技，你想教谁啊？！

二十五　昔日少年，可撑天地矣

卫韫横冲直撞了半天，虽然青涩莽撞，却也误打误撞地撞出了那么点感觉，这让他很是乐在其中。许久后，楚瑜觉得舌头都有些麻了，终于推了他一把。卫韫睁开迷离的眼，看见楚瑜皱着眉头，有些慌神。他尴尬地退开，整理了一下衣衫，轻咳了一声。两人都没说话，片刻后卫韫才道："那我先走了。"听到楚瑜故作淡定地应了一声，他这才转身走了出去。

然而刚走出卫府不远，还沉浸在刚才的喜悦中，侍卫就提醒卫韫道："侯爷，有人跟着。"卫韫面色不动，转身就进了巷子。那人在巷子外等了片刻才跟进去，刚走到无人的角落，就被突然从墙上跳下来的侍卫直接抹了脖子。

卫韫从转角处走出来，淡道："搜。"侍卫弯腰在那人身上摸索了片刻，找出一块令牌来。卫韫翻看了片刻，道："赵玥。"

"侯爷，陛下是知道您进京了？"

卫韫轻轻一笑："他昨夜不就该知道了吗？"

"那他如今还没动作……"

"他还在想呢。"卫韫平静地道，"是杀我还是留我，他怕是还在犹豫呢。"

"陛下当真对侯爷有杀意？"侍卫皱起了眉头。卫韫笑了起来："他若没有这个念头，顶着压力给顾楚生赐婚是想做什么？将一座世家侯府的大夫人赐婚给罪臣之后的内阁学士，不荒唐吗？唯一的好处不过是，我若是死了，顾楚生又娶了大夫人，那么，以她在卫家军中的声望，卫家军便不会异动。……只是他怕我不死，还与顾楚生联盟，才设计了这番卑劣之事。如今事情没成，他又将顾楚生得罪了，他自己心里怕是也不知道该怎么办。若顾楚生铁了心与我联手，他要杀我，风险便极大。所以我想，他如今应该还在想着如何离间我二人吧。"说着，卫韫抬头看向皇宫的方向，轻飘飘地补了一句，"——可惜啊。"

二十五　昔日少年，可撑天地矣

此刻，皇宫之内，御书房中，赵玥的确正如卫韫所想般发着愁。他抚摸着圣旨，再次询问道："昨晚来报的守将，是被梅妃的人拦在外面的？"

"是。"张辉只应了一声，不敢多说。在李春华的事上，赵玥向来容不得别人多舌。他轻笑起来："朕知晓了。"说着，他垂下眼眸，平静地道，"宣谢太傅进宫。张叔，你派人持朕的调令，从燕州急调两万人马。第一批五千精锐火速赶来，第二批一万五千人，能多快就多快。"

听到这话，张辉有些犹豫："京中还有三千兵力，陛下是觉得……"

"这三千兵力鱼龙混杂不说，而且，你真当卫韫只是自己来的吗？"赵玥抬眼看向他，"你算算他这次回来，前后共花了几日？这几日足够他带不少精锐骑兵了。当年他便能带五千精兵奇袭北狄皇庭，可见他本就是个善用骑兵的人物。他这次来……"赵玥冷下神色，"朕得早做准备才是。"

"陛下，他若是带兵前来……"张辉有些诧异，"还真打算反了不成？如今陛下圣望正盛，他如此做事，怕是不得民心吧？"听到这话，赵玥的眼中冷意更甚："其实朕一直很奇怪，这么多年来，以卫韫的性子，为什么一直不能接受朕当皇帝？朕乃皇室正统，又无太大过错，而他本就只是想灭掉北狄为他卫家报仇，朕也一直支持他。如今朕却有些想明白了。……苏查的人往朕这里送信，他卫家紧追不放，是为了什么？或许就是因为他知道那信里的内容。你说，当年在北狄，苏家那两兄弟，是不是已经告诉了他什么？"

张辉愣了愣，眼中骤然露出惊骇之色："陛下的意思是……卫韫知道当年之事？！"

"不怕一万，就怕万一。若是他真的知道……"赵玥冷笑，"那他装得可真好啊。朕果真四年前就该不惜一切代价杀了他的。只是朕真没想到，以他那性子，竟然忍得到如今。"

"那如今陛下要怎么办？"张辉这次是真的急了，"若卫韫当真知道，怕是不会罢休。如今他若真的带人过来，华京只恐不保！"

"你放心，"赵玥的声音已恢复平淡，"他不敢就这么反了。他今日若找不到一个好的缘由，明日天下任何人便都可以逆贼为名声讨他。因此他会逼朕出手，逼朕迫害他，让天下人都当朕是暴君，然后他再来替天行道。……在此期间，我们只要忍下来。"赵玥抬起手撑住下巴，"朕无失德之处，那倒是要看看，他是不是真要赌上日后他卫家上下都成反贼的命，来报这个仇？！"

张辉听着赵玥的分析，慢慢淡定下来。赵玥抬眼看向殿外："哦，还有梅贵妃。"张辉躬身听命，"……既然不听话，就关起来吧。自此之后，她栖凤宫上下不准再入外人，也不准她出宫一步。"

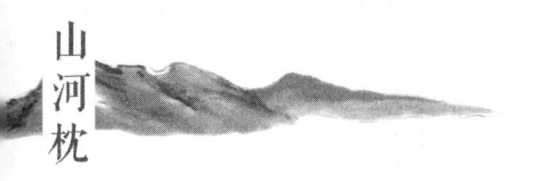

张辉领命退下了。赵玥站起身来，这才猛地抬袖，将桌上的物什砸了一地。

卫韫安排好次日将要实施的一系列行动后，回到卫府已是夜里。楚瑜已经睡下，他踌躇了片刻，没去打扰，回到自己屋中，倒在床上打算睡去。然而也不知是怎么了，他一闭眼就会想起早上的事。想起楚瑜红着脸点头的样子，他不自觉就笑了起来。

记忆涌上来就有些停不住，他忍不住又想起了早上的那个吻。当时他情动不已，但看上去楚瑜却并没有太大的感觉？是楚瑜太过自持，还是……自己水平不行？

越想越深入，他莫名就回到了昨晚云雨之时那销魂入骨的感觉里。卫韫浑身燥热，在床上翻来覆去许久，始终无法入眠，终于还是起身悄悄潜入了楚瑜的房里。

楚瑜也没睡着。刚刚过去的这一天让她的心始终悬着，她正睁着眼看着帐顶发愣，忽然听见窗户被人轻轻挑开的声音。她皱起眉头，随后便瞧见卫韫从窗户外跳了进来，又小心翼翼地关上了窗。楚瑜一时也不知道该怎么办，干脆就闭上眼睛假装睡熟了。

卫韫这时来她这儿是想做什么，她大概是明白的。年轻人初尝情事，自然是挂着想着，哪怕是当年顾楚生那般自持的性子，也免不了这样。更何况卫韫看上去……也不是个自持的。她有些紧张，一时也不知道到底该拒绝还是不该。拒绝吧，有那么几分矫情，不拒绝吧，内心又总觉得有那么些被逼着走的感觉，令人不悦。

正想着，卫韫已走到她床前，掀开帐子，轻轻坐了下来。楚瑜调整好呼吸假装沉睡，等着他接下来的行动。然而卫韫却只是静静地看着她，一直没动。过了许久，楚瑜终于真的有些困了，正在神志迷蒙间，卫韫终于动了。他没碰她，却是侧下身子躺在她身边，轻声问道："阿瑜，我同你一起睡好不好？"

楚瑜慢慢睁开眼——原来他知道她醒着。她也不知道该如何回答，听见卫韫又道："我不碰你。我就是想躺在你身边。"

楚瑜犹豫了片刻，终于还是翻过身来往旁边挪了挪。卫韫躺在她身侧，觉得心满意足。他瞧着她，又道："我能不能抱着你睡？"楚瑜有些疑惑，点了点头，背向卫韫靠了过去。卫韫将她整个人抱在身前，仿佛嵌在了自己的怀里。

秋日微寒，楚瑜睁着眼睛，被温暖环绕，身后的心跳声沉稳又平静。然而她还是能感受到青年身上散发出来的燥热，有些尴尬地问："你……这是为什么？"卫韫发出一声鼻音，楚瑜不解，"其实该发生的都已经发生了……你也不必忍着的。"

在这件事上楚瑜总是被动的，但既然开始了，她便也觉得再推辞就是矫情了。然而卫韫抱着她没动，片刻后才道："阿瑜，昨晚你不是自愿的，我知道。……人和人之间都是一步一步来的，一份感情是这样，要经历好感、心动、暧昧、喜欢、深爱。所有与相爱的事有关的，都一样。到了那一步，你自然而然愿意，那才是最好的。我不会因为我们已走过那一步，就觉得一切都是理所应当。"

卫韫的声音平静："我抱着你的时候你还会紧张，所以我想等你某天习惯了我的拥抱、我的亲吻，那我再走下一步。你对我的感情不到这个份上，我做什么，对你来说都是勉强。我喜欢你，便希望我们之间每一步都走得稳稳当当，希望你觉得很安定、平稳、欢喜。"

楚瑜没说话。不知道为什么，她觉得有些鼻酸。被这个人抱着，她骤然就觉得这个拥抱理所当然起来。卫韫在她身后轻笑："我喜欢你比你喜欢我早，第一次亲你的时候，我其实紧张得整个人都在发抖。"

"第一次亲我？"

"是啊，"卫韫的声音温柔，"那时候我十五岁，在沙城。天灯节那天晚上，你喝醉了，我们在楼顶……"

楚瑜没说话。她第一次直视这件事，才发现原来这份感情，那么久，那么长。她听着身后人平和的话，肌肉一寸一寸放松下来。她习惯着他的气息、他的温度，听他讲着他的这份感情，如何起、如何深、如何在时光里，走至今日。

说到最后，他咬着她的耳朵问："你同我说实在的，今早上我吻你，你有感觉吗？"

听到这话，楚瑜扑哧一下笑了起来。卫韫便知道她的意思了，悄悄捏了她的腰一把："再来一次，我多试试就知道了。"楚瑜不依，便被他翻了过来。卫韫压到她身上来，按着她的手，皱着眉道，"再试试？"

楚瑜笑盈盈地瞧着他，终于道："那你闭上眼。"卫韫终于有些不好意思地闭上眼睛，放开了她的手："我们都没经验，一开始不合拍也很正常。"说话间，卫韫就感到楚瑜的手像水草一样，柔软无骨般环绕上来。

她的腿缠着他的腰，卫韫红着脸假装淡定地道："我们多试试……"话音未落，冰凉又柔软的唇便印了上来。和早上麻木地承受不同，这回的触感柔软又温热，缠绕在他的唇舌上，挑拨剐蹭，卷来又去。剧烈的快感一次又一次冲上来，震得卫韫头皮发麻。他从未感受过这样的欢喜，他心跳飞快，呼吸急促，第一次发现，原来喜欢这件事，还是你情我愿最好。

他被楚瑜引着，学着她的样子纠缠，感觉她忽然软了下去，没一会儿就听见一声娇吟。卫韫的脑子一嗡，在手探到楚瑜衣衫下面之前猛地清醒，然后翻过身去背对着她，蜷起身子道："睡吧。"

楚瑜笑起来，靠近他道："别啊，不是还要试试吗？"

"不要了。"卫韫闷着声,"睡觉吧。"

楚瑜从他身后抱住他:"真不要啦?"

"不要了不要了。"卫韫摇头。楚瑜抬手在他的背上比画着:"侯爷,再试试嘛,是不是奴家伺候得不好啊?"

卫韫不说话了,片刻后,他闷闷地道:"阿瑜,你欺负我。"楚瑜愣了愣,一股暖意从心底涌上来。她也不再逗弄他,只从背后抱住这个男人,将脸贴在他的背上,温柔地道:"我没欺负你。"说着,她闭上了眼睛,"我是喜欢你。"

真的,越来越喜欢你。

听到楚瑜的话,卫韫不自觉地扬起了嘴角。他转过身,将手放在头下,笑着看向楚瑜:"那……有多喜欢?"

"什么多喜欢?"

"你现在喜欢我,有多喜欢?"

楚瑜抿唇笑了起来:"你是小孩子吗?还要问这种问题?"

"那你同我说呀。"卫韫挑眉。楚瑜笑着没回答,却是道:"你明日不是还要去顺天府告状吗?赵玥不是好对付的,这样的紧要关头,你别总想着这些了。男子汉不该耽于儿女情长,"她抬手抚着他的发,"别为此误了你的心神。"

"这话你却说得不对了。"卫韫笑了,"一个人一生先而为人。圣人也说,修身、齐家,才去治国、平天下。你是我的家人,是我未来的妻子,我理当好好陪伴你。"卫韫将自己的额头抵在她的额头上,"人生很短,别在事情没发生的时候去想无谓的事,浪费了光阴,等日后想起来又后悔。明日的事我都已经安排好了。安排好了,我便不怕,也不多想。"

楚瑜听着他的话,看着他澄澈通透的眼,忽然就觉得,其实无论她也好,顾楚生也好,都是这尘世里被蒙了眼睛的人,看不清自己想要什么,也看不到路在何方,于是一路跌跌撞撞,走得伤痕累累、满是后悔。而卫韫不一样,哪怕他年少如斯,却也清楚地知道,自己要什么、该做什么。这样简单的清明,是她重活了一辈子也没有的。

她轻叹了一声,抱着他,将头靠过去贴在他的胸口。她听见他的胸膛里心脏跳动的声音,平稳又深沉。卫韫拍了拍她的背,温柔地道:"睡吧,早上我会偷偷出去,你别担心。"

最后一点担忧也被瓦解,楚瑜心里放松下来。她甚至没有应答一声,便合眼睡去了。卫韫感受着怀里的人慢慢放松的肌肉,听着她的呼吸声,慢慢冷静了下来。他低头看着她莹白小巧的脸,好久后,终于是叹了口气出来。他意识到今后自己和这个女子要走的路大概还很长很长,她内心的戒备如墙高耸而立,他拼了命地一点一点砸了那墙,融了那冰。只是她如今才二十岁……到底又是哪里来的这样多的心思?

卫韫皱起眉头,不由得又想起了方才那个吻。不得不承认,楚瑜的吻技真的比他好上太多。她……卫韫心里酸涩地意识到,当年她这样不顾一切地要跟着顾楚生私奔,或许不是成婚前的一时冲动,而是早有前因。

这样一想,他的思绪就有些控制不住了。当初他们是做到了哪一步?应当没有做到最后……毕竟昨天夜里,她是见了红的。但是,吻自然是吻过的……卫韫越想,脑海里的画面越是丰富,大半夜的,他觉得内心酸涩又难受,直到怀里的人翻了个身,他才骤然惊醒。

如今人已经在这儿了,他又多想些什么呢?只是当年她付出了这样多,最后顾楚生却仍旧怕了。虽然大家都觉得顾楚生也不过是为了保命,情有可原,可在年少的楚瑜看来,大概那就是背叛了吧?卫韫一时脑补了无数十五岁的楚瑜如何伤心、痛苦,顿时觉得又心疼又气愤。他抬手想抱她,又怕扰了她睡觉。左思右想,不禁也昏昏沉沉地睡了去。

接近卯时,卫韫醒了过来。他捡起衣服,悄悄打开窗户,看了看四下无人,便偷偷溜回到自己房里。而那张以往他睡惯了的床,突然就让他觉得太硬,而且冰冷冷的,一点都不舒服。他想了想,起身叫了个侍卫进来,吩咐道:"派个人去顾楚生府上,把他马车的轮子震条缝。"

"缝?"那侍卫有些不解,卫韫点点头:"对,痕迹别太明显了,等他上早朝时轮子能碎掉最好。"侍卫更茫然了,但想到卫韫一贯莫测的手段,也不敢多问,听话地下去了。卫韫心里舒坦了一些,倒在床上,终于睡了过去。

想在顾府投毒或者行刺,大概都会是很难的事。但是要动一辆停在后院的马车,这对于卫家的暗卫来说就属于相对低难度的任务了。一名暗卫按照卫韫的吩咐,认认真真地用内力一巴掌拍在轮子上,震了个里碎外全,整个车轮看上去几乎没有任何动过的痕迹。没多久顾楚生就起来,坐着这辆马车上朝去了。行到一半,车轮突然就碎了个四分五裂,马还在跑,车身已往前冲了出去。顾楚生还在车里闭目养神,被骤然一下整个人甩得滚了出去,还好侍卫来得迅速,直接将人提开,他才没被马车撞到。

顾楚生来不及起身,立刻道:"查!"已经有侍卫去牵住了马,对马车上下检查一番后,上前道:"大人,是有人对车轮动了手脚。"顾楚生面色不变,心里思量了一下,能做出这般幼稚的报复性行为的……片刻后,他黑了脸,忍不住骂了一声:"竖子小儿!"

顾楚生当街摔出马车这一段插曲被侍卫当成段子说给了卫韫听。他正在洗漱，顿时觉着满日光景都好了起来。洗漱完毕，卫韫到饭厅去用早点，此时一家子都在那里，蒋纯正同柳雪阳说说笑笑，楚瑜正低头喝粥。卫韫一看见楚瑜就忍不住笑了。这笑容来得莫名其妙，蒋纯忍不住问道："看来我们小七是遇到了什么喜事？"

"二嫂说笑了。"卫韫走上前，坦荡地坐了下来。侍女端上早点放到他面前，卫韫抬眼看着柳雪阳，"不过是看见家中和睦，心中欢喜。"

"小七说得是啊，"柳雪阳叹了口气，"一家人，和和睦睦最重要。"说着，她看向卫韫，却是道，"这次你回来待几日？"

"怕是马上要走了。"卫韫面色不动，淡道，"如今恐有事变，今日我要去顺天府一趟，府里上下都听大嫂安排。"

听到这话，楚瑜和蒋纯倒是不奇怪，卫韫的计划她们二人都是悉知的。柳雪阳愣了愣，片刻后，她面上露出急切来："可是出什么事了？你去顺天府做什么？"

"我要去给父兄申冤。"

这话让柳雪阳有些迷茫，然而一想到丈夫和儿子，她还是眼眶发热，哑着声道："这事，四年前不是了了吗……"

"如今赵玥和姚勇还活着，算什么了了？"卫韫答着，神色依旧平淡，楚瑜不由得多看了他一眼。当年说起这些事，卫韫总是需要克制住自己，才能不哭出来。然而如今这个青年，却已经能够从容平静地说起这段改变他一生的过往了。

柳雪阳却在听到卫韫的话后面色惊骇："你说什么？！你说如今陛下……"

"母亲，"楚瑜开口道，"我们随小七一起去吧。"卫韫朝着楚瑜看过来，她迎向他的目光，神色坚韧又平静，"事情的始末，小七今日会宣告天下。这不是小七一个人的事，这是卫府的事。为了他的父兄，为了我的丈夫，无论如何，我都得陪着小七。"

听到这话，柳雪阳红着眼点头道："那你们且等一等我，我去换一套衣服再过来……"说着，蒋纯便搀扶着柳雪阳回房去了。楚瑜端起茶抿了一口，淡道："那我也去换一套衣服吧。"

卫韫应了一声，楚瑜往外走了两步，却突然顿住："我提及你大哥，你心里可有不舒服？"卫韫抬眼看她，如今饭厅里只剩他们二人的近侍，她平静地继续道，"可这的确是我该为他做的。放妻书当年你签给了我，四年前，我便已不是他的妻子了。可是当年身为妻子该做却没做的，我想在今日为他做到。"

听到这话，卫韫慢慢笑了："你为我兄长做到这一步，该感激你的人是我。"说着，他慢慢站起来，"阿瑜，我们会有新的开始。你心中莫要有太大负担。"

二十五 昔日少年，可撑天地矣

楚瑜点了点头，转过了身去。

回到屋中，楚瑜让人给自己梳了两博鬓，戴上了九树花钗金冠。两鬓上共嵌九枚花钿，看上去庄重大气，贵气逼人。而后她又换上素纱中单，外着青蓝色翟衣，翟衣上绣九对翟鸟，又有朱色縠镶在袖口及衣襟边上。黼纹交错于领口，再悬红蓝拼接蔽膝于身前，蔽膝上又绣有翟鸟两对，相对而望，振翅欲飞。

这是她的一品命妇冠服，这么多年她几乎未曾穿过，如今穿来，竟就觉得有一种无形的力压在身上，十分沉重。她穿着这身诰命服来到大堂里，柳雪阳也穿戴着相似的冠服，早已在那里等候。蒋纯亦是身着朱红色大袖衫，陪伴在柳雪阳身侧。

柳雪阳看见楚瑜的服饰，两人含笑互相行了个礼。穿上这件衣服，更加彰显出二人的品级，而非二人在家中的关系了。此时卫韫也已换好朝服，看见两人，不知道怎么了，竟是突然就想起了十五岁那年，他从宫中大门后走出来时的场景。

那时正倾盆大雨，楚瑜孤身一人跪在宫门前，身后是卫家一百三十二座灵位，风雨之中，傲然而立。此刻他看着这身穿命妇服饰的女人，喉间有无数情绪翻涌而上。他艰难地笑开，似是在玩笑："母亲，嫂嫂……当年我没在，这次，我总算在了。"

听到这话，三人微微一愣，却是楚瑜最先反应过来。她亦是轻轻笑开，温和地道："好，这次就由你领着我们……去讨个公道。"

——昔日少年，如今已可撑天地矣。

四人盛装步行至顺天府门前，自然惊动了百姓。许多不明就里的百姓跟随在他们身后围观。

"穿着这样的衣服，是命妇吧？"

"一品诰命！"

"这是哪家的夫人和公子？"

"我知道那夫人，那不是当年跪在宫门口的卫家少夫人吗？！"

"对对对，如今她已经是卫家大夫人了。那她身前的青年是谁？"

"是卫侯爷！"有人惊叫出声来，"是当年带五千轻骑直取北狄皇庭的卫小侯爷！"

一时人群哗动，议论纷纷。而卫韫领着三人从容地往前走去，对身边的各种声音只当未闻。

卫韫的名字传了开去，围上来的人越来越多。当年卫家满门仅剩卫韫，战线一路退到天守关，北狄军队差点攻入华京。如今华京的百姓仍旧记得，那时天守关烽火滚滚，当地百姓争相往外逃，是这位少年郎一身轻骑自宫门而出，直出华京城门，领着精兵杀上天守

539

关，一番激战之后，天守关才得以保住。虽然不知道当年内宫的斗争，但是大家却知道，守住天守关的人是卫韫；前线苦苦支撑之时，以极小的伤亡代价将北狄逼退回去救急的人是卫韫；自此之后，一直在北方前线，多次领兵深入北狄腹地，为大楚打出了绝对优势，一路收复失地的人，也是卫韫。

大楚在卫家倒下后风雨飘摇，在卫家再次站起来后又得以恢复了荣光。战乱时，卫韫带着卫家军守在前方；百姓居无定所时，卫家开仓赈粮；百姓四处流亡时，卫家将他们收到徐州，给了他们工作和居所。朝廷里的斗争百姓不懂，那上层的尔虞我诈他们不知，可是这看得见的恩情，却实实在在地存在着。百姓欢喜地跟在卫韫身后，有大胆的少年呼唤着他："小侯爷！您收我为您的侍卫吧！"

卫韫听着百姓呼唤他、呼唤卫家，心念颤动不已，不由自主地回头看了一眼楚瑜。这些年，除打仗之外，剩下的事，其实都是楚瑜用着卫家的名字去做的。他撑着大楚，而她撑着卫家。目光对视之间，卫韫的喉头哽咽。他觉得自己无愧于百姓，却唯独对身后的这个女子，付出得太少太少。

楚瑜不能明了他眼中的那份感激，轻轻一笑，只是问："侯爷，怎的了？"

卫韫摇了摇头，加快了步子。

顺天府与卫府不过一炷香的路程，卫韫领着三个女人停在顺天府门前时，天刚刚大亮，周边却已经围满了人。今日有戏班在不远处免费搭台唱戏，百姓都过来看热闹，更是围得四处一片水泄不通。府门外立着一面大鼓，本是给百姓申冤之用，通常只有在遭遇重大冤案时才能来敲这面鼓。为了不让百姓随意敲鼓，顺天府便定下规矩，一旦受理，敲鼓之人先要走过钉板，随后才能开堂审案，因而很少有人会来这里报案。所以此刻见到卫韫走上前去，围观的百姓不免都露出了震惊的神色，纷纷窃窃私语起来。

正在众人惊诧不已间，鼓槌已猛地砸向鼓面。鼓声又沉又稳，响彻了府衙。卫韫扬声开口："镇国侯府卫韫，前来顺天府，求一个公道！"

鼓声不徐不疾，一下又一下。听着这鼓声，众人都沉默了下来。太阳从山边一点一点升起，光一寸一寸洒落在城中。那光明于鼓声之中悄无声息而来，笼罩了这百姓，这皇城。

人越聚越多，而顺天府内，没有一个人敢去开门。那顺天府尹是在朝堂上混迹多年的老油条了，对卫家和朝廷之间的纠葛大致也清楚。此刻他在大堂内走来走去，焦急地道："这卫韫如今什么身份？我什么身份？他要告的人哪里是我惹得起的？送信的人都去了这么久了，陛下也没给我回个信来，师爷，你说我该怎么办？"

坐在一旁正认真思索着的师爷听到这话，突然抬起头来道："大人，这事不对。……您说，这皇城之中，如今比卫侯爷还有权势的，还有几人？他若有冤屈，可直接找陛下去

二十五　昔日少年，可撑天地矣

陈情，如今却来找我们，他这是要做什么？"

"对啊，"府尹着急地道，"陛下他自己都管不了的事，我能管吗？"

"所以卫大人这不是冲着您来的，"师爷慢慢地道，"他这是冲着百姓来的啊！"

府尹愣了愣，师爷继续道："大人，您还记得当年卫大夫人跪宫门的事吗？他卫家在百姓中声望这样高，当年便是以百姓逼得先帝出面。如今在这里，他们自然也是要逼今上那位了。"

府尹有些不解："他们要逼陛下做什么？"

师爷轻笑："这，大概要等陛下的旨意来了，才知道。"

府尹已急得完全没了主意："那如今我该怎么办？"

师爷摇着扇子坐下来，笑道："静观其变。"

同一时刻，赵玥在宫中，听着顺天府发来的急报，沉默不言。他早知道卫韫会有所动作，却没想过他会动作得这样快。果然不出他所料……卫韫就是为着当年的事，要反了！他沉默了片刻，举起笔来果断地道："宣旨下去，立刻将卫家大夫人楚瑜赐婚于顾楚生。"说着，他已迅速写完了一道圣旨，盖下玉玺，随后沉下声咬牙道，"立刻派兵，捉拿姚勇！押着他随朕到顺天府去！"说完，他便匆匆往外赶去。

张辉跟在他身后焦急地道："陛下，您慢点，当心！"

"如今卫韫就是要拿朕的小辫子，朕怎能让他如愿？"赵玥低吼着，脚下已几乎是跑起来了。他太清楚卫韫想要做什么。如今卫韫要兵有兵、要粮有粮，他要反，唯一缺的就是一个理由。无理而反，便是祸国乱民，哪怕他手握精兵良将，哪怕他能轻易攻下华京，这皇位他却也坐不长久。因此他不能给卫韫这个理由。

但是，以卫韫的性格，他又怎么可能不给自己留一条退路？随意弑君是祸国乱民，斩杀昏君便是替天行道。如今卫韫必然是要拿白帝谷之事做文章，让百姓觉得是他赵玥苦逼卫家。可若他能抢先机推姚勇出去抵罪，自己咬死不认白帝谷一事，再做戏给卫韫道歉，求他不要让天下动乱，那么一番折腾下来，卫韫也会无法。毕竟他赵玥才是当今的皇帝，且是一个多年来深受百姓爱戴的明君。

想到这里，赵玥心里放松了许多。然而他这边刚一出宫，顺天府外的人群之中便响起了一声奇怪的杜鹃叫。卫韫看了那方向一眼，便知是赵玥开始行动了。鼓声猛地急促起来，卫韫似乎是没了耐心，扬高声音道："大人！顺天府为何不开门？是这顺天府冤鼓已废？是这天下清明已失？还是这世上已经再没了公道？！"他敲着鼓，含着眼泪，声音嘶哑，"白帝谷七万男儿，你就要看他们这样含冤而去？你要看害死他们的凶手逍遥法外，看害得大楚风雨飘摇的罪魁祸首,如今高坐于金座之上,受万人朝拜?还是你要看这世上好人含恨九泉,恶人荣华加身?!"

听到这话,在场众人皆是大吃一惊。顺天府尹与师爷面面相觑。

"金座之上……"府尹颤抖着唇,似乎不可置信,"他要告的,是谁?!"

嘴上问出这个问题,府尹心里却是已经有了答案。而外面的百姓在短暂的愣神后,也都骤然反应了过来。片刻的沉默后,一个人从人群中挤了出来,焦急地问道:"卫侯爷,当年……不是因太子误信了北狄细作,才导致的那一场惨败吗?"

楚瑜抬眼看向那人,皱起了眉头:"你是何人?"

"小人名为何再山。"那人跪下来,已红了眼圈,"当年白帝谷一战,小人的哥哥便在其中……"人群中响起一片唏嘘之声。楚瑜叹了口气,走上前亲手去扶他:"这位兄弟且先起来。"然而那人却跪在地上不肯起,摇了摇头:"还请侯爷告诉小人当年的真相!"

楚瑜看向卫韫。卫韫仍握着鼓槌,声音平静有力:"五年前,北狄正逢天灾,新君上位,意图南征以转移压力。当时我父为主帅,知晓北狄意图,于是只守不攻。大楚有精兵良将,兵马充足,北狄苦征两月,未拿下一城。这时有一位大楚人献计于北狄,让他们利用大楚安插在北狄的细作向大楚传递消息,说他们有七万兵马埋伏在白帝谷,前线会假装战败退进谷中,然后伏击大楚的追兵。"

听到这里,人群里开始出现骂声。一个大楚人如此叛国,这些年的风雨都由此人而起,谁能不骂?卫韫一下又一下地继续敲着鼓:"这个细作,乃姚勇手下。姚勇为争功夺利,先将消息给了我父帅,我父帅不肯出兵,于是姚勇让前太子向我父帅施压,逼我父帅出兵。而后北狄果真溃逃,我父帅领着我六位兄长追击,其中两位兵分两路从后方包抄,一路在外围等候以防不测,另外三路跟随我父兄进谷。当时我父帅带领的卫家军加上藏在林中的姚勇青州军,共有大楚将士足足十六万!"

"然而到达白帝谷,姚勇终于发现当时拿到的消息是假的,白帝谷里实际上共有北狄将士足足二十万!姚勇惜命,不敢对战,于是仓皇潜逃。可在那之前,他怕自己临阵脱逃之事败露,于是谎报军情,让仍守在外围的我卫家将士进谷营救。"说着,卫韫捏着鼓槌的手开始颤抖,他闭上眼睛,就怕眼中的杀意和泪水会当着这么多人的面倾泻而出。

"七万儿郎,就此埋骨!他们是因何而死?!"卫韫猛地提高了声音,"是因那个大楚人献上的计策,是因那个大楚人险恶的心!他们不是死于保家卫国,而是死在这权势争斗之中,死在这人心算计之间!……而你们可知,那个献策之人到底是谁?他又为何要做这般猪狗不如之事?"

二十五　昔日少年，可撑天地矣

"是谁？！"有人激动地吼出声来，那吼声中带着哭腔，似也是当年埋骨之人的亲人。

顺天府大门之内，众人静静地听着那一声声暴喝，竟是有些恍惚。而门外的人群之中，一人一袭红衣，双手笼在袖中，也在静静地听着。此时卫韫的眼泪再也止不住，滚滚而落："那个人，原为秦王之子——"

只有少数人不太知道多年前宫里的争斗而一脸茫然，但更多人却已满面震惊。他们开始明白，为什么卫韫此刻要站在这里求这个公道，而不是去那宫城大殿之上。因为如今这个公道，那天子给不了，只有他自己，只有这江山百姓，能够给他。

"当年秦王事变，他被顾家和当今的梅贵妃联手保下。梅贵妃不过怜他年少，希望他平安过完一生，然而他却狼子野心，一心想要重登帝位。彼时我父亲与姚勇乃先帝的左膀右臂，于是他培养了细作送到姚勇府上，若干年后，就是那细作……将这封信送到了姚勇手中。"

人群之中，沈佑静静地闭上了眼睛。当年就是他——他怀着一腔报国热血，以为这是为了家国、为了给母亲报仇，于是拼死将那消息递给了姚勇。谁知道……那消息竟然是假的！

"他算准了姚勇无能又狠辣，他让我父兄和那七万人死在白帝谷，也让姚勇走向了不归路。从此以后，先帝被卸了左膀右臂，姚勇为了自保只能一路打压良将、排除异己，大楚自此再无利剑可御外敌！而后他便摇身一变，以新君之身份上位，给我等许诺，共御北狄。……可此人本就是狼心狗肺，哪怕披了人皮，狼依旧是狼！这些年，他表面正人君子，实则骄奢淫逸。为修揽月楼讨自己的妃子欢心，他以军饷之名苛捐重税……"

皇宫之中，李春华正坐在镜前描眉。侍女跪在她身边，笑着道："殿下许久没有这样的兴致了。"

"我听说顺天府门前，鼓声响了。"李春华的神色平静。侍女愣了愣，却不知她是从哪里得来的消息。李春华描着眉，淡道，"该好好打扮一下了。香儿，你说这历史上的妖妃，都是怎么死的？"

"娘娘……"侍女有些害怕，李春华轻轻一笑："我希望我能饮鸩而亡，这样死得快些，也能死得好看些。"

"娘娘说的什么话？"侍女艰难地笑起来，"您怎么会死呢？"

李春华没回答，她放下眉笔，拿起花钿，轻轻贴在额间。

"香儿，"她温柔出声，"你看，好不好看？"

山河枕

"……他在宫中滥杀无辜,就在一个月前,他为梅贵妃在宫中杀宫女太医一百二十余人,嫁祸给王贺王大人,就此逼反了王家!这些年,他的所作所为我已悉数查明,尽在此册!若有遗漏,但请受害之人上前来,与我一起,求个公道!"

话音刚落,人群中便有一个女子哭着扑了出来,高吼出声:"求个公道!求个公道!"说话间,又陆陆续续有人出来跪俯到地上。他们有些是当年征战之人的亲属,有些是宫中枉死之人的亲眷……而更多百姓站在四周,却也没有离开。这个国家动荡如斯,谁又不是受害之人?

顺天府尹站在府衙内,出神地看着那扇大门,目光呆滞。他听到了鼓声,听到了外面的哭喊,听到了卫韫沙哑的声音:"我知道,今日府尹大人不敢接这个案子。……可这世间不公之事总该有人管,这世上的错事总该有人弥补。我大楚日月在上,朗朗乾坤,那金殿中人,至少该出来说一句——"

说话间,远处传来马蹄声。也就是那一瞬间,人群之中突然闪出十几支利箭,朝着卫韫疾射而去!楚瑜目眦欲裂,大吼出声:"小七!"她狂奔上前,抬袖一拦,抓住了几支。卫韫持着鼓槌,闪身又躲开十几支,却最终还是一个不慎,让一支箭猛地射穿了肩头,他整个人撞在了鼓面上。鲜血流淌出来,十几个杀手从人群中扑出来,人群受惊,四处逃窜。赵玥刚赶到顺天府前,坐骑受惊,左右踩踏,让局面越发混乱。

楚瑜护在卫韫身前,一言不发。周边的侍卫早已反应过来,围到了柳雪阳和蒋纯身边。卫韫拔出箭,抽出自己的剑来,喘着气对楚瑜道:"护着二嫂、母亲……走!"二人一起护着柳雪阳和蒋纯冲到马前,楚瑜吩咐二人先走,蒋纯也不多话,点了头就带着柳雪阳往外奔,侍卫们也围绕着二人一起朝城门方向而去。此时赵玥终于反应了过来,知道事态已经不可逆转,干脆地下令:"将人给朕拦下!"

卫韫和楚瑜等的就是这句话。赵玥话音刚落,二人已带着剩余的侍卫站住了。楚瑜扬声道:"陛下,我们卫家不过是想讨个公道,这也有错吗?难道一定要将我卫家赶尽杀绝,您才肯罢休吗?!"

"一派胡言!"赵玥怒喝出声。然而也就是这一瞬间,一道剑光朝着他猛地刺去!赵玥惊得连连后退,还好两个暗卫及时出手,格住了卫韫的长剑。赵玥这才意识到,卫韫虽受了伤,却仍是能从万军中取人首级的悍将!他再不敢恋战,驾马就走,一面走一面下令:"封城!将卫家的人统统给朕拦住!"

然而此刻已是晚了,城外传来攻城杀伐之声。此刻除了卫韫,怕是没有人知道到底发生了什么,到底将要发生什么。而卫韫知晓如今只是虚张声势,趁着赵玥胆怯,他一把抓

二十五　昔日少年，可撑天地矣

住楚瑜的手就朝城外杀砍而去。

血顺着手臂流下，流进了楚瑜的手心。楚瑜回头看向卫韫。青年眉目硬挺俊朗，神色刚毅平和，鲜血于他是洗礼，他在这慌张的世界中，从容又坦然。她从未有过这样的体验，和一个人携手于阵前，血和温暖交织在一起。他亦在人群中回头看她："你在看什么？"

他只是轻轻一问，然而不知道为什么，楚瑜就觉得自己内心有什么东西激昂澎湃起来。她终于觉得，自己在他身边，好像真的越来越像年少时的自己。她忍不住扬起笑容，将心中的话脱口而出，仿若年少时那口无遮拦的模样："卫韫，等将来天下太平，我嫁你行不行？"

四周人声喧闹，卫韫猛地格住一剑。他抬起眼皮，神色淡定里带了几分傲气："行。"说着，他一脚踹开前方的阻碍，带着她冲出城门——

"我就为你，打下这天下，求得它太平。"

卫韫和楚瑜一路杀出城去，而赵玥也好不容易回到了宫里。在一片兵荒马乱之间，唯有一个人神色淡定，不慌不忙，沉稳安定。他静静地看着这场闹剧，整个人仿佛是一个彻彻底底的局外人，所有的混乱、纠缠、不堪，似乎都与他没有任何关系。直到卫韫和楚瑜逃脱，他才转过身隐入人群之中，在暗卫的保护下，神色凌厉地朝着宫门而去。

他入宫之时，宫里已经一片混乱，而御书房里的赵玥却已经彻底镇定下来。他站在沙盘旁，正一一安排着。

顾楚生走进来，跪下行礼，恭敬地道："臣顾楚生，叩见陛下。"

"起。"赵玥抬手，顾楚生起身站到了一边，看着赵玥遣退众人。御书房里就剩下了顾楚生和赵玥，赵玥看着他，有些无奈地笑开："朕以为，你会同卫韫一起走。"

"陛下若真这么以为，还给我这份赐婚的圣旨做什么？"顾楚生寻了一张小桌，坦然地坐下来，给自己倒了杯茶，"陛下给微臣这份圣旨，不就是在告诉微臣，一旦我跟着卫韫走，便一辈子都得不到卫大夫人。只有跟着您，我才会有足够的权势地位，去迎娶卫大夫人。不是吗？"

赵玥轻轻笑开："顾大人真是聪明。"

"陛下，"顾楚生认真地看着他，"卫韫说的话，可是真的？"

赵玥没回答，他静静地看着顾楚生，许久后，却是笑了："真的如何，假的又如何？"说着，他的笑声几近发狂，"朕做错了？你也觉得朕做错了？他淳德帝乃乱臣贼子，犯上作乱，你爹是怎么死的，你忘了吗？！朕不过是在为你、为我们这样的人，报仇

545

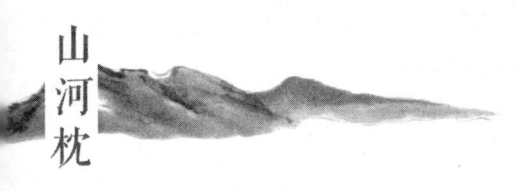

而已！"

顾楚生颤抖起来，死死地盯着赵玥："你是什么时候变成了这样？！"

顾家曾受赵家皇恩，发誓一生追随赵氏。顾楚生的爷爷如是，父亲亦如是。当年赵氏在宫斗之中败北，顾楚生的父亲用命救下了赵玥。可那时候，哪怕是顾楚生的父亲，也没想过一定要助赵家东山再起。顾楚生仍旧记得父亲临死前同自己说的最后一句话——

若如今陛下于江山有幸，那就罢了。

——那就罢了。这皇位谁坐不是坐？重要的是那黎民百姓，是芸芸众生。所以上一世，顾楚生一生虽为小人，在朝堂上明争暗斗，却从未辜负过百姓。当年救下赵玥，一为主仆之情，二为朋友之谊。而且那时，包括李春华，没有任何一个人会想到，那个温暖又柔软，连蚂蚁都不忍心踩死的秦王世子，会变成今日的模样。

看着顾楚生的目光，赵玥眼里露出厌恶来："不要这样看朕。"说着，他朝顾楚生走了几步，冷着声道，"你与我没有任何不同。顾楚生，你看看你，如今你明知我做过什么，不也选择了站在这里？"他蹲下身，如毒蛇一般的目光凝在顾楚生身上，"你同我一样，自私、冷漠，我们是同一类人。所以顾楚生，你又有什么资格，这样看我？"

顾楚生没说话，许久后，他轻轻笑了。他抬起眼看向赵玥："你说得对。你我是同一类人，我的确没这个资格。"说着，他站起身来，"如今陛下看上去胸有成竹、胜券在握，那微臣不再打扰，这就去了。"

顾楚生说完就转身欲走，然而刚走出两步，就听见身后赵玥提了声音："楚生！"顾楚生停住脚步，仍背对着他。赵玥的声音带着哽咽，却仍试图假装出那份强硬。他冷着声道，"别背叛我。……我落难时，是你顾家用满门性命救了我。楚生，你我兄弟多年，当初我曾许你，若我为君，你当作相，我并非戏言。你不负我……你要的所有，我自当不负你。"

听到这话，顾楚生忍不住笑了。若是不负，当初他求娶楚瑜，赵玥设下的那一番局，又是为什么？然而他并未将这心思透露出来，只是道："自此之后，你的事，我不插手。等卫韫之事过后，"他回头看着赵玥，"你我的旧账，我们再来清算。"说完，他便走了出去。

走到御书房外的走廊转角，顾楚生同身边的侍从低语道："让赵公公安排，我要尽快见梅贵妃一面。"那人低声应"是"，迅速地退了下去。而他身后的另一名侍卫上前来小声问道："大人如今打算怎么做？"

顾楚生淡淡地看了他一眼："这样的狗贼，我还留他当皇帝吗？如今卫韫举事的由头，无非是赵玥无德，所以他要杀了赵玥以祭江山。可赵玥死了之后，谁来当皇帝？是

二十五　昔日少年，可撑天地矣

李家还是赵家？李家早已无人可以担此重任，而且血统本就不正。而赵家如今就剩一个赵玥，这次赵玥若是死了，怕便是群雄割据，天下大乱了。"说着，顾楚生的眼里落了星光，语声依旧平静，"卫韫怕也是想到了这一点，他如今就是在逼我呢。"

"他如何逼您？"侍卫有些不理解。

"这就要等见到梅贵妃，才能知道了。"

顾楚生回到府里等了半夜，宫里便来了人："大人，都安排妥当了。"顾楚生点点头，这些年来他在宫里安插了无数暗桩，如今终于有了作用。他即刻化装成一个侍卫，径直入宫，而后被领到了栖凤宫中。他低下头恭恭敬敬地行礼，跪俯于李春华身前。

"臣顾楚生，叩见殿下。"

"昨日夜里，卫韫曾派人来同我说，你会来找我。"李春华的声音懒洋洋的，"你要找我，是做什么？"

听到这话，顾楚生便笑了。他终于明白卫韫到底要做什么了。卫韫要赵玥死，要天下换明主，可赵玥一死，没有合理的继承人，必定天下大乱。卫韫内心深处并不忍如此。卫韫不如他在宫中积累深厚、善于钻营，于是便把事情丢给他来解决。若说赵玥计算人心，卫韫何不是也在计算人心？只是赵玥觉得人心向来是恶，卫韫却觉得，人心向来是善。别人都觉得他顾楚生是阴险小人，就连曾和他相伴一世的楚瑜或许都如此认为。而这一辈子，卫韫却信了他，信他不会拿黎民命运，去换一个"血统纯正"的执着。

顾楚生说不出此刻自己心里是什么感觉，他抬眼看向李春华，平静地道："我来找殿下，只是想问一句，殿下想不想杀赵玥？"

李春华微微一愣，片刻后，她轻笑起来："顾大人何必明知故问呢？你要做什么，便说吧。"她没告诉顾楚生的是，其实昨天卫韫让人带来的消息不仅是说顾楚生会来找她，还说，要她一切听顾楚生的安排。

顾楚生神色平静，从袖子里掏出两盒东西来："我欲杀赵玥，还请殿下相助。"

李春华的目光落在那药盒之上，随后听顾楚生继续道："这两盒药，一盒在性事之前服用，可加剧快感，但使用两个月之后，与其交欢之人便会开始手足麻痹，双眼昏花，时常头疼；再过两个月，便会彻底口不能言，眼不能视，四肢麻木，动弹不得。"说着，顾楚生抬眼看着李春华，"殿下可舍得？"

李春华笑起来："杀他都舍得，这有何舍不得？"

"而这第二盒药，"顾楚生将药盒推往前方，"可让殿下有假孕之相。到时候我会安排好太医署，殿下要做的事情就是，让陛下立此子为太子。"

听到这话，李春华皱起眉头："可这药只能让我显出假孕之相，我并无孕在身，怎会有孩子？"

"您会有孩子。"顾楚生的声音里满是肯定，"您一定会有孩子。"

李春华看着顾楚生的神情，终于明白过来。他根本不在意这个孩子是不是皇室血脉，他在意的只是，天下人认为这个孩子是皇室血脉，理应继承皇位。按照顾楚生的布置，他们二人联手，或许有机会毒杀了赵玥，且准备好继承人，以堵如顾家这般注重皇室血脉的世家重臣的嘴。

许久后，李春华点了点头。顾楚生恭敬地叩首，不再多言，起身便要离开，李春华却叫住了他："顾楚生……你，就这样让楚瑜走了？"

顾楚生的那份执念，明白人都看得清楚。他站在门口，久久不言。许久后，他终于是道："我能怎么办呢？"

多少次放了狠话，多少次下了决心，多少次决定要不择手段得到她。甚至于这个清晨，当得知卫韫去了顺天府，他已吩咐下去要锁住华京，不惜一切代价杀了卫韫。可是当他跟随在百姓身后，看着她身着翟衣站在卫韫身边，看着她神色坚毅，看着阳光洒落在她身上，映照出她高贵又温柔的神情。他听着卫韫一声一声击鼓，听着卫韫诉说着卫家的冤屈。那虽然是卫家的冤屈，可他却从这些言语里，重新绘出了这些年她走过的路，听到了他不在的时光里，她所经历、所遭受的所有。

——那是一个让他感到那样陌生的楚瑜。上一辈子，他位极人臣，却也没给她挣一个一品诰命。而如今她嫁在卫家，却成了这样美丽、高雅、坦然的女子。这是他一辈子不曾给过她的东西。而当她和卫韫手拉着手离开，当她抬头看向那人，脸上绽开笑容，他猛地惊觉，那样的笑容，他不曾相见，足足已三十七年。

三十七年前她提剑而来时，便是这样磊落又张扬的面容。三十七年后，她历经风霜雨雪，终于得归当年的模样。

他能怎么办？他的刀落不下去，他的手又放不开。他麻木地走出宫城，乘轿来到顾府。没有楚瑜的顾府和上辈子似乎没有任何不同，仍旧是冰冷、阴暗，没有任何光泽和温暖。他看着人来人往，下人一一上前问安。好久后，他再也忍耐不住，捂住自己的脸，颤抖着，蹲了下去。

他突然不明白重生这一辈子有什么意义。如果重生过来，只是要让他彻底失去楚瑜，那为什么，又要让他在这世上，这样生滚活剐，再走一遭？！

（中卷）完